'Als je de eerste pagina openslaat b
je gewoon: ik moet dóórlezen. IJze
***** **Penny Leest**

'Wat een spannende, psychologische

'Pakt je direct. Voor mij is dit nu al de thriller van het jaar.' ***** **Monika, Hebban.nl**

'Een boek dat ik de komende jaren aan iedereen die op zoek is naar een goede thriller aan zal raden.' ***** **Goodreads.com**

'Enorme onderhuidse spanning.' ***** **Kristel, Hebban.nl**

'Een geweldige psychologische thriller.' ***** **Jeanet, Hebban.nl**

'Een verhaal waarvan je niet loskomt. Je wilt gewoon weten, hoe bizar het verhaal ook is, hoe het nu echt zit. Je wordt op het verkeerde been gezet, net als de hoofdrolspelers. Heerlijk spannend boek. Hier verdwijn je in.' ***** **Marieke, Bookchoice.com**

'Een lees-in-een-dag thriller, *De hulp* leest niet als een trein maar als een supersonische Shinkansen.' ***** **Wereldgenieter, Hebban.nl**

'Wat een verslavend goede psychologische thriller. Ik las 'm bijna in één ruk uit, het was dat ik nog moest eten, echt van genoten!' ***** **Marloesleest**

'*De hulp* grijpt je bij de lurven en laat je niet meer los tot je het met een glimlach dichtslaat.' ***** **Mustreadornot.blog**

'Vanaf het begin voel je een bepaalde duisterheid, een dreiging, als het plot zich beetje bij beetje ontrafelt kan ik als lezer alleen maar denken, wow, wat een talent hebben jullie met deze schrijfster in huis.' ***** **Marielle, Bruna Sittard**

'Een fantastische thriller, je wordt telkens op het verkeerde been gezet en door de korte hoofdstukken blijf je doorlezen!' ***** **Jeanet, boekhandel Struik**

Freida McFadden

De hulp

Vertaald door Marie-Louise van Dongen

Drieëntwintigste druk, februari 2026

Lab Uitgevers
VBKMedia B.V. / Utrecht
ISBN 9789032520793 (paperback)
ISBN 9789032520267 (e-book)
ISBN 9789032520281 (audioboek)
NUR 332

Oorspronkelijke titel *The Housemaid*
Vertaling Marie-Louise van Dongen
Omslagontwerp Margo Togni
Zetwerk Crius Group, Hulshout

Lab Uitgevers vindt het belangrijk om op milieuvriendelijke en verantwoorde wijze met natuurlijke bronnen om te gaan. Voor de papieren editie van deze titel is daarom gebruikgemaakt van papier waarvan zeker is dat de productie niet tot bosvernietiging heeft geleid.

LAB
UITGEVERS

PROLOOG

Als ik dit huis verlaat, zal ik in de boeien geslagen zijn.

Ik had ervandoor moeten gaan toen ik de kans had. Nu is het te laat. Nu de politie er is en heeft ontdekt wat er boven ligt, is er geen weg terug.

Over ongeveer vijf seconden zullen ze me op mijn rechten wijzen. Ik weet niet waarom ze dat nog niet hebben gedaan. Misschien hopen ze me met een list zover te krijgen dat ik ze iets vertel wat ik beter voor me kan houden.

Veel succes!

De agent met het zwarte, met grijs doorschoten haar zit naast me op de bank. Hij verschuift zijn zware lijf op het karamelkleurige Italiaanse leer. Ik vraag me af wat voor bank hij thuis heeft. Daar is vast geen bedrag van vijf cijfers voor neergeteld, zoals voor deze. Waarschijnlijk heeft het ding een opzichtige kleur, oranje of zo, zit het onder de honden- of kattenharen en zijn de naden gescheurd. Zou hij aan zijn bank thuis zitten denken en wensen dat hij er een had zoals deze?

Of zou hij, en dat vermoed ik eerder, met zijn gedachten bij het lijk op zolder zijn?

'Laten we alles nog een keer doornemen,' zegt hij met zijn lijzige New Yorkse accent. Hij heeft me daarstraks wel verteld hoe hij heet, maar het is me ontschoten. Politieagenten zouden felrode naamkaartjes moeten dragen. Hoe moet je anders hun naam onthouden als je zwaar onder druk staat? Hij is rechercheur, denk ik. 'Wanneer heeft u het lichaam gevonden?'

Zou dit het moment zijn om te zeggen dat ik een advocaat wil? Moeten ze me er eigenlijk niet een aanbieden? Mijn kennis van het protocol op dit gebied is wat weggezakt.

'Ongeveer een uur geleden,' antwoord ik.

'Waarom bent u om te beginnen naar de zolder gegaan?'

Ik knijp mijn lippen op elkaar. 'Dat heb ik al verteld,' antwoord ik dan. 'Ik hoorde een geluid.'

'En?'

Met grote ogen buigt hij zich naar voren. Hij heeft ruwe stoppels op zijn kin, alsof hij vanochtend is vergeten zich te scheren. Het puntje van zijn tong steekt tussen zijn lippen door naar buiten. Ik ben niet dom, ik weet precies wat hij wil dat ik zeg.

Ik heb het gedaan. Ik ben schuldig. Neem me maar mee.

In plaats daarvan leun ik naar achteren op de bank. 'Dat is het. Dat is alles wat ik weet.'

Zijn gezicht betrekt van teleurstelling. Hij beweegt zijn kaken, terwijl hij in gedachten het bewijs nagaat dat tot nu toe hier in huis is gevonden. Hij vraagt zich af of hij al genoeg heeft om die handboeien om mijn polsen te klikken. Hij is er niet zeker van, anders had hij het al gedaan.

'Hé, Connors!'

Dat is de stem van een andere agent. We verbreken het oogcontact, en ik kijk langs de trap omhoog. Daar staat de andere, veel jongere agent, met zijn lange vingers om het uiteinde van de leuning geklemd. Zijn rimpelloze gezicht is bleek.

'Connors,' zegt de jongere man. 'Je moet naar boven komen... nú. Dit moet je zien.' Zelfs van beneden zie ik zijn adamsappel op en neer gaan. 'Dit geloof je niet.'

DEEL 1

DRIE MAANDEN EERDER

1

MILLIE

'Vertel me eens iets over jezelf, Millie.'

Nina Winchester buigt zich naar voren op haar karamelkleurige leren bank. Ze heeft haar benen over elkaar geslagen, waardoor haar knieën net onder haar zijdeachtige witte rok uit piepen. Hoewel ik weinig verstand heb van merken, zie ik wel dat alles wat Nina Winchester draagt verschrikkelijk duur is. Ik wil mijn hand uitsteken om de stof van haar crèmekleurige bloes te voelen, ook al weet ik dat ik daarmee de kans zou verspelen om aangenomen te worden.

Eerlijk gezegd heb ik sowieso geen kans om aangenomen te worden.

'Nou...' begin ik, zorgvuldig mijn woorden kiezend. Ook al ben ik keer op keer afgewezen, ik blijf het proberen. 'Ik ben opgegroeid in Brooklyn. Ik heb veel ervaring als hulp in de huishouding, zoals u op mijn cv kunt zien.' Mijn *zorgvuldig vervalste* cv. 'En ik ben dol op kinderen. En op...' Ik kijk de kamer rond, op zoek naar een hondenspeeltje of een kattenbak. 'Huisdieren?'

In de onlineadvertentie voor de baan van huishoudster stond niets over huisdieren. Maar je kunt beter het zekere voor het onzekere nemen. Het feit dat je van dieren houdt, spreekt altijd in je voordeel, toch?

'Brooklyn!' Mrs Winchester kijkt me stralend aan. 'Ik ben ook in Brooklyn opgegroeid. We moeten praktisch buren zijn geweest!'

'Ja, inderdaad!' bevestig ik, hoewel dat zo ver bezijden de

waarheid is als maar kan. Er zijn aantrekkelijke buurten in overvloed in Brooklyn. Buurten waar je met plezier een rib uit je lijf betaalt voor een klein rijtjeshuis. Daar ben ik niet opgegroeid. Nina Winchester en ik verschillen hemelsbreed van elkaar, maar als zij wil geloven dat we buren waren, ga ik daar graag in mee.

Mrs Winchester stopt een lok glanzend, goudblond haar achter haar oor. Haar haren zijn op kaaklengte in een modieuze bob geknipt, wat haar onderkin enigszins camoufleert. Ze is eind dertig, en met een ander kapsel en andere kleding zou ze er heel gewoontjes uitzien. Blijkbaar heeft ze haar aanzienlijke rijkdom gebruikt om de best mogelijke versie van zichzelf naar voren te halen. Daar heb ik respect voor, ik kan niet anders zeggen.

Qua uiterlijk heb ik precies het tegenoverstelde gedaan. Ik mag dan ruim tien jaar jonger zijn dan de vrouw tegenover me, ik wil niet dat ze zich op wat voor manier dan ook bedreigd voelt door me. Dus heb ik voor mijn sollicitatiegesprek een lange, grove wollen rok uit de kringloopwinkel gekozen, en een witte polyester bloes met pofmouwen. Mijn donkerblonde haren draag ik in een strenge knot op mijn achterhoofd. Ik heb zelfs een overdreven grote en onnodige bril met schildpadmontuur aangeschaft, die hoog op mijn neus geplant zit. Ik zie er professioneel en uitermate onaantrekkelijk uit.

'Wat de baan betreft,' zegt ze. 'Die bestaat vooral uit schoonmaken en het klaarmaken van eenvoudige maaltijden, als je zou willen. Kun je goed koken, Millie?'

'Jazeker.' Mijn handigheid in de keuken is het enige waarover ik niet heb gelogen op mijn cv. 'Ik ben een uitstekende kok.'

Haar lichtblauwe ogen beginnen te glanzen. 'Dat is fantastisch! Echt, we eten haast nooit een goede, zelf klaargemaakte maaltijd.' Ze giechelt. 'Wie heeft daar nu tijd voor?'

Ik slik elke ook maar enigszins kritische reactie in. Nina Winchester werkt niet; ze heeft één kind, dat de hele dag op school is, en ze neemt iemand in dienst om het huis schoon te houden. Ik zag zelfs een tuinman aan het werk in de enorme voortuin.

Hoe kan ze dan zeggen dat ze geen tijd heeft om te koken voor haar gezinnetje?

Ik moet niet over haar oordelen. Ik weet niets van haar leven. Alleen omdat ze rijk is, hoeft ze nog niet verwend te zijn.

Maar als ik er honderd dollar om zou moeten verwedden, zou ik erop gokken dat Nina Winchester door en door verwend is.

'En we hebben ook af en toe hulp nodig voor Cecelia,' zegt Mrs Winchester. 'Misschien om haar 's middags naar haar lessen te brengen of naar een vriendinnetje om te spelen. Je hebt toch een auto, hè?'

Ik moet bijna lachen om haar vraag. Ja, ik heb een auto. Die is tegelijk ook het enige wat ik heb op het ogenblik. Mijn tien jaar oude Nissan staat verderop in de straat te stinken. Dat ding is mijn thuis tegenwoordig. Alles wat ik bezit, ligt in de kofferbak van die auto. De afgelopen maand heb ik op de achterbank geslapen.

Als je een maand in je auto hebt gewoond, zie je pas echt in hoe belangrijk sommige dingen zijn. Een wc. Een wastafel. Je benen kunnen strekken als je slaapt. Dat laatste mis ik het meest.

'Ja, ik heb een auto,' bevestig ik.

'Geweldig!' Mrs Winchester klapt in haar handen. 'Ik zal er vanzelfsprekend voor zorgen dat je een autostoeltje hebt voor Cecelia. Ze heeft alleen maar een stoelverhoger nodig. Ze is nog niet lang en zwaar genoeg om zonder te kunnen. De Vereniging voor Kindergeneeskunde beveelt...'

Terwijl Nina Winchester doorzeurt over de precieze lengte- en gewichtsbepalingen voor autostoeltjes, kijk ik de woonkamer rond. Het meubilair is hypermodern. Ze hebben de grootste flatscreen-tv die ik ooit heb gezien, ongetwijfeld hd en met overal in de kamer *surround sound*-speakers voor een optimale luisterbeleving. In een hoek bevindt zich een zo te zien echte houtgestookte open haard. De schoorsteenmantel staat vol foto's van de Winchesters op vakantie in alle uithoeken van de wereld. Ik kijk omhoog en zie dat het waanzinnig hoge plafond wordt belicht door een fonkelende kroonluchter.

'Vind je ook niet, Millie?' vraagt Mrs Winchester.

Verrast kijk ik haar aan. Uit alle macht probeer ik terug te halen waar haar vraag over ging, maar ik weet het niet meer. 'Ja...' zeg ik.

Ze is heel gelukkig met mijn instemming, waarmee dan ook. 'Ik ben heel blij dat jij dat ook vindt.'

'Absoluut,' zeg ik, resoluter dit keer.

Ze haalt haar vrij mollige benen van elkaar en kruist ze weer. 'En natuurlijk,' voegt ze eraan toe, 'is er de kwestie van je salaris. Je hebt het aanbod in de advertentie gezien, neem ik aan? Is dat acceptabel wat jou betreft?'

Ik slik. Het bedrag in de advertentie is meer dan acceptabel. Als ik een stripfiguur was geweest, zouden er dollartekens in mijn ogen hebben gestaan toen ik die advertentie las. Maar het salaris weerhield me er bijna van om te solliciteren naar deze baan. Iemand die zoveel geld biedt en in een huis als dit woont, zou er nooit over peinzen mij aan te nemen.

'Ja,' antwoord ik gesmoord. 'Dat is prima.'

Ze trekt haar wenkbrauwen op. 'En je weet dat het een baan inclusief inwoning is, hè?'

Vraagt ze me nu of ik er moeite mee heb om de pracht en praal van mijn Nissan achter te laten? 'Ja, dat weet ik.'

'Geweldig!' Ze trekt aan de zoom van haar rok en staat op. 'Zal ik je dan maar even rondleiden? Zodat je kunt zien waar je aan begint?'

Ik sta ook op. Op haar hoge hakken is Mrs Winchester maar een paar centimeter langer dan ik op mijn platte schoenen, maar voor mijn gevoel is ze veel groter. 'Lijkt me geweldig!'

Ze laat me het huis zo gedetailleerd zien dat ik op den duur vrees dat ik de advertentie verkeerd heb begrepen. Ze lijkt wel een makelaar die denkt het pand aan me te kunnen verkopen. Het is een prachtig huis. Als ik vier of vijf miljoen dollar in mijn zak had, zou ik het meteen inpikken. Behalve de begane grond met de gigantische woonkamer en de pas gerenoveerde keuken, is er de bovenverdieping met de grote slaapkamer van de Winchesters, de kamer van hun dochter Cecelia, Mr Winchesters werkkamer en een logeerkamer die niet zou misstaan in het beste hotel van Manhattan. Voor de volgende deur blijft ze theatraal staan.

'En hier...' Ze gooit de deur open. '...is onze thuisbioscoop!'

Het is een heuse filmzaal, gewoon hier in huis, terwijl ze beneden al zo'n gigantische tv hebben. Voor een kamerhoog scherm staan een paar rijen stoelen in theateropstelling. Er is zelfs een popcornmachine.

Na een ogenblik krijg ik in de gaten dat Mrs Winchester wacht op een reactie van mijn kant.

'Wauw!' zeg ik, hopelijk enthousiast genoeg.

'Is dit niet fantastisch?' Ze rilt van verrukking. 'En we hebben een uitgebreide collectie films, voor elk wat wils. Natuurlijk hebben we ook alle gebruikelijke zenders en streamingdiensten.'

'Natuurlijk,' zeg ik.

Als we de filmzaal weer uit zijn, komen we bij de laatste deur. Helemaal aan het eind van de gang. Nina blijft aarzelend staan, met haar hand op de deurknop.

'Zou dit mijn kamer worden?' vraag ik.

'Min of meer...' Ze draait de deurknop om. Hij knarst luid. Onwillekeurig valt het me op dat het hout van deze deur veel dikker is dan dat van de andere deuren. Erachter is een donker trappenhuis. 'Jouw kamer is boven. We hebben ook een compleet afgewerkte zolder.'

Deze donkere, smalle trap is wat minder mooi dan de rest van het huis... En zouden ze er iets van krijgen als ze hier een lamp ophingen? Maar ik ben slechts de betaalde hulp, natuurlijk. Ik kan niet verwachten dat ze net zoveel geld uitgeven aan mijn kamer als aan de thuisbioscoop.

Boven aan de trap is een smal gangetje. Anders dan op de begane grond van het huis, is het plafond hier gevaarlijk laag. Ik ben echt niet lang, toch krijg ik de neiging om te bukken.

'Je hebt je eigen badkamer.' Ze knikt naar een deur links. 'En dit hier zou je kamer worden.'

Ze gooit de laatste deur open. Het is volslagen donker binnen, tot ze aan een touw trekt en het licht wordt in de ruimte.

Het is zonder meer een klein kamertje. En dat niet alleen, het ligt direct onder het schuin aflopende dak van het huis. Het uiteinde komt ongeveer tot aan mijn middel. In plaats van het enorme kingsize bed in de slaapkamer van Mr en Mrs Winchester en hun grote kledingkast en kastanjehouten toilettafel, staan in deze kamer alleen een smal kampeerbed, een halfhoog boekenkastje en een ladekastje. De verlichting bestaat uit twee kale peertjes, die aan het plafond hangen.

Het is een bescheiden kamer, maar dat vind ik best. Als hij al te mooi zou zijn, zou ik beslist kunnen fluiten naar deze baan. Het feit dat deze kamer behoorlijk kloterig is, betekent misschien dat ze zulke lage eisen stelt dat ik een piepklein kansje maak.

Maar er is nog iets aan deze kamer. Iets wat me dwarszit.

'Sorry dat het zo klein is.' Mrs Winchester fronst haar voorhoofd. 'Maar je hebt hier veel privacy.'

Ik loop naar het enige raam. Net als de kamer is het klein, amper groter dan mijn hand, en het kijkt uit op de achtertuin. Er is een tuinman bezig daar beneden, dezelfde als die ik aan de voorkant heb gezien. Hij staat met een enorme snoeischaar in te hakken op een heg.

'En, wat vind je ervan, Millie? Bevalt het je?'

Ik wend me af van het raam en kijk naar Mrs Winchesters glimlachende gezicht. Het is me nog steeds niet duidelijk wat me dwarszit. Er is iets met deze kamer waar ik de kriebels van krijg.

Misschien komt het door het raam. Het zit aan de achterkant van het huis. Als ik in gevaar zou zijn en iemands aandacht zou willen trekken, zou niemand me zien hierachter. Ik zou kunnen roepen en schreeuwen zoveel ik wilde, zonder dat iemand het zou horen.

Maar wie hou ik nu voor de gek? Ik zou een gelukkig mens

zijn als ik in deze kamer kon wonen. Met mijn eigen badkamer en een echt bed, waarin ik mijn benen helemaal zou kunnen strekken. Vergeleken met mijn auto ziet dit hokje er zo goed uit dat ik wel kan huilen.

'Het is perfect,' antwoord ik.

Mrs Winchester is schijnbaar dolblij met mijn antwoord. Ze gaat me voor door het donkere trappenhuis, terug naar de eerste verdieping. Zodra ik dat trappenhuis uit ben, laat ik mijn adem ontsnappen. Ik had niet eens door dat ik hem inhield. Die kamer had iets buitengewoon angstaanjagends, maar als ik erin slaag deze baan te bemachtigen, zou ik daar wel overheen komen. Met gemak.

Eindelijk worden mijn schouders losser, en ik wil net nog een vraag stellen als ik een stem hoor.

'Mama?'

Ik sta abrupt stil en zie achter ons in de gang een klein meisje staan. Ze heeft net zulke lichtblauwe ogen als Nina Winchester, alleen nog een paar tinten lichter, en haar haren zijn zo blond dat ze bijna wit lijken. Ze draagt een lichtblauw jurkje, afgezet met wit kant. Ze staart me aan alsof ze dwars door me heen kan kijken. Tot in mijn ziel.

Ken je die lugubere cultfilms over, zeg maar, van die enge kinderen die gedachten kunnen lezen en de duivel vereren en in korenvelden of zo wonen? Nou, als ze iemand zochten voor een rol in zo'n film, zou dit meisje zeker uitgekozen worden. Ze zou niet eens auditie hoeven doen. Eén blik op haar en ze zouden zeggen: *ja, jij bent griezel nummer drie.*

'Cece!' roept Mrs Winchester uit. 'Ben je al terug van balletles?'

Het meisje knikt langzaam. 'Bella's moeder heeft me afgezet.'

Mrs Winchester slaat haar armen om de magere schouders van het meisje, maar de uitdrukking van het kind verandert niet en haar bleekblauwe ogen laten mijn gezicht geen moment los. Mankeert er iets aan mijn verstand dat ik bang ben dat dit negen jaar oude meisje me gaat vermoorden?

'Dit is Millie,' zegt Mrs Winchester tegen haar dochter. 'Millie, dit is mijn dochter, Cecelia.'

De ogen van kleine Cecelia zijn twee onpeilbare dieptes. 'Leuk je te ontmoeten, Millie,' zegt ze beleefd.

Ik schat de kans dat ze me in mijn slaap zal vermoorden op ten minste vijfentwintig procent, als ik deze baan krijg. Toch wil ik hem nog steeds.

Mrs Winchester geeft haar dochter een kusje op haar blonde hoofd, waarna het meisje wegholt naar haar kamer. Ze heeft ongetwijfeld een eng poppenhuis daarbinnen, met poppen die 's nachts tot leven komen. Misschien word ik wel door een van die poppen vermoord.

Oké, ik doe belachelijk. Dat kleine meisje is waarschijnlijk een schatje. Zij kan er niets aan doen dat ze gekleed is als een griezelig victoriaans spookkind. Ik hou van kinderen, over het algemeen. Niet dat ik de afgelopen tien jaar veel met ze in aanraking ben geweest, trouwens.

Als we eenmaal terug zijn op de begane grond, trekt de spanning uit me weg. Mrs Winchester is best aardig en normaal voor zo'n rijke vrouw. Terwijl ze verder kletst over het huis en haar dochter en de baan, luister ik maar half. Ik denk alleen maar dat het fijn zou zijn om hier te werken. Ik zou er alles voor overhebben om deze baan te krijgen.

'Heb je nog vragen, Millie?' vraagt ze.

Ik schud mijn hoofd. 'Nee, Mrs Winchester.'

Ze klakt met haar tong. 'Noem me alsjeblieft Nina. Als je hier werkt, zou ik het raar vinden om aangesproken te worden als *Mrs Winchester*.' Ze lacht. 'Alsof ik een of ander rijk oud dametje ben.'

'Bedankt... Nina,' zeg ik.

Haar gezicht straalt, maar dat kan ook komen door een zeewier- of komkommermasker of wat rijke mensen ook op hun huid smeren. Nina Winchester is het soort vrouw dat geregeld schoonheidsbehandelingen ondergaat. 'Ik heb hier een goed gevoel over, Millie. Dat meen ik echt.'

Het is moeilijk om niet meegesleept te worden door haar enthousiasme. Het is moeilijk om niet dat sprankje hoop te voelen, terwijl ze mijn ruwe hand stevig drukt met haar babyzachte. Ik wil geloven dat Nina Winchester me ergens in de komende dagen zal bellen om me de baan aan te bieden, zodat ik Casa Nissan eindelijk achter me kan laten. Dat wil ik ontzettend graag geloven.

Maar wat ik verder ook kan zeggen over Nina, ze is niet dom. Ze neemt heus geen vrouw aan om in haar huis te werken en te wonen en voor haar kind te zorgen zonder een eenvoudig achtergrondonderzoek te doen. En als ze dat doet...

Ik slik het brok in mijn keel weg.

Nina Winchester laat me uit en neemt hartelijk afscheid van me. 'Heel erg bedankt voor je komst, Millie.' Opnieuw geeft ze me een hand. 'Ik laat gauw van me horen, dat beloof ik.'

Dat gaat niet gebeuren. Dit was de eerste en de laatste keer dat ik in dit prachtige huis ben geweest. Ik had hier om te beginnen al niet naartoe moeten komen. Ik had moeten proberen een baan te krijgen waarvoor ik niet bij voorbaat al kansloos was, in plaats van haar en mijn tijd te verdoen. Misschien kan ik iets vinden in de fastfoodbranche.

De tuinman, die ik daarstraks vanuit het raam op zolder heb gezien, is terug op het gazon aan de voorkant. Hij heeft nog steeds die gigantische snoeisnaar vast en is bezig een haag voor het huis in vorm te knippen. Het is een grote kerel, in een T-shirt waarin zijn indrukwekkende spieren goed uitkomen en dat de tattoos op zijn bovenarmen net niet helemaal bedekt. Hij schuift zijn baseballpet naar achteren en kijkt kort op van de schaar, waarbij zijn donkere ogen de mijne ontmoeten vanaf de andere kant van het gazon.

Ik steek groetend mijn hand op. 'Hoi,' zeg ik.

De man kijkt me strak aan. Hij groet niet terug. Hij zegt niet: trap niet op mijn bloemetjes. Hij staart alleen maar naar me.

'Aangenaam,' mompel ik zachtjes.

Ik vertrek via de elektronische ijzeren poort in het hek om het perceel en sjok terug naar mijn auto/huis. Over mijn schouder werp ik een laatste blik op de man in de tuin. Hij houdt me nog steeds in de gaten. Zijn uitdrukking bezorgt me de rillingen. Dan schudt hij haast onwaarneembaar zijn hoofd, bijna alsof hij me wil waarschuwen.

Maar hij zegt geen woord.

2

Als je in je auto woont, moet je niet te moeilijk doen.

Je gaat om te beginnen geen gezellige bijeenkomsten houden. Geen wijn- en kaasfeestjes, geen pokeravonden. Dat is prima, want er is toch niemand die ik graag zou willen zien. Wat ik belangrijker vind, is waar ik moet douchen. Drie dagen nadat ik uit mijn studio was gezet, drie weken na mijn ontslag, ontdekte ik langs de snelweg een stopplaats met douches. Ik huilde bijna van geluk toen ik dat zag. Ja, je hebt heel weinig privacy in die douches en het stinkt er vaag naar menselijke uitwerpselen, maar op dat moment wilde ik me maar al te graag wassen.

Nu geniet ik van mijn lunch op de achterbank van mijn auto. Ik heb wel een warmhoudplaatje dat ik bij speciale gelegenheden kan aansluiten op de sigarettenaansteker, maar ik eet vooral boterhammen. Stapels boterhammen. Ik heb een koeltas waarin ik de vleeswaren en de kaas bewaar, en ik heb een heel wit brood, 99 cent bij de supermarkt. En snacks, natuurlijk. Zakken chips. Crackers met pindakaas. Twinkies. Keus genoeg wat ongezonde etenswaren betreft.

Vandaag bestaat mijn beleg uit ham en Amerikaanse kaas met een klodder mayonaise. Bij elke hap die ik neem, probeer ik er niet aan te denken dat ik eigenlijk geen brood meer kan zien.

Nadat ik met moeite de helft heb weggewerkt, gaat mijn telefoon in mijn zak. Ik heb zo'n prepaid klaptoestel dat mensen alleen gebruiken als ze van plan zijn om een misdrijf te plegen. Zo niet, dan zijn ze vijftien jaar teruggegaan in de tijd. Maar ik heb een telefoon nodig, en dit is het enige model dat ik me kan veroorloven.

'Wilhelmina Calloway?' vraagt een vrouwenstem kortaf aan de andere kant.

Ik huiver als ik mijn volledige naam hoor zeggen. Wilhelmina was mijn vaders moeder. Ze is al heel lang dood. Ik weet niet hoe verknipt je moet zijn om je kind Wilhelmina te noemen, maar ik praat niet meer met mijn ouders (en zij niet meer met mij), dus is het een beetje te laat om het te vragen. In elk geval ben ik altijd gewoon Millie geweest, en ik probeer mensen altijd zo snel mogelijk te corrigeren. Maar ik heb zo'n gevoel dat degene die ik aan de telefoon heb, niet iemand is die me snel bij mijn roepnaam zal noemen. 'Ja...'

'Ms Calloway,' zegt de vrouw, 'u spreekt met Donna Stanton van Munch Burgers.'

O ja, Munch Burgers. Die goedkope fastfoodtent die me een paar dagen geleden een sollicitatiegesprek heeft toegezegd. Ik zou er hamburgers gaan bakken of anders achter de kassa staan. Maar als ik hard werkte, was er kans op promotie. En nog beter, kans op genoeg geld om ergens anders te kunnen wonen dan in mijn auto.

Natuurlijk had ik veel liever die baan bij de Winchesters gehad, maar mijn gesprek met Nina Winchester is al een week geleden. Je kunt er donder op zeggen dat mijn droombaan aan mijn neus voorbij is gegaan.

'Ik wilde u alleen laten weten,' vervolgt Ms Stanton, 'dat we de functie bij Munch Burgers al hebben vervuld. Maar we wensen u succes met uw zoektocht naar werk.'

De ham en kaas roeren zich in mijn maag. Ik had online gelezen dat ze er bij Munch Burgers geen strikte selectieprocedures op na hielden. Dat ik misschien, ook al heb ik een strafblad, toch niet kansloos was. Dit is het laatste sollicitatiegesprek dat ik heb weten te regelen sinds mijn ontmoeting met Mrs Winchester, van wie ik niets meer heb gehoord, en ik ben wanhopig. Ik kan niet één boterham meer eten in mijn auto. Dat gaat gewoon niet meer.

'Ms Stanton,' gooi ik eruit. 'Hebt u geen plek voor me in een ander filiaal? Ik ben een harde werker. En heel betrouwbaar. Ik heb altijd...'

Ik hou op met praten. Ze heeft al opgehangen.

Met mijn linkerhand houd ik krampachtig mijn boterham vast, terwijl ik met mijn rechter mijn telefoon omklem. Dit is hopeloos. Niemand wil me in dienst nemen. Elke potentiële werkgever kijkt op dezelfde manier naar me. Het enige wat ik wil, is een nieuw begin. Al moet ik me kapotwerken. Ik wil alles doen, wat dan ook.

Ik vecht tegen mijn tranen, hoewel ik niet weet waarom eigenlijk. Niemand zal me zien huilen op de achterbank van mijn Nissan. Er is niemand meer die om me geeft. Mijn ouders hebben hun handen meer dan tien jaar geleden al van me afgetrokken.

Mijn telefoon gaat weer, en ik schrik op uit mijn zielige gedachten. Met de rug van mijn hand veeg ik mijn tranen weg, waarna ik op de groene knop druk om het gesprek aan te nemen. 'Hallo?' zeg ik schor.

'Hallo? Spreek ik met Millie?'

De stem komt me vaag bekend voor. Ik duw de telefoon vaster tegen mijn oor. Mijn hart springt op. 'Ja...'

'Met Nina Winchester. Je bent vorige week bij me op sollicitatiegesprek geweest, weet je nog?'

'O.' Ik bijt hard op mijn onderlip. Waarom belt ze nu ineens wel? Ik dacht dat ze al iemand anders had aangenomen, zonder mij daarover in te lichten. 'Ja, natuurlijk.'

'Als je interesse hebt, willen we je heel graag de baan aanbieden.'

Het bloed stijgt zo snel naar mijn hoofd dat ik haast duizelig word. *...willen we je heel graag de baan aanbieden.* Meent ze dat? Het was voorstelbaar dat Munch Burgers me zou aannemen, maar het leek me ronduit onmogelijk dat een vrouw als Nina Winchester me in haar huis zou uitnodigen. Om er te komen wónen.

Zou het kunnen dat ze mijn referenties niet heeft nagetrokken? Dat ze geen eenvoudig achtergrondonderzoek heeft gedaan? Misschien heeft ze het gewoon zo drúk dat ze er niet aan toe is gekomen. Misschien is ze zo'n vrouw die prat gaat op haar onderbuikgevoel.

'Millie? Ben je daar nog?'

Ik besef dat ik al een hele tijd niets heb gezegd, van louter verbijstering. 'Ja, ik ben er nog.'

'En, ben je geïnteresseerd in de baan?'

'Jawel.' Ik probeer niet al te belachelijk enthousiast te klinken. 'Dat ben ik zeker. Ik wil heel graag voor je werken.'

'Mét me werken,' corrigeert ze me.

Een verstikt lachje ontsnapt me. 'Oké. Ja, natuurlijk.'

'Wanneer zou je kunnen beginnen?'

'Eh... wanneer wil je dat ik begin?'

'Zo gauw mogelijk!' Ik ben jaloers op Nina's vlotte lachje, dat zo anders klinkt dan het mijne. Stel dat ik maar met mijn vingers hoefde te knippen om met haar van plaats te kunnen ruilen. Dat zou toch fantastisch zijn. 'Er ligt een berg wasgoed om op te vouwen.'

Ik slik. 'Zou morgen uitkomen?'

'Dat zou geweldig zijn! Maar heb je geen tijd nodig om je spullen te pakken?'

Het lijkt me beter om haar niet te vertellen dat alles wat ik heb al in de kofferbak van mijn auto ligt. 'Ik kan heel snel inpakken.'

Ze lacht opnieuw. 'Heerlijk dat je zo enthousiast bent, Millie. Ik kan niet wachten tot je hier komt werken.'

Terwijl Nina en ik de bijzonderheden voor morgen bespreken, vraag ik me af of ze nog zo blij met me zou zijn als ze wist dat ik de afgelopen tien jaar in de gevangenis heb doorgebracht.

3

De volgende morgen kom ik aan bij het huis van de Winchesters, nadat Nina Cecelia al naar school heeft gebracht. Ik parkeer buiten het ijzeren hek om hun domein. Ik ben nooit eerder in een huis geweest dat afgeschermd werd door een hek, laat staan dat ik er woonde. Maar het lijkt wel of alle huizen in deze chique buurt op Long Island een hek hebben. Als je bedenkt hoe weinig criminaliteit hier is, is het misschien wat overdreven. Maar wie ben ik om daarover te oordelen? Als alles verder hetzelfde zou zijn, en ik had de keus tussen een huis met een hek of zonder, dan zou ik ook voor het hek gaan.

Toen ik hier de vorige keer aankwam, stond de poort open, maar vandaag is hij dicht. Op slot kennelijk. Ik blijf even staan, met mijn twee tassen aan mijn voeten, terwijl ik probeer uit te zoeken hoe ik binnen kan komen. Ik zie geen deurbel of zoemer. Maar de tuinman is weer op het terrein. Hij zit op zijn knieën in de aarde met een schepje in zijn hand.

'Hallo!' roep ik.

De man kijkt over zijn schouder, werpt een blik op me en graaft dan weer verder. Heel vriendelijk.

'Hallo!' zeg ik weer, zo hard dat hij me niet kan negeren.

Deze keer komt hij langzaam, heel langzaam overeind. Volkomen ongehaast kuiert hij naar de poort in het hek. Hij trekt zijn dikke rubberhandschoenen uit en kijkt me vragend aan.

'Hoi!' zeg ik, terwijl ik mijn best doe om mijn ergernis te verbergen. 'Ik ben Millie Calloway. Dit is mijn eerste werkdag hier.

Ik wil graag naar binnen, want Mrs Winchester verwacht me.'

Hij zegt niets. Vanaf de andere kant van het gazon had ik alleen gezien hoe groot hij is, minstens een kop groter dan ik, met biceps zo dik als mijn dijen. Maar van dichtbij zie ik dat hij eigenlijk behoorlijk hot is. Hij is zo te zien midden dertig, heeft gitzwart haar, dat vochtig is van de inspanning, en een olijfkleurige huid. Hij is knap, op een ruige manier, maar het opvallendst aan hem zijn zijn ogen. Die zijn diepzwart, zo donker dat ik de pupil niet van de iris kan onderscheiden. Iets in die ogen maakt dat ik een stap achteruitzet.

'Dus, eh... kun je me helpen?' vraag ik.

Eindelijk doet hij zijn mond open. Ik verwacht dat hij zal zeggen dat ik moet oprotten of dat hij me om een legitimatiebewijs zal vragen, maar in plaats daarvan begint hij te ratelen in rap Italiaans. Tenminste, ik denk dat het Italiaans is. Ik ken die taal helemaal niet, maar ik heb ooit een Italiaanse film met ondertiteling gezien, en die klonk ongeveer zoals dit.

'O,' zeg ik, als hij klaar is met zijn monoloog. 'Maar, eh... geen Engels?'

'Engels?' vraagt hij met zo'n zwaar accent dat het antwoord wel duidelijk is. 'Nee, geen Engels.'

Geweldig. Ik schraap mijn keel en probeer te bedenken hoe ik hem het best duidelijk kan maken wat ik bedoel. 'Ik...' Ik wijs op mijn borst. 'Ik werk voor Mrs Winchester.' Ik wijs naar het huis. 'En ik moet... naar binnen.' Nu wijs ik naar het slot van de poort. 'Bínnen.'

Hij fronst alleen zijn voorhoofd. Super.

Ik sta op het punt om mijn telefoon tevoorschijn te halen om Nina te bellen, als hij naar de zijkant loopt en een of andere schakelaar omzet. Daarop komt de poort in beweging, bijna als in slow motion.

Als de poort eenmaal open is, neem ik even de tijd om naar het huis te kijken dat de komende tijd mijn thuis zal zijn. Het heeft twee verdiepingen plus de zolder en is ongeveer net zo breed als een heel huizenblok in Brooklyn. Het is bijna verblindend wit, waarschijnlijk pas geschilderd, en de bouwstijl lijkt modern, maar wat weet ik ervan? Ik weet alleen dat het eruitziet alsof de mensen die er wonen zoveel geld hebben dat ze niet weten wat ze ermee moeten.

Ik wil een van mijn tassen oppakken, maar voordat ik dat kan doen, pakt de tuinman ze allebei zonder morren op en draagt ze voor me naar de voordeur. Die tassen zijn heel zwaar. Op mijn auto na zit er letterlijk alles in wat ik heb, dus ben ik hem dankbaar dat hij het tilwerk vrijwillig van me heeft overgenomen.

'Gracias,' zeg ik.

Hij kijkt me raar aan. Hm, dat was misschien wel Spaans. Nou ja.

Ik wijs op mezelf. 'Millie,' zeg ik.

'Millie.' Hij knikt begrijpend en wijst dan op zichzelf. 'Ik ben Enzo.'

'Aangenaam,' zeg ik ongemakkelijk, ook al verstaat hij me niet. Maar jezus, als hij hier woont en werkt, moet hij toch ten minste een beetje Engels hebben opgepikt.

'Piacere di conoscerti,' zegt hij.

Ik knik zwijgend. Tot zover mijn pogingen om vriendschap te sluiten met de tuinman.

'Millie,' zegt hij weer met zijn zware Italiaanse accent. Het lijkt of hij iets wil zeggen, maar hij worstelt duidelijk met de taal. 'Je...'

Hij fluistert iets in het Italiaans, maar zodra we het slot van de voordeur horen opengaan, haast hij zich terug naar het bloembed en gaat ijverig aan het werk. Ik had maar net gehoord wat hij zei. *Pericolo.* Wat dat ook mag betekenen. Misschien dat hij iets fris wilde drinken. *Peri cola...* Welja, met een schijfje citroen!

'Millie!' Nina is blijkbaar dolblij om me te zien. Zo blij dat ze haar armen om me heen slaat en me haast platdrukt. 'Ik ben heel blij dat je besloten hebt om de baan aan te nemen. Ik voelde gewoon een bepaalde klik tussen ons. Snap je?'

Dat dacht ik al. Ze had een 'onderbuikgevoel' bij mij, dus had ze niet de moeite genomen om mijn achtergrond na te trekken. Nu moet ik er simpelweg voor zorgen dat ze nooit een reden zal hebben om me te wantrouwen. Ik moet de volmaakte werknemer zijn. 'Ja, ik weet wat je bedoelt. Ik voel hetzelfde.'

'Nou, kom binnen!'

Nina pakt me bij mijn elleboog en neemt me mee het huis in, onbewust van het feit dat ik loop te zwoegen met mijn twee zware tassen. Niet dat ik had verwacht dat ze me zou helpen. Dat zou niet eens bij haar zijn opgekomen.

Als ik naar binnen loop, valt het me direct op dat het huis er heel anders uitziet dan de eerste keer dat ik hier was. Héél anders. Toen ik kwam solliciteren, zag het huis van de Winchesters eruit als om door een ringetje te halen. Ik had van de vloer kunnen eten. Maar nu lijkt het wel een varkensstal. Op de salontafel voor de bank staan zes kopjes met uiteenlopende hoeveelheden verschillende plakkerige vloeistoffen erin. Ook liggen er een stuk of tien verkreukelde kranten en tijdschriften en een gedeukte pizzadoos. De woonkamer is bezaaid met kleren en rommel, en op de eettafel staan nog restjes van het eten van gisteravond.

'Zoals je ziet,' zegt Nina, 'ben je geen minuut te vroeg gekomen!'

Dus Nina Winchester is een slons. Dat is háár geheim. Het zal me uren kosten om de boel hier enigszins netjes te krijgen. Misschien wel dagen. Maar dat geeft niet, ik stond te popelen om mijn geld eerlijk te verdienen met hard werken. En ik vind het fijn dat ze me nodig heeft. Als ik mezelf onmisbaar kan maken, zal ze me niet zo snel ontslaan als, of wanneer, ze achter de waarheid komt.

'Als je het goedvindt, breng ik eerst even mijn tassen weg,' zeg ik. 'Dan maak ik daarna het hele huis weer aan kant.'

Nina zucht gelukzalig. 'Je bent een wonder, Millie. Heel erg bedankt. En...' Ze pakt haar handtas van het aanrecht in de keuken, rommelt erin en komt ten slotte met de nieuwste iPhone op de proppen. 'Ik heb deze voor je gekocht. Ik zag toevallig dat je een compleet verouderde telefoon gebruikt. Voor het geval ik je nodig heb als je niet hier in huis bent, wil ik graag dat je een betrouwbaar communicatiemiddel hebt.'

Aarzelend vouw ik mijn vingers om het gloednieuwe toestel. 'Wauw, dat is heel gul van je, maar ik kan me geen abonnement –'

Ze wappert met haar hand. 'Ik heb je aan ons gezinsabonnement toegevoegd. Dat kost haast niets.'

Haast niets? Ik heb het gevoel dat die twee woorden voor haar een totaal andere betekenis hebben dan voor mij.

Voordat ik verder kan protesteren, klinken er voetstappen op de trap achter me. Ik draai me om en zie een man in een grijs pak naar beneden komen. Als hij mij in het oog krijgt, blijft hij onder aan de trap even staan, alsof hij schrikt van mijn aanwezigheid. Als hij mijn bagage opmerkt, worden zijn ogen groter.

'Andy!' roept Nina uit. 'Kom kennismaken met Millie!'

Dit moet Andrew Winchester zijn. Toen ik de familie Winchester googelde, geloofde ik mijn ogen niet toen ik zag wat die man aan vermogen heeft. Daarna begreep ik dingen als de thuisbioscoop en het hek om het domein iets beter. Hij is een zakenman, die zijn vaders bloeiende onderneming heeft overgenomen en de winst sindsdien heeft weten te verdubbelen. Maar aan de verraste uitdrukking op zijn gezicht te zien, laat hij huishoudelijke zaken grotendeels aan zijn vrouw over. En blijkbaar is zij stomweg vergeten hem te vertellen dat ze een inwonende huishoudster heeft aangenomen.

'Hallo...' Mr Winchester komt fronsend de woonkamer in. 'Millie, nietwaar? Het spijt me, ik wist niet...'

'Andy, ik heb je over haar verteld!' Nina houdt haar hoofd schuin. 'Ik zei dat we iemand moesten aannemen om te helpen met schoonmaken en koken en Cecelia. Ik weet zeker dat ik dat tegen je heb gezegd!'

'Ja, nou...' Uiteindelijk ontspant zijn gezicht. 'Welkom, Millie. We kunnen beslist wel wat hulp gebruiken.'

Andrew Winchester steekt me zijn hand toe. Hij is een ongelofelijk knappe man, daar kan ik niet omheen. Doordringende bruine ogen, een volle bos kastanjebruin haar en een sexy kuiltje in zijn kin. En ik kan er ook niet omheen dat hij een stuk aantrekkelijker is dan zijn vrouw, ondanks haar onberispelijk verzorgde uiterlijk. Dat vind ik een beetje vreemd. Tenslotte is de man stinkend rijk. Hij kan elke vrouw krijgen die hij wil. Onwillekeurig heb ik respect voor het feit dat hij geen supermodel van twintig als levenspartner heeft gekozen.

Ik stop mijn nieuwe telefoon in de zak van mijn spijkerbroek en schud hem de hand. 'Aangenaam, Mr Winchester.'

Hij glimlacht warm naar me. 'Zeg maar Andrew.'

Terwijl hij dat zegt, verandert de uitdrukking op Nina Winchesters gezicht opeens. Haar lippen bewegen krampachtig, en ze knijpt haar ogen tot spleetjes. Ik snap niet goed waarom. Zelf heeft ze me ook gevraagd haar bij haar voornaam te noemen. En het is niet bepaald zo dat Andrew Winchester me uitgebreid bekijkt. Zijn blik blijft respectvol op mijn ogen gericht en dwaalt niet naar omlaag. Niet dat er veel te zien is, al heb ik de nepschildpadbril vandaag achterwege gelaten. Voor mijn eerste werkdag heb ik een degelijke bloes en een gemakkelijk zittende spijkerbroek aangetrokken.

'Hoe dan ook, moet jij niet naar je werk, Andy?'

'O, ja.' Hij trekt zijn grijze das recht. 'Ik heb om halftien een vergadering in de stad. Ik kan maar beter opschieten.'

Andrew kust Nina langdurig op haar lippen en geeft haar een kneepje in haar schouder. Voor zover ik kan zien, hebben ze een behoorlijk gelukkig huwelijk. En Andrew lijkt me redelijk nuchter voor iemand met een vermogen van acht cijfers na het dollarteken. Lief om te zien dat hij haar een kushand toewerpt vanuit de deuropening. Deze man houdt van zijn vrouw.

'Je man lijkt me heel aardig,' zeg ik tegen Nina als de voordeur dichtslaat.

In haar ogen verschijnt weer die donkere, achterdochtige blik van daarnet. 'O ja?'

'Nou, eh... ja,' stamel ik. 'Ik bedoel, zo te zien is hij... Hoelang zijn jullie getrouwd?'

Nina kijkt me bedachtzaam aan. Maar in plaats van antwoord te geven, vraagt ze: 'Waar is je bril?'

'Wat?'

Ze trekt haar wenkbrauwen op. 'Toen je kwam solliciteren had je toch een bril op?'

'O.' Ik voel me in verlegenheid gebracht, want ik geef niet graag toe dat die bril nep was. Ik droeg hem om er intelligenter en serieuzer uit te zien, en ja, minder aantrekkelijk en bedreigend. 'Ik... eh, ik heb mijn contactlenzen in.'

'Is dat zo?'

Ik weet niet waarom ik loog. Ik had gewoon moeten zeggen dat ik die bril niet zo hard nodig heb. Nu heb ik het nog erger gemaakt door er contactlenzen bij te halen die ik niet draag. Ik voel dat Nina mijn pupillen bestudeert, op zoek naar lenzen.

'Is... is dat een probleem?' vraag ik uiteindelijk.

Onder haar rechteroog trilt een spiertje. Even ben ik bang dat ze gaat zeggen dat ik moet maken dat ik wegkom, maar dan ontspannen haar trekken. 'Natuurlijk niet! Ik vond die bril je gewoon zo leuk staan. Heel mooi. Je zou hem vaker moeten dragen.'

'Ja, nou...' Met trillende hand grijp ik het hengsel van een van mijn tassen. 'Misschien kan ik beter mijn spullen naar boven brengen en aan de slag gaan.'

Nina klapt in haar handen. 'Uitstekend idee!'

Ook nu biedt ze niet aan om een van mijn tassen te dragen wanneer we de twee trappen naar de zolder op gaan. Ongeveer halverwege de tweede trap heb ik het gevoel dat mijn armen er elk moment af kunnen vallen, maar Nina staat niet stil om me de kans te geven de hengsels anders vast te pakken. Ik slaak een zucht van verlichting als ik de tassen op de vloer van mijn nieuwe kamer kan laten vallen. Nina rukt aan het koord om de twee peertjes die mijn petieterige woonruimte moeten verlichten, aan te doen.

'Ik hoop dat het in orde is,' zegt ze. 'Hierboven heb je veel privacy en je eigen badkamer. Ik neem aan dat je dat het liefste hebt.'

Misschien voelt ze zich schuldig over het feit dat hun gigantische logeerkamer leegstaat, terwijl ik in een veredelde bezemkast moet wonen. Maar dat is best. Alles wat groter is dan de achterbank van mijn auto is in mijn ogen een paleis. Ik kan niet wachten om hier vanavond te gaan slapen. Ik ben belachelijk dankbaar.

'Het is perfect,' zeg ik eerlijk.

Behalve het bed, de ladekast en het boekenkastje, zie ik nog iets in de kamer staan. Iets wat me de eerste keer niet is opgevallen. Een minikoelkastje, ongeveer dertig centimeter hoog. Het is aangesloten op een stopcontact in de muur en zoemt gestaag. Ik hurk neer en trek het open.

Het heeft twee schappen, en op het bovenste liggen drie miniflesjes water. 'Goed hydrateren is belangrijk,' zegt Nina ernstig.

'Ja...'

Als ze mijn verwarde gezicht ziet, glimlacht ze. 'Natuurlijk is het jouw koelkast. Je mag erin bewaren wat je wil. Ik dacht, ik help je een beetje op weg.'

'Dank je.' Zo vreemd is het niet. Sommige mensen leggen pepermuntjes op een kussen. Nina heeft drie flesjes water klaargelegd.

'In elk geval...' Ze veegt haar handen af aan haar dijen, al zijn ze brandschoon. 'Ik laat je met rust, dan kun je je spullen uitpakken en daarna beginnen met schoonmaken. Ik ga me voorbereiden op mijn PTA-vergadering morgen.'

'PTA?'

'Parent Teacher Association, van Cecelia's school.' Ze kijkt me stralend aan. 'Ik ben vicevoorzitter.'

'Wat goed,' zeg ik, want dat is wat ze wil horen. Nina is gemakkelijk tevreden te stellen. 'Ik pak vlug alles uit en dan ga ik direct aan het werk.'

'Heel erg bedankt.' Ze raakt kort mijn blote arm aan met haar vingers, die warm en droog aanvoelen. 'Je bent een redder in de nood, Millie. Ik ben zo blij dat je er bent.'

Als Nina de kamer uit gaat, leg ik mijn hand op de deurknop. Op dat moment zie ik wat me vanaf het allereerste moment dwars heeft gezeten aan deze kamer. Ik voel me misselijk worden.

'Nina?'

'Hmm?'

'Waarom...' Ik schraap mijn keel. 'Waarom zit het slot van deze kamer aan de buitenkant in plaats van aan de binnenkant?'

Nina tuurt omlaag naar de deurknop, alsof ze die voor het eerst ziet. 'O! Dat spijt me ontzettend. We gebruikten deze kamer altijd als kast, dus moesten we hem natuurlijk aan de buitenkant op slot kunnen doen. Maar toen hebben we hem veranderd in een slaapkamer voor de hulp, en ik denk dat we gewoon vergeten zijn het slot om te zetten.'

Als iemand zou willen, zou hij of zij me hier gemakkelijk kunnen opsluiten. Bovendien is er alleen dat ene raam aan de achterkant van het huis. Deze kamer zou een levensgevaarlijke val kunnen zijn.

Maar ja, waarom zou iemand me hier willen opsluiten?

'Zou ik de sleutel van de kamer mogen hebben?' vraag ik.

Ze haalt haar schouders op. 'Ik zou niet weten waar die is, eigenlijk.'

'Ik wil er graag een hebben.'

Ze knijpt haar lichtblauwe ogen samen. 'Waarom? Ben je van plan iets in je kamer te bewaren waar wij niets van mogen weten?'

Mijn mond valt open van verbazing. 'Ik... nee, maar...'

Nina gooit haar hoofd achterover en lacht. 'Ik maakte maar een grapje. Het is jouw kamer, Millie! Als je een sleutel wil, zorg ik dat je er een krijgt. Dat beloof ik.'

Soms lijkt het of Nina een gespleten persoonlijkheid heeft. Ze wisselt van het ene moment op het andere van stemming. Ze beweert dat ze een grapje maakte, maar ik weet het zo net nog niet. Het maakt trouwens niets uit. Ik heb geen andere opties, en deze baan is een zegen. Ik ga er een succes van maken. Hoe dan ook. Ik zal ervoor zorgen dat Nina Winchester me een lot uit de loterij gaat vinden.

Als Nina is vertrokken, doe ik de deur achter haar dicht. Het liefst zou ik hem op slot doen, maar dat kan dus niet.

Terwijl ik de deur sluit, zie ik sporen in het hout. Lange dunne lijnen lopen van ongeveer de hoogte van mijn schouders langs de deur omlaag. Ik laat mijn vingers over de inkepingen glijden. Het lijken wel…

Krassen. Alsof iemand aan de deur heeft gekrabd.

Om te proberen eruit te komen.

Nee, dat slaat nergens op. Ik lijk wel paranoïde. In oud hout zitten soms krassen. Dat hoeft niets engs te betekenen.

Plotseling is het ondraaglijk warm en benauwd in de kamer. In de hoek staat een kacheltje. Dat zal ongetwijfeld heel fijn zijn in de winter, maar er is niets om de kamer te koelen in de warme maanden. Ik zal een ventilator moeten kopen om voor het raam te zetten. Ook al is de kamer veel groter dan mijn auto, hij is nog steeds heel klein. Het verbaast me niks dat ze hem als bergruimte hebben gebruikt. Ik kijk even rond, open laden om te zien hoe groot ze zijn. Er is een smalle inbouwkast in de muur, net groot genoeg om de paar jurken die ik heb in op te hangen. Hij is leeg, op een paar hangers en een blauw emmertje in de hoek na.

Ik probeer het raampje open te wrikken om wat frisse lucht binnen te laten, maar ik krijg er geen beweging in. Ik knijp mijn ogen halfdicht om het beter te bekijken. Met mijn vinger ga ik langs het raamkozijn. Zo te voelen zijn de naden dichtgeplamuurd met verf.

Ook al heb ik een raam, het kan niet open.

Ik zou Nina ernaar kunnen vragen, maar dit is pas mijn eerste dag hier. Ze moet niet denken dat ik nu al wat te klagen heb. Misschien kan ik er volgende week een keer over beginnen. Eén normaal functionerend raam lijkt me toch niet te veel gevraagd.

De tuinman, Enzo, is nu het gras in de achtertuin aan het maaien. Hij stopt even om het zweet met zijn gespierde onderarm van zijn voorhoofd te vegen en kijkt dan op. Hij ziet mijn gezicht achter het raampje en schudt zijn hoofd, net als de eerste keer dat ik hem ontmoette. Ik herinner me het Italiaanse woord dat hij me toefluisterde voordat ik het huis binnenging: *pericolo*.

Ik haal mijn gloednieuwe telefoon uit mijn zak. Het scherm komt tot leven als ik het aanraak, en er verschijnen allerlei icoontjes: om te appen, te bellen, te kijken wat voor weer het is. Dit soort telefoons was nog niet in omloop op het moment dat ik de gevangenis in ging, en toen ik er weer uit kwam, had ik er het geld niet voor. Maar in de opvanghuizen waar ik vlak na mijn vrijlating heb gewoond, hadden een paar meisjes er een. Dus ik weet wel ongeveer hoe zo'n ding werkt. Met welk icoontje je een browser kunt openen, bijvoorbeeld.

In het zoekvenster tik ik: *vertaal pericolo*. Het signaal is vast heel zwak hier op zolder, want ik moet lang wachten. Pas na bijna een volle minuut verschijnt eindelijk de vertaling op het scherm.

Gevaar

4

De volgende zeven uur ben ik bezig met schoonmaken.

Nina had het huis niet vuiler kunnen maken, al had ze gewild. De kamers zijn stuk voor stuk smerig. In de pizzadoos op de salontafel zitten nog twee punten pizza, en een kleverig, kwalijk riekend goedje is uitgelopen over de bodem. Het is erdoorheen gelekt, waardoor de doos vastgeplakt zit aan de tafel. Het kost me een uur weken en een halfuur schrobben om het blad helemaal schoon te krijgen.

De keuken is het ergst van alles. Afgezien van wat er in de afvalbak zelf zit, staan er twee overvolle vuilniszakken op de vloer. Aan de onderkant van een ervan zit een scheur, waardoor de troep alle kanten uit vliegt als ik hem optil om ermee naar buiten te gaan. De stank is meer dan verschrikkelijk. Ik kokhals, maar weet mijn lunch binnen te houden.

In de spoelbak staat de vuile vaat hoog opgestapeld. Ik vraag me af waarom Nina alles niet gewoon in de hypermoderne vaatwasser heeft gedaan. Tot ik het apparaat opendoe en zie dat het al boordevol zit met vuil serviesgoed. Die vrouw vindt het blijkbaar niet nodig om de borden schoon te schrapen voordat ze de vaatwasser in gaan. Of, kennelijk, om de vaatwasser aan te zetten. Voordat ik klaar ben, heb ik het ding drie keer laten draaien. De pannen was ik allemaal met de hand af, want in de meeste zit aangekoekt eten van dagen geleden.

Halverwege de middag ben ik zover dat de keuken weer enigszins toonbaar is. Ik ben trots op mezelf. Het is de eerste keer dat ik een dag hard heb gewerkt sinds ik ben ontslagen bij de bar (volkomen onterecht, maar dat is mijn leven tegenwoordig), en het geeft me een geweldig gevoel. Het enige wat ik wil, is hier blijven werken. En misschien een raam dat open kan in mijn kamer.

'Wie ben jij?'

Ik ben bezig de laatste lading afwas op te bergen, als ik word opgeschrikt door een kinderstemmetje. Vlug draai ik me om, en daar staat Cecelia. Priemend kijkt ze me aan met haar lichtblauwe ogen. Ze draagt een jurk vol frutsels, waarin ze eruitziet als een pop. En daarmee bedoel ik natuurlijk die enge sprekende pop uit *The Twilight Zone*, die mensen vermoordt.

Ik heb haar niet eens binnen zien komen. En Nina is nergens te bekennen. Waar komt ze eigenlijk vandaan? Als ik er nu achter kom dat Cecelia in feite al tien jaar dood is en rondwaart als geest, neem ik ontslag.

Nou, misschien toch niet. Maar dan vraag ik denk ik wel opslag.

'Hoi, Cecelia!' roep ik vrolijk. 'Ik ben Millie. Van nu af aan werk ik bij jullie om het huis schoon te houden en op jou te passen als je moeder dat vraagt. Ik hoop dat we het leuk hebben samen.'

Cecelia knippert met haar ogen. 'Ik heb honger.'

Ik mag niet vergeten dat dit een gewoon klein meisje is dat honger en dorst krijgt en knorrig kan zijn en naar de wc moet. 'Wat wil je eten?'

'Ik weet het niet.'

'Wat vind je lekker dan?'

'Ik weet het niet.'

Ik knars met mijn tanden. Cecelia is van een eng klein meisje veranderd in een irritant klein meisje. Maar we kennen elkaar pas net. Ik weet zeker dat we over een paar weken dikke maatjes zijn. 'Oké, dan maak ik gewoon iets voor je klaar.'

Ze knikt en klimt op een van de krukken die om het keukeneiland staan. Ik heb nog steeds het gevoel dat ze dwars door me heen kijkt met die ogen van haar, alsof ze al mijn geheimen kan zien. Ik wou dat ze naar de woonkamer ging om tekenfilms te kijken op die reusachtige tv, in plaats van alleen maar... naar mij te blijven staren.

'En, wat vind je leuk op televisie?' vraag ik, in de hoop dat ze de hint oppakt.

Ze fronst alsof ik haar beledigd heb. 'Ik lees liever.'

'Dat is fantastisch! Wat lees je graag?'

'Boeken.'

'Wat voor boeken?'

'Die met woorden.'

O, dus zo gaan we het doen, Cecelia. Best, als zij niet over boeken wil praten, verander ik gewoon van onderwerp. 'Kom je net uit school?' vraag ik.

Ze kijkt me verbaasd aan. 'Waar zou ik anders vandaan moeten komen?'

'Maar... hoe ben je dan thuisgekomen?'

Cecelia blaast geërgerd haar adem uit. 'Lucy's moeder heeft me thuisgebracht na balletles.'

Ongeveer een kwartier geleden hoorde ik Nina boven, dus ik neem aan dat ze thuis is. Ik vraag me af of ik haar moet laten weten dat Cecelia er is. Maar eigenlijk wil ik haar niet storen, en het hoort bij mijn werk om op Cecelia te passen.

Gelukkig lijkt Cecelia haar belangstelling voor me verloren te hebben. Ze zit in haar lichtroze rugzakje te rommelen. In de voorraadkast vind ik een pak crackers en een pot pindakaas. Ik besmeer de crackers met pindakaas, zoals mijn moeder altijd deed. Doordat ik nu precies hetzelfde doe als mijn moeder vroeger zo vaak voor mij deed, word ik een beetje nostalgisch. En verdrietig. Ik had nooit gedacht dat ze me zomaar in de steek zou laten. *Hier houdt het op, Millie. Dit was de laatste druppel.*

Als ik klaar ben met smeren, snij ik een banaan in de lengte door en leg op elke cracker een helft. Ik ben dol op die combinatie: pindakaas en banaan.

'Tada!' Ik schuif het bord over het werkblad naar Cecelia. 'Crackers met pindakaas en banaan!'

Ze kijkt verschrikt op. 'Pindakaas en banaan?'

'Geloof me, dat is echt lekker.'

'Ik ben allergisch voor pindakaas!' Haar wangen worden vuurrood. 'Daar kan ik aan doodgaan! Probeer je me te vermoorden?'

De moed zinkt me in de schoenen. Nina heeft niets gezegd over een pindakaasallergie. Bovendien staat er pindakaas bij hen in de kast! Als hun dochter een levensbedreigende pinda-allergie heeft, waarom hebben ze dat spul dan in huis?

'Mama!' krijst Cecelia, terwijl ze naar de trap rent. 'De hulp probeert me te vergiftigen met pindakaas! Mama, help!'

O god.

'Cecelia,' sis ik haar toe. 'Het was per ongeluk! Ik wist niet dat je allergisch bent en...'

Maar Nina komt de trap al af rennen. Ondanks de troep die ze in haar huis had gemaakt, ziet ze er onberispelijk uit in weer een andere glanzend witte rok-en-bloescombinatie. Wit is haar kleur. Die van Cecelia blijkbaar ook. Ze passen bij het huis.

'Wat is er aan de hand?' roept Nina zodra ze onder aan de trap is.

Ik krimp ineen als Cecelia zich op haar moeder stort en haar armen om Nina's borst slaat. 'Ik moest pindakaas eten van haar, mama! Ik zei dat ik allergisch ben, maar ze luisterde niet.'

Nina's bleke wangen kleuren roze. 'Millie, is dat waar?'

'Ik...' Mijn keel is kurkdroog. 'Ik wist niet dat ze allergisch was, echt niet.'

Nina fronst. 'Ik heb je over haar allergieën verteld, Millie. Dit is onacceptabel.'

Ze heeft het daar met geen woord over gehad. Ze heeft me nooit verteld dat Cecelia allergisch is voor pinda's. Daar zou ik mijn leven om durven verwedden. En zelfs al had ze dat wel gedaan, waarom laat ze dan een pot pindakaas in de voorraadkast staan? Hij stond helemaal vooraan!

Maar ze zal me niet geloven, wat ik ook zeg. In haar beleving heb ik haar dochter bijna vermoord. Deze baan is me aan het ontglippen, ik voel het.

'Het spijt me oprecht,' breng ik moeizaam uit vanwege het brok in mijn keel. 'Ik ben het vast vergeten. Het zal nooit meer gebeuren, dat beloof ik.'

Cecelia snikt nu, terwijl Nina haar dicht tegen zich aan houdt en zachtjes over haar blonde haren strijkt. Ten slotte ebt het snikken weg, maar Cecelia klampt zich nog steeds vast aan haar moeder. Ik krijg een felle steek in mijn borst van schuldgevoel. Diep vanbinnen weet ik dat je kinderen nooit iets te eten mag geven zonder aan de ouders te vragen of het kwaad kan. Ik ben de schuldige hier, en als Cecelia niet zo alert was geweest, had er iets verschrikkelijks kunnen gebeuren.

Nina haalt diep adem. Ze sluit een moment haar ogen en doet ze daarna weer open. 'Goed, maar zorg ervoor dat je zoiets belangrijks nooit meer vergeet.'

'Het zal me niet meer gebeuren, ik zweer het.' Ik knijp mijn handen samen. 'Zal ik de pot pindakaas die in de kast stond, weggooien?'

Ze zwijgt even. 'Nee, doe maar niet. Misschien hebben we hem nog nodig.'

Ik gooi bijna mijn handen in de lucht. Maar als zij levensgevaarlijke pindakaas in huis wil hebben, is dat haar keus. Ik weet alleen dat ik dat spul nooit meer zal gebruiken.

'Nog iets,' gaat Nina verder, 'hoe laat is het eten klaar?'

Eten? Was het de bedoeling dat ik voor het eten zou zorgen? Herinnert Nina zich nog een gesprek tussen haar en mij dat nooit heeft plaatsgevonden? Maar ik ga niet opnieuw excuses maken na het fiasco met de pindakaas. Ik vind vast wel iets in de koelkast dat ik kan klaarmaken.

'Zeven uur?' vraag ik. Drie uur moet meer dan genoeg zijn.

Ze knikt. 'En je doet geen pindakaas in het eten, hè?'

'Nee, natuurlijk niet.'

‘Vergeet het alsjeblieft niet nog eens, Millie.’

‘Nee. Zijn er misschien nog andere allergieën of intoleranties waar Cecelia of iemand anders last van heeft?’

Is ze allergisch voor eieren? Bijensteken? Te veel huiswerk? Ik moet het weten. Ik kan niet het risico lopen dat ik opnieuw word verrast.

Nina schudt haar hoofd, precies op het moment dat Cecelia haar betraande gezicht lang genoeg van haar moeders borst haalt om me woest aan te kijken. Zij en ik zijn niet goed van start gegaan. Maar ik vind wel een manier om het goed te maken. Ik kan brownies voor haar bakken of zo. Kinderen zijn niet zo moeilijk. Volwassenen zijn lastiger, maar ik ben vastbesloten om Nina en Andrew ook voor me te winnen.

5

Om kwart voor zeven heb ik het eten bijna klaar. Er lag al gemarineerde kipfilet in de koelkast, met geprinte instructies voor de bereiding op de zak. Die had ik gewoon gevolgd, waarna ik alles in de oven had gezet. Ze zullen hun eten wel van een of andere maaltijdservice hebben, met de bereidingswijze erbij.

Het ruikt heerlijk in de keuken als ik de garagedeur hoor dichtslaan. Even later komt Andrew Winchester binnenwandelen, met zijn duim in de knoop van zijn das om hem los te trekken. Ik sta in een pan met saus op het vuur te roeren en kijk na de eerste blik nog eens vlug naar hem. Ik was vergeten hoe knap hij is.

Hij grijnst naar me. Als hij lacht, is hij zelfs nog knapper. 'Millie, toch?'

'Dat klopt.'

Hij snuift diep. 'Wauw, dat ruikt lekker!'

Mijn wangen worden warm. 'Dank je.'

Goedkeurend kijkt hij de keuken rond. 'Je hebt alles schoon gekregen.'

'Dat is mijn werk.'

Hij grinnikt. 'Dat is ook zo. Is je eerste dag goed verlopen?'

'Ja, hoor.' Ik ga hem niets vertellen over het pindakaasfiasco. Daar hoeft hij niets van te weten, hoewel ik vermoed dat Nina hem wel op de hoogte zal brengen. Hij zal het vast niet kunnen waarderen dat ik zijn dochter bijna heb vermoord. 'Je hebt een prachtig huis.'

'Nou, dat is dankzij Nina. Zij runt het huishouden.'

Alsof ze het gehoord heeft, komt Nina de keuken binnen. Ze draagt alweer een witte outfit, een andere dan die van maar een paar uur geleden. En ook nu ziet ze er onberispelijk uit. Maar toen ik eerder op de dag aan het schoonmaken was, heb ik even de tijd genomen om de foto's op de schoorsteenmantel te bekijken. Er staat er een tussen van Nina en Andrew samen, die jaren geleden gemaakt moet zijn. Toen zag ze er heel anders uit. Haar haren waren niet zo blond, en ze droeg minder make-up en was wat onopvallender gekleed. Bovendien was ze minstens 25 kilo lichter. Ik herkende haar haast niet, maar Andrew zag er precies hetzelfde uit als nu.

'Nina.' Andrews ogen lichten op als hij zijn vrouw in de gaten krijgt. 'Je ziet er prachtig uit, zoals altijd.'

Hij trekt haar naar zich toe en zoent haar uitgebreid op haar lippen. Ze smelt tegen hem aan en grijpt hem bezitterig bij zijn schouders. Als ze de kus verbreken, staart ze naar hem op. 'Ik heb je gemist vandaag.'

'Ik heb jou meer gemist.'

'Ik heb jóú meer gemist.'

O mijn god, hoelang gaat die discussie duren? Ik wend me af en doe alsof ik druk bezig ben. Het is gênant om dit vertoon van genegenheid van zo dichtbij mee te maken.

'En...' Nina is de eerste die zich terugtrekt. 'Leren jullie elkaar al een beetje kennen?'

'Uhuh,' antwoordt Andrew. 'En wat Millie aan het klaarmaken is, ruikt fantastisch, of niet?'

Ik kijk over mijn schouder. Nina kijkt naar me, opnieuw met die donkere uitdrukking in haar blauwe ogen. Kennelijk vindt ze het niet leuk als haar man me een complimentje geeft. Ik snap niet wat het probleem is, want hij is duidelijk stapelgek op haar.

'Zeker,' zegt ze.

'Nina is hopeloos in de keuken,' zegt Andrew lachend, en hij slaat zijn arm om haar middel. 'We zouden verhongeren als zij het alleen moest doen. Mijn moeder kwam vroeger altijd maaltijden brengen, die zij of haar kok hadden klaargemaakt. Maar sinds mijn vader met pensioen is en ze naar Florida zijn vertrokken, houden we ons voornamelijk in leven met afhaalmaaltijden. Dus jij bent onze redder, Millie.'

Nina glimlacht gespannen. Hij plaagt haar alleen, maar geen enkele vrouw verdraagt het om vergeleken te worden met een seksegenote als die vergelijking in haar nadeel uitvalt. Hij is een idioot wanneer hij dat niet beseft. Maar ja, zoveel mannen zijn idioten.

'Het eten is over ongeveer tien minuten klaar,' zeg ik. 'Gaan jullie maar lekker in de woonkamer zitten, dan roep ik wel als jullie aan tafel kunnen.'

Hij trekt zijn wenkbrauwen op. 'Eet je met ons mee, Millie?'

Nina houdt scherp haar adem in. Voordat ze iets kan zeggen, schud ik beslist mijn hoofd. 'Nee, ik ga relaxen op mijn kamer. Maar bedankt voor de uitnodiging.'

'Echt? Weet je het zeker?'

Nina geeft haar man een tikje op zijn arm. 'Andy, ze heeft de hele dag gewerkt. Ze heeft geen zin om samen met haar wérkgevers te eten. Ze wil gewoon naar boven om gezellig te appen met haar vriendinnen. Toch, Millie?'

'Zeker,' zeg ik, ook al heb ik geen vriendinnen. In elk geval niet buiten de gevangenis.

Het lijkt Andrew niet uit te maken. Hij was gewoon beleefd, zonder zich ervan bewust te zijn dat Nina me niet aan tafel wil hebben. En dat is prima. Ik wil niets doen waardoor zij zich bedreigd zou kunnen voelen. Ik wil gewoon mijn werk doen en me verder gedeisd houden.

6

Ik was vergeten hoe heerlijk het is om met mijn benen languit te slapen.

Oké, dit bed is niets bijzonders. Het matras is bultig en de veren van het frame piepen elke keer als ik ook maar een millimeter verschuif. Maar het is zoveel beter dan mijn auto. En nog fantastischer: als ik 's nachts naar de wc moet, is die vlak naast mijn kamer! Ik hoef niet rond te rijden om een stopplaats te vinden en mijn busje traangas in mijn hand geklemd te houden terwijl ik mijn blaas leeg. Ik heb helemaal geen traangas meer nodig.

Het voelt zo goed om in een normaal bed te slapen dat ik binnen een paar seconden nadat ik mijn hoofd op het kussen heb gelegd vertrokken ben.

Wanneer ik mijn ogen weer opendoe, is het nog donker. In paniek schiet ik overeind, terwijl ik me probeer te herinneren waar ik ben. Niet in mijn auto, dat is het enige wat ik weet. Het duurt een paar seconden voordat de gebeurtenissen van de afgelopen paar dagen weer bovenkomen. Nina die me de baan hier aanbiedt. Vertrekken uit mijn auto. In slaap vallen in een echt bed.

Geleidelijk aan vertraagt mijn ademhaling.

Ik tast rond op het ladekastje naast mijn bed om de telefoon te pakken die Nina voor me heeft gekocht. Het is 3.46. Nog geen tijd om aan de dag te beginnen. Ik duw de kriebelige deken van mijn benen en rol van het bed af. Intussen raken mijn ogen gewend aan het maanlicht dat door het raampje naar binnen schijnt. Ik moet alleen even naar de wc. Daarna ga ik weer proberen te slapen.

De kale planken in mijn kamertje kraken onder mijn voeten. Gapend rek ik me uit tot mijn vingertoppen de peertjes aan het plafond bijna raken. Ik voel me een reus in deze kamer.

Ik kom bij de deur, pak de knop vast en…

Hij geeft niet mee.

De paniek die was weggeëbd toen ik besefte waar ik was, komt opnieuw opzetten. De deur zit op slot. De Winchesters hebben me opgesloten in deze kamer. Nína heeft me opgesloten. Maar waarom? Is dit allemaal een of ander ziek spelletje? Waren ze op zoek naar een ex-bajesklant die ze hier vast konden zetten? Iemand die door niemand zou worden gemist? Mijn vingers strijken over de krassen op de deur. Ik vraag me af wie die arme vrouw was die hier voor mij in de val heeft gezeten.

Ik wist dat dit te goed was om waar te zijn. Ondanks die extreem smerige keuken, leek dit een droombaan. Het kan niet anders of Nina heeft een achtergrondonderzoek gedaan. Waarschijnlijk heeft ze me hier opgesloten in de overtuiging dat niemand me ooit zal missen.

Mijn gedachten gaan terug naar tien jaar geleden, naar de eerste avond waarop de deur van mijn cel dichtsloeg en ik besefte dat dit heel lang mijn thuis zou zijn. Toen heb ik bij mezelf gezworen dat ik me, als ik er ooit uit zou komen, in geen geval nog eens zou laten opsluiten. Toch zit ik hier nu, minder dan een jaar na mijn vrijlating.

Maar ik heb mijn telefoon. Ik kan het alarmnummer bellen.

Ik gris het toestel van het ladekastje, waarop ik het gisteravond heb neergelegd. Daarstraks had ik bereik, maar nu is er helemaal niets. Geen balkjes. Geen signaal.

Ik zit hier vast. En er is maar één klein raampje, dat uitkijkt op de achtertuin en niet open kan.

Wat moet ik doen?

Ik pak de deurknop weer vast en vraag me af of ik de deur

op de een of andere manier zou kunnen forceren. Maar als ik de knop deze keer stevig omdraai, geeft hij mee.

De deur vliegt open.

Snel ademend struikel ik de gang in. Een ogenblik sta ik daar. Mijn hartslag wordt langzaam weer normaal. Ik zat toch niet opgesloten daarbinnen. Er was geen krankzinnig plan van Nina om me vast te zetten. De deur klemde alleen maar.

Toch krijg ik dat ongemakkelijke gevoel niet van me afgeschud. Het gevoel dat ik hier weg moet zien te komen nu het nog kan.

7

Als ik 's ochtends beneden kom, is Nina de keuken systematisch aan het verbouwen.

Ze heeft alle potten en pannen uit de kastjes onder het aanrecht getrokken. De bovenkastjes heeft ze voor de helft leeggehaald. Een deel van het serviesgoed ligt in scherven op de vloer. Nu is ze bezig met de koelkast. In het wilde weg gooit ze etenswaren om zich heen. Verbijsterd kijk ik toe, terwijl ze een vol pak melk tevoorschijn haalt en het op de vloer smijt. De melk stroomt er onmiddellijk uit en vormt een witte rivier om de potten en pannen en het gebroken serviesgoed.

'Nina?' vraag ik aarzelend.

Ze verstijft, met haar vingers om een bagel. Abrupt draait ze haar hoofd naar me toe. 'Waar zijn ze?'

'Waar... waar zijn wat?'

'Mijn aantekeningen!' Ze slaakt een gekwelde kreet. 'Ik heb al mijn aantekeningen voor de PTA-vergadering van vanavond op het aanrecht laten liggen. En nu zijn ze weg! Wat heb je ermee gedaan?'

Ten eerste, waarom zou ze denken dat haar aantekeningen in de koelkast liggen? En ten tweede weet ik zeker dat ik haar aantekeningen niet heb weggegooid. Ik bedoel, dat weet ik negenennegentig procent zeker. Bestaat de uiterst kleine kans dat ik een verkreukeld papiertje op het aanrecht voor afval heb aangezien en het daarom heb weggegooid? Ja, die mogelijkheid kan ik niet uitsluiten. Maar ik heb toch heel goed opgepast dat ik niets weggooide wat geen afval was. Eerlijk gezegd was bijna alles afval.

'Ik heb er helemaal niets mee gedaan,' antwoord ik.

Nina zet haar vuisten op haar heupen. 'Dus je beweert dat mijn aantekeningen gewoon weggewandeld zijn?'

'Nee, dat zeg ik niet.' Voorzichtig zet ik een stap in haar richting. De scherven van een bord knerpen onder mijn sneaker. Ik prent in mijn geheugen dat ik nooit op blote voeten de keuken in moet gaan. 'Maar misschien heb je ze ergens anders laten liggen?'

'Dat heb ik niet!' bijt ze me toe. 'Ik heb ze híér laten liggen.' Ze slaat zo hard met haar hand op het aanrecht dat ik ervan schrik. 'Precies op deze plek op het aanrecht. En nu... weg! Verdwenen!'

Al die opschudding heeft de aandacht getrokken van Andrew Winchester. Hij komt de keuken in, gekleed in een donker pak waarin hij er zo mogelijk nog knapper uitziet dan gisteren. Hij is bezig zijn das te strikken, maar zijn vingers blijven halverwege steken als hij de troep op de vloer ziet.

'Nina?'

Met ogen vol tranen draait Nina zich om naar haar echtgenoot. 'Millie heeft mijn aantekeningen voor de vergadering van vanavond weggegooid!'

Ik doe mijn mond open om te protesteren, maar dat is zinloos. Nina is er zeker van dat ik haar aantekeningen heb weggegooid, en het is heel goed mogelijk dat ik dat inderdaad heb gedaan. Ik bedoel, als ze zo belangrijk waren, waarom laat ze ze dan zomaar op het aanrecht liggen? Zoals de keuken er gisteren uitzag, was dat vragen om ongelukken.

'Dat is verschrikkelijk.' Andrew spreidt zijn armen en zij vliegt naar hem toe. 'Maar heb je je aantekeningen dan niet op de computer opgeslagen?'

Nina snuft tegen zijn dure pak. Waarschijnlijk komt het onder het snot te zitten, maar zo te zien vindt Andrew dat niet erg. 'Een deel, maar ik zal een heleboel over moeten doen.'

Dan draait ze zich om en kijkt beschuldigend naar mij.

Ik heb er genoeg van om me te verdedigen. Als zij er zeker van is dat ik haar aantekeningen heb weggegooid, dan kan ik me het beste maar verontschuldigen. 'Het spijt me heel erg, Nina,' zeg ik. 'Als ik iets kan doen...'

Nina's ogen schieten naar de puinhoop op de keukenvloer. 'Je kunt de smerige troep opruimen die je in mijn keuken hebt gemaakt, terwijl ik dit probleem oplos.'

Met die woorden loopt ze stampend de keuken uit. Haar voetstappen vervagen op de trap, terwijl ik nadenk over hoe ik al dat gebroken serviesgoed ga opruimen, intussen vermengd met melk en een stuk of twintig druiven die over de vloer rollen. Ik heb er een platgetrapt, waardoor de zool van mijn sneaker onder de smurrie zit.

Andrew blijft hoofdschuddend achter in de keuken. Nu Nina weg is, vind ik dat ik toch iets moet zeggen. 'Luister,' zeg ik, 'ik heb geen –'

'Dat weet ik,' zegt hij voordat ik mijn protest tegen Nina's beschuldiging kan afmaken. 'Nina is... nerveus, maar ze heeft een goed hart.'

'Ja...'

Hij trekt zijn donkere jasje uit en rolt de mouwen van zijn hagelwitte overhemd op. 'Ik zal je even helpen dit op te ruimen.'

'Dat hoeft niet.'

'Als we het samen doen, gaat het sneller.'

Hij gaat de kast naast de keuken in en komt weer tevoorschijn met de stokdweil. Ik ben stomverbaasd dat hij die precies wist te staan. In feite weet hij heel goed de weg in de werkkast. En ineens snap ik het. Nina heeft zoiets als dit vaker gedaan. Hij is het gewend om haar troep op te ruimen.

Maar toch... Ik werk hier nu. Dit is niet zijn taak.

'Ik ruim het wel op.' Ik sla mijn hand om de stok die hij vasthoudt en trek eraan. 'Je bent veel te netjes gekleed en ik ben aangenomen voor dit soort dingen.'

Even houdt hij de stok nog vast. Dan laat hij toe dat ik hem overneem. 'Oké, bedankt, Millie. Ik waardeer het dat je zo hard werkt.'

Dat is er dan in elk geval één.

Terwijl ik aan de slag ga, moet ik denken aan de foto op de schoorsteenmantel van Andrew en Nina toen ze pas bij elkaar waren, voor hun huwelijk, voordat ze Cecelia kregen. Ze zien er zo jong en gelukkig uit allebei. Andrew is duidelijk nog steeds gek op Nina, maar er is iets veranderd. Dat voel ik. Nina is niet meer degene die ze vroeger was.

Maar het doet er niet toe. Het zijn mijn zaken niet.

8

Nina heeft zo ongeveer de helft van de inhoud van de koelkast op de grond gegooid, dus moet ik vandaag naar de supermarkt. Aangezien ik blijkbaar ook voor hen moet koken, besluit ik in elk geval vers vlees en wat kruiden te halen, genoeg voor een paar maaltijden. Nina heeft haar creditcard aan mijn telefoon toegevoegd. Alles wat ik koop, wordt automatisch op hun rekening geschreven.

In de gevangenis waren de opties wat het eten betreft niet heel spannend. Het menu wisselde steevast tussen kip, hamburgers, hotdogs, lasagne, burrito's en een mysterieus vispasteitje waarvan ik altijd braakneigingen kreeg. Er zat groente bij, maar die werd praktisch kapot gekookt. Ik fantaseerde vaak over wat ik zou eten als ik vrij was, maar met mijn budget had ik niet veel meer keus. Ik kon alleen maar kopen wat in de aanbieding was, en toen ik eenmaal in mijn auto woonde, werd zelfs dat moeilijk.

Boodschappen doen voor de Winchesters is andere koek. Ik steven regelrecht op de fijnste biefstuk af. Ik zoek wel op internet op hoe ik die klaar moet maken. Vroeger bakte ik soms biefstuk voor mijn vader, maar dat is lang geleden. Als ik dure ingrediënten koop, is het resultaat toch wel goed. Wat ik er ook mee doe.

Als ik terug ben bij het huis van de Winchesters, staan er vier overvolle zakken boodschappen in de kofferbak van mijn auto. De auto's van Nina en Andrew nemen de twee plekken in de garage in beslag, en Nina heeft me gezegd dat ik niet op de oprit mag parkeren. Dus moet ik mijn auto op straat laten staan. Terwijl ik onhandig bezig ben de zakken uit de kofferbak te halen, komt Enzo met een of ander angstaanjagend stuk tuingereedschap in zijn rechterhand uit het huis naast het onze gelopen.

Hij ziet me worstelen, en na een korte aarzeling komt hij naar me toe joggen. Fronsend kijkt hij me aan. 'Ik dat doen,' zegt hij in gebroken Engels met zijn zware accent.

Ik wil een van de zakken oppakken, maar hij neemt ze alle vier in zijn enorme armen en draagt ze naar de voordeur. Hij knikt naar de deur, geduldig wachtend tot ik hem openmaak. Dat doe ik zo vlug mogelijk, aangezien hij met ongeveer veertig kilo loopt te sjouwen. Hij stampt met zijn laarzen op de deurmat, waarna hij de boodschappen naar de keuken draagt en ze op het aanrecht zet.

'*Gracias,*' zeg ik.

Hij trekt met zijn lippen. 'Nee. *Grazie.*'

'*Grazie,*' herhaal ik.

Hij blijft nog even in de keuken hangen, met gefronst voorhoofd. Het valt me opnieuw op dat hij knap is, op een duistere, angstaanjagende manier. Hij heeft tattoos op zijn bovenarmen, deels verborgen onder zijn T-shirt. Ik zie nog net de naam *Antonia* in een hart op zijn rechterbiceps staan. Met die gespierde armen zou hij me moeiteloos dood kunnen drukken, mocht hij dat in zijn hoofd halen. Maar ik heb totaal niet het gevoel dat deze man me iets aan zou willen doen. Hij lijkt zich eerder zorgen om me te maken.

Ik moet denken aan wat hij gisteren tegen me mompelde voordat Nina ons onderbrak. *Pericolo.* Gevaar. Wat probeerde hij me te vertellen? Denkt hij dat ik in gevaar ben hier?

Misschien moet ik een vertaalapp downloaden op mijn telefoon. Dan zou hij kunnen intypen wat hij me wil vertellen en...

Een geluid van boven verstoort mijn gedachten. Enzo ademt scherp in. 'Ik gaan,' zegt hij, waarna hij zich omdraait en terugloopt naar de deur.

'Maar...' Ik haast me achter hem aan, maar hij is veel sneller dan ik. Hij is de voordeur al uit voordat ik goed en wel de keuken door ben.

Ik blijf even in de woonkamer staan, twijfelend of ik de boodschappen zal gaan opbergen of achter hem aan zal gaan. Maar de beslissing wordt voor me genomen als Nina de trap af komt in een wit broekpak. Ik heb haar geloof ik nog geen enkele keer iets anders zien dragen dan wit. Het past goed bij haar haren, maar dat wit schoonhouden... Ik zou er gek van worden. Vanzelfsprekend moet ik nu de was doen. De volgende keer dat ik naar de supermarkt ga, mag ik niet vergeten bleekmiddel mee te nemen.

Nina ziet me staan, en haar wenkbrauwen schieten tot aan haar haargrens omhoog. 'Millie?'

Ik forceer een glimlach. 'Ja?'

'Ik hoorde stemmen hier beneden. Had je bezoek?'

'Nee. Niet op die manier.'

'Je mag geen vreemden in huis halen.' Ze kijkt me fronsend aan. 'Als je gasten wil ontvangen, verwacht ik dat je daar ten minste twee dagen van tevoren toestemming voor vraagt. En ik zou je willen verzoeken ze in je kamer te houden.'

'Het was gewoon de tuinman,' leg ik uit. 'Hij heeft de boodschappen voor me naar binnen gebracht. Dat is alles.'

Ik had gedacht dat die verklaring Nina tevreden zou stellen, maar haar ogen worden donker. Onder haar rechteroog trilt een spiertje. 'De tuinman? Enzo? Was hij híér?'

'Hm.' Ik wrijf over mijn nek. 'Heet hij zo? Ik weet het niet. Hij heeft me alleen maar geholpen met de boodschappen.'

Nina kijkt me onderzoekend aan, alsof ze me denkt te kunnen betrappen op een leugen. 'Ik wil hem niet meer hier in huis hebben. Hij is vuil van het werken buiten. Ik doe al moeite genoeg om het huis schoon te houden.'

Ik weet niet wat ik daarop moet zeggen. Enzo heeft zijn voeten geveegd toen hij binnenkwam. Hij heeft totaal geen modder achtergelaten. En niets is vergelijkbaar met de troep die ik hier gisteren aantrof.

'Heb je me begrepen, Millie?' vraagt ze nadrukkelijk.

'Ja,' zeg ik vlug. 'Ik heb het begrepen.'

Haar ogen flitsen langs me heen op een manier die me een heel ongemakkelijk gevoel geeft. Ik ga van de ene voet op de andere staan. 'Trouwens, waarom draag je je bril nooit meer?'

Mijn vingers vliegen naar mijn gezicht. Waarom heb ik de eerste keer die stomme bril opgezet? Dat had ik nooit moeten doen, en toen ze me er gisteren naar vroeg, had ik niet moeten liegen. 'Eh...'

Ze trekt haar wenkbrauwen op. 'In de badkamer op zolder stond geen lenzenvloeistof toen ik daar was. Ik wilde niet in je spullen neuzen, maar als je mijn kind meeneemt met de auto, moet ik zeker weten dat je gezichtsvermogen in orde is.'

'Oké...' Ik veeg mijn klamme handen af aan mijn spijkerbroek. Ik kan het beste maar eerlijk zijn. 'Het zit zo... Ik heb niet echt...' Ik schraap mijn keel. 'Ik heb niet echt een bril nodig. De bril die ik droeg bij het sollicitatiegesprek was, zeg maar, meer... voor de sier. Snap je?'

Ze bevochtigt haar lippen. 'Juist. Dus je hebt tegen me gelogen.'

'Ik loog niet. Het was een fashionstatement.'

'Ja.' Haar blauwe ogen zijn ijskoud. 'Maar later vroeg ik je ernaar, en toen zei je dat je contactlenzen in had. Of niet soms?'

'O.' Ik wring mijn handen. 'Nou, ik denk... Ja, die keer heb ik gelogen. Ik geneerde me voor die bril... Het spijt me heel erg.'

Haar mondhoeken gaan omlaag. 'Lieg alsjeblieft nooit meer tegen me.'

'Nee, het spijt me echt.'

Even kijkt ze me strak aan, met een ondoorgrondelijke blik in haar ogen. Dan kijkt ze om zich heen in de woonkamer. Haar ogen missen geen enkel oppervlak. 'En maak alsjeblieft deze kamer schoon. Ik betaal je niet om te flirten met de tuinman.'

Dan beent ze de voordeur uit en slaat hem achter zich dicht.

9

Nina is vanavond naar haar PTA-vergadering, de vergadering die ik *in het honderd heb laten lopen* door haar aantekeningen weg te gooien. Ze gaat een hapje eten met een paar andere ouders, dus heeft ze mij opgedragen om voor Andrew en Cecelia te koken.

Het is veel rustiger in huis als Nina er niet is. Ik weet niet precies hoe dat komt, maar er gaat een energie van haar uit die de hele ruimte vult. Op dit moment ben ik alleen in de keuken, bezig met het dichtschroeien van de filet mignon voordat ik hem in de oven zet. Het is heerlijk stil bij de Winchesters. Dat is fijn. Dit zou een geweldige baan zijn, als ik deze werkgeefster maar niet had.

Andrews timing is fenomenaal. Precies op het moment dat ik de steaks uit de oven haal om ze te laten rusten op het aanrecht, komt hij thuis. Hij werpt een blik in de keuken. 'Ruikt heerlijk, alweer.'

'Dank je.' Ik doe nog een beetje zout bij de aardappelpuree, die al doordrenkt is met boter en room. 'Wil je tegen Cecelia zeggen dat ze naar beneden moet komen? Ik heb haar twee keer geroepen, maar...' Eerlijk gezegd heb ik haar al drie keer geroepen. Ze heeft nog niet gereageerd.

Andrew knikt. 'Begrepen!'

Kort daarna verdwijnt hij in de eetkamer en roept haar naam. Ik hoor vlugge voetstappen op de trap. Zo gaat dat dus.

Ik schep twee borden op met biefstuk, aardappelpuree en broccoli. Cecelia geef ik van alles een kleinere portie. Ik ben niet van plan me ermee te bemoeien of ze de broccoli opeet of niet. Als haar vader wil dat ze dat doet, probeert hij haar zelf maar zover te krijgen. Maar ik zou het nalatig van mezelf vinden als ik geen groente klaarmaakte. Vroeger thuis zorgde mijn moeder er altijd voor dat er ook groente op tafel kwam.

Ik weet zeker dat ze zich nog steeds afvraagt waar ze de mist in is gegaan met mijn opvoeding.

Cecelia heeft weer een van haar overdreven mooie jurkjes aan, in een onpraktisch lichte kleur. Voor zover ik weet draagt ze nooit gewone kinderkleren. Dat lijkt me niet goed. In het soort jurken dat zij draagt, kun je niet spelen. Je kunt je er niet vrij in bewegen, en je ziet er alles op. Ze gaat aan tafel zitten, pakt het servet dat ik heb klaargelegd en spreidt het gracieus uit op haar schoot. Even ben ik een tikkeltje gecharmeerd. Dan doet ze haar mond open.

'Waarom heb je me water gegeven?' Ze trekt haar neus op naar het glas gefilterd water dat ik voor haar op tafel heb gezet. 'Ik háát water. Haal appelsap voor me.'

Als ik als kind zo tegen iemand zou hebben gesproken, zou mijn moeder me een tik op mijn hand hebben gegeven en me 'alstublieft' hebben laten zeggen. Maar Cecelia is mijn kind niet, en het is me nog niet gelukt haar voor me in te nemen. Dus glimlach ik beleefd, haal het water weg en breng haar een glas appelsap.

Als ik het glas voor haar neerzet, bestudeert ze het zorgvuldig. Ze houdt het tegen het licht en knijpt haar ogen tot spleetjes. 'Dit glas is vies. Geef me een ander.'

'Het is niet vies,' protesteer ik. 'Het komt net uit de vaatwasser.'

'Er zitten vlekken op.' Ze trekt een gezicht. 'Haal een nieuw voor me.'

Om kalm te blijven adem ik diep in. Ik ben niet van plan om ruzie te maken met dit kind. Als zij een ander glas wil voor haar appelsap, dan haal ik dat voor haar.

Wanneer ik terugkom uit de keuken, komt Andrew binnen.

Hij heeft zijn das afgedaan en het bovenste knoopje van zijn witte overhemd losgemaakt. In de opening is nog net een randje borsthaar zichtbaar. Ik wend vlug mijn ogen af.

Ik ben nog aan het leren hoe ik met mannen moet omgaan in mijn leven als ex-gedetineerde. En met 'leren' bedoel ik vanzelfsprekend dat ik ze compleet uit de weg ga. In mijn vorige baan als serveerster in die bar, mijn enige andere baan sinds ik vrij ben, werd ik vaak mee uit gevraagd door klanten. Ik zei altijd nee. Op dit moment is er simpelweg geen ruimte voor zulke dingen in mijn puinhoop van een leven. En natuurlijk waren de mannen die me vroegen geen types met wie ik ooit uit zou willen.

Toen ik de gevangenis in ging, was ik zeventien. Ik was geen maagd meer, maar mijn ervaring bestond uitsluitend uit klungelige highschoolseks. In mijn tijd in de gevangenis voelde ik weleens iets trekken als er aantrekkelijke mannelijke bewaarders in de buurt waren. Soms tot op het pijnlijke af. En een van de dingen waar ik naar uitkeek voordat ik vrijkwam, was de mogelijkheid om een relatie te hebben met een man. Of zelfs om alleen maar de lippen van een man op de mijne te voelen. Dat wil ik. Natuurlijk wil ik dat.

Maar niet nu. Ooit.

Toch, als ik naar een man als Andrew Winchester kijk, moet ik eraan denken dat ik in ruim tien jaar geen man zelfs maar heb aangeraakt. Niet op die manier in elk geval. Hij lijkt in geen enkel opzicht op die engerds in de louche bar waar ik als serveerster heb gewerkt. Als ik me uiteindelijk weer op dat pad begeef, is hij het soort man waarnaar ik op zoek ben. Alleen niet getrouwd, natuurlijk.

Ik krijg een idee. Als ik op een gegeven moment wat stoom zou willen afblazen, zou Enzo weleens een goede kandidaat kunnen zijn. Nee, hij spreekt geen Engels. Maar als het gewoon voor één nachtje is, zou dat niet zoveel uit moeten maken. Hij ziet eruit alsof hij zo wel weet wat hij moet doen, zonder dat er al te veel gezegd hoeft te worden. En in tegenstelling tot Andrew, draagt hij geen trouwring. Hoewel ik me onwillekeurig wel afvraag wie die Antonia van de tattoo op zijn arm is.

Onderweg terug naar de keuken om de twee borden eten te halen, ruk ik me los van mijn fantasieën over de sexy tuinman. Andrews ogen lichten op als hij de sappige biefstuk ziet, perfect bruin gebakken. Ik ben er echt trots op dat hij zo goed gelukt is.

'Dat ziet er geweldig uit, Millie!' zegt hij.

'Dank je,' zeg ik.

Ik kijk naar Cecelia, die totaal anders reageert. 'Jakkes! Dit is biefstuk.' Geen verrassende constatering, lijkt me.

'Biefstuk is lekker, Cece,' zegt Andrew tegen haar. 'Proef gewoon een stukje.'

Ze kijkt naar haar vader en vervolgens weer naar haar bord. Heel voorzichtig prikt ze met haar vork in het vlees, alsof ze bang is dat het van haar bord in haar mond zal springen. Ze kijkt er moeilijk bij.

'Cece...' zegt Andrew.

Ik kijk van Cecelia naar Andrew, onzeker over wat ik moet doen. Achteraf bedenk ik dat het misschien niet zo'n goed idee was om biefstuk klaar te maken voor een meisje van negen. Ik nam gewoon aan dat ze een verfijnde smaak had, omdat ze in een huis als dit woont.

'Eh...' zeg ik. 'Zal ik...'

Andrew schuift zijn stoel achteruit en pakt Cecelia's bord van tafel. 'Oké, ik maak wel wat kipnuggets voor je.'

Ik volg hem naar de keuken, me uitgebreid verontschuldigend. Hij lacht alleen maar. 'Zit er niet mee. Cecelia is geobsedeerd door kip, en dan vooral door kipnuggets. Als we in het chicste restaurant van Long Island zouden zitten, zou ze nog kipnuggets bestellen.'

De spanning in mijn schouders wordt minder. 'Jij hoeft dit niet te doen. Ik maak ze wel klaar.'

Andrew zet Cecelia's bord op het aanrecht en beweegt zijn

vinger voor mijn neus heen en weer. 'O, maar dat moet ik wel. Als je hier blijft werken, heb je praktijkles nodig.'

'Oké…'

Hij trekt de diepvries open en haalt er een reusachtige gezinszak kipnuggets uit. 'Kijk, dit zijn de nuggets die Cecelia lekker vindt. Koop nooit een ander merk. Iets anders wordt niet geaccepteerd.' Hij morrelt aan de zipsluiting van de zak en haalt er een bevroren nugget uit. 'En, ze moeten de vorm hebben van een dinosaurus. Dinosaurus… heb je dat?'

Ik kan een glimlach niet onderdrukken. 'Ik heb het.'

'En…' Hij houdt de nugget omhoog. 'Je moet 'm eerst controleren op afwijkingen. Ontbrekende kop, poot, of staart. Als de dinosaurusnugget een van die essentiële onderdelen mist, wordt hij afgekeurd.' Nu pakt hij een bord uit het kastje boven de magnetron en legt er vijf volmaakte nuggets op. 'Ze wil er altijd vijf. Je zet ze in de magnetron en laat ze precies negentig seconden staan. Iets korter, en ze zijn nog bevroren. Iets langer, en ze zijn te gaar. Het is een heel precair evenwicht.'

Ik knik ernstig. 'Ik begrijp het.'

Terwijl de kipnuggets ronddraaien in de magnetron, kijkt hij om zich heen in de keuken, die minstens twee keer zo groot is als het appartement waar ik ben uitgezet. 'Je wil niet weten hoeveel het heeft gekost om deze keuken te renoveren, maar Cecelia eet niets wat niet uit de magnetron komt.'

De woorden 'verwend nest' liggen op het puntje van mijn tong, maar ik hou me in. 'Ze weet wat ze lekker vindt.'

'Dat weet ze zeker.' De magnetron piept, en hij haalt het bord met gloeiend hete kipnuggets eruit. 'En jij? Heb jij al gegeten?'

'Ik neem wel een bord mee naar boven.'

Hij trekt zijn wenkbrauwen op. 'Wil je niet met ons mee-eten?'

Ergens zou ik dat graag doen. Andrew Winchester heeft iets heel innemends. Ik kan er niets aan doen dat ik hem best beter zou willen leren kennen. Maar het zou een vergissing zijn. Nina zou het beslist niet leuk vinden als ze binnenkwam en ons samen geintjes zag maken aan de eettafel. Bovendien heb ik het gevoel dat het geen erg gezellige avond zou worden met Cecelia erbij.

'Ik eet liever gewoon op mijn kamer,' antwoord ik.

Eerst lijkt het of hij daartegen in wil gaan, maar dan bedenkt hij zich kennelijk. 'Sorry,' zegt hij. 'We hebben nooit eerder een inwonende hulp gehad, dus ik weet niet zo goed wat de etiquette is wat dit soort dingen betreft.'

'Ik ook niet,' geef ik toe. 'Maar ik denk niet dat Nina het prettig zou vinden als ze me samen met jullie aan tafel zag zitten.'

Ik hou mijn adem in. Zou ik te ver zijn gegaan door te benoemen wat overduidelijk is? Maar Andrew knikt alleen maar. 'Daar heb je waarschijnlijk gelijk in.'

'In elk geval...' Ik doe mijn kin omhoog om hem aan te kunnen kijken. 'Bedankt voor de les over de kipnuggets.'

Hij grijnst naar me. 'Graag gedaan.'

Met het bord in zijn hand loopt hij terug naar de eetkamer. Zodra hij weg is, schrok ik gebogen over de spoelbak het door Cecelia verguisde eten naar binnen. Daarna vertrek ik naar mijn slaapkamer.

10

Als ik een week later beneden kom en de woonkamer binnen wil gaan, staat Nina daar met een volle vuilniszak in haar handen. Mijn eerste gedachte is: o god, wat nu weer?

Ik woon nog maar een week bij de Winchesters, maar voor mijn gevoel ben ik hier al jaren. Nee, eeuwen. Nina's humeur is volslagen onvoorspelbaar. Het ene moment omhelst ze me en zegt ze hoe blij ze met me is, het volgende geeft ze me een uitbrander omdat ik een of ander klusje waarover ze me niets had verteld niet heb uitgevoerd. Ze is wispelturig, op zijn zachtst gezegd. En Cecelia is een kreng van een kind. Ze verfoeit mijn aanwezigheid hier duidelijk. Als ik een alternatief had, zou ik ontslag nemen.

Maar dat heb ik niet, dus blijf ik.

Het enige lid van het gezin dat niet compleet onuitstaanbaar is, is Andrew. Hij is niet vaak thuis, maar de paar ontmoetingen die ik met hem heb gehad, verliepen... saai. In dit stadium vind ik saai heerlijk. Eerlijk gezegd heb ik soms medelijden met Andrew. Het is vast niet gemakkelijk om met Nina getrouwd te zijn.

Ik sta wat te treuzelen bij de ingang van de woonkamer, terwijl ik probeer te bedenken wat Nina in hemelsnaam moet met een vuilniszak. Wil ze dat ik het afval voortaan sorteer op alfabetische volgorde en op kleur en geur? Heb ik het verkeerde merk vuilniszak gekocht, en moet ik de rommel nu overdoen in een ander soort zak? Ik heb geen flauw idee.

'Millie!' roept ze uit.

Mijn maag verkrampt. Ik denk dat ik er heel gauw achter ga komen wat ze wil dat ik doe met de rotzooi. 'Ja?'

Ze wenkt me naar zich toe. Ik probeer te lopen zonder uit te stralen dat ik mijn executie tegemoet ga. Dat valt niet mee.

'Is er iets mis?' vraag ik.

Nina tilt de zware zak omhoog en laat hem op haar prachtige leren bank vallen. Ik trek een gezicht en wil zeggen dat ze moet oppassen dat het dure leer niet onder de troep komt te zitten.

'Ik heb net mijn kledingkast eens doorgekeken,' zegt ze. 'En jammer genoeg zijn een paar jurken ietsje te krap geworden. Daarom heb ik ze in deze zak gedaan. Zou je zo lief willen zijn om hem naar een textielcontainer te brengen?'

Is dat alles? Dat valt mee. 'Natuurlijk, geen probleem.'

'Eigenlijk...' Nina zet een stap achteruit en laat haar ogen kritisch langs me heen gaan. 'Welke maat heb jij?'

'Eh... 36?'

Haar gezicht klaart op. 'O, dat is perfect! Deze jurken zijn allemaal maat 36 of 38.'

36 of 38? Zo te zien heeft Nina minstens maat 44. Het kan niet anders of ze heeft haar kast heel lang niet opgeruimd. 'O...'

'Neem ze gerust,' zegt ze. 'Zelf heb je helemaal geen mooie kleren.'

Ik krimp in elkaar bij die opmerking, maar ze heeft wel gelijk. Ik heb totaal geen mooie kleren. 'Ik weet niet of ik...'

'Natuurlijk wel!' Ze steekt me de zak toe. 'Ze staan je vast geweldig. Ik accepteer geen nee!'

Ik neem de zak van haar aan en maak hem voorzichtig open. Bovenop ligt een wit jurkje. Ik haal het tevoorschijn. Het ziet er ontzettend duur uit. De stof is ongelofelijk zacht. Ze heeft gelijk. Dit zou me geweldig staan. Het zou iedereen geweldig staan.

Als ik inderdaad zou besluiten om er weer op uit te gaan en te gaan daten, zou het fijn zijn om een paar fatsoenlijke kleren te hebben. Zelfs al zijn ze allemaal wit.

'Oké,' geef ik toe. 'Heel erg bedankt. Wat ontzettend aardig van je.'

'Graag gedaan! Ik hoop dat je er plezier van hebt!'

'Maar mocht je ze ooit terug willen, dan moet je het zeggen.'

Lachend gooit ze haar hoofd achterover. Haar onderkin trilt ervan. 'Ik denk niet dat ik gauw een kleinere maat zal hebben. Vooral niet omdat Andy en ik een baby krijgen.'

Mijn mond valt open. 'Ben je zwanger?"

Ik vraag me af of het goed of slecht is als Nina zwanger zou zijn. Het zou wel verklaren waarom ze zo humeurig is. Maar ze schudt haar hoofd. 'Nog niet. We proberen het al een tijdje, zonder succes. Maar we willen allebei heel graag nog een kind. Daarom hebben we binnenkort een afspraak bij een specialist. Dus over een jaar of zo denk ik dat er wel een kleintje in huis zal zijn.'

Ik weet niet goed hoe ik moet reageren. 'Eh... gefeliciteerd?'

'Dank je.' Ze kijkt me stralend aan. 'In elk geval, geniet alsjeblieft van de kleren, Millie. En ik heb nog iets voor je.' Ze grabbelt in haar witte handtas en haalt er een sleutel uit. 'Je wilde toch graag een sleutel van je kamer hebben?'

'Dank je.' Na die eerste nacht, toen ik in paniek wakker werd en dacht dat ik opgesloten zat, heb ik niet vaak meer aan het slot op de deur gedacht. Ik heb gemerkt dat de deur een beetje klemt, maar niemand sluipt de trap op om me in mijn kamer op te sluiten - niet dat die sleutel veel nut heeft als ik binnen zit. Maar ik steek hem in mijn zak. Misschien is het verstandig om de deur op slot te doen wanneer ik naar beneden ga. Nina lijkt me wel iemand die graag rondneust. Volgens mij is dit trouwens ook een goed moment om iets anders dat me dwarszit naar voren te brengen. 'Nog één ding. Het raam in mijn kamer gaat niet open. Het lijkt wel of het dichtgeplamuurd zit met verf.'

'O ja?' Ze klinkt alsof ze die informatie buitengewoon oninteressant vindt.

'Waarschijnlijk levert het brandgevaar op.'

Ze kijkt omlaag naar haar nagels en fronst als ze ziet dat de witte lak op een ervan beschadigd is. 'Dat denk ik niet.'

'Nou, ik weet niet, maar... Ik bedoel, het raam in die kamer zou toch open moeten kunnen, of niet? Het kan heel benauwd zijn daarboven.'

Het is niet benauwd op zolder, het tocht er juist, maar ik zou alles zeggen om haar zover te krijgen dat ze dat raam laat maken. Ik vind het een naar idee dat het enige venster in de kamer vastzit.

'Dan zal ik er iemand naar laten kijken,' zegt ze, op zo'n manier dat ik denk dat ze dat helemaal niet van plan is en dat ik nooit een raam zal hebben dat open kan. Ze werpt een blik op de vuilniszak. 'Millie, ik geef je met plezier mijn kleren, maar laat alsjeblieft die vuilniszak niet in onze woonkamer rondslingeren. Dat is ongemanierd.'

'O, sorry,' mompel ik.

Dan zucht ze alsof ze simpelweg niet meer weet wat ze met me aanmoet.

11

'Millie!' Nina's stem aan de andere kant van de lijn klinkt alsof ze over haar toeren is. 'Je moet Cecelia voor me van school halen!'

Ik heb een wiebelende stapel wasgoed in mijn armen, en mijn telefoon zit tussen mijn schouder en mijn oor geklemd. Ik neem altijd meteen op als Nina belt, waar ik ook mee bezig ben. Als ik het niet doe, blijft ze bellen tot ik wel opneem.

'Tuurlijk, geen probleem,' zeg ik.

'O, dank je wel!' roept ze overdreven opgelucht uit. 'Wat bén je toch een schat! Je moet haar om kwart voor drie ophalen bij de Winter Academy. Je bent geweldig, Millie!'

Voordat ik nog iets kan vragen, zoals waar ik Cecelia precies kan vinden, of wat het adres is van de Winter Academy, heeft Nina al opgehangen. Ik haal mijn telefoon van onder mijn oor en voel een vlaag van paniek opkomen, als ik zie hoe laat het is. Ik heb minder dan een kwartier om uit te zoeken waar die school is en de dochter van mijn werkgeefster op te halen. De was zal moeten wachten.

Terwijl ik de trap af sprint, googel ik de naam van de school. Niets waar ik wat aan heb. De dichtstbijzijnde school met die naam is in Wisconsin. Hoewel Nina soms rare verzoeken heeft, kan ik me toch niet voorstellen dat ze verwacht dat ik haar dochter over een kwartier ophaal in Wisconsin. Ik bel haar terug, maar natuurlijk neemt ze niet op. Net zomin als Andy, die ik daarna te pakken probeer te krijgen.

Geweldig.

Terwijl ik door de keuken ijsbeer en probeer te bedenken wat ik nu moet doen, zie ik een vel papier dat met een magneet aan de koelkastdeur is opgehangen. Het is een schoolvakantierooster. Van de *Windsor* Academy.

Ze zei Winter. Winter Academy. Ik weet het zeker. Of niet?

Ik heb geen tijd om me af te vragen of Nina me de verkeerde naam heeft doorgegeven. Of dat ze de naam van de school van haar dochter niet weet, terwijl ze nota bene vicevoorzitter van de PTA is. Gelukkig staat er een adres op het rooster, dus weet ik precies waar ik moet zijn. Intussen heb ik nog maar tien minuten om er te komen.

De Winchesters wonen in een stad met een paar buitengewoon goed bekendstaande openbare scholen, maar Cecelia gaat naar een particuliere school. Natuurlijk. De Windsor Academy is een enorm, stijlvol bouwwerk met een heleboel ivoren zuilen. De donkerbruine bakstenen muren zijn begroeid met klimop, zodat ik het gevoel heb dat ik Cecelia ophaal van Hogwarts of een andere fictieve instelling. Nog iets waar Nina me weleens voor had mogen waarschuwen, is de parkeersituatie op het moment dat de school uitgaat. Die is een regelrechte nachtmerrie. Ik rij minutenlang rond op zoek naar een plek, tot het me ten slotte lukt om mijn auto tussen een Mercedes en een Rolls-Royce in te wurmen. Ik ben bang dat iemand mijn gedeukte Nissan zal laten wegslepen, gewoon uit principe.

Aangezien ik maar zo weinig tijd had om bij de school te komen, ren ik hijgend en puffend naar de ingang. En natuurlijk zijn er vijf aparte ingangen. Uit welke daarvan zal Cecelia komen? Nergens is aangegeven waar ik heen moet. Weer probeer ik Nina te bellen, maar opnieuw word ik doorgeschakeld naar de voicemail. Waar is ze? Het zijn mijn zaken niet, maar die vrouw heeft geen baan, en ik doe al het huishoudelijke werk. Wat doet ze de hele dag?

Na navraag te hebben gedaan bij verschillende ouders, kennelijk tot hun ergernis, ben ik erachter dat Cecelia uit de allerlaatste uitgang aan de rechterkant van de school zal komen. Maar omdat ik vastbesloten ben dit niet te verprutsen, stap ik op twee onberispelijk geklede vrouwen die bij de deur staan te kletsen af, en vraag: 'Is dit de uitgang van groep zes?'

'Jazeker.' De slankste van de twee vrouwen, een brunette met de mooist gevormde wenkbrauwen die ik ooit heb gezien, bekijkt me van top tot teen. 'Wie zoek je?'

Ik voel me hoogst ongemakkelijk onder haar blik. 'Cecelia Winchester.'

De twee vrouwen wisselen een veelbetekenende blik. 'Dan ben je vast Nina's nieuwe hulpje,' zegt de iets kleinere, roodharige vrouw.

'Huishoudster,' corrigeer ik haar, hoewel ik niet weet waarom. Nina mag me noemen zoals ze wil.

De brunette hinnikt om mijn opmerking, maar zegt er niets over. 'En, hoe vind je het tot nu toe om daar te werken?'

Ze is op zoek naar vuile was. Veel succes ermee. Van mij krijgt ze niets los. 'Heel plezierig.'

De vrouwen kijken elkaar weer aan. 'Dus je wordt niet knettergek van Nina?' vraagt de roodharige.

'Wat bedoelt u?' vraag ik voorzichtig. Ik wil niet roddelen met deze kenaus, maar tegelijkertijd ben ik nieuwsgierig naar Nina.

'Nina is gewoon een beetje... nerveus,' zegt de brunette.

'Nina is gek,' doet de roodharige een duit in het zakje. 'Letterlijk.'

Ik adem diep in. 'Wat?'

De brunette geeft de rooie zo'n harde por met haar elleboog dat ze naar adem hapt. 'Niets. Ze maakte maar een grapje.'

Dan zwaaien de schooldeuren open, en de kinderen stromen naar buiten. Als er al een kans was om meer informatie uit deze twee vrouwen te krijgen, is die verkeken op het moment dat ze allebei naar hun eigen kroost toe lopen.

Ik zie Cecelia's lichtblonde haar vlak bij de uitgang. De meeste andere kinderen dragen een spijkerbroek en een T-shirt, maar zij heeft weer zo'n met kant afgezet jurkje aan. Deze keer een licht zeegroen exemplaar. Ze valt compleet uit de toon. Het kost me geen moeite om haar in het oog te houden terwijl ik haar kant op loop.

'Cecelia!' Ik zwaai verwoed met mijn arm als ik naar haar toe loop. 'Ik kom je ophalen.'

Ze kijkt naar me alsof ze nog liever bij een of andere harige dakloze in zijn busje zou stappen dan dat ze met mij naar huis rijdt. Ze schudt haar hoofd en draait me haar rug toe.

'Cecelia!' zeg ik, scherper nu. 'Kom mee. Je moeder heeft gezegd dat ik je op moest halen.'

Ze draait zich weer om en kijkt me aan. Uit haar blik maak ik op dat ze me een idioot vindt. 'Nee, dat is niet waar. Sophia's moeder komt me halen. Zij brengt me naar karate.'

Voordat ik kan protesteren, komt er een vrouw van in de veertig in een yogabroek en een trui naar ons toe. Ze legt haar hand op Cecelia's schouder. 'Klaar voor karate, meisjes?'

Verward kijk ik op naar de vrouw. Ze lijkt me geen kidnapper. Maar kennelijk is er sprake van een of ander misverstand. Nina heeft me gebeld en gezegd dat ik Cecelia op moest halen. Daar was ze heel duidelijk over. Nou, op het feit na dat ze een verkeerde naam opgaf van de school. Maar verder was ze heel duidelijk.

'Neem me niet kwalijk,' zeg ik tegen de vrouw. 'Ik werk voor de Winchesters en Nina heeft me gevraagd om Cecelia op te halen vandaag.'

De vrouw trekt haar wenkbrauwen op en zet een pas gemanicuurde hand op haar heup. 'Dat denk ik niet. Ik haal Cecelia elke woensdag op en breng de meisjes naar karate. Nina heeft niet gezegd dat de plannen veranderd zijn. Misschien heb je haar verkeerd begrepen.'

'Nee, dat heb ik niet,' zeg ik, maar mijn stem klinkt onvast.

De vrouw steekt haar hand in haar Gucci-tas en diept haar telefoon op. 'Laten we dit meteen maar ophelderen en Nina vragen hoe het zit. Lijkt je dat niet het beste?'

De vrouw tikt een toets aan op haar telefoon. Met haar lange nagels roffelt ze tegen haar tas, terwijl ze wacht tot Nina opneemt. 'Hallo, Nina? Met Rachel.' Ze zwijgt even. 'Ja, nou, er is hier een méísje, dat beweert dat jij gezegd hebt dat ze Cecelia op moest halen. Ik heb haar uitgelegd dat ik Cecelia elke woensdag naar karate breng.' Nog een pauze, langer deze keer, tot de vrouw, Rachel, knikt. 'Juist, dat is precies wat ik tegen haar heb gezegd. Ik ben heel blij dat ik het heb gecontroleerd.' Na weer een stilte lacht Rachel. 'Ik weet precíés wat je bedoelt. Het is ontzettend moeilijk om goed personeel te vinden.'

Drie keer raden wat Nina's bijdrage aan het gesprek was.

'Nou,' zegt Rachel tegen mij. 'Precies zoals ik dacht. Nina zegt dat je het verkeerd hebt begrepen. Dus ik doe gewoon net als anders en breng Cecelia naar karate.'

En dan, als kers op de taart, steekt Cecelia haar tong naar me uit. Maar er is één groot voordeel: ik hoef niet met haar naar huis te rijden.

Ik haal mijn eigen telefoon tevoorschijn om te zien of Nina haar verzoek om Cecelia op te halen heeft ingetrokken. Dat heeft ze niet. Ik vuur een bericht op haar af:

Ene Rachel heeft je net gebeld. Ze zei dat jij haar hebt gevraagd om Cecelia naar karate te brengen. Zal ik dan maar naar huis gaan?

Nina's antwoord volgt een seconde later:

Ja, waarom dacht je in vredesnaam dat ik wilde dat je Cecelia zou ophalen?

Omdat je me dat had gevraagd!

Mijn kaken verkrampen, maar ik laat me niet gek maken. Nina is nu eenmaal zo. En voor haar werken heeft ook veel goede kanten. (Of mét haar… ha!) Ze is gewoon een beetje grillig. Een beetje vreemd.

Nina is gek. Letterlijk.

Ik moet denken aan wat die nieuwsgierige rooie tegen me zei. Wat bedoelde ze daarmee? Is Nina niet gewoon een veeleisende en wat zonderlinge werkgeefster? Is er iets anders met haar aan de hand?

Misschien kan ik dat maar beter niet weten.

12

Hoewel ik me erbij had neergelegd dat Nina's psychische gezondheidsgeschiedenis mij niets aangaat, toch vraag ik me steeds van alles af. Ik werk voor deze vrouw. Ik wóón bij deze vrouw in huis.

En er is nog iets vreemds aan Nina. Toen ik vanochtend de badkamer aan het schoonmaken was, schoot me te binnen dat iemand die psychisch in orde is doorgaans niet zo'n bende achterlaat. De handdoeken op de vloer, de wastafel onder de tandpasta. Ik weet dat mensen die last hebben van depressies soms de energie niet kunnen opbrengen om op te ruimen. Maar Nina heeft energie genoeg om elke dag de deur uit te gaan, waarheen dan ook.

Het ergste van wat ik ben tegengekomen, was een gebruikte tampon op de vloer een paar dagen geleden. Een gebruikte, bloederige tampon. Ik ging haast over mijn nek.

Terwijl ik de aangekoekte tandpasta en klodders make-up van de wastafel schrob, dwaalt mijn blik naar het medicijnkastje. Als Nina inderdaad *gek* is, gebruikt ze waarschijnlijk medicijnen, toch? Maar ik mag niet in het medicijnkastje kijken. Dat zou een zware schending van het vertrouwen zijn.

Aan de andere kant, wie zou het weten als ik er een blik in wierp. Gewoon een vluchtige blik, meer niet. Ik kijk opzij naar de slaapkamer. Daar is niemand. Om er absoluut zeker van te zijn gluur ik de hoek om. Ik ben alleen. Weer bij de wastafel trek ik na een korte aarzeling voorzichtig het kastje open.

Wauw, hier staan een hoop medicijnen in.

Ik pak een van de oranje potjes pillen op. Op het etiket staat: Nina Winchester. Ik lees de naam van het medicijn: haloperidol. Geen idee wat dat is.

Ik pak net een tweede potje op, als een stem vanuit de gang roept: 'Millie? Ben jij daar?'

O nee.

Haastig zet ik de pillen terug in het kastje en sla het deurtje dicht. Mijn hart gaat als een bezetene tekeer en het koude zweet staat in mijn handen. Net voordat Nina de slaapkamer binnen komt stormen in een mouwloos wit bloesje en een witte spijkerbroek, plak ik een glimlach op mijn gezicht. Als ze me in de badkamer ziet staan, komt ze abrupt tot stilstand.

'Wat ben je aan het doen?' vraagt ze.

'De badkamer schoonmaken.' Ik sta echt je medicijnen niet te bekijken, dat is een ding dat zeker is.

Nina kijkt me met half dichtgeknepen ogen aan. Even weet ik zeker dat ze me ervan gaat beschuldigen dat ik in het medicijnkastje heb gekeken. Ik kan ontzettend slecht liegen, dus komt ze zo goed als zeker achter de waarheid. Maar dan valt haar blik op de wastafel.

'Hoe maak je de wastafel schoon?' vraagt ze.

'Eh...' Ik hou de spuitfles die ik in mijn hand heb omhoog. 'Met deze badkamerreiniger.'

'Is die biologisch?'

'Ik...' ik kijk naar de fles. Deze heb ik vorige week in de supermarkt gekocht. 'Nee, zo te zien niet.'

Nina's gezicht betrekt. 'Ik heb echt liever biologische producten, Millie. Daar zitten niet zoveel chemische stoffen in. Snap je wat ik bedoel?'

'Ja...' Ik zeg niet wat ik denk: niet te geloven dat een vrouw die zoveel medicijnen slikt zich zorgen maakt over een paar chemicaliën in een schoonmaakmiddel. Ik bedoel, ja, dat middel zit op haar wastafel, maar ze neemt het niet in. Het komt niet in haar bloedbaan.

'Ik heb gewoon het gevoel dat...' Ze fronst. 'Volgens mij maak je de wastafel niet goed schoon. Mag ik eens kijken hoe je dat doet? Ik ben benieuwd wat er fout gaat.'

Ze wil toekijken terwijl ik de wastafel schoonmaak? 'Oké...'

Ik spuit nog wat van het middel op de wastafel en boen het porselein tot de resten tandpasta verdwenen zijn. Ik werp een blik op Nina, die bedachtzaam knikt.

'Zo is het prima,' zegt ze. 'Wat ik me wel afvraag, is hoe je de wastafel schoonmaakt als ik níét kijk.'

'Eh, zo?'

'Hm, daar heb ik mijn twijfels over.' Ze rolt met haar ogen. 'Maar ja, ik heb geen tijd om de hele dag op je te letten. Probeer je werk voortaan grondig te doen.'

'Tuurlijk,' mompel ik. 'Oké, zal ik doen.'

Nina wandelt de slaapkamer uit om naar de spa te gaan of om te gaan lunchen met haar vriendinnen of om wat dan ook te gaan doen om de tijd te vullen. Ze heeft immers geen baan. Ik kijk weer naar de wastafel, die nu brandschoon is, en word overvallen door de onweerstaanbare neiging om haar tandenborstel onder te dompelen in de wc.

Bij nader inzien doe ik dat toch maar niet. Wel pak ik mijn telefoon en tik het woord 'haloperidol' in.

Ik krijg verschillende hits op het scherm. Haloperidol is een antipsychoticum. Het wordt gebruikt voor de behandeling van schizofrenie, bipolaire stoornis, delier, onrust en acute psychose.

En dat is nog maar één van de ten minste tien potjes pillen. God weet wat er nog meer in dat kastje staat. Aan de ene kant schaam ik me dood dat ik erin gekeken heb. Aan de andere kant maak ik me zorgen over wat ik verder nog zou kunnen aantreffen.

13

Ik ben de woonkamer aan het stofzuigen, als ik een schaduw langs het raam zie gaan.

Ik loop ernaartoe, en ja hoor, Enzo werkt vandaag bij ons in de tuin. Voor zover ik weet, werkt hij voor verschillende mensen hier in de buurt. Hij onderhoudt de tuin en legt ook stukken opnieuw aan. Op dit moment staat hij te graven in het bloembed in de achtertuin.

In de keuken pak ik een glas, vul het met koud water en ga ermee naar buiten.

Ik weet niet precies wat ik denk te bereiken, maar sinds ik die vrouw heb horen zeggen dat Nina gek is (*letterlijk*), krijg ik dat niet uit mijn hoofd. En later vond ik dat antipsychoticum in haar medicijnkastje. Ik zou het niet in mijn hoofd halen om over Nina te oordelen omdat ze psychische problemen heeft, in de gevangenis worstelden zoveel vrouwen daarmee, maar het zou goed zijn om meer informatie te hebben. Misschien zou ik haar zelfs kunnen helpen als ik haar beter begreep.

Ik weet nog dat Enzo me voor iets leek te willen waarschuwen op mijn eerste dag hier. Nina is niet thuis, Andrew is naar zijn werk, en Cecelia is op school, dus dit zou weleens het perfecte moment kunnen zijn om hem uit te horen. Er is alleen één probleempje: hij spreekt nauwelijks Engels.

Maar het kan geen kwaad om het te proberen. Het water zal wel welkom zijn, hij heeft ongetwijfeld dorst.

Als ik buiten kom, is Enzo een gat aan het graven. Hij lijkt helemaal op te gaan in zijn werk en reageert zelfs niet als ik luid mijn keel schraap. Twee keer. Ten slotte zwaai ik met mijn hand en roep: '*Hola!*'

Dat was misschien wel weer Spaans.

Enzo kijkt duidelijk geamuseerd op. '*Ciao,*' zegt hij.

'*Ciao,*' corrigeer ik mezelf, met het vaste voornemen het de volgende keer goed te doen.

Er zit een V-vormige zweetplek op zijn T-shirt. Het plakt tegen zijn huid, waardoor zijn spieren goed uitkomen. Het zijn niet de spieren van een bodybuilder, maar de stevige spieren van een man die zijn brood verdient met lichamelijke arbeid.

Ja, ik staar. Nou en?

Opnieuw schraap ik mijn keel. 'Ik kom eh... water brengen. Hoe zeg jij...'

'*Acqua*,' zegt hij.

Ik knik verwoed. 'Ja, dat.'

Zie je wel? Het lukt. We communiceren. Dit gaat fantastisch.

Enzo komt met grote stappen naar me toe en neemt het glas water dankbaar aan. Hij klokt de helft in één teug naar binnen, zucht en veegt zijn mond af met de rug van zijn hand. '*Grazie.*'

'Graag gedaan.' Glimlachend kijk ik naar hem op. 'Maar, eh... werk je allang voor de familie Winchester?' Niet-begrijpend kijkt hij me aan. 'Ik bedoel, heb je... Werk je hier... veel jaren?'

Hij neemt nog een slok water. Het glas is al voor driekwart leeg. Als het helemaal leeg is, gaat hij natuurlijk weer aan het werk. Ik heb niet veel tijd. '*Tre anni,*' antwoordt hij ten slotte. Dan voegt hij er met zijn zware accent in het Engels aan toe: 'Drie jaar.'

'En, eh...' Ik knijp mijn handen samen. 'Nina Winchester... Denk je...'

Fronsend kijkt hij me aan. Maar nu lijkt het of hij me begrijpt. Zo te zien wacht hij af wat ik te zeggen heb. Misschien verstaat hij Engels beter dan dat hij het spreekt.

'Denk je...' begin ik opnieuw. 'Denk je dat Nina... Ik bedoel, mag je haar?'

Enzo kijkt me met samengeknepen ogen aan. Hij neemt nog een grote slok uit het glas en duwt het dan terug in mijn hand. Zonder nog iets te zeggen gaat hij terug naar het gat dat hij aan het graven was, pakt zijn schop op, en gaat weer aan het werk.

Ik doe mijn mond open voor een nieuwe poging, maar sluit hem dan weer. Toen ik hier pas was, probeerde Enzo me ergens voor te waarschuwen, maar voordat hij iets kon zeggen, deed Nina de deur open. Kennelijk is hij intussen van gedachten veranderd. Wat hij ook weet of denkt, hij gaat het mij niet vertellen. Nu niet in elk geval.

14

Ik woon ongeveer drie weken bij de Winchesters als ik weer een afspraak heb met mijn reclasseringsambtenaar. Ik heb het expres zo gepland dat ik er op mijn vrije dag heen moet, want ik wil niet dat mijn werkgevers weten waar ik heen ga.

Ik hoef nog maar eens per maand af te spreken met de ambtenaar, Pam, een gezette vrouw van middelbare leeftijd met een uitgesproken onderkaak. Toen ik pas vrij was, woonde ik in opvanghuizen van de gevangenis. Maar nadat Pam me aan die baan als serveerster had geholpen, heb ik zelf iets gehuurd. Ik heb Pam nooit verteld over mijn ontslag als serveerster. En over die huisuitzetting heb ik ook niets gezegd. Tijdens ons vorige gesprek, iets meer dan een maand geleden, heb ik gelogen of het gedrukt stond.

Als je liegt tegen je reclasseringsambtenaar, schend je de voorwaarden van je vrijlating. En als je geen vaste verblijfplaats hebt en in je auto woont, ook. Ik hou er niet van om te liegen, maar ik wilde niet dat mijn voorwaardelijke vrijlating zou worden ingetrokken. Want dan zou ik alsnog de laatste vijf jaar van mijn straf uit moeten zitten. Dat moest ik koste wat het kost zien te voorkomen.

Maar nu is alles anders. Vandaag kan ik eerlijk zijn tegen Pam. Nou ja, bijna.

Ondanks het frisse lenteweer buiten, is het bloedheet in Pams kantoor. De ene helft van het jaar is haar kantoor net een sauna, de andere helft is het er ijskoud. Het kleine raam staat open, en een ventilator blaast bijna alle papieren van haar bureau. Ze moet haar handen erop houden, anders waaien ze weg.

'Millie.' Ze glimlacht naar me als ik binnenkom. Ze is heel aardig en ze lijkt me echt te willen helpen. Daarom voelde ik me extra schuldig omdat ik tegen haar had gelogen. 'Goed om je te zien! Hoe gaat het?'

Ik ga op een van de houten stoelen voor haar bureau zitten. 'Geweldig!' Dat is niet helemaal waar. Maar het gaat prima. Goed genoeg. 'Niets te melden.'

Pam bladert door de papieren voor haar. 'Ik heb je adreswijziging gekregen. Je werkt als huishoudster bij een gezin op Long Island?'

'Dat klopt.'

'Had je het niet naar je zin bij Charlie's?'

Ik kauw op mijn onderlip. 'Niet echt.'

Dat is een van de dingen waarover ik tegen haar heb gelogen. Ik heb haar verteld dat ik zelf ontslag had genomen bij Charlie's, terwijl ik in werkelijkheid ben ontslagen. Maar dat was volkomen onterecht.

In elk geval had ik het geluk dat ze me stilletjes hebben ontslagen, zonder de politie erbij te halen. Dat was de afspraak: ik zou zonder protest gaan en zij de zouden de politie erbuiten laten. Ik had niet veel keus. Als ze de politie hadden ingelicht over wat er was gebeurd, zou ik direct weer de gevangenis in zijn gegaan.

Dus had ik Pam niet verteld dat ik was ontslagen, want als ik dat wel had gedaan, zou ze Charlie's gebeld hebben om te vragen waarom. En toen ik daarna mijn appartement kwijtraakte, kon ik haar dat ook niet vertellen.

Maar nu is alles in orde. Ik heb een nieuwe baan en een plek om te wonen. Ik loop niet het risico om weer opgesloten te worden. Tijdens mijn vorige afspraak met Pam zat ik op het puntje van mijn stoel, deze keer voel ik me meer op mijn gemak.

'Ik ben trots op je, Millie,' zegt Pam. 'Mensen die vanaf hun tienertijd vast hebben gezeten, hebben soms moeite zich aan te passen, maar jij hebt het geweldig gedaan.'

'Dank je.' Nee, ze hoeft echt niet te weten dat ik een maand in mijn auto heb gewoond.

'En, hoe is die nieuwe baan?' vraagt ze. 'Hoe behandelen ze je?'

'Eh...' Ik wrijf over mijn knieën. 'Het gaat best. De vrouw voor wie ik werk, is een beetje... apart. Maar ik maak alleen het huis schoon. Ik heb er geen last van.'

Weer iets wat niet helemaal waar is. Ik wil haar niet vertellen dat ik me steeds ongemakkelijker voel bij Nina Winchester. Ik heb op internet gezocht om te zien of er in haar verleden ook iets niet helemaal in de haak was. Er kwam niets naar boven, maar ik heb niet betaald voor een echt achtergrondonderzoek. Nina is trouwens zo rijk dat ze gemakkelijk onder de pet kan houden wat ze niet kwijt wil.

'Nou, dat is fantastisch,' zegt Pam. 'En hoe staat het met je sociale leven?'

Strikt genomen hoort een reclasseringsambtenaar daar niet naar te vragen, maar er is een vriendschappelijke band ontstaan tussen Pam en mij, dus vind ik het niet erg dat ze dat wel doet. 'Dat heb ik niet.'

Ze gooit haar hoofd achterover en lacht, waardoor ik achter in haar mond een vulling zie blinken. 'Ik begrijp het als je er nog niet aan toe bent om te daten. Maar je zou moeten proberen om vrienden te maken, Millie.'

'Ja,' zeg ik, ook al meen ik het niet.

'En als je wel gaat daten,' zegt ze, 'neem dan geen genoegen met de eerste de beste. Ga niet in zee met een of andere klootzak, alleen omdat je een ex-gedetineerde bent. Je verdient iemand die je fatsoenlijk behandelt.'

'Hm...'

Een ogenblik sta ik mezelf toe te bedenken hoe het zou zijn om een relatie op te bouwen met een man, in de toekomst. Ik sluit mijn ogen en stel me voor hoe die man er dan uit zou zien. Ongevraagd komt het beeld van Andrew Winchester bij me op, met zijn ongedwongen charme en zijn mooie glimlach.

Mijn ogen vliegen open. O nee. Geen sprake van. Daar mag ik niet eens aan dénken.

'Bovendien,' gaat Pam verder, 'ben je mooi. Je hoeft nergens genoegen mee te nemen.'

Ik schiet bijna in de lach. Ik heb er alles aan gedaan om er zo onaantrekkelijk mogelijk uit te zien. Ik draag wijde kleren, doe mijn haren altijd in een knot of een paardenstaart en heb nooit ook maar een spoortje make-up op mijn gezicht. Toch kijkt Nina naar me alsof ik een femme fatale ben.

'Ik ben nog niet klaar voor dat soort dingen,' zeg ik.

'Dat is prima,' zegt Pam, 'maar vergeet niet: een baan en een plek om te wonen zijn belangrijk, maar het contact met andere mensen is nog belangrijker.'

Misschien heeft ze gelijk, maar ik ben daar gewoon nog niet aan toe. Ik heb al mijn aandacht nodig om uit de problemen te blijven. Want ik wil in geen geval weer in de gevangenis belanden. Dat is het enige wat telt.

Ik kan niet goed slapen.

In de gevangenis slaap je altijd met één oog open. Je wil niet dat er iets om je heen gebeurt zonder dat je er weet van hebt. En ook al ben ik eruit, die waakzaamheid heb ik nog steeds. Toen ik pas een echt bed had, kon ik een tijdje heel goed slapen, maar nu zijn mijn vroegere slaapproblemen weer in alle hevigheid terug. Vooral omdat het zo ondraaglijk benauwd is in mijn kamer.

Mijn eerste maandsalaris staat op mijn bankrekening, en bij de eerstvolgende gelegenheid ga ik erop uit om een televisie te kopen. Misschien lukt het me om in slaap te vallen als die aanstaat. Het geluid lijkt ongetwijfeld op het rumoer in de gevangenis 's nachts.

Tot nu toe heb ik geaarzeld om de tv van de Winchesters te gebruiken. Niet het gigantische scherm in de thuisbioscoop natuurlijk, maar hun 'gewone' tv in de woonkamer. Het zou eigenlijk geen punt moeten zijn, aangezien Nina en Andrew heel vroeg naar bed gaan. Hun avonden verlopen altijd volgens een vast patroon. Nina gaat precies om halfnegen naar boven, als Cecelia naar bed moet. Dan hoor ik haar eerst een verhaaltje voorlezen en daarna zingt ze voor haar. Elke avond hetzelfde liedje: 'Somewhere Over the Rainbow' uit *The Wizard of Oz*. Zo te horen heeft ze geen zangles of zo gehad, maar de manier waarop ze voor Cecelia zingt, is van een vreemde, aangrijpende schoonheid.

Nadat Cecelia is gaan slapen, gaat Nina naar de grote slaapkamer om te lezen of televisie te kijken. Andrew vertrekt niet lang daarna ook naar boven. Als ik na tienen beneden kom, is de begane grond totaal verlaten.

En vanavond heb ik besloten om daarvan te profiteren.

Vandaar dat ik nu onderuitgezakt op de bank naar *Family Feud* zit te kijken. Het is al bijna één uur 's nachts. Daarom is het bizar om te zien hoeveel energie de deelnemers hebben. De presentator maakt grapjes met ze, en hoe moe ik ook ben, ik lach hardop als een van hen opstaat om zijn tapdanskunsten te laten zien. Als kind keek ik altijd naar deze show. Dan stelde ik me voor dat ik zelf een keer mee zou doen. Ik weet niet wie ik mee zou hebben gevraagd. Mijn ouders en ik, dat zijn er drie. Wie had ik nog meer kunnen uitnodigen om een team van vijf personen bij elkaar te krijgen?

'Is dat *Family Feud*?'

Met een ruk kijk ik op. Het is midden in de nacht, maar Andrew Winchester staat ineens achter me, ook klaarwakker, net als de mensen op het scherm.

Verdomme. Ik wist dat ik in mijn bed had moeten blijven.

'O!' zeg ik. 'Ik, eh... het spijt me, ik wilde niet...'

Hij trekt zijn wenkbrauwen op. 'Wat spijt je? Je woont hier toch ook? Je hebt het volste recht om televisie te kijken.'

Ik gris een kussen van de bank om het minuscule turnbroekje dat ik in bed draag mee te bedekken. Ik heb ook geen beha aan.

‘Ik was van plan om een tv te kopen voor op mijn kamer.’

‘Gebruik gerust de onze, Millie. Je hebt daarboven trouwens toch geen goede ontvangst, waarschijnlijk.’ Het wit van zijn ogen glanst in het licht van de televisie. ‘Ik laat je zo met rust. Ik kwam alleen een glas water halen.’

Ik zit op de bank, met het kussen tegen mijn borst gedrukt, in tweestrijd of ik naar boven zal gaan of niet. Mijn hart gaat zo tekeer dat ik nu toch met geen mogelijkheid de slaap zal kunnen vatten. Misschien kan ik gewoon blijven, want hij kwam alleen maar wat water halen, zei hij. Ik zie hem de keuken in sloffen en hoor de kraan lopen.

Hij komt de woonkamer weer in, drinkend uit zijn waterglas. Op dat moment valt het me op dat hij alleen een wit onderhemd en een boxershort aanheeft. Maar hij loopt tenminste niet met ontbloot bovenlijf rond.

‘Waarom heb je water uit de kraan genomen?’ Ik moet het gewoon vragen.

Hij ploft naast me neer op de bank. Ik wou dat hij dat uit zijn hoofd had gelaten. ‘Wat bedoel je?’

Het zou onbeleefd zijn om van de bank af te springen, dus schuif ik zo ver mogelijk bij hem vandaan. Ik moet er niet aan denken dat Nina ons gezellig samen op de bank ziet zitten, in ons ondergoed. ‘Dat je het waterfilter in de koelkast niet hebt gebruikt.’

Hij lacht. ‘Ik weet het niet. Ik neem altijd gewoon water uit de kraan. Is dat vergif dan?’

‘Ik geloof dat er chemicaliën in zitten.’

Hij haalt zijn hand door zijn donkere haar, dat daardoor hier en daar overeind komt te staan. ‘Ik weet niet hoe het komt, maar ik heb honger. Staan er nog restjes van het avondeten in de koelkast?’

‘Nee, sorry.’

‘Hm.’ Hij wrijft over zijn maag. ‘Zou het heel ongemanierd zijn als ik wat pindakaas zo uit de pot eet?’

Ik krimp in elkaar bij het woord pindakaas. 'Zolang je dat niet doet waar Cecelia bij is.'

Hij houdt zijn hoofd schuin. 'Waarom niet?'

'Je weet wel. Omdat ze allergisch is.' Ze lijken hier in huis niet echt veel rekening te houden met Cecelia's levensbedreigende pinda-allergie.

En wat me nog meer verbaast: Andrew lacht. 'Nee, dat is ze niet.'

'Jawel, dat heeft ze me zelf verteld. Op mijn eerste dag hier.'

'Hm, ik zou het toch wel weten als mijn dochter allergisch was voor pinda's?' Hij snuift verontwaardigd. 'Trouwens, denk je nou echt dat we een grote pot pindakaas in de kast zouden hebben staan als ze allergisch was?'

Dat is precies wat ik dacht toen Cecelia me over haar allergie vertelde. Had ze dat gewoon verzonnen om mij te pesten? Ik acht haar daar wel toe in staat. Aan de andere kant, Nina zei ook dat Cecelia een pinda-allergie heeft. Wat is hier aan de hand? Maar Andrew had wel een heel logisch argument: het feit op zich dat er een pot pindakaas in de voorraadkast staat, geeft al aan dat niemand hier in huis een levensbedreigende pinda-allergie heeft.

'Bosbessen,' zegt hij.

Ik frons mijn voorhoofd. 'Ik geloof niet dat er bosbessen in de koelkast liggen.'

'Nee.' Hij knikt naar het tv-scherm, waarop ze aan de tweede ronde van *Family Feud* zijn begonnen. 'Ze hebben honderd mensen gevraagd om een vrucht te noemen die in zijn geheel in je mond past.'

De deelnemer op het scherm zegt *bosbessen*, en dat is het meest genoemde antwoord. Andrew steekt zijn vuist in de lucht. 'Zie je wel? Ik wist het. Ik zou geweldig zijn in dat spel.'

'Het bovenste antwoord is altijd gemakkelijk te raden,' zeg ik. 'De minder voor de hand liggende zijn veel lastiger.'

'Oké, wijsneus.' Hij grijnst naar me. 'Noem een vrucht die in zijn geheel in je mond past.'

'Hm...' Ik tik met mijn vinger tegen mijn kin. 'Een druif.'

En inderdaad, de volgende deelnemer antwoordt *druif* en heeft het goed.

'Ik neem mijn woorden terug,' zegt hij. 'Jij bent hier ook goed in. Oké, wat denk je van een aardbei?'

'Die staat er waarschijnlijk bij,' zeg ik, 'al zou je niet gauw een hele aardbei in je mond stoppen, met steeltje en al.'

De deelnemers hebben aardbeien en kersen goed, maar bij het laatste antwoord blijven ze steken. Andrew heeft het niet meer als er één *perzik* zegt.

'Perzik,' roept hij uit. 'Wie krijgt er nu een hele perzik in zijn mond? Dan zou je je kaak eerst moeten ontwrichten!'

Ik giechel. 'Beter dan een watermeloen.'

'Dat is vast het antwoord! Daar durf ik alles om te verwedden.'

Het laatste antwoord op het bord blijkt *pruim* te zijn. Andrew schudt zijn hoofd. 'Ik weet het niet, hoor. Ik zou weleens een foto van de deelnemers willen zien die hebben gezegd dat ze een hele pruim in hun mond kunnen stoppen.'

'Dat zou bij de show moeten horen,' zeg ik. 'Je krijgt het antwoord van alle honderd ondervraagden te horen mét uitleg over hoe ze eraan zijn gekomen.'

'Dat voorstel moet je naar *Family Feud* sturen,' zegt hij serieus. 'Misschien zet je de hele show wel op z'n kop.'

Ik giechel weer. Toen ik Andrew voor het eerst ontmoette, nam ik aan dat hij zo'n saaie rijke bal was. Maar dat is hij helemaal niet. Nina is zo gek als een deur, maar Andrew is aardig. Hij staat met beide benen op de grond en hij is grappig. Bovendien is hij volgens mij een heel goede vader voor Cecelia.

Eerlijk gezegd heb ik soms een beetje medelijden met hem.

Zo moet ik niet denken. Nina is mijn werkgeefster. Zij betaalt mijn salaris en geeft me onderdak. Mijn loyaliteit ligt bij haar. Maar tegelijkertijd is ze afschuwelijk. Ze is een slons, geeft me voortdurend tegenstrijdige informatie en ze kan ongelofelijk wreed zijn. Zelfs Enzo, één bonk spieren en minstens honderd kilo zwaar, lijkt bang voor haar.

Het zou natuurlijk heel goed kunnen dat ik er anders over zou denken als Andrew niet zo razend aantrekkelijk was. Al ben ik zo ver bij hem vandaan gaan zitten als maar kan zonder van de bank af te vallen, ik moet er steeds aan denken dat hij in zijn ondergoed zit. Hij zit hier in zijn boxershort, verdomme. En de stof van zijn hemd is zo dun dat ik er een paar buitengewoon sexy spierbundels tegen afgetekend zie. Hij zou veel beter kunnen krijgen dan Nina.

Ik vraag me af of hij dat weet.

Net als ik begin te ontspannen en het leuk begin te vinden dat Andrew hier bij me is komen zitten, verstoort een schelle stem mijn gedachten: 'Goh, waar moeten jullie twee zo hard om lachen hier beneden?'

Vliegensvlug draai ik mijn hoofd om. Nina staat onder aan de trap naar ons te staren. Als ze op hakken loopt, kan ik haar van een kilometer afstand aan horen komen, maar op blote voeten is ze verrassend geruisloos. Ze draagt een witte nachtjapon die tot op haar enkels valt en ze heeft haar armen over elkaar geslagen.

'Hé, Nina.' Andrew gaapt en staat op van de bank. 'Wat doe jij uit bed?'

Nina kijkt ons woedend aan. Ik snap niet dat hij niet in paniek is op dit moment. Ik doe het bijna in mijn broek van angst. Maar hij lijkt er totaal niet mee te zitten dat zijn vrouw ons zojuist om één uur 's nachts met z'n tweeën alleen in de woonkamer heeft betrapt, in ons ondergoed nog wel. Niet dat we iets aan het doen waren, maar toch.

'Ik zou jou hetzelfde kunnen vragen,' kaatst Nina terug. 'Zo te horen hadden jullie de grootste lol. Wat was er zo leuk?'

Andrew haalt zijn schouders op. 'Ik kwam naar beneden om een glas water te halen en Millie zat hier tv te kijken. Ik werd afgeleid door *Family Feud*.'

'Millie.' Nina richt haar aandacht op mij. 'Waarom koop je geen tv voor je eigen kamer? Deze kamer is voor het gezin.'

'Het spijt me,' zeg ik vlug. 'Zodra ik de kans heb, zal ik een tv aanschaffen.'

'Hé.' Andrew trekt zijn wenkbrauwen op. 'Wat is er mis mee dat Millie een poosje tv-kijkt hierbeneden als er toch niemand in de buurt is?'

'Nou, jij bent in de buurt.'

'Ze zat me niet in de weg.'

'Had jij morgenvroeg geen vergadering?' Met een priemende blik kijkt ze hem aan. 'Moet je dan wel tv zitten kijken om één uur 's nachts?'

Hij ademt scherp in. Zelf wacht ik ademloos af. Even koester ik de hoop dat hij tegen haar in zal gaan, maar dan laat hij zijn schouders zakken. 'Je hebt gelijk, Nina. Ik kan beter weer naar bed gaan.'

Nina blijft daar staan, met haar armen voor haar omvangrijke boezem gevouwen, en kijkt hem na terwijl hij de trap op sjokt. Alsof hij een kind is dat ze zonder eten naar bed heeft gestuurd. Het is verontrustend dat ze zo jaloers is.

Ik sta ook op van de bank en zet de tv uit. Nina treuzelt nog onder aan de trap. Haar ogen schieten langs mijn turnbroekje en mouwloze shirt, zonder beha eronder. Weer dringt het tot me door hoe verkeerd dit over moet komen. Maar ik dacht dat ik helemaal alleen zou zijn hier beneden.

'Millie,' zegt Nina, 'ik verwacht dat je voortaan passend gekleed bent hier in huis.'

'Het spijt me heel erg,' zeg ik voor de tweede keer. 'Ik dacht dat er niemand meer op zou zijn.'

'O ja?' Ze snuift verachtelijk. 'Zou je gewoon bij iedere vreemde midden in de nacht in huis ronddwalen, omdat je aanneemt dat er toch niemand in de buurt is?'

Ik weet niet wat ik daarop moet antwoorden. Ik ben niet bij een vreemde in huis. Ik wóón hier, al is het dan op zolder. 'Nee...'

'Blijf alsjeblieft op zolder na bedtijd,' zegt ze. 'De rest van het huis is voor mijn gezin. Begrijp je dat?'

'Ik begrijp het.'

Ze schudt haar hoofd. 'Echt waar, ik weet niet eens meer of we eigenlijk wel zo hard een hulp nodig hebben. Misschien was dit een vergissing...'

O nee! Gaat ze me nu om één uur 's nachts ontslaan, omdat ik tv zat te kijken in haar woonkamer? Dat zou heel erg zijn. En ze zal me natuurlijk geen goede referenties meegeven om me aan een andere baan te helpen. Ze lijkt me eerder iemand die elke mogelijke werkgever gaat bellen om te vertellen hoe verschrikkelijk ze me vond.

Ik moet dit goedmaken.

Ik begraaf mijn nagels in mijn handpalmen. 'Luister, Nina,' begin ik. 'Er is niets gebeurd tussen Andrew en mij...'

Ze gooit haar hoofd achterover en lacht. Het is een onheilspellend geluid, ergens tussen lachen en schreeuwen in. 'Denk je dat ik me daar zorgen om maak? Andrew en ik zijn soulmates. We hebben een kind samen, en binnenkort krijgen we er eentje bij. Denk je dat ik bang ben dat mijn man alles op het spel zal zetten voor een of ander sletje van een dienstmeid dat op zolder woont?'

Ik slik. Het lijkt erop dat ik alles alleen maar erger heb gemaakt. 'Nee, dat zou hij niet doen.'

'Zeker weten dat hij dat niet zou doen.' Ze kijkt me recht aan. 'En vergeet dat nooit van je leven.'

Ik sta daar maar, zonder te weten wat ik moet zeggen. Ten slotte knikt ze kort richting de salontafel. 'Ruim die troep op, nu meteen.'

Daarna draait ze zich om en gaat terug naar boven.

Er is eigenlijk geen troep. Alleen het waterglas dat Andrew heeft laten staan. Met gloeiende wangen van vernedering loop ik naar de salontafel en pak het op. De slaapkamerdeur boven slaat dicht, en ik kijk naar het glas in mijn hand.

Voordat ik mezelf ervan kan weerhouden, smijt ik het op de grond. Het spat in duizend stukjes uit elkaar. De glassplinters vliegen overal heen. Ik zet een stap achteruit, waarbij er een scherf in de bal van mijn voet dringt.

Wauw, dat was ongelofelijk stom.

Knipperend met mijn ogen kijk ik naar de puinhoop op de vloer. Ik moet dit opruimen, maar eerst moet ik een paar schoenen zien te vinden zodat ik niet nog meer glas in mijn voeten krijg. Ik haal diep adem om te proberen rustig te worden. Ik krijg dat glas wel weg, en alles komt goed. Nina hoeft er niets van te weten.

Maar voortaan moet ik voorzichtiger zijn.

15

Het is zaterdag, en vanmiddag ontvangt Nina een paar mensen van de PTA in de achtertuin. Ze komen bij elkaar voor de organisatie van wat zij met een groot woord 'sportdag' noemen. Het is de bedoeling dat de kinderen een paar uur spelletjes doen op een veld, maar om de een of andere reden kost het maanden om dat voor te bereiden. Nina heeft het de laatste tijd praktisch nergens anders over. En ze heeft me al minstens tien keer een berichtje gestuurd om me eraan te herinneren dat ik de hors-d'oeuvres moet afhalen.

Ik begin gestrest te raken, want zoals gewoonlijk was het huis één grote bende toen ik vanochtend opstond. Ik weet niet hoe het komt dat het altijd zo'n troep is hier. Zouden de medicijnen die Nina gebruikt een middel zijn tegen een of andere stoornis waardoor ze midden in de nacht opstaat en het hele huis overhoophaalt? Bestaat er zoiets?

Ik snap bijvoorbeeld niet hoe de badkamers van de ene op de andere dag zo smerig komen. Als ik 's ochtends Nina's badkamer binnenkom, liggen er gewoonlijk drie of vier baddoeken over de vloer verspreid, kletsnat. Meestal zit er aangekoekte tandpasta in de wastafel, die ik moet schrobben om het eraf te krijgen. Kennelijk heeft ze er iets tegen om haar kleren in de wasmand te gooien, dus kost het me ruim tien minuten om haar beha, hemdje, onderbroek, panty, etc. te verzamelen. Gelukkig lukt het Andrew wel om zijn kleren in de wasmand te doen. Daarnaast zijn er nog een heleboel spullen die gestoomd moeten worden. Nina maakt zelf geen onderscheid tussen de twee, en God verhoede dat ik me vergis in wat in de wasmachine kan en wat naar de stomerij moet worden gebracht. Dat zou niets minder dan een halsmisdaad zijn.

Iets anders zijn de verpakkingen van etenswaren. In elke spleet in Nina's slaapkamer zitten lege snoepzakken en wikkels gepropt. Ik neem aan dat dat verklaart waarom ze 25 kilo zwaarder is dan op de foto's uit de tijd dat Andrew en zij elkaar pas kenden.

Als ik het huis van boven tot onder heb schoongemaakt en de was en de strijk heb gedaan, heb ik bijna geen tijd meer over. De vrouwen komen over nog geen uur en ik ben nog niet klaar met alle taken die Nina me heeft opgedragen. Zoals het afhalen van de hors-d'oeuvres. Ik kan het haar proberen uit te leggen, maar ze zal het niet begrijpen. Aangezien ze me vorige week bijna ontsloeg toen ik *Family Feud* had zitten kijken met Andrew, kan ik me geen fouten meer veroorloven. Ik moet ervoor zorgen dat deze middag perfect verloopt.

Dan ga ik de achtertuin in. De achtertuin van de Winchesters is een van de mooiste plekjes van de buurt. Enzo heeft zijn werk goed gedaan. De heggen zijn zo precies geknipt dat het lijkt of hij een liniaal heeft gebruikt. Het gazon is omzoomd met bloemen, een explosie van kleur. En het gras is weelderig en groen. Ik kom haast in de verleiding om er languit op te gaan liggen en mijn armen op en neer te bewegen om grasengelen te maken.

Maar blijkbaar brengen ze hier niet veel tijd door, want het terrasmeubilair zit onder het stof. De hele boel zit onder een dikke laag stof.

O god, ik krijg het nooit op tijd klaar.

'Millie? Gaat het?'

Andrew staat achter me, in vrijetijdskleding voor de verandering. Zijn blauwe poloshirt en kakibroek staan hem zo mogelijk nog beter dan een duur pak.

'Ja hoor,' mompel ik. Eigenlijk zou ik niet eens met hem moeten praten.

'Je ziet eruit alsof je elk moment kan gaan huilen,' zegt hij.

Verlegen veeg ik mijn ogen met de rug van mijn hand droog. 'Het gaat best. Er is alleen nogal veel te doen voor die PTA-vergadering.'

'Jee, daar moet je absoluut niet om huilen.' Hij fronst zijn voorhoofd. 'Die PTA-vrouwen zijn toch nooit tevreden, wat je ook doet. Het is een verschrikkelijk stelletje.'

Daar ga ik me niet echt beter door voelen.

'Luister, misschien heb ik een...' Hij zoekt in zijn zak en haalt er een verkreukeld papieren zakdoekje uit. 'Het mag wel een wonder heten dat ik een zakdoek bij me heb, maar hier, pak aan.'

Moeizaam glimlachend neem ik hem aan. Terwijl ik mijn neus droogdep, vang ik een vleugje van zijn aftershave op.

'Nou,' zegt hij, 'waar kan ik je mee helpen?'

Ik schud mijn hoofd. 'Laat maar. Het lukt wel.'

'Je huilt.' Hij zet zijn voet op een vuile stoel. 'Serieus, ik ben niet volslagen nutteloos. Zeg gewoon wat je wil dat ik doe.' Als ik aarzel, voegt hij eraan toe: 'Luister, we willen allebei dat Nina tevreden is, toch? Zo krijg je haar tevreden. Niet als ik dit in het honderd laat lopen.'

'Oké,' brom ik. 'Het zou heel fijn zijn als je de hors-d'oeuvres zou willen afhalen.'

'Komt voor elkaar.'

Het is alsof er een gigantisch gewicht van mijn schouders is gevallen. Het zou me twintig minuten hebben gekost om bij de winkel te komen om de hors-d'oeuvres af te halen en twintig om weer terug te komen. Dan zou ik nog maar een kwartier hebben gehad om de vieze terrasmeubels schoon te maken. Stel je voor dat Nina in haar witte kleren in een van deze stoelen zou gaan zitten.

'Dank je,' zeg ik. 'Dat waardeer ik echt heel erg. Echt.'

Hij grijnst naar me. 'Echt?'

'Heel echt.'

Op dat moment komt Cecelia in een lichtroze jurk met witte versiersels de tuin in rennen. Net als haar moeder ziet ze er altijd uit om door een ringetje te halen. 'Papa,' zegt ze.

Hij richt zijn blik op haar. 'Wat is er, Cece?'

'De computer doet het niet,' antwoordt ze. 'Ik kan mijn huiswerk niet maken. Wil je hem maken?'

'Dat wil ik zeker.' Hij legt zijn hand op haar schouder. 'Maar eerst gaan we een eindje rijden. Dat wordt superleuk.'

Met een bedenkelijk gezicht kijkt ze hem aan.

Hij negeert haar twijfel. 'Ga je schoenen maar aantrekken.'

Mij zou het een halve dag hebben gekost om Cecelia zover te krijgen dat ze haar schoenen ging aantrekken, maar ze loopt gehoorzaam het huis weer in om te doen wat hij heeft gezegd. Zolang ik maar niet voor haar moet zorgen, is Cecelia best lief.

'Je gaat goed met haar om,' merk ik op.

'Dank je.'

'Ze lijkt veel op je.'

Hij schudt zijn hoofd. 'Niet echt. Ze lijkt op Nina.'

'Ja,' zeg ik, 'haar teint en haar haren heeft ze van Nina, maar ze heeft jouw neus.'

Hij friemelt aan de zoom van zijn poloshirt. 'Cecelia is niet mijn biologische dochter. Dus als er al een gelijkenis is, is dat toeval.'

Wauw, wat een blunder weer. 'O. Ik wist niet...'

'Het is niet belangrijk.' Hij houdt zijn bruine ogen op de achterdeur gericht om te zien of Cecelia er al aan komt. 'Ik heb Nina leren kennen toen Cecelia een baby was, dus ik ben de enige vader die ze ooit heeft gekend. Ik beschouw haar als mijn dochter. Het maakt geen verschil.'

'Natuurlijk niet.' Mijn achting voor Andrew Winchester stijgt nog meer. Behalve dat hij niet voor een of ander supermodel heeft gekozen, is hij met een vrouw getrouwd die al een kind had. En hij voedt het op alsof het zijn eigen kind is. 'Zoals ik al zei, je gaat goed met haar om.'

'Ik vind kinderen geweldig... Ik wilde dat we er een stuk of tien hadden.'

Het lijkt of hij nog iets wil zeggen, maar dan klemt hij zijn lippen op elkaar. Ik moet denken aan wat Nina me weken geleden vertelde. Dat ze probeerde zwanger te worden, omdat ze allebei nog graag een kind wilden. Ik herinner me de bloederige tampon op de badkamervloer. Zouden ze sindsdien succes hebben gehad? Als ik afga op de trieste blik in Andrews ogen, vermoed ik van niet.

Maar Nina zal heus wel zwanger kunnen worden als ze dat graag willen. Tenslotte hebben ze geld genoeg voor alle mogelijke dure behandelingen. Hoe dan ook, het zijn mijn zaken niet.

16

Ik kan gerust zeggen dat ik een hekel heb aan alle vrouwen op deze PTA-bijeenkomst.

In totaal zijn ze met z'n vieren, Nina meegerekend. Ik heb hun namen uit mijn hoofd geleerd. Jillianne (Jilly-anne), Patrice, en Suzanne (niet te verwarren met Jillianne). De reden waarom ik hun namen in mijn geheugen heb geprent, is dat Nina niet wil dat ik de tuin uit ga. Ik moet van haar aan de kant blijven staan, voortdurend paraat, voor het geval ze iets nodig hebben.

In elk geval zijn de hors-d'oeuvres een succes. En Nina heeft geen idee dat Andrew ze voor me heeft gehaald.

'Ik ben alleen niet tevreden met het menu voor de sportdag.' Suzanne tikt met haar pen tegen haar kin. Ik heb Nina een keer horen zeggen dat Suzanne haar beste vriendin is, maar voor zover ik kan zien, is Nina met geen van haar zogenaamde vriendinnen echt close. 'Ik vind dat er meer dan één glutenvrije optie moet zijn.'

'Daar ben ik het mee eens,' zegt Jillianne. 'En ook al is er een vegan optie, die is niet vegan én glutenvrij. Dus wat moeten mensen eten die vegan en glutenvrij zijn?'

Ik weet het niet. Gras? Ik heb echt nog nooit mensen meegemaakt die zo geobsedeerd zijn door gluten. Elke keer als ik met een hors-d'oeuvre naar buiten kwam, hoorden ze me stuk voor uit over de hoeveelheid gluten die erin zat. Alsof ik dat weet. Ik weet niet eens wat gluten is.

Het is een drukkend hete dag. Ik zou er alles voor overhebben om weer binnen te zijn, waar de airconditioning aanstaat. Jezus, ik zou alles geven voor een glas van de sprankelende roze limonade die de vrouwen drinken. Elke keer als er niemand mijn kant uit kijkt, veeg ik het zweet van mijn voorhoofd. Ik ben bang dat ik vochtplekken onder mijn oksels heb.

'Dit platbrood met geitenkaas en bosbessen had opgewarmd moeten worden,' merkt Patrice op, terwijl ze op het stukje in haar mond kauwt. 'Het is amper lauw.'

'Ik weet het,' zegt Nina spijtig. 'Ik heb mijn hulp gevraagd daarvoor te zorgen, maar je weet hoe het is... Ontzettend moeilijk om goed personeel te vinden.'

Mijn mond valt open. Dat heeft ze me helemaal niet gevraagd. En weet ze wel dat ik vlakbij sta?

'O, zeg dat wel.' Jillianne knikt meelevend. 'Er zijn gewoon geen goede mensen meer te krijgen. Het arbeidsethos in dit land is abominabel. Hoe zou het komen, vraag je je af, dat zulke mensen geen betere baan kunnen vinden. Het is gewoon luiheid.'

'Of je krijgt iemand uit het buitenland,' doet Suzanne een duit in het zakje. 'En die spreken de taal nauwelijks. Zoals Enzo.'

'Die is in elk geval leuk om naar te kijken!' Patrice lacht.

De anderen joelen en giechelen, hoewel Nina opmerkelijk stil is. Ik neem aan dat zij het niet nodig vindt om te lonken naar de sexy tuinman. Ze is immers getrouwd met Andrew. Ik begrijp het volkomen. Ook lijkt ze een vreemd soort wrok tegen Enzo te hebben.

Ik popel om iets te zeggen na de manier waarop ze me zwart hebben gemaakt achter mijn... Nou, niet achter mijn rug, want zoals ik al zei, sta ik vlakbij. Maar ik moet ze laten zien dat ik niet lui ben. Ik heb me kapotgewerkt hier, zonder ooit een klacht te laten horen.

'Nina.' Ik schraap mijn keel. 'Wil je dat ik de hors-d'oeuvres opwarm?'

Nina keert zich naar me toe. De blik in haar ogen is zo fel dat ik een stap achteruitga. 'Millie,' zegt ze kalm, 'we zijn in gesprek. Val ons alsjeblieft niet in de rede. Dat is ontzettend onbeleefd.'

'O, ik –'

'Bovendien,' vervolgt ze, 'zou ik je erkentelijk zijn als je me geen "Nina" meer zou willen noemen. Ik ben je kroegmaatje niet.' Ze hinnikt in de richting van de andere vrouwen. 'Het is Mrs Winchester. Laat me je daar niet nog eens aan hoeven herinneren.'

Stomverbaasd staar ik haar aan. De allereerste keer dat ik haar ontmoette, zei ze dat ik haar Nina moest noemen. Ik heb haar de hele tijd dat ik hier werk zo genoemd, zonder dat ze daar ooit iets van heeft gezegd. En nu doet ze alsof ik vrijpostig ben.

Het ergst van alles is dat de andere vrouwen Nina kennelijk als heldin beschouwen, omdat ze me op mijn plaats heeft gezet. Patrice begint vol vuur aan een verhaal over haar schoonmaakster, die de brutaliteit had gehad om haar te vertellen dat haar hond was overleden. 'Ik wil niet onvriendelijk zijn,' zegt Patrice, 'maar wat heb ik ermee te maken dat Juanita's hond dood is? Ze bleef er maar over doorgaan. Nou vraag ik je!'

'We hebben de hulp trouwens wel absoluut nodig.' Nina stopt een van de onacceptabele hors-d'oeuvres in haar mond. Ik heb haar in de gaten gehouden, en ze heeft de helft van alles opgegeten. De andere vrouwen eten haast niets. 'Vooral omdat Andrew en ik nog een kind krijgen.'

De andere vrouwen happen opgewonden naar adem. 'Nina, ben je zwanger?' roept Suzanne.

'Ik wist dat er een reden moest zijn waarom je vijf keer zoveel at als wij!' zegt Jillianne triomfantelijk.

Nina werpt een donkere blik in haar richting. Ik moet met geweld mijn lach inhouden. 'Ik ben nóg niet zwanger. Maar Andy en ik hebben een afspraak bij een vruchtbaarheidsspecialist. Die moet ongelofelijk goed zijn. Let maar op, tegen het eind van het jaar heb ik een baby.'

'Dat is fantastisch.' Patrice legt haar hand op Nina's schouder.

'Ik weet dat jullie al heel lang een baby willen. En Andrew is zo'n geweldige vader.'

Nina knikt, en even lijken haar ogen een beetje vochtig. Ze schraapt haar keel. 'Eén momentje, dames. Ik ben zo terug.' Ze zal wel naar de wc gaan of zo. Natuurlijk, dat zou nu ook heel goed een taak van mij kunnen zijn. Nina achternagaan naar de wc om haar handen droog te deppen of het toilet voor haar door te spoelen, of God weet wat te doen.

Zodra Nina uit het zicht is, beginnen de andere vrouwen zachtjes te lachen. 'O, mijn god!' zegt Jillianne giechelend. 'Wat ontzettend gênant was dat! Niet te geloven dat ik dat zei. Ik dacht echt dat ze zwanger was. Ik bedoel, ze ziet er toch zwanger uit, of niet?'

Patrice is het met haar eens. 'Ze begint op een olifant te lijken. Ze moet echt eens een diëtist en een personal trainer inhuren. En zagen jullie ook die uitgroei, of was ik de enige?'

De andere vrouwen knikken instemmend. Ik doe dan wel niet mee aan het gesprek, maar mij was die uitgroei ook opgevallen. Toen ik bij haar op sollicitatiegesprek was, was er helemaal niets op haar haren aan te merken. Nu is er ruim een centimeter donkerdere uitgroei te zien. Het verbaast me dat ze dat zover heeft laten komen.

'Ik zou me doodschamen als ik zo rondliep,' zegt Patrice. 'Hoe denkt ze die spetter van een man van haar op die manier vast te houden?'

'Ja, en ik heb gehoord dat ze waterdichte huwelijkse voorwaarden hebben,' voegt Suzanne eraan toe. 'Als ze zouden scheiden, krijgt zij praktisch niets. Zelfs geen kinderalimentatie, want hij heeft Cecelia nooit geadopteerd. Dat weten jullie net zo goed als ik.'

'Huwelijkse voorwaarden!' barst Patrice uit. 'Wat mankeert Nina? Waarom zou ze zoiets tekenen? Ze kan maar beter haar best doen om hem tevreden te houden.'

'Nou, ik ga haar niet vertellen dat ze op dieet moet!' laat Jillianne zich horen. 'Jezus, ik wil er niet de schuld van zijn dat ze terug moet naar die psychiatrische inrichting. Nina heeft ze niet allemaal op een rijtje, dat is voor jullie ook geen geheim.'

Mijn adem stokt. Sinds die vrouwen op school erop hadden gezinspeeld dat Nina gek was, hoopte ik dat ze gewoon modieus gek was. Dat ze naar een therapeut ging en af en toe een paar kalmeringstabletten slikte. Maar dit klinkt toch als een graadje erger. Als ik die roddelfeeksen mag geloven, heeft ze in een psychiatrische inrichting gezeten. Dan heeft ze dus een ernstige stoornis.

Ineens voel ik me schuldig omdat ik steeds zo gefrustreerd raakte doordat ze me de verkeerde informatie gaf of van het ene op het andere moment van humeur veranderde. Ze kan er niets aan doen. Ze heeft serieuze problemen. Ik begrijp het allemaal iets beter nu.

'Ik zal je één ding vertellen.' Patrice gaat zachter praten, kennelijk om ervoor te zorgen dat ik haar niet kan verstaan. Blijkbaar weet ze zelf niet wat een harde stem ze heeft. 'Als ik Nina was, zou ik het niet in mijn hoofd halen om een knappe jonge hulp aan te nemen. Een inwonende hulp nog wel. Ze zal wel groen zien van jaloezie.'

Om niet te laten merken dat ik elk woord versta, kijk ik de andere kant op. Ik heb gedaan wat ik kon om te voorkomen dat Nina jaloers wordt. Ik wil niet dat ze zelfs maar in de verte denkt dat ik geïnteresseerd ben in haar echtgenoot. Ze mag niet weten dat ik hem aantrekkelijk vind of denken dat er iets tussen ons zou kunnen gebeuren.

Ik bedoel, ja, als Andrew niet getrouwd was, zou ik zeker geïnteresseerd zijn. Maar dat is hij wel. Ik blijf ver uit de buurt van die man. Nina hoeft zich geen zorgen te maken.

17

Vandaag hebben Andrew en Nina een afspraak bij die vruchtbaarheidsspecialist.

Ze zijn de hele week al zenuwachtig en opgewonden bij het vooruitzicht. Ik ving flarden op van hun gesprekken daarover onder het eten. Blijkbaar heeft Nina een aantal vruchtbaarheidsonderzoeken gehad, en vandaag gaan ze de resultaten daarvan bespreken. Nina denkt dat ze ivf zullen proberen, wat heel duur is, maar geld is geen probleem.

Hoezeer Nina soms ook op mijn zenuwen werkt, het is aandoenlijk om ze samen plannen te horen maken voor de nieuwe baby. Gisteren hadden ze het erover dat ze de logeerkamer wilden veranderen in een babykamer. Ik weet niet wie er het enthousiasts is, Nina of Andrew. Ik hoop voor hen dat Nina gauw zwanger wordt.

Terwijl ze naar hun afspraak zijn, moet ik op Cecelia passen. Het zou niet al te moeilijk moeten zijn om een meisje van negen gezelschap te houden, maar Cecelia lijkt vastbesloten om het me lastig te maken. Nadat de moeder van een vriendinnetje haar heeft afgezet na God weet wat voor les ze vandaag heeft gehad, karate, ballet, piano, voetbal, gym – ik weet het echt niet meer – schopt ze haar schoenen elk een andere kant op en smijt vervolgens haar rugzak in de hoek. Gelukkig is het te warm voor een jas, anders zou ze die ook ergens hebben neergegooid.

'Cecelia,' zeg ik geduldig. 'Wil je alsjeblieft je schoenen in het rek zetten?'

'Straks,' zegt ze afwezig, terwijl ze neervalt op de bank en de rok van haar lichtgele jurk gladstrijkt. Ze pakt de afstandsbediening en zet een afschuwelijk lawaaierige tekenfilm op. Een sinaasappel en een peer hebben zo te zien ruzie op het scherm. 'Ik heb honger.'

Ik haal diep adem om mijn kalmte te bewaren. 'Wat wil je eten?'

Ik vermoed dat ze zal willen dat ik iets volkomen belachelijks klaarmaak, alleen om me te laten zweten. Maar tot mijn verrassing zegt ze: 'Kun je een broodje met boterhamworst voor me maken?'

Ik ben zo opgelucht dat we alle ingrediënten voor een broodje met boterhamworst in huis hebben, dat ik er zelfs niet op aandring dat ze alsjeblieft zegt. Als Nina het goedvindt dat haar dochter zich onbeleefd gedraagt, moet zij dat weten. Het is niet mijn taak om haar op te voeden.

Ik ga naar de keuken en pak brood en een pakje boterhamworst uit de overvolle koelkast. Ik weet niet of ze mayonaise op haar brood wil, en als ik aanneem van wel, doe ik er vast te veel of te weinig op. Daarom zet ik de pot gewoon op tafel, dan kan ze zelf precies de juiste hoeveelheid nemen. Ha, ik ben je te slim af, Cecelia!

Terug in de woonkamer zet ik het broodje en de mayonaise voor Cecelia op de salontafel. Fronsend kijkt ze ernaar, en na even aarzelen pakt ze het brood op. Dan vertrekt ze vol walging haar gezicht.

'Ieuw!' roept ze. 'Dit moet ik niet.'

Ik zweer het je, ik wurg dat kind met mijn blote handen. 'Je zei dat je een broodje met boterhamworst wilde, dus heb ik er een voor je gemaakt.'

'Ik heb niet gezegd dat ik een broodje met boterhamworst wilde,' jammert ze. 'Ik zei dat ik een broodje met abalone wilde.'

Met open mond staar ik haar aan. 'Een broodje met abalone? Wat ís dat?'

Cecelia gromt geërgerd en gooit het broodje op de grond. Het brood en de worst vallen uit elkaar en komen afzonderlijk op het tapijt terecht. Het enige positieve is dat ik geen mayonaise heb gebruikt, dus hoef ik die in elk geval niet van de vloer te schrapen.

Oké, ik heb genoeg van dat kind. Misschien is het niet mijn taak, maar ze is oud genoeg om te weten dat ze geen eten op de grond moet gooien. En als er over niet al te lange tijd een baby bij komt, moet ze zich zeker naar haar leeftijd leren gedragen.

'Cecelia,' sis ik.

Ze tilt haar iets puntige kinnetje op. 'Wat?'

Ik weet niet wat er tussen Cecelia en mij zou zijn gebeurd, maar onze krachtmeting wordt onderbroken door het geluid van de voordeur die opengaat. Dat moeten Andrew en Nina zijn, terug van hun afspraak. Ik wend me van Cecelia af en plak een glimlach op mijn gezicht. Nina loopt natuurlijk over van opwinding over dat consult.

Maar als ze de kamer binnenkomen, zien ze er geen van beiden opgewekt uit.

Dat is zacht uitgedrukt. Nina's blonde haar zit in de war, haar witte bloes is gekreukt. Haar ogen zijn bloeddoorlopen en gezwollen. Andrew ziet er ook niet erg florissant uit. Zijn das is half losgetrokken, alsof hij hem af had willen doen maar toen werd afgeleid. En nu ik goed kijk, zie ik dat zijn ogen ook bloeddoorlopen zijn.

Ik knijp mijn handen samen. 'Is alles goed?'

Ik had gewoon mijn mond moeten houden. Dat zou wijs zijn geweest, want nu richt Nina haar blik op mij. Haar lichte huid wordt vuurrood. 'In hemelsnaam, Millie,' bijt ze me toe. 'Waarom moet je zo nieuwsgierig zijn? Dit gaat je verdomme geen moer aan.'

Ik slik. 'Het spijt me ontzettend, Nina.'

Haar ogen dwalen naar de troep op de vloer. Cecelia's schoenen. Het brood en de worst bij de salontafel. En ergens tijdens de afgelopen minuut moet Cecelia de woonkamer uit zijn gerend, want ze is nergens te bekennen. Nina's gezicht betrekt. 'Moet ik hierin thuiskomen? In deze rotzooi? Waar betaal ik jou eigenlijk voor? Misschien kun je beter op zoek gaan naar een andere baan.'

Mijn keel knijpt dicht. 'Ik... ik wilde dat net gaan opruimen...'

'Doe voor mij geen moeite.' Ze werpt Andrew een vernietigende blik toe. 'Ik ga even liggen. Ik heb een knallende hoofdpijn.'

Stampend gaat ze de trap op. Haar hakken maken op elke tree een geluid als een geweerschot, waarna ten slotte de deur van de slaapkamer dichtslaat. Er is duidelijk iets niet goed gegaan bij die afspraak. Het heeft geen enkele zin om nu te proberen met haar te praten.

Andrew ploft neer op de leren bank en laat zijn hoofd achterovervallen. 'Nou, dat was klote.'

Ik bijt op mijn onderlip en ga naast hem zitten, ook al heb ik het gevoel dat ik dat beter niet kan doen. 'Gaat het?'

Hij wrijft in zijn ogen met zijn vingertoppen. 'Niet echt.'

'Wil... wil je erover praten?'

'Niet echt.' Een moment knijpt hij zijn ogen dicht. Hij slaakt een zucht. 'Wat we willen, gaat niet gebeuren. Nina wordt niet meer zwanger.'

In eerste instantie ben ik verbaasd. Niet dat ik er veel van afweet, maar ik vind het moeilijk te geloven dat Nina en Andrew dit met al hun geld niet voor elkaar kunnen krijgen. Ik heb een keer op tv gezien dat een vrouw van zestig zwanger was geraakt.

Maar dat kan ik niet tegen Andrew zeggen. Ze hebben net een vooraanstaande vruchtbaarheidsspecialist gesproken. Ik weet echt niet meer dan die man. Als hij zegt dat Nina niet zwanger kan worden, dan is dat zo. Er komt geen baby. 'Het spijt me heel erg, Andrew.'

'Ja...' Hij haalt zijn hand door zijn haar. 'Ik probeer me erbij neer te leggen, maar ik kan niet zeggen dat ik niet teleurgesteld ben. Ik bedoel, ik hou van Cecelia alsof ze mijn eigen dochter is, maar... ik wilde... Ik bedoel, ik heb er altijd van gedroomd dat...'

Zo'n diepgaand gesprek hebben we nog niet eerder gehad. Het voelt best goed dat hij zijn hart bij me uitstort. 'Ik begrijp het,' mompel ik. 'Het moet heel moeilijk zijn... voor jullie allebei.'

Hij slaat zijn ogen neer. 'Ik moet sterk zijn voor Nina. Ze is er kapot van.'

'Kan ik iets doen?'

Even zwijgt hij, terwijl hij met zijn vinger een plooi in het leer van de bank natrekt. 'Op Broadway speelt een musical die Nina graag wil zien. Ze heeft het er steeds over. *Showdown*. Ik weet dat het haar zou opvrolijken als we daar kaartjes voor hadden. Als jij haar zou willen vragen wanneer ze kan en plaatsen op de eerste rang wil reserveren, dan zou dat geweldig zijn.'

'Doe ik,' zeg ik. Er zijn een heleboel redenen waarom ik Nina niet kan uitstaan, maar het lijkt me verschrikkelijk om zulk nieuws te krijgen. Mijn hart gaat naar haar uit.

Weer wrijft hij in zijn bloeddoorlopen ogen. 'Dank je, Millie. Ik zou echt niet weten wat we zonder jou zouden moeten. Het spijt me dat Nina je af en toe zo beroerd behandelt. Ze is gewoon een beetje opvliegend, maar ze mag je echt graag, en ze stelt je hulp op prijs.'

Of dat helemaal waar is, weet ik niet, maar ik ben niet van plan om tegen hem in te gaan. Ik wil hier blijven werken tot ik redelijk wat geld bij elkaar heb gespaard, dus zal ik gewoon mijn best moeten doen om het Nina naar de zin te maken.

18

Die nacht word ik wakker van geschreeuw.

De zolder is buitengewoon goed geïsoleerd, dus kan ik niet horen wat er wordt gezegd. Maar het geluid van harde stemmen stijgt van beneden op naar mijn kamer. Een mannenstem en een vrouwenstem. Andrew en Nina.

Dan hoor ik een klap.

Instinctief rol ik mijn bed uit. Het zijn misschien mijn zaken niet, maar er is iets aan de hand daarbeneden. Ik moet in ieder geval zeker weten dat alles in orde is.

Ik leg mijn hand op de deurknop. Hij geeft niet mee. Meestal maak ik me er niet druk om dat de deur klemt. Ik ben eraan gewend geraakt. Maar zo nu en dan komt er een vlaag van paniek bij me op. Dan beweegt de knop in mijn hand en kan ik de kamer uit.

Ik ga de krakende trap af naar de eerste verdieping. Als ik eenmaal van de zolder af ben, klinkt het geschreeuw veel harder. Het komt uit de grote slaapkamer. Nina gilt tegen Andrew. Ze lijkt wel hysterisch.

'Het is niet eerlijk!' roept ze. 'Ik heb alles gedaan wat ik kon en –'

'Nina,' zegt hij. 'Het is niet jouw schuld.'

'Het is wél mijn schuld! Als je een jongere vrouw had, zou je een kind kunnen hebben zoals je graag wil. Het is míjn schuld!'

'Nina...'

'Zonder mij zou je veel beter af zijn.'

'Kom op, zeg dat nou niet...'

'Het is waar!' Maar ze klinkt niet verdrietig. Ze klinkt kwaad. 'Je zou willen dat ik weg was!'

'Nina, hou op!'

Ik hoor weer een harde klap in de kamer. Gevolgd door een derde. Ik zet een stap achteruit, in tweestrijd tussen de neiging om op de deur te kloppen om te zien of alles oké is en het verlangen om als een haas terug naar mijn kamer te gaan en me te verstoppen. Secondelang sta ik daar, verlamd door besluiteloosheid. Dan wordt de deur opengegooid.

Voor me staat Nina, in dezelfde witte nachtpon als in de nacht waarin ze Andrew en mij had verrast in de woonkamer. Maar nu zit er een rode streep op de lichte stof, vanaf haar heup over de hele lengte van haar rok omlaag.

'Millie.' Ze kijkt me doordringend aan. 'Wat doe jij hier?'

Ik kijk omlaag en zie dat haar rechterhandpalm besmeurd is met hetzelfde rood. 'Ik...'

'Ben je ons aan het bespioneren?' Ze trekt haar wenkbrauwen op. 'Stond je ons af te luisteren?'

'Nee!' Ik ga een stap achteruit. 'Ik hoorde alleen een klap, en ik was bang dat... Ik wilde kijken of alles goed was.' Ze ziet mijn blik afdwalen naar de streep op haar nachtjapon. Het kan haast niet anders of het is een bloedvlek. Het lijkt bijna of ze erom moet lachen. 'Ik heb alleen maar een sneetje in mijn hand. Niets om je druk om te maken. Ik heb jóúw hulp niet nodig.'

Maar wat is er gebeurd daarbinnen? Spreekt ze de waarheid over waarom haar nachtpon onder het bloed zit? En waar is Andrew?

Stel dat ze hem heeft vermoord? Stel dat hij dood in de slaapkamer ligt? Of nog erger, stel dat hij op dit moment dood ligt te bloeden en ik hem misschien nog kan redden? Ik kan niet zomaar weglopen. Ik mag dan een paar heel verkeerde dingen hebben gedaan in mijn leven, maar ik laat Nina niet wegkomen met moord.

'Waar is Andrew?' vraag ik.

Roze plekken kleuren haar wangen. 'Pardon?'

'Ik dacht...' Ik ga van de ene voet op de andere staan. 'Ik hoorde een klap? Is hij oké?'

Nina staart me aan. 'Hoe durf je! Waar beschuldig je me van?'

Het komt bij me op dat Andrew een grote, sterke man is. Als Nina korte metten met hem heeft gemaakt, hoeveel kans heb ik dan tegen haar? Maar ik kan me niet bewegen. Ik moet weten of het goed met hem gaat.

'Ga terug naar je kamer,' beveelt ze me.

Ik slik het brok in mijn keel weg. 'Nee.'

'Ga terug naar je kamer of je bent ontslagen.'

Ze meent het. Ik zie het aan haar ogen. Maar ik kan me niet bewegen. Ik wil weer protesteren, maar dan hoor ik iets. Iets waardoor ik opgelucht mijn schouders laat zakken: het geluid van een kraan die wordt opengedraaid. Het komt vanuit de grote slaapkamer.

Andrew is oké. Hij is gewoon in de badkamer.

Goddank.

'Tevreden?' Haar lichtblauwe ogen staan ijskoud, maar ik zie ook iets anders: een geamuseerde schittering in haar blik. Ze vindt het leuk om me bang te maken. 'Mijn man is springlevend.'

Ik buig mijn hoofd. 'Ja, ik wilde alleen... Het spijt me dat ik je lastig heb gevallen.'

Ik draai me om en sleep me de gang door. Ik voel Nina's ogen in mijn rug. Als ik bijna bij de trap ben, hoor ik haar stem hard achter me.

'Millie?'

Ik draai me om. Haar witte gewaad glanst in het maanlicht dat de gang in sijpelt. Als het bloed er niet was geweest, zou ze net een engel zijn. Nu zie ik ook bloed op de vloer, onder haar rechterhand. 'Ja?'

'Blijf op zolder 's nachts.' Ze kijkt me met half toegeknepen ogen aan. 'Duidelijk?'

Dat hoeft ze me geen tweede keer te zeggen. Ik wil nooit meer van die zolder af.

19

De volgende morgen laat Nina zich weer van haar aardige kant zien. Het lijkt of ze de gebeurtenissen van de afgelopen nacht is vergeten. Ik zou haast gaan denken dat het allemaal een afschuwelijke droom is geweest, als ze geen verband om haar rechterhand zou hebben. Op het witte gaas zitten rode vlekken.

Hoewel ze tegen mij niet echt vreemd doet, is ze vanochtend labieler dan normaal. Als ze Cecelia naar school gaat brengen, rijdt ze met gierende banden weg. En eenmaal terug, staat ze zomaar een tijdje midden in de woonkamer naar de muur te staren. Ten slotte ga ik de keuken uit om te vragen of alles goed is.

'Ja hoor.' Ze trekt aan de kraag van haar witte bloes. Die is gekreukt, terwijl ik zeker weet dat ik hem heb gestreken. 'Zou je zo vriendelijk willen zijn om ontbijt voor me klaar te maken, Millie? Hetzelfde als altijd?'

'Natuurlijk,' antwoord ik.

Met *hetzelfde als altijd* bedoelt Nina roerei, drie eieren in een heleboel boter, met Parmezaanse kaas, vier plakjes bacon, en een Engelse muffin, ook met boter. Ik moet denken aan de opmerkingen die de andere PTA-vrouwen over Nina hadden gemaakt toen ze even uit de buurt was. Maar ik waardeer het wel dat ze niet moeilijk doet over elke calorie die ze in haar mond stopt. Nina eet niet glutenvrij of vegan. Voor zover ik weet, eet ze wat ze wil en niet te weinig ook. 's Avonds neemt ze vaak ook nog iets. Dat zie ik aan de vuile borden op het aanrecht 's ochtends.

Ik heb nog nooit meegemaakt dat er iets in de vaatwasser is gezet als ik beneden kom.

Ik zet het bord met haar ontbijt voor haar neer op de eettafel, met een glas jus d'orange ernaast. Ze bekijkt het eten kritisch. Ik ben bang dat ze gaat zeggen dat alles verkeerd klaargemaakt is, of anders dat ze me helemaal nooit om ontbijt heeft gevraagd. Maar ze glimlacht alleen lief naar me. 'Dank je, Millie.'

'Graag gedaan.' Weifelend drentel ik om haar heen. 'Trouwens, Andrew vroeg me om twee kaartjes voor jullie te regelen voor *Showdown* op Broadway.'

Haar ogen lichten op. 'Wat is hij toch attent! Ja, dat zou leuk zijn.'

'Op welke dagen zou je kunnen?'

Ze neemt een hap ei en kauwt nadenkend. 'Volgende week zondag ben ik vrij, dus als je dat zou kunnen regelen...'

'Vast wel. En ik kan op Cecelia passen, natuurlijk.'

Ze neemt nog een hap ei. Een deel komt niet in haar mond terecht en valt op haar witte bloes. Kennelijk merkt ze het niet eens, want ze blijft het eten gewoon naar binnen schuiven.

'Nogmaals bedankt, Millie.' Ze knipoogt naar me. 'Ik zou echt niet weten wat we zonder jou zouden moeten.'

Dat zegt ze vaak. Of dat ze me gaat ontslaan. Het is het een of het ander.

Maar ik neem aan dat ze er niets aan kan doen. Ze heeft echt psychische problemen, zoals haar vriendinnen zeiden. Ik moet steeds denken aan die opmerking over dat ze in een psychiatrische inrichting heeft gezeten. Ze sluiten je niet voor niets op. Er moet iets ernstigs gebeurd zijn, en ergens wil ik dolgraag weten wat. Maar ik kan het haar natuurlijk niet vragen. En mijn pogingen om het verhaal uit Enzo te krijgen zijn op niets uitgelopen.

Nina heeft bijna haar hele bord leeggegeten, in minder dan vijf minuten heeft ze de eieren, de bacon en de muffin weggewerkt, als Andrew op een sukkeldrafje de trap af komt. Ik was een beetje ongerust over hem vannacht, ook al had ik water horen lopen. Niet dat het een voor de hand liggend scenario was, maar misschien, ik weet het niet, had Nina zoiets als een automatische timer ingesteld op de kraan, zodat het zou lijken of hij in de badkamer was, gezond en wel. Zoals ik al zei, was dat niet waarschijnlijk, maar het was ook niet onmogelijk. In elk geval ben ik opgelucht dat hij nog helemaal heel is. Mijn adem blijft even steken als ik hem zie aan komen, gekleed in een donkergrijs pak met lichtblauw overhemd.

Net voordat Andrew de eetkamer binnenkomt, schuift Nina haar bord van zich af. Ze staat op en strijkt haar blonde haren glad. Het glanst niet zoals anders, en de donkere uitgroei valt meer op dan eerst.

'Hallo, Andy.' Ze lacht stralend naar hem. 'Hoe is het met je vanochtend?'

Hij staat op het punt om antwoord te geven, maar dan valt zijn blik op het gemorste ei op haar bloes. Zijn ene mondhoek gaat omhoog. 'Nina, er zit een beetje ei op je kleren.'

'O!' Ze krijgt een kleur, terwijl ze het stukje ei wegveegt. Maar het zat er al een paar minuten, en er blijft een vlek achter op de verfijnde witte stof. 'Sorry!'

'Het geeft niet. Je ziet er nog steeds prachtig uit.' Hij pakt haar bij haar schouders en trekt haar naar zich toe voor een kus. Ik zie haar tegen hem aan smelten en doe mijn best om de steek van jaloezie in mijn borst te negeren. 'Ik moet gauw naar kantoor, maar ik zie je vanavond.'

'Ik loop even met je mee, lieverd.'

Nina heeft zo verdomd veel geluk. Ze heeft alles. Ze mag dan opgenomen zijn geweest in een psychiatrische inrichting, maar ze heeft in elk geval niet in de gevangenis gezeten. En moet je haar nu zien. Ze heeft een schitterend huis, zwemt in het geld, en ze is getrouwd met een man die aardig, grappig, rijk, attent en… nou ja, letterlijk adembenemend is.

Ik sluit een moment mijn ogen en stel me voor hoe het zou zijn om in Nina's schoenen te staan. Om de vrouw te zijn die het voor het zeggen heeft hier. Om zulke dure kleren en schoenen en zo'n luxe auto te hebben. Om een hulp te hebben die ik kon commanderen, die ik voor me kon laten koken en schoonmaken en in een hokje op zolder kon laten wonen, terwijl ik zelf in de grote slaapkamer sliep met het kingsize bed en eindeloos veel linnengoed. En, het meest van allemaal, om een man te hebben als Andrew, die zijn lippen op de mijne zou drukken zoals hij bij haar deed. Om zijn lichaamswarmte tegen mijn borst te voelen...

O, mijn god, ik moet ophouden daaraan te denken. Nú. Ter verdediging kan ik aanvoeren dat het ontzettend lang geleden is. In de gevangenis heb ik tien jaar lang gefantaseerd over een of andere volmaakte kerel die ik zou ontmoeten als ik vrijkwam, en die me zou redden van alles. En nu...

Nou, het zou kunnen. Het is mogelijk.

Ik ga de trap op om de bedden op te maken en de slaapkamers te doen. Ik ben net klaar en weer onderweg naar beneden als de bel gaat. Haastig ga ik naar de deur om open te doen, en tot mijn verrassing zie ik Enzo staan. Hij heeft een enorme kartonnen doos in zijn armen.

'Ciao,' begroet ik hem zoals hij me heeft geleerd.

Een geamuseerde uitdrukking flitst over zijn gezicht. 'Ciao. Dit... voor jou.'

Ik snap meteen wat er moet zijn gebeurd. Bezorgers hebben soms niet door dat ze via de poort bij de voordeur kunnen komen. Dan dumpen ze zware pakketten buiten het hek en kan ik ze de tuin door sjouwen. Enzo heeft natuurlijk gezien dat een bezorger dit pakket achterliet en is zo vriendelijk geweest om het hiernaartoe te dragen.

'Grazie,' zeg ik.

Hij trekt zijn wenkbrauwen op. 'Jij wil ik...'

Het duurt even voordat ik begrijp wat hij wil vragen. 'O... ja, zet maar op tafel.'

Ik wijs naar de eetkamer, waarna hij het pakket ernaartoe draagt. Ik weet nog dat Nina door het lint ging toen Enzo een keer in huis was geweest. Maar ze is er niet, en die doos is zo te zien veel te zwaar voor mij. Nadat hij hem op de tafel heeft gezet, kijk ik wie de afzender is: Evelyn Winchester. Familie van Andrew waarschijnlijk.

'Grazie,' zeg ik nog eens.

Enzo knikt. Hij draagt een wit T-shirt en een spijkerbroek. Hij ziet er echt lekker uit. Hij is zich altijd ergens in de buurt in het zweet aan het werken in iemands tuin, en veel van de rijke vrouwen hier vinden het heerlijk om naar hem te lonken. Eerlijk gezegd vind ik Andrew leuker om te zien, en dan is er nog die taalbarrière, natuurlijk. Maar wie weet zou het me goeddoen om een beetje lol te maken met Enzo. Het zou wat van die opgekropte energie wegnemen en misschien zou het een eind maken aan die totaal ongepaste fantasieën over de man van mijn werkgeefster.

Ik weet niet goed hoe ik erover moet beginnen, aangezien hij nauwelijks een woord Engels spreekt. Maar ik weet vrij zeker dat de taal van de liefde over de hele wereld hetzelfde is.

'Water?' bied ik aan, terwijl ik probeer te bedenken hoe ik dit het beste kan aanpakken.

Hij knikt. *'Si.'*

Ik ren naar de keuken en pak een glas uit de kast. Ik vul het voor de helft met water en ga ermee naar hem toe. Dankbaar neemt hij het aan. *'Grazie.'*

Zijn biceps bollen op terwijl hij drinkt. Hij heeft echt een goed lijf. Ik vraag me af hoe hij in bed zal zijn. 'En, eh… heb je… het druk?'

Hij laat het glas zakken en kijkt me niet-begrijpend aan. 'Eh?'

'Hm.' Ik schraap mijn keel. 'Heb je veel… werk?'

'Werk.' Hij knikt. Dat woord verstaat hij blijkbaar. Serieus, ik begrijp er niks van. Hij werkt hier al drie jaar. Hoe is het dan mogelijk dat hij helemaal geen Engels verstaat? *'Si. Molto occupato.'*

'O.'

Dit gaat niet goed. Misschien kan ik beter meteen ter zake komen.

'Luister.' Ik zet een stap in zijn richting. 'Ik dacht eigenlijk dat je misschien zin zou hebben in... een kleine pauze?'

Hij kijkt me onderzoekend aan met die donkere ogen van hem. Mooie ogen. 'Ik... niet begrijpen.'

Ik kan dit, taal van de liefde en zo. 'Een pauze.' Ik leg mijn hand tegen zijn borst en trek suggestief mijn wenkbrauwen op. 'Je weet wel.'

Ik had verwacht dat hij nu naar me zou grijnzen, me zou optillen en me naar de zolder zou dragen om me urenlang te verslinden. Wat ik niet had verwacht is de duistere blik in zijn ogen. Hij springt bij me vandaan alsof mijn hand in brand staat en barst los in een waterval van snel, furieus Italiaans. Ik heb geen idee wat hij zegt, behalve dat het geen 'hallo' of 'dank je' is.

'Sorry... het spijt me heel erg,' breng ik hulpeloos uit.

'Sei pazzo!' schreeuwt hij tegen me. Hij haalt zijn hand door zijn zwarte haar. *'Che cavolo!'*

Wat ontzettend gênant is dit. Het liefst zou ik onder de tafel kruipen. Ik bedoel, ik wist dat er een kans was dat hij me zou afwijzen, maar zo fel... 'Ik... ik wilde niet...'

Haast angstig kijkt hij langs de trap omhoog en dan weer naar mijn gezicht. 'Ik... ik gaan. Nu.'

'Goed.' Ik knik naar hem. 'Natuurlijk. Het... het spijt me heel erg. Ik wilde alleen maar aardig zijn. Het was niet mijn bedoeling om...'

Hij kijkt me aan alsof hij wil zeggen dat hij weet dat ik flauwekul sta te verkopen. Ik neem aan dat sommige dingen inderdaad overal hetzelfde zijn.

'Het spijt me,' zeg ik voor de derde keer, terwijl hij met grote passen naar de deur loopt. 'En... bedankt voor het pakket. *Grazie.*'

Bij de deur blijft hij staan en draait zich om. Zijn donkere ogen ontmoeten de mijne. 'Je... je moet gaan weg, Millie,' zegt hij in zijn gebroken Engels. 'Het is...' Hij klemt zijn lippen op elkaar, en slaagt er vervolgens in te herhalen wat hij op die eerste dag tegen me zei, deze keer in het Engels: 'Gevaarlijk.'

Met een bezorgde uitdrukking op zijn gezicht kijkt hij langs de trap omhoog. Dan schudt hij zijn hoofd, en voordat ik hem tegen kan houden om te proberen erachter te komen wat hij bedoelt, is hij de voordeur al uit.

20

God, wat ontzettend vernederend was dat.

Ik voel me nog steeds diep gekrenkt door Enzo's afwijzing als ik zit te wachten tot Cecelia's tapdansles afgelopen is. Mijn hoofd bonst, en het getik van al die voetjes in de aangrenzende lesruimte doet daar geen goed aan. Ik kijk om me heen in de wachtruimte en vraag me af of er nog anderen zijn die dit net zo irritant vinden als ik. Nee? Ben ik de enige?

De vrouw op de stoel naast me kijkt me uiteindelijk meelevend aan. Gezien haar natuurlijk gladde huid, zonder sporen van facelifts of botox, schat ik dat ze ongeveer van mijn leeftijd is. Daarom denk ik dat ze evenmin haar eigen kind komt ophalen. Ze hoort bij het personeel, net als ik.

'Advil?' vraagt ze. Ze moet wel een zesde zintuig hebben als ze heeft opgemerkt hoe ellendig ik me voel. Of mijn gezucht moet me hebben verraden.

Na een korte aarzeling knik ik. Een pijnstiller zal mijn gevoel van vernedering niet verminderen, maar mijn hoofdpijn wel.

Ze zoekt in haar grote zwarte handtas en haalt er een potje Advil uit. Ze kijkt me vragend aan, waarop ik mijn hand uitsteek en ze er twee rode pilletjes op schudt. Ik stop ze in mijn mond en slik ze droog door. Hoelang zou het duren voor ze beginnen te werken?

'Ik ben Amanda, trouwens,' zegt ze. 'Je officiële tapdanswachtruimtedrugsdealer.'

Ondanks mezelf schiet ik in de lach. 'Wie kom jij ophalen?'

Ze zwaait haar bruine paardenstaart van haar schouder. 'De tweeling van Bernstein. Je zou ze moeten zien tapdansen samen. Dat is echt de moeite waard, over hoofdpijn gesproken. En jij?'

'Cecelia Winchester.'

Amanda fluit zachtjes. 'Werk jij voor de Winchesters? Veel succes dan maar.'

Ik knijp in mijn knieën. 'Wat bedoel je?'

Ze haalt haar schouders op. 'Nina Winchester. Je weet wel. Ze is...' Met haar wijsvinger draait ze een rondje bij haar slaap, het universele teken om aan te geven dat iemand niet spoort. 'Toch?'

'Hoe weet je dat?'

'O, dat weet iedereen.' Ze kijkt me veelbetekenend aan. 'Ik heb ook het idee dat Nina een jaloers type is. En haar man is een ontzettend lekker ding, vind je niet?'

Ik wend mijn ogen af. 'Hij kan er wel mee door, geloof ik.'

Amanda rommelt in haar tas. Ik strijk met mijn tong langs mijn lippen. Dit is de kans waarop ik heb gewacht. Iemand die ik kan uithoren over Nina.

'Maar,' zeg ik, 'waarom zeggen ze dat Nina niet goed bij haar hoofd is?'

Ze kijkt op, en even ben ik bang dat ik haar heb beledigd door zo duidelijk naar informatie te vissen. Maar ze grijnst alleen maar. 'Je weet dat ze in een gekkenhuis heeft gezeten, hè? Iedereen heeft het erover.'

Ik huiver bij het woord *gekkenhuis*. Ongetwijfeld heeft ze net zulke beeldende termen voor de plek waar ik de afgelopen tien jaar heb doorgebracht. Maar ik moet dit horen. Mijn hart slaat op hol. Het tikt net zo snel als de kleine voeten in de ruimte hiernaast. 'Daar heb ik wel iets over gehoord...'

Amanda klakt met haar tong. 'Cecelia was nog maar een baby destijds. Arm ding, als de politie een seconde later was gekomen...'

'Wat?'

Ze kijkt om zich heen en gaat iets zachter prater. 'Je weet toch wat ze heeft gedaan, of niet?'

Zwijgend schud ik mijn hoofd.

'Het was afschuwelijk...' Amanda haalt diep adem. 'Ze heeft geprobeerd om Cecelia te verdrinken in het bad.'

Ik sla mijn hand voor mijn mond. 'Ze heeft... wát?'

Ze knikt ernstig. 'Nina heeft haar een verdovend middel gegeven, haar in het bad gegooid met de kraan aan, en daarna heeft ze zelf een zootje pillen ingenomen.'

Ik doe mijn mond open, maar krijg er geen woord uit. Ik had een verhaal verwacht in de trant van, ik weet niet, dat ze ruzie had gekregen met een andere moeder bij ballet over de juiste kleur van de tutu's en toen was ingestort omdat ze het niet eens werden. Of misschien dat haar favoriete manicure met pensioen was gegaan, en zij dat niet kon verwerken. Dit is van een totaal andere orde. De vrouw heeft geprobeerd haar eigen kind te verdrinken. Ik kan niets afschuwelijkers bedenken dan dat.

'Andrew Winchester was blijkbaar op kantoor in Manhattan op het moment dat het gebeurde,' zegt ze. 'Maar hij werd ongerust toen hij haar niet kon bereiken. Goddank dat hij de politie heeft gebeld.'

Mijn hoofdpijn is erger geworden, ondanks de Advil. Het scheelt niet veel of ik moet overgeven. Nina heeft geprobeerd haar eigen dochter te vermoorden. Ze heeft geprobeerd zelfmoord te plegen. Geen wonder dat ze een antipsychoticum slikt.

Ik snap er helemaal niks van. Wat je ook kan zeggen van Nina, ze houdt duidelijk heel veel van Cecelia. Zoiets kun je niet veinzen. Toch geloof ik Amanda. Ik heb al te vaak vreemde geruchten gehoord over Nina. Het lijkt me niet logisch dat iedereen in de buurt het mis heeft.

Nina heeft echt geprobeerd haar dochter te vermoorden.

Maar ja, ik ken de context niet. Ik heb van postnatale depressie gehoord, en ik weet dat je daar heel erg van in de war kunt raken. Misschien wist ze niet wat ze deed. Het is ook niet gezegd dat ze haar dochter met voorbedachten rade heeft vermoord. Als dat zo was, zou ze nu in de gevangenis zitten. Voorgoed.

Maar toch. Hoeveel zorgen ik me ook heb gemaakt over Nina's geestelijke gesteldheid, ik heb nooit serieus gedacht dat ze het in zich had echt gewelddadig te worden. Ze is tot veel meer in staat dan ik dacht.

Voor het eerst sinds Enzo me heeft afgewezen, denk ik terug aan de paniek in zijn ogen toen hij zich naar de voordeur haastte. *Je... je moet gaan weg, Millie. Gevaarlijk.* Hij maakt zich zorgen om mij. Hij is bang van Nina Winchester. Sprak hij maar Engels. Ik heb het gevoel dat ik in dat geval misschien al zou zijn vertrokken.

Maar wat moet ik dan? De Winchesters betalen me goed, maar niet goed genoeg om mijn eigen weg te gaan zonder nog een paar maandsalarissen op zak. Als ik ontslag neem, zullen ze me in geen geval een goede referentie meegeven. Ik zal de personeelsadvertenties weer moeten napluizen, en vervolgens de ene na de andere afwijzing moeten slikken van werkgevers die erachter zijn gekomen dat ik heb gezeten.

Ik zal het nog een tijdje moeten volhouden. En mijn best moeten doen om Nina Winchester zoveel mogelijk te vriend te houden. Mijn leven zou daar weleens van af kunnen hangen.

21

Vanavond tegen etenstijd staat de doos die Enzo naar binnen heeft gebracht nog steeds op de eettafel. Omdat ik de tafel moet dekken, wil ik hem ergens anders neerzetten, maar hij is erg zwaar. Ik dacht dat hij lichter was, omdat Enzo hem schijnbaar moeiteloos de kamer in had gedragen. Ik ben bang dat ik hem per ongeluk zal laten vallen als ik hem probeer te verplaatsen. De kans is groot dat er een onbetaalbare mingvaas in zit of iets anders dat ontzettend duur en breekbaar is.

Opnieuw bekijk ik de gegevens van de afzender op de doos. Evelyn Winchester. Wie zou dat zijn? Het handschrift is ferm met veel lussen. Voorzichtig verschuif ik de doos een eindje. Binnenin rammelt er iets.

'Een vroeg kerstcadeau?'

Ik kijk op van de doos. Andrew is thuis. Hij moet binnengekomen zijn via de garage. Zijn das hangt los om zijn hals, en hij glimlacht scheef naar me. Gelukkig is hij opgewekter dan gisteren. Ik dacht echt dat hij door zou draaien na die afspraak bij de specialist. En dan die verschrikkelijke ruzie vannacht, toen ik er bijna van overtuigd was dat Nina hem had vermoord. Natuurlijk lijkt dat veel minder vergezocht nu ik weet waarom ze ooit in een instelling is opgenomen.

'Het is juni,' breng ik hem in herinnering.

Hij klakt met zijn tong. 'Het is nooit te vroeg voor Kerstmis.' Hij loopt om de tafel heen om te kijken wie het pakket heeft gestuurd. Hij staat maar een paar centimeter bij me vandaan, en ik ruik zijn aftershave. Het is een lekker geurtje. Duur.

Hou op, Millie. Hou op met ruiken aan je werkgever.

'Het komt van mijn moeder,' merkt hij op.

Ik kijk grijnzend naar hem op. 'Stuurt je moeder je nog steeds cadeautjes?'

Hij lacht. 'Dat deed ze altijd wel, ja. Vooral een tijd geleden, toen Nina... ziek was.'

Ziek. Dat is een fraai eufemisme voor wat Nina heeft gedaan. Ik kan er gewoon niet over uit.

'Het zal wel iets voor Cece zijn,' zegt hij. 'Mijn moeder doet niets liever dan haar cadeautjes geven. Ze zegt altijd dat het haar plicht is om Cece te verwennen, omdat ze haar enige oma is.'

'En Nina's ouders?'

Hij zwijgt even, met zijn handen op de doos. 'Nina's ouders zijn overleden toen ze nog heel jong was. Ik heb ze nooit ontmoet.'

Nina heeft een zelfmoordpoging gedaan. Ze heeft geprobeerd haar eigen dochter te vermoorden. En nu blijkt ze ook nog een stel dode ouders te hebben. Ik mag hopen dat de hulp niet het volgende slachtoffer is.

Nee. Zo mag ik niet denken. Het ligt meer voor de hand dat Nina's ouders aan kanker of een hartkwaal zijn overleden. Wat er ook mis was met Nina, in die inrichting vonden ze kennelijk dat ze er klaar voor was om de maatschappij weer in te gaan. Ik kan haar maar beter het voordeel van de twijfel geven.

'Nou...' Andrew recht zijn rug. 'Dan zal ik dit eens openmaken.'

Hij schiet de keuken in en komt even later terug met een stanleymes. Hij snijdt de bovenkant doormidden en trekt de flappen omhoog. Intussen ben ik behoorlijk nieuwsgierig geworden. Ik vraag me de hele dag al af wat er in die doos zit. Maar wat het ook mag zijn, het is vast en zeker waanzinnig duur. Ik trek mijn wenkbrauwen op als ik Andrew in de doos zie staren. Hij wordt zo wit als een doek.

'Andrew?' vraag ik fronsend. 'Gaat het?'

Hij geeft geen antwoord. In plaats daarvan zakt hij neer op een stoel, met zijn vingertoppen tegen zijn slapen gedrukt. Ongerust haast ik me naar hem toe, maar ik kan het niet laten om onderweg een blik in de doos te werpen.

Dan begrijp ik waarom hij zo van streek is.

De doos zit vol babyspulletjes. Witte babydekentjes, rammelaars, knuffels, een stapeltje witte rompertjes.

Nina had er tegen iedereen die het maar horen wilde, uit geflapt dat ze binnenkort een baby zouden krijgen. Ze had het vast ook tegen Andrews moeder gezegd, waarna die had besloten het een en ander op te sturen. Helaas bleek dat wat voorbarig te zijn.

Andrew kijkt wezenloos voor zich uit. 'Gaat het?' vraag ik nog eens.

Hij knippert met zijn ogen alsof hij was vergeten dat ik bij hem in de kamer was. Flauwtjes glimlacht hij. 'Het gaat wel. Echt. Ik... Ik had dat alleen liever niet gezien.'

Ik ga op de stoel naast hem zitten. 'Misschien had die dokter het mis?'

Maar ergens vraag ik me af waarom hij een kind zou willen met Nina. Vooral na wat ze Cecelia bijna heeft aangedaan. Hoe kan hij haar vertrouwen met een baby na zoiets?

Hij wrijft over zijn gezicht. 'Het is al goed. Nina is ouder dan ik, en toen we pas getrouwd waren had ze wat... problemen. Het leek me toen geen goed idee om een kind te nemen. Dus hebben we gewacht, en nu...'

Verrast kijk ik hem aan. 'Is Nina ouder dan jij?'

'Iets.' Hij haalt zijn schouders op. 'Leeftijd doet er niet toe als je verliefd bent. En ik hield van haar.' Het ontgaat me niet dat hij de verleden tijd gebruikt als hij over zijn gevoelens voor zijn vrouw praat. Het is hem zelf ook opgevallen, want hij wordt rood. 'Ik bedoel, ik hóú van haar. Ik hou van Nina. En wat er ook gebeurt, we hebben elkaar.'

Hij zegt het vol overtuiging, maar als hij weer naar de doos kijkt, komt er een intens verdrietige uitdrukking op zijn gezicht. Wat hij ook beweert, hij is niet gelukkig met het feit dat Nina en hij nooit een kind van hen samen zullen krijgen. Hij gaat eronder gebukt.

'Ik... ik zal die doos in de kelder zetten,' mompelt hij. 'Misschien krijgt iemand in de buurt een baby en kunnen we hun die spullen geven. Of anders... We kunnen ze ook aan een goed doel schenken. Ik weet zeker dat iemand ze goed kan gebruiken.'

Ik word overvallen door de haast onbedwingbare neiging mijn armen om hem heen te slaan. Ondanks het feit dat hij zo succesvol is in zaken, heb ik medelijden met hem. Hij is echt een goede kerel. Hij verdient het om gelukkig te zijn. Ik vraag me af of Nina, met al haar problemen en onbeheerste stemmingswisselingen, in staat is om hem gelukkig te maken. Of zou hij simpelweg uit plichtsgevoel bij haar blijven?

'Mocht je er ooit over willen praten,' zeg ik zacht, 'dan weet je me te vinden.'

Hij kijkt me aan. 'Dank je, Millie.'

Ik leg mijn hand op de zijne, met de bedoeling hem te troosten. Hij draait zijn hand om en geeft me een kneepje. Zodra zijn handpalm de mijne raakt, schiet er een bliksemschicht door me heen. Het is een ongekende sensatie. Ik kijk in Andrews bruine ogen en zie dat hij het ook voelt. Een moment lang staren we elkaar alleen maar aan, tot elkaar aangetrokken door een onzichtbare, ondefinieerbare band. Dan krijgt hij een kleur.

'Ik kan beter gaan.' Hij trekt zijn hand uit de mijne. 'Ik zou... ik bedoel, ik moet...'

'Ja...'

Hij springt op en rent de eetkamer uit. Maar vlak voordat hij de trap op gaat, kijkt hij me nog een keer lang aan.

22

De week daarop ga ik Andrew Winchester zoveel mogelijk uit de weg.

Ik kan niet meer ontkennen dat ik gevoelens voor hem heb. En niet zomaar gevoelens; ik ben tot over mijn oren verliefd op die man. Ik denk voortdurend aan hem. Ik droom zelfs dat hij me kust.

Het is niet uitgesloten dat hij ook iets voor mij voelt, ook al beweert hij dat hij van Nina houdt. Maar het punt is dat ik mijn baan niet wil verliezen. En banen hou je niet door met je getrouwde werkgever naar bed te gaan. Dus doe ik mijn best om al mijn gevoelens te onderdrukken. Andrew is trouwens toch het grootste deel van de dag op zijn werk. Het is niet heel moeilijk om uit zijn buurt te blijven.

Vanavond zet ik net de opgeschepte borden op tafel, op tijd om ervandoor te gaan voordat Andrew thuiskomt, als Nina de eetkamer in wandelt. Ze knikt goedkeurend als ze de zalm met wilde rijst in het oog krijgt. En natuurlijk zijn er kipnuggets voor Cecelia.

'Dat ruikt heerlijk, Millie,' merkt ze op.

'Dank je.' Ik blijf nog even hangen in de buurt van de keuken, klaar om het voor gezien te houden. Dat is gewoonte geworden. 'Heb je me verder nog nodig?'

'Nog één ding.' Ze strijkt over haar blonde haren. 'Is het je gelukt om die kaartjes voor *Showdown* te regelen?'

'Ja!' Ik heb de laatste eersterangsplaatsen te pakken gekregen voor komende zondagavond. Daar ben ik heel trots op. Ze kostten een klein vermogen, maar de Winchesters kunnen het zich veroorloven.

'Jullie zitten op de zesde rij. Je kunt de acteurs praktisch aanraken.'

'Geweldig!' Nina klapt in haar handen. 'Heb je ook een hotelkamer geboekt?'

'In het Plaza.'

Omdat het een hele rit is naar de stad, overnachten Nina en Andrew in het Plaza. Cecelia logeert bij een vriendinnetje zodat ik het huis voor mezelf heb. Als ik wil, kan ik in mijn nakie rondlopen. (Ik ben niet van plan om in mijn nakie rond te gaan lopen, maar het is leuk om te weten dat het zou kunnen.)

'Het lijkt me heerlijk,' verzucht Nina. 'Andy en ik hebben dit echt nodig.'

Ik bijt op mijn tong. Ik ben niet van plan om iets te zeggen over hun relatie. Vooral niet omdat de deur op dat moment dichtslaat, wat betekent dat Andrew thuis is. Het is me wel opgevallen dat er sinds dat bezoek aan die specialist een bepaalde afstand tussen hen lijkt te bestaan. Niet dat ik er speciaal op let, maar het is moeilijk om niet te zien hoe geforceerd beleefd ze met elkaar omgaan. En Nina zelf lijkt uit vorm te zijn. Vanavond bijvoorbeeld, is haar bloes verkeerd dichtgeknoopt. Ze heeft een knoopje overgeslagen, waardoor hij helemaal scheef zit. Ik sta te popelen om het haar te vertellen, maar ik ben bang dat ze dan tegen me gaat schreeuwen. Dus hou ik mijn mond.

'Ik hoop dat jullie een geweldige avond hebben,' zeg ik.

'Dat zal wel lukken!' Ze kijkt me stralend aan. 'Nog een hele week wachten! Verschrikkelijk.'

Ik frons. 'Een hele week? Die musical is al over drie dagen.'

Andrew beent de eetkamer in en trekt onderweg zijn das los. Hij blijft abrupt staan als hij mij ziet, maar onderdrukt een reactie. En ik onderdruk mijn eigen reactie als ik zie hoe fantastisch hij eruitziet in dat pak.

'Drie dagen?' herhaalt Nina. 'Millie, ik heb je gevraagd om kaartjes te kopen voor zondag over een week! Dat herinner ik me nog precies.'

'Ja...' Ik schud mijn hoofd. 'Maar dat was ruim een week

geleden, dus heb ik voor aanstaande zondag geboekt.'

Nina's wangen worden roze. 'Dus je geeft toe dat ik je gevraagd heb om te reserveren voor zondag over een week, en toch heb je kaartjes voor aanstaande zondag genomen.'

'Nee, ik zei –'

'Niet te geloven dat je zo onoplettend kunt zijn.' Ze slaat haar armen over elkaar. 'Aanstaande zondag kan ik niet. Dan moet ik Cecelia naar zomerkamp in Massachusetts brengen, en ik blijf daar overnachten.'

Wát? Ik zou kunnen zweren dat ze gezegd heeft dat ik voor aanstaande zondag moest reserveren en dat Cecelia bij een vriendinnetje zou blijven slapen. Ik weet zeker dat ik me niet heb vergist. 'Misschien kan iemand anders haar brengen? Ik bedoel, die kaartjes kunnen niet teruggegeven worden.'

Nina is zo te zien beledigd. 'Ik laat mijn dochter niet door een ander naar zomerkamp brengen als ik haar dan twee weken niet zie!'

Waarom niet, denk ik, dat is minder erg dan proberen haar te vermoorden. Maar dat kan ik natuurlijk niet zeggen.

'Onvoorstelbaar dat je dit zo hebt kunnen verknoeien, Millie.' Ze schudt haar hoofd. 'De kosten van die kaartjes en de hotelkamer worden direct ingehouden op je maandsalaris.'

Ik ben sprakeloos. De kosten van die kaartjes en een kamer in het Plaza zijn veel hoger dan mijn maandsalaris. Jezus, bij elkaar zijn dat drie maandsalarissen. Ik ben aan het sparen om hier zo snel mogelijk weg te kunnen. De tranen springen me in de ogen als ik eraan denk dat ik voorlopig niets betaald krijg.

'Nina,' komt Andrew tussenbeide, 'maak je niet druk. Luister, het zal vast wel lukken om het geld van die kaartjes terug te krijgen. Ik bel de creditcardmaatschappij en maak het in orde.'

Nina kijkt me ziedend aan. 'Goed. Maar als we het geld niet terugkrijgen, verwacht ik dat jij de schade vergoedt. Begrepen?'

Ik knik zwijgend en verdwijn dan vliegensvlug naar de keuken om te voorkomen dat ze me ziet huilen.

23

Op zondagmiddag krijg ik twee keer goed nieuws.

Ten eerste is het Andrew gelukt om het geld van de kaartjes terug te krijgen, wat betekent dat ik niet voor niets hoef te werken.

En ten tweede gaat Cecelia twee hele weken weg.

Ik weet niet met welke van de twee ik het gelukkigst ben. Ik ben blij dat ik niet hoef te dokken voor die kaartjes. Maar ik ben net zo blij met het feit dat ik Cecelia even niet op haar wenken hoef te bedienen. De appel valt niet ver van de boom wat dat kind betreft.

Cecelia heeft genoeg spullen ingepakt voor ten minste een jaar. Godallemachtig, het lijkt wel of ze alles wat ze heeft in die tassen heeft gestopt. En of ze de ruimte die er misschien nog was, heeft opgevuld met stenen. Zo voelt het in elk geval als ik de bagage naar Nina's Lexus sjouw.

'Wees daar alsjeblieft voorzichtig mee, Millie.' Nina houdt me geïrriteerd in de gaten, terwijl ik bovenmenselijke krachten verzamel om de tassen in de kofferbak te tillen. Mijn handpalmen zijn vuurrood waar de hengsels hebben gezeten. 'Kijk uit dat je niets breekt.'

Wat kan Cecelia in vredesnaam voor breekbaars bij zich hebben? Ze gaat op kamp! Dan neem je toch meestal alleen kleren en boeken en muggenspray mee? Maar wie ben ik om daar vragen over te stellen? 'Sorry.'

Op het moment dat ik het huis weer in ga om de laatste tas te halen, komt Andrew de trap af. Als hij ziet dat ik op het punt sta om het monsterlijke gevaarte op te tillen, kijkt hij me verbaasd aan.

'Hé,' zegt hij, 'die draag ik wel voor je. Dat ding ziet er ontzettend zwaar uit.'

'Ik red me wel,' zeg ik, vooral omdat Nina de garage uit komt.

'Ja, ze kan het wel alleen af, Andy.' Ze steekt haar vinger naar hem op. 'Denk om je zwakke rug.'

Hij kijkt haar even aan. 'Met mijn rug is niets aan de hand. Ik wil trouwens toch nog afscheid nemen van Cece.'

Nina trekt een gezicht. 'Weet je zeker dat je niet met ons meegaat?'

'Ik wou dat het kon,' antwoordt hij. 'Maar ik kan morgen niet de hele dag wegblijven van kantoor. Ik heb 's middags vergaderingen.'

Ze snuift. 'Je werk gaat altijd voor.'

Hij grimast. Als hij zich gekwetst voelt door haar opmerking, kan ik hem dat niet kwalijk nemen. Voor zover ik weet, is het ook helemaal niet waar. Hoewel hij een drukbezette zakenman is, eet hij elke avond thuis. In het weekend gaat hij af en toe wel naar zijn werk, maar hij is deze maand naar twee dansuitvoeringen, een pianorecital, een overgangsfeestje van groep zes en een karatedemonstratie geweest. En één avond zijn ze urenlang op school geweest voor een of andere kunsttentoonstelling.

'Het spijt me,' zegt hij desondanks.

Ze snuift opnieuw en draait haar hoofd om. Andrew wil haar bij haar arm pakken, maar ze rukt zich los en rent naar de keuken om haar tas te pakken.

Hij tilt de laatste reistas op en loopt naar de garage om hem in de kofferbak te gooien en afscheid te nemen van Cecelia. Die zit al in Nina's sneeuwwitte Lexus, in een wit kanten jurkje dat totaal ongeschikt is voor een zomerkamp. Maar mij zullen ze er niet over horen.

Twee hele weken zonder dat kleine monster. Ik kan wel een gat in de lucht springen van blijdschap. In plaats daarvan trek ik een verdrietig gezicht. 'Het zal ongezellig zijn hier zo lang zonder Cecelia,' zeg ik als Nina terugkomt uit de keuken.

'O ja?' vraagt ze droogjes. 'Ik dacht dat je haar niet kon uitstaan.'

Ik sta versteld. Ik bedoel, ja, het is waar dat Cecelia en ik het niet goed met elkaar kunnen vinden. Maar ik besefte niet dat Nina wist hoe ik over haar dochter dacht. En als ze dat in de gaten had, heeft ze dan ook door dat ik evenmin dol ben op haar?

Ze strijkt haar witte bloes glad en gaat terug naar de garage. Zodra ze de deur uit is, lijkt het of alle spanning uit me wegvloeit. Ik ben altijd nerveus als Nina in de buurt is. Het is alsof ze alles ontleedt wat ik doe.

Andrew komt terug uit de garage en veegt zijn handen af aan zijn spijkerbroek. Ik vind het leuk dat hij een T-shirt en een spijkerbroek draagt in het weekend. Ik vind het leuk om te zien dat zijn haar in de war raakt als hij fysiek bezig is. Ik geniet van de manier waarop hij naar me glimlacht en knipoogt.

Ik vraag me af of hij net zo blij is als ik dat Nina weg is.

'Zo,' zegt hij, 'nu Nina vertrokken is, moet ik iets bekennen.'

'O?'

Iets bekennen? *Ik ben stapelverliefd op je. Ik ga bij Nina weg zodat we er samen vandoor kunnen gaan naar Aruba.*

Nee, dat lijkt me niet waarschijnlijk.

'Ik kon het geld van die kaartjes niet terugkrijgen.' Hij buigt zijn hoofd. 'Ik wilde niet dat Nina het je lastig zou maken over die kwestie. Of jou voor de kosten zou laten opdraaien. Stel je voor! Ik weet zeker dat ze je de verkeerde datum heeft gegeven.'

Ik knik langzaam. 'Ja, dat klopt, maar… Nou, in elk geval bedankt. Ik waardeer het heel erg.'

'Maar… ik bedoel, jij zou die kaartjes moeten nemen. Ga naar Manhattan vanavond en vraag een vriendin mee naar die musical. En je mag ook in het Plaza overnachten.'

Ik hap haast naar adem. 'Wat ontzettend aardig van je.'

Zijn rechtermondhoek gaat omhoog. 'We hebben die kaartjes

nou eenmaal. Waarom zouden we ze verloren laten gaan? Geniet ervan.'

'Ja...' Peinzend friemel ik aan de zoom van mijn T-shirt. Stel je voor wat Nina zou zeggen als ze hierachter kwam. Bij de gedachte alleen al krijg ik het benauwd. 'Ik stel het gebaar heel erg op prijs, maar ik ga toch maar niet naar die musical.'

'Echt niet? Het moet de beste musical van de afgelopen tien jaar zijn! Hou je niet van voorstellingen op Broadway?'

Hij weet niets van mijn leven, van wat ik de afgelopen tien jaar heb gedaan. 'Ik ben nog nooit naar een voorstelling op Broadway geweest.'

'Dan moet je zeker gaan! Ik sta erop.'

'Oké, maar...' Ik haal diep adem. 'Eerlijk gezegd heb ik niemand om mee te vragen. En ik heb geen zin om alleen te gaan. Dus zoals ik al zei, ik ga toch maar niet.'

Andrew staart me een paar seconden aan en strijkt over de stoppeltjes op zijn kaken. Ten slotte zegt hij: 'Ik ga wel met je mee.'

Ik trek mijn wenkbrauwen op. 'Lijkt je dat echt een goed idee?'

Hij aarzelt. 'Ik weet dat Nina last heeft van jaloezie, maar dat is geen reden om die dure kaartjes te verspillen. Bovendien is het een schande dat jij nog nooit een musical op Broadway hebt gezien. Het wordt vast heel leuk.'

Ja, het wordt zeker heel leuk. Daar ben ik verdomme juist zo bang voor.

Ik stel me voor hoe de avond eruit zal zien. De rit naar Manhattan in Andrews BMW, op de eerste rang kijken naar een van de populairste musicals op Broadway, daarna misschien een hapje eten in een restaurant in de buurt, onder het genot van een glaasje prosecco. Een gesprek voeren met Andrew zonder er bang voor hoeven te zijn dat Nina met een kwaad gezicht komt aanzetten.

Het klinkt geweldig.

'Goed,' zeg ik. 'We doen het.'

Andrews gezicht klaart op. 'Fantastisch. Ik ga me verkleden. Over een uur weer hier beneden, goed?'

'Oké.'

Terwijl ik de trap op ga naar de zolder, krijg ik diep in mijn binnenste een onbestemd, zwaar gevoel. Hoe erg ik me ook verheug op vanavond, het zit me niet lekker. Ik denk dat er iets verschrikkelijks zal gebeuren als ik naar die musical ga vanavond. Ik ben verliefd op Andrew, wat op zich al niet kan. Het is ongetwijfeld het lot tarten om een hele avond met hem, met hem alleen, door te brengen.

Maar dat is belachelijk. We gaan gewoon naar Manhattan om van een musical te genieten. We zijn allebei volwassen, en we weten heel goed wat we doen. Niets aan de hand.

24

Ik kan niet in spijkerbroek en T-shirt naar een musical op Broadway, dat staat vast. Ik heb het online opgezocht, en officieel is er geen dresscode, maar het voelt gewoon verkeerd. Trouwens, Andrew zei dat hij zich ging verkleden, dus moet ik ook iets moois aantrekken.

Het probleem is alleen, ik heb niets moois.

Nou ja, strikt genomen wel. Ik heb de kleren die ik van Nina heb gekregen. Ik heb ze uit die zak gehaald en opgehangen zodat ze niet beschadigd raken, maar ik heb er nog niets van gedragen. Voor het merendeel zijn het chique jurken, en er heeft zich nog geen gelegenheid voorgedaan waarvoor ik me moest opdoffen. Stofzuigen doe je nou eenmaal niet in een avondjurk.

Maar vanavond is er wel zo'n gelegenheid, en wie weet hoelang het duurt voordat er weer zoiets voorbijkomt.

Het grootste probleem is dat al die jurken verblindend wít zijn. Het is duidelijk Nina's lievelingskleur. Wit is níét mijn lievelingskleur. Volgens mij heb ik niet eens een lievelingskleur (alles is goed, behalve oranje). Maar ik heb nooit graag wit gedragen, omdat het zo besmettelijk is. Ik zal extra voorzichtig moeten zijn vanavond. Trouwens, ik zal niet alleen maar wit aanhebben, want ik heb geen witte schoenen. De enige pumps die ik heb, zijn zwart, dus die trek ik aan.

Ik bekijk de jurken een voor een om te bepalen welke het geschiktst is voor vanavond. Ze zijn allemaal prachtig, én buitengewoon sexy. Ik kies een nauwsluitend cocktailjurkje tot net boven de knie, met een met kant afgezette halter halslijn. Omdat Nina nogal wat zwaarder is dan ik, had ik aangenomen dat het me te wijd zou zijn. Maar ze moet het jaren geleden hebben gekocht, want het past me zo goed dat het speciaal voor me gemaakt lijkt.

Ik ben niet te kwistig met make-up. Alleen een beetje lippenstift en een dun lijntje eyeliner, meer niet. Wat er ook mag gebeuren vanavond, ik ga me beschaafd gedragen. Ik wil geen problemen.

Ik twijfel er geen moment aan dat Nina er alles aan zal doen om me kapot te maken als ze ook maar een vaag vermoeden krijgt dat er iets is gebeurd tussen haar man en mij.

Als ik de trap af kom, is Andrew al in de woonkamer. Hij draagt een grijs colbertje en een bijpassende das, en hij heeft zich gedoucht en geschoren. De stoppeltjes op zijn kaken zijn verdwenen. Hij ziet er... God, hij ziet er ongelofelijk goed uit. Woest aantrekkelijk. Zo aantrekkelijk dat ik hem bij zijn revers wil grijpen. Maar wat ik het geweldigst van alles vind, is de manier waarop hij naar me kijkt op het moment dat hij me ziet aan komen. Hij houdt hoorbaar zijn adem in.

Een paar seconden staren we elkaar alleen maar aan.

'Jezus, Millie.' Zijn hand trilt een beetje als hij zijn das rechttrekt. 'Je ziet er...'

Hij maakt zijn zin niet af, wat waarschijnlijk maar goed is ook. Want zoals hij naar me kijkt, zou een man eigenlijk niet naar een andere vrouw dan zijn echtgenote moeten kijken.

Ik doe mijn mond al open om te vragen of dit toch eigenlijk geen verschrikkelijk slecht idee is. Maar ik krijg het niet over mijn lippen.

Andrew slaagt erin om zijn blik van me los te scheuren en kijkt op zijn horloge. 'We kunnen beter gaan. Parkeren in de buurt van Broadway is vaak een ramp.'

'Ja, natuurlijk. Laten we maar gaan dan.'

Nu is er geen weg terug meer.

Ik voel me net een beroemdheid als ik op de koele leren stoel in Andrews BMW plaatsneem. Deze auto lijkt in niets op mijn Nissan. Andrew gaat achter het stuur zitten. Op dat moment zie ik dat mijn rok langs mijn bovenbenen omhooggeschoven is. Toen ik deze jurk aantrok, viel hij bijna tot op mijn knieën, maar nu ik zit, komt hij niet verder dan tot halverwege mijn dijen. Ik trek eraan, maar zodra ik loslaat, kruipt hij weer omhoog.

Gelukkig zijn Andrews ogen op de weg gericht als we door de poort rijden. Hij is een goede, trouwe echtgenoot. Dat hij schijnbaar haast flauwviel toen hij me in deze jurk zag, betekent nog niet dat hij zich niet zal kunnen beheersen.

'Ik vind dit zo leuk,' zeg ik, terwijl hij richting de Long Island Expressway rijdt. 'Niet te geloven dat ik naar *Showdown* ga.'

Hij knikt. 'Ik heb gehoord dat het een ongelofelijk goede musical is.'

'Onder het aankleden heb ik alvast naar een paar van de liedjes geluisterd,' beken ik.

Hij lacht. 'Je zei dat we op de zesde rij zitten, toch?'

'Ja.' We gaan niet alleen naar de populairste musical op Broadway, we zitten ook nog zo dicht bij het podium dat we de acteurs bijna aan kunnen raken. Als ze al te goed articuleren worden we besproeid met hun speeksel. Vreemd genoeg vind ik dat een opwindend vooruitzicht. 'Maar, luister...'

Hij trekt zijn wenkbrauwen op.

'Ik voel me schuldig omdat je niet met Nina gaat.' Ik trek aan de zoom van mijn rok, die er vastbesloten op uit lijkt te zijn om mijn ondergoed te laten zien. 'Zij wilde er juist zo graag heen.'

Hij wappert met zijn hand. 'Maak je geen zorgen. Sinds we getrouwd zijn, is ze vaker naar een show op Broadway geweest dan ik me kan herinneren. Voor jou is dit speciaal. Je zult het geweldig vinden. Ik weet zeker dat Nina zou willen dat je ervan geniet.'

'Hm.' Ik ben daar minder van overtuigd.

'Geloof me, het is geen enkel probleem.'

Hij remt af voor een rood stoplicht. Terwijl hij met zijn vingers op het stuur tikt, zie ik zijn ogen afdwalen van de voorruit. Het duurt niet lang voor ik doorheb waar hij naar kijkt.

Naar mijn benen.

Ik sla mijn ogen op, waarop hij beseft dat hij is betrapt. Met een kleur op zijn wangen kijkt hij weer voor zich.

Ik sla mijn benen over elkaar en ga verzitten op mijn stoel. Nina zou beslist niet blij zijn als ze hiervan wist, maar de kans dat ze erachter komt is nul. En trouwens, we doen niets verkeerds. Wat dan nog als Andrew naar mijn benen heeft gekeken? Kijken is geen misdaad.

25

Het is een prachtige juniavond. Ik heb een omslagdoek bij me, maar het is zo warm buiten dat ik hem in Andrews auto laat liggen. Dus heb ik alleen nog mijn niet bijpassende tasje vast als we in de rij staan te wachten tot we naar binnen mogen.

Ik hap naar adem als ik het theater in ga. Ik geloof niet dat ik ooit van mijn leven zoiets heb gezien. De eerste rang alleen al bestaat uit rijen en rijen stoelen, maar als ik omhoogkijk, zie ik twee vakken met stoelen die helemaal tot aan het plafond reiken. En vooraan hangt een rood gordijn dat van onderaf wordt beschenen door betoverend geel licht.

Als ik mijn ogen eindelijk los kan maken van het tafereel voor me, zie ik dat Andrew geamuseerd naar me kijkt. 'Wat?' vraag ik.

'Het is gewoon grappig,' zegt hij. 'Die uitdrukking op je gezicht. Ik ben hieraan gewend, maar ik vind het prachtig om het door jouw ogen te zien.'

'Ik wist niet dat het zo groot was,' zeg ik verlegen.

Een plaatsaanwijzer komt programma's brengen en gaat ons voor naar onze plaatsen. En dan komt het mooiste van alles. Hij leidt ons alsmaar verder naar voren. Als we eindelijk zitten, is het podium onvoorstelbaar dichtbij. Als ik zou willen, zou ik de acteurs bij hun enkels kunnen pakken. Dat doe ik natuurlijk niet, want dan zou ik zonder meer de voorwaarden van mijn vrijlating schenden. Maar het zou kunnen.

Terwijl ik naast Andrew zit, op een van de beste plaatsen bij de populairste musical van het moment in dit schitterende theater, voel ik me geen straatarm meisje dat net uit de gevangenis is en een baan heeft die ze verafschuwt. Ik voel me bijzonder. Alsof ik het misschien wel verdien om hier te zijn.

Ik staar naar Andrews profiel. Dit komt allemaal door hem. Hij had zich als een klootzak kunnen gedragen door de kosten van die kaartjes op me te verhalen. Of hij had met een kennis naar die musical kunnen gaan. Daar zou hij het volste recht toe hebben gehad. Maar dat heeft hij niet gedaan. Hij heeft mij mee hiernaartoe genomen vanavond. Dat zal ik nooit vergeten.

'Dank je,' zeg ik plompverloren.

Hij draait zijn hoofd naar me toe. Zijn mondhoeken gaan omhoog. Hij is zo knap als hij lacht. 'Graag gedaan.'

Boven de muziek en het rumoer van mensen die hun plaatsen zoeken uit, hoor ik nog net een gezoem uit mijn tas komen. Het is mijn telefoon. Ik haal hem tevoorschijn en lees het bericht van Nina op het scherm:

Vergeet niet het vuilnis buiten te zetten.

Ik bijt op mijn kiezen. Als je droomt dat je meer bent dan een hulp, is er niets zo effectief om die gedachte de kop in te drukken dan een bericht van je werkgeefster over het vuilnis. Nina herinnert me elke week aan de vuilnisophaaldag, al ben ik die nog geen enkele keer vergeten. Maar het probleem is dat ik deze keer wel ben vergeten het vuilnis buiten te zetten. Normaal gesproken doe ik dat na het avondeten, maar doordat alles nu anders liep, heb ik er niet aan gedacht.

Niks aan de hand. Ik moet gewoon niet vergeten om het vanavond te doen zodra we thuis zijn. Als Andrews BMW weer in een pompoen is veranderd.

'Alles goed?'

Andrew fronst zijn wenkbrauwen als hij me het bericht ziet lezen. Mijn warme gevoelens voor hem worden iets minder. Hij is niet mijn vriend die me verwent met een avondje Broadway.

Hij is mijn werkgever. Hij is getrouwd. Hij heeft me hier alleen uit medelijden mee naartoe genomen, omdat ik zo'n cultuurbarbaar ben.

Dat mag ik in geen geval vergeten.

De musical is echt fantastisch.

Ik zit met open mond te kijken, letterlijk op het puntje van mijn stoel op de zesde rij. Ik begrijp nu waarom deze musical een van de allerpopulairste voorstellingen op Broadway is. De liedjes zijn ontzettend meeslepend, de dansnummers worden heel zorgvuldig uitgevoerd en de acteur die de hoofdrol speelt is een droom van een man.

Toch vind ik hem niet zo knap als Andrew, ik kan er niets aan doen.

Na drie staande ovaties is de voorstelling echt voorbij en stroomt het publiek geleidelijk aan richting de uitgangen. Andrew staat op zijn gemak op uit zijn stoel en strekt zijn rug. 'Zullen we ergens gaan eten?'

Ik laat het programma in mijn tas glijden. Het is riskant om het te bewaren. Ik wil alleen zo graag een tastbare herinnering hebben aan deze magische ervaring. 'Lijkt me leuk. Heb je al een idee waar?'

'Een paar straten verderop zit een heel goed Frans restaurant. Hou je van Frans eten?'

'Dat heb ik nog nooit gehad,' beken ik. 'Maar Franse frietjes vind ik wel lekker.'

Hij lacht. 'Ik denk dat het je wel zal bevallen. Ik trakteer, vanzelfsprekend. Wat vind je ervan?'

Ik denk dat Nina het niet zo leuk zal vinden, als ze erachter komt dat haar echtgenoot me heeft meegenomen naar een musical op Broadway en me daarna op een duur Frans etentje getrakteerd heeft. Maar wat maakt het uit? We zijn hier nu toch. Dat etentje zou Nina's woede niet nog erger maken dan de musical alleen, dus kan ik net zo goed voor allebei gaan. 'Klinkt goed.'

Vroeger, voordat ik voor de Winchesters werkte, zou ik nooit naar een restaurant hebben kunnen gaan als waar Andrew me mee naartoe neemt. Aan de deur hangt een menu, en ik werp vlug een blik op de prijzen. Alleen een voorgerecht zou me al een paar weken salaris kosten. Maar met Andrew naast me en in Nina's witte jurk, ben ik hier op mijn plaats. In elk geval zal niemand me vragen om te vertrekken.

Als we het restaurant binnenlopen, ben ik ervan overtuigd dat iedereen denkt dat we een stel zijn. Buiten zag ik ons spiegelbeeld in de ruit. We zien er goed uit samen. Eerlijk gezegd vind ik ons een knapper stel dan Nina en hij. Ik geloof niet dat het iemand opvalt dat hij een trouwring draagt en ik niet. Wat ze misschien wel zien, is dat hij licht zijn hand op mijn onderrug legt om me naar onze tafel te leiden en dat hij een stoel voor me achteruittrekt.

'Je bent een echte gentleman,' merk ik op.

Hij grinnikt. 'Daar moet je mijn moeder voor bedanken. Zij heeft me zo opgevoed.'

'Nou, dat heeft ze dan goed gedaan.'

Hij kijkt me stralend aan. 'Dat zou ze heel fijn vinden om te horen.'

Natuurlijk moet ik hierdoor aan Cecelia denken. Dat verwende krengetje dat er een intens genoegen in lijkt te scheppen om de baas over me te spelen. Maar ja, Cecelia heeft een hoop meegemaakt. Tenslotte heeft haar moeder geprobeerd haar te vermoorden.

Als de ober komt vragen wat we willen drinken, bestelt Andrew een glas rode wijn. Ik doe hetzelfde. Ik kijk niet naar de prijzen. Daar zou ik alleen maar niet goed van worden en hij heeft al gezegd dat hij betaalt.

'Ik heb geen idee wat ik moet bestellen.' Geen enkel gerecht komt me bekend voor; het hele menu is in het Frans. 'Snap jij dit menu?'

'Oui,' zegt Andrew.

Ik trek mijn wenkbrauwen op. 'Spreek je Frans?'

'Oui, mademoiselle.' Hij knipoogt naar me. 'Vloeiend, eerlijk gezegd. Ik heb het derde jaar van mijn studie aan de universiteit in Parijs gedaan.'

'Wauw.' Ik heb niet alleen geen Frans geleerd op de universiteit, ik heb helemaal nooit op de universiteit gezeten. Mijn highschooldiploma heb ik via het volwassenonderwijs gehaald.

'Zal ik het menu in het Engels voorlezen?'

Mijn wangen worden warm. 'Dat hoeft niet. Kies maar een paar dingen die ik volgens jou wel lekker zal vinden.'

Dat antwoord lijkt hem plezier te doen. 'Oké, is goed.'

De ober verschijnt met een fles wijn en twee glazen. Ik kijk toe terwijl hij de fles ontkurkt en onze glazen volschenkt. Andrew gebaart dat hij de fles moet laten staan. Ik pak mijn glas op en neem een grote slok.

God, dat is lekker. Veel beter dan wat ik voor vijf dollar bij de plaatselijke slijterij kan krijgen.

'En jij?' vraagt hij. 'Spreek jij vreemde talen?'

Ik schud mijn hoofd. 'Ik ben al blij dat ik Engels spreek.'

Andrew lacht niet om mijn grapje. 'Je moet jezelf niet naar beneden halen, Millie. Je werkt al maanden bij ons en je hebt een geweldig arbeidsethos. Bovendien ben je duidelijk intelligent. Eigenlijk snap ik niet waarom je dit werk wil doen, hoewel we heel blij met je zijn. Heb je geen andere ambities?'

Om zijn ogen te ontwijken, speel ik met mijn servet. Hij weet niets van mij, anders zou hij het begrijpen. 'Daar wil ik het niet over hebben.'

Hij aarzelt even en knikt dan als om te zeggen dat hij mijn wens respecteert. 'Nou, hoe dan ook, ik ben blij dat je mee bent gegaan vanavond.'

Ik kijk op. Zijn bruine ogen staren me over de tafel aan. 'Ik ook.'

Het lijkt alsof hij nog iets wil zeggen, maar dan gaat zijn telefoon. Hij haalt hem uit zijn zak en kijkt op het scherm, terwijl ik nog een slokje wijn neem. Dat spul is zo lekker dat ik het glas in één teug leeg wil drinken, maar dat is geen goed idee.

'Het is Nina.' Misschien verbeeld ik het me, maar ik vind hem een gekwelde indruk maken. 'Ik kan maar beter opnemen.'

Ik versta niet wat Nina zegt, maar haar beverige stemgeluid is over de tafel heen te horen. Ze klinkt overstuur. Hij houdt de telefoon ongeveer een centimeter van zijn oor en vertrekt bij elk woord zijn gezicht.

'Nina,' zegt hij. 'Luister, het is... ja, ik zal niet... Nina, doe even rustig.' Kort klemt hij zijn lippen op elkaar. 'Ik kan daar nu niet met je over praten. Ik zie je als je thuiskomt morgen, oké?'

Hij drukt hard op een toets op zijn telefoon om een eind te maken aan het gesprek en legt het toestel dan met een klap naast zich op tafel. Dan pakt hij zijn glas wijn op en giet ongeveer de helft van de inhoud naar binnen.

'Alles goed?' vraag ik.

'Ja.' Hij drukt zijn vingertoppen tegen zijn slapen. 'Het is... Ik hou van Nina, maar soms kan ik er gewoon niet bij dat het er tegenwoordig zo aan toegaat in mijn huwelijk. We kunnen niet meer normaal met elkaar praten. Negentig procent van de tijd schreeuwt ze tegen me.'

Ik weet niet wat ik daarop moet zeggen. 'Het... spijt me. Ik weet niet of het helpt, maar als ze met mij praat, schreeuwt ze ook negentig procent van de tijd.'

Hij vertrekt zijn lippen. 'Nou, dat hebben we dan gemeen.'

'Maar... was ze vroeger anders dan?'

'Totaal anders.' Hij grijpt zijn glas en drinkt het leeg. 'Toen we elkaar leerden kennen, was ze een alleenstaande moeder met twee banen. Ik had grote bewondering voor haar. Ze had geen gemakkelijk leven. Het feit dat ze zo sterk was, trok me in haar aan. En nu... Ze doet niets dan klagen. Ze interesseert zich niet voor wat voor werk dan ook. Ze verwent Cecelia. En het ergste is...'

'Wat?'

Hij pakt de fles wijn en vult zijn glas opnieuw. Met zijn vinger trekt hij de rand na. 'Niets. Laat maar. Ik zou niet...' Hij kijkt het restaurant rond. 'Waar is die ober?'

Ik wil dolgraag weten wat Andrew me had willen vertellen. Maar onze ober haast zich al naar ons toe, belust op de gigantische fooi die hem zo goed als zeker te wachten staat. Het moment is blijkbaar voorbij.

Andrew bestelt voor ons allebei, zoals hij had gezegd. Ik vraag niet eens wat hij heeft gekozen, want ik wil dat het een verrassing is. Het is ongetwijfeld overheerlijk. Ik ben onder de indruk van zijn Frans. Hoewel ik altijd graag een vreemde taal heb willen leren, zit dat er voor mij waarschijnlijk niet meer in.

'Ik hoop dat je lekker vindt wat ik heb besteld,' zegt hij bijna verlegen.

'Vast wel.' Ik glimlach naar hem. 'Je hebt een geweldige smaak. Ik bedoel, kijk maar naar je huis. Of heeft Nina alles uitgezocht?'

Hij neemt nog een slok van zijn tweede glas wijn. 'Nee, het huis is van mij, en het was al grotendeels ingericht voordat we trouwden. Voordat we elkaar ontmoetten, zelfs.'

'O ja? De meeste mannen die in het zakencentrum werken, hebben liever een vrijgezellenflat voordat ze zich settelen.'

Hij haalt zijn neus op. 'Nee, dat was niets voor mij. Ik was eraan toe om te trouwen. Eerlijk gezegd was ik vlak voor Nina verloofd met iemand anders...'

Vlak voor Nina? Wat betekent dat? Bedoelt hij dat Nina de reden is dat zijn verloving is verbroken?

'In elk geval,' zegt hij, 'alles wat ik wilde was een geregeld leven, een huis kopen, een paar kinderen...'

Bij dat laatste gaan zijn mondhoeken omlaag. Ook al heeft hij er niets over gezegd, ik weet zeker dat hij nog steeds verdriet heeft om het feit dat Nina geen kinderen meer kan krijgen.

'Ik vind het heel erg van...' Ik laat de wijn ronddraaien in mijn glas. 'Je weet wel, de vruchtbaarheidsproblemen. Dat moet heel moeilijk zijn voor jullie allebei.'

'Ja...' Hij kijkt op van zijn wijn en gooit eruit: 'Sinds dat bezoek aan die arts hebben we geen seks meer gehad.'

Ik gooi bijna mijn glas om. Op dat moment komt de ober terug met ons voorgerecht: cirkelvormige stukjes brood met een roze smeersel erop. Maar na Andrews bekentenis heb ik er amper aandacht voor.

'Mousse de saumon canapés,' zegt hij nadat de ober is vertrokken. 'Simpel vertaald: mousse van gerookte zalm op stokbrood.'

Ik staar hem alleen maar aan.

'Het spijt me,' verzucht hij. 'Ik had dat niet moeten zeggen. Het was ongepast.'

'Eh...'

'Laten we maar gewoon...' Hij gebaart naar de schijfjes brood op tafel. 'Laten we gewoon van het eten genieten. Vergeet alsjeblieft dat ik dat heb gezegd. Nina en ik... dat zit wel goed. Elk stel maakt weleens een droge periode door.'

'Natuurlijk.'

Maar vergeten wat hij zei over Nina... dat gaat me niet lukken.

26

Uiteindelijk hebben we het geweldig naar ons zin tijdens het eten. We hebben het niet meer over Nina, en het gesprek verloopt soepel. Vooral nadat we aan onze tweede fles zijn begonnen. Ik kan me niet herinneren wanneer ik ooit zo'n leuke avond heb gehad. Ik voel me gewoon triest wanneer het voorbij is.

'Heel erg bedankt hiervoor,' zeg ik, terwijl hij de rekening betaalt. Ik durf er niet naar te kijken. De wijn alleen kost waarschijnlijk al een fortuin.

'Nee, jij bedankt.' Hij bloost licht. 'Ik heb een heerlijke avond gehad. Zoveel plezier heb ik in...' Hij schraapt zijn keel. 'In elk geval, het was heel leuk. Precies wat ik nodig had.'

Nadat hij de rekening heeft getekend, komt hij overeind. Hij staat te zwaaien op zijn benen. We hebben dan ook erg veel wijn gedronken vanavond. Iets wat onder ideale omstandigheden al niet verstandig is, maar ik bedenk nu pas dat hij nog terug moet rijden naar Long Island. Over de snelweg.

Kennelijk beseft Andrew hetzelfde als ik. Hij houdt zich vast aan de tafel om zich in evenwicht te houden. 'Ik kan beter niet rijden,' bekent hij.

'Nee,' zeg ik. 'Waarschijnlijk niet.'

Hij wrijft over zijn gezicht. 'We hebben nog die reservering in het Plaza. Wat vind jij?'

Je hoeft geen genie te zijn om te weten dat dit een gigantische vergissing is. We zijn allebei dronken, zijn vrouw is de stad uit en hij heeft blijkbaar al een tijdje geen seks gehad. Ikzelf heb nog veel, veel langer geen seks gehad. Ik zou nee moeten zeggen. Dit kan nooit goed gaan.

'Dat lijkt me niet zo'n goed idee,' mompel ik.

Hij legt zijn hand op zijn borst. 'Ik zal me als een heer gedragen, dat beloof ik. Het is een suite. Er zijn twee bedden.'

'Dat weet ik, maar...'

'Vertrouw je me niet?'

Ik vertrouw mezelf niet, dat is het grootste probleem.

'Nou, ik kan niet terugrijden naar Long Island vanavond.' Hij kijkt op zijn Rolex. 'Weet je wat, ik regel twee aparte kamers voor ons in het Plaza.'

'O, mijn god, dat kost je een vermogen!'

Hij maakt een wegwerpgebaar met zijn hand. 'Welnee, ik krijg natuurlijk korting, want ik breng daar soms zakenrelaties onder. Geen zorgen.'

Andrew is echt te dronken om te rijden, en ik waarschijnlijk ook, zelfs al was ik niet doodsbang om achter het stuur van zijn peperdure auto te kruipen. Ik realiseer me dat we een taxi zouden kunnen nemen naar Long Island, maar dat heeft hij niet voorgesteld. 'Oké, als we maar aparte kamers hebben.'

Hij houdt een taxi aan om ons naar het Plaza te brengen. Terwijl we op de achterbank van de gele wagen schuiven, kruipt mijn witte jurk weer langs mijn dij omhoog. Wat is er mis met die stomme jurk? Ik doe zo mijn best om me netjes te gedragen, maar deze jurk maakt dat onmogelijk. Ik grijp de zoom vast om hem weer omlaag te trekken, maar voordat ik dat kan doen, zie ik Andrew weer kijken. En deze keer grijnst hij naar me op het moment dat ik hem betrap.

'Wat?' vraagt hij. Jezus, hij is echt heel dronken.

'Je kijkt naar mijn benen!'

'Nou en?' Zijn grijns wordt breder. 'Je hebt prachtige benen. En kijken kan geen kwaad.'

Ik geef hem een stomp tegen zijn arm. Hij grijpt naar zijn

schouder, zogenaamd omdat ik hem pijn heb gedaan. 'We nemen aparte kamers, vergeet dat niet.'

Maar zijn bruine ogen ontmoeten de mijne vanaf de andere kant van de achterbank. Even heb ik moeite met ademhalen. Andrew wil Nina trouw zijn, dat weet ik zeker. Maar zij is in een andere staat, hij is dronken en ze hebben problemen. Misschien al een hele tijd. Zolang ik daar werk doet ze al afschuwelijk tegen hem. Hij verdient zoveel beter.

'Waar kijk je naar,' vraagt hij zacht.

Ik slik het brok in mijn keel weg. 'Nergens naar.'

'Je ziet er heel mooi uit vanavond, Millie,' zegt hij ademloos. 'Ik weet niet of ik dat al heb gezegd, maar ik wil dat je het weet.'

'Andrew...'

'Ik...' Zijn adamsappel gaat op en neer. 'De laatste tijd voel ik me zo...'

Voordat hij nog meer kan zeggen, gaat de taxi met een ruk naar rechts. Ik heb de veiligheidsgordel niet omgedaan en word tegen Andrew aan gesmeten. Hij vangt me op voordat ik met mijn hoofd tegen de ruit sla. Zijn lichaam drukt tegen me aan. Ik voel zijn adem tegen mijn hals.

'Millie,' fluistert hij.

Dan kust hij me.

En God bewaar me, ik kus hem terug.

27

Natuurlijk nemen we geen twee aparte kamers in het Plaza.

Dus ja, ik ben naar bed geweest met mijn getrouwde werkgever.

Nadat hij me had gekust in de taxi, was er geen houden meer aan. Op dat moment rukten we elkaar de kleren al praktisch van het lijf. Tijdens het inchecken kostte het ons de grootste moeite om van elkaar af te blijven. In de lift stonden we elkaar af te lebberen als een stelletje tieners.

En toen we eenmaal in de kamer waren, lukte het ons van geen kanten ook maar te proberen ons te gedragen of te stoppen in het belang van zijn huwelijk. Ik weet niet wanneer hij voor het laatst seks had gehad, maar voor mij was het ontzettend lang geleden. Ik was bang dat hij spinnenwebben zou moeten wegvegen. Er was geen sprake meer van dat ik dit niet zou doen. Ik had zelfs een paar condooms in mijn tas van toen ik dacht dat er iets zou kunnen gebeuren met Enzo.

En het was lekker. Nee, meer dan lekker. Het was verdomd goed. Precies wat ik nodig had.

De zon is net opgekomen voor het reusachtige raam met uitzicht op de stad. Ik lig in het decadente queensize bed in het Plaza. Andrew ligt naast me te slapen. Met elke adem blaast hij zachtjes lucht uit tussen zijn lippen. Ik denk aan wat hij vannacht deed, en een heerlijke rilling trekt door me heen. Ergens wil ik hem wakker maken om te zien of hij het nog een keer wil doen. Maar als ik mijn verstand gebruik, weet ik dat het nooit meer zal, nooit meer mag gebeuren.

Ik bedoel, Andrew is getrouwd. Ik ben hun hulp in de huishouding. Gisteravond was hij dronken. Het was eenmalig.

Toch laat ik mijn fantasie even de vrije loop, terwijl ik naar zijn knappe profiel kijk. Misschien komt hij straks, wanneer hij wakker wordt, tot de conclusie dat hij genoeg heeft van Nina en haar gezeik. Misschien komt hij tot de conclusie dat hij van mij houdt en wil hij met me samenwonen in zijn schitterende omheinde huis. Dan kan ik hem de baby geven die hij zo graag wil, iets wat Nina nooit zal kunnen. Ik moet denken aan wat die afschuwelijke vrouwen van de PTA-bijeenkomst zeiden. Dat Andrew en Nina waterdichte huwelijkse voorwaarden hebben. Hij zou haar kunnen verlaten zonder dat hem dat klauwen met geld kost. Hoewel ik zeker weet dat hij haar ruimhartig zal behandelen.

Dit is stom. Het zal nooit gebeuren. Als hij de waarheid wist over mij, zou hij met een grote boog om me heen lopen. Maar dagdromen mag.

Andrew kreunt en wrijft met de muis van zijn handen over zijn ogen. Hij rolt zijn hoofd opzij en doet zijn ogen een klein stukje open. Ik beschouw het als positief dat hij zich niet doodschrikt als hij me ziet liggen. 'Hé,' zegt hij schor.

'Hé.'

Opnieuw wrijft hij in zijn ogen. 'Hoe gaat het? Alles goed met jou?'

Op het holle gevoel in mijn borst na, gaat het geweldig. 'Met mij is alles oké. Met jou?'

Hij probeert rechtop te gaan zitten in bed, maar het lukt niet. Zijn hoofd valt terug op het kussen. 'Ik geloof dat ik een kater heb. Jezus, hoeveel hebben we gedronken?'

Hij heeft veel meer gedronken dan ik. Maar ik weeg minder, dus kwam het bij mij net zo hard aan. 'Twee flessen wijn.'

'Ik...' Hij fronst zijn voorhoofd. 'En is tussen ons ook alles oké?'

'Ja, hoor.' Ik slaag erin te glimlachen. 'Alles helemaal goed. Zeker weten.'

Hij probeert nog eens te gaan zitten, grimassend van de pijn in zijn hoofd. Maar deze keer lukt het. 'Het spijt me heel erg. Ik had niet...'

Ik krimp ineen bij zijn verontschuldiging. 'Maak je geen zorgen.' Het klonk kortaf, en ik schraap mijn keel. 'Ik ga douchen. Ik denk dat we zo langzamerhand terug moeten.'

'Ja...' Hij slaakt een zucht. 'Je zegt toch niks tegen Nina, hè? Ik bedoel, we waren allebei behoorlijk dronken en...'

Natuurlijk. Dat is het enige waar hij zich druk om maakt. 'Ik zal niks zeggen.'

'Dank je. Heel erg bedankt.'

Ik lig naakt onder de dekens, maar ik wil niet dat hij me zo ziet. Ik grijp een laken en sla het om me heen, terwijl ik het bed uit ga en naar de badkamer strompel. Ik voel Andrews ogen op me gericht, maar ik kijk niet achterom. Het is vernederend.

'Millie?'

Ik kan hem nog steeds niet aankijken. 'Wat?'

'Ik heb er geen spijt van,' zegt hij. 'Ik vond het geweldig met jou gisteravond, en ik heb nergens spijt van. Ik hoop jij ook niet.'

Behoedzaam kijk ik om. Hij zit nog in bed, met de dekens tot aan zijn middel waardoor zijn blote, gespierde borst zichtbaar is.

'Nee, ik heb helemaal geen spijt.'

'Maar...' Hij zucht diep. 'Het mag niet nog eens gebeuren. Dat weet je toch, hè?'

Ik knik. 'Ja, dat begrijp ik.'

Een trieste uitdrukking trekt over zijn gezicht. Hij strijkt zijn donkere haar glad met zijn hand. 'Ik wilde dat alles anders was.'

'Dat weet ik.'

'Ik wilde dat ik je eerder had leren kennen, toen...'

Hij hoeft verder niets te zeggen. Ik weet wat hij denkt. Hadden we elkaar maar ontmoet toen hij nog alleen was. Hij had de bar binnen kunnen lopen waar ik werkte. We zouden elkaar hebben aangekeken, en als hij dan om mijn telefoonnummer had gevraagd, zou ik het hem hebben gegeven. Maar zo is het niet gegaan. Hij is getrouwd. Er mag niets meer gebeuren tussen ons.

'Dat weet ik,' zeg ik nog eens.

Hij blijft naar me kijken, en even vraag ik me af of hij zal vragen of hij met me mee mag onder de douche. Tenslotte hebben we deze hotelkamer al ontheiligd. Wat maakt het uit of we het nog een keer doen? Maar hij gedraagt zich netjes. Hij draait me zijn rug toe en trekt de dekens over zich heen.

Ik ga naar de badkamer en neem een koude douche.

28

We praten nauwelijks tijdens de rit terug naar Long Island. Andrew zet de radio aan en we luisteren naar het stompzinnige geklets van de dj. Het schiet me te binnen dat hij het over een vergadering 's middags in de stad heeft gehad. Dus waarschijnlijk moet hij algauw weer terug als we thuis zijn. Maar hij maakt de reis niet alleen voor mij. Hij draagt nog dezelfde kleren als gisteren en ik weet zeker dat hij een ander pak aan wil trekken voordat hij naar die vergadering gaat.

'Bijna thuis,' mompelt hij, als we de Long Island Expressway verlaten. Hij heeft een zonnebril op, dus ik kan niets van zijn gezicht aflezen.

'Mooi.'

Mijn jurk is weer omhooggekropen, die stomme jurk die ons in de problemen heeft gebracht. Ik trek eraan, en ook al draagt hij een zonnebril, ik zie dat hij weer kijkt. Met opgetrokken wenkbrauwen kijk ik hem aan. Hij lacht schaapachtig. 'Nog eentje voor onderweg.'

Als we langs een rij huizen rijden, zwenkt hij om een vuilniswagen heen. Op dat moment komt er een ontstellende gedachte bij me op.

'Andrew,' zeg ik geschrokken. 'Ik heb het vuilnis niet buitengezet gisteravond!'

'O...'

De ernst van de situatie lijkt niet helemaal tot hem door te dringen. 'Nina heeft me speciaal een berichtje gestuurd om te zeggen dat ik dat moest doen. Maar toen was ik niet thuis. Ik ben het nog nooit vergeten. Als ze het merkt...'

Hij zet zijn zonnebril af. Zijn ogen zijn lichtelijk bloeddoorlopen. 'Shit. Ben je nog op tijd om het te doen?'

Ik kijk naar de vuilniswagen, die in tegenovergestelde richting rijdt. 'Ik denk het niet. Volgens mij is het te laat. Ze komen altijd heel vroeg.'

'Je kunt toch zeggen dat je het vergeten bent?'

'Denk je dat Nina daar intrapt?'

'Shit,' zegt hij weer. Hij tikt op het stuur. 'Oké, ik regel het wel. Maak je geen zorgen.'

De enige manier om van het vuilnis af te komen, is door alles zelf naar de stortplaats te brengen. Ik weet niet eens waar die is, maar hoe dan ook zou ik een paar keer op en neer moeten rijden, want de kofferbak van mijn Nissan is heel klein. Ik hoop oprecht dat Andrew het meende toen hij zei dat hij het zou regelen.

Zodra we bij het huis zijn, drukt Andrew op een knop in de auto om de poort automatisch te openen. Enzo is bij ons in de tuin aan het werk. Hij tilt met een ruk zijn hoofd op als de BMW de oprit op rijdt. Het is ongebruikelijk dat de BMW op dit tijdstip thuiskomt. Het zou logischer zijn als hij vertrok, dus is Enzo met recht verbaasd.

Ik had weg moeten duiken, maar nu is het te laat. Enzo staakt zijn werk, en zijn donkere ogen ontmoeten de mijne. Hij schudt zijn hoofd, net als op die eerste dag.

Shit.

Andrew ziet hem ook, maar hij steekt gewoon zijn hand op. Alsof er totaal niets vreemds aan is dat hij om halftien 's ochtends thuiskomt met een andere vrouw dan zijn echtgenote. Voordat hij de garage in rijdt, zet hij de auto stil.

'Even kijken of Enzo het vuilnis kan wegbrengen,' zegt hij.

Ik wil hem smeken om dat niet te vragen, maar voordat ik mijn mond open, is hij de auto al uit. Het portier blijft op een kier openstaan. Enzo zet een stap achteruit, alsof hij geen zin heeft in dit gesprek.

'*Ciao*, Enzo.' Andrew lacht breed naar de tuinman. Hemel, wat is hij toch knap als hij lacht. Ik sluit een moment mijn ogen, huiverend bij de herinnering aan zijn handen op mijn lichaam. 'Ik heb je hulp nodig.'

Enzo zegt geen woord. Hij kijkt hem alleen maar aan.

'We hebben een probleem met het vuilnis.' Andrew wijst naar de vier volle vuilniszakken naast het huis. 'Die zijn we gisteravond vergeten op straat te zetten. Denk je dat je ze voor ons naar de stortplaats zou kunnen brengen met je pick-up? Je krijgt vijftig dollar van me.'

Enzo kijkt naar de zakken en daarna weer naar Andrew. Hij zegt niets.

'Vuilnis...' herhaalt Andrew. 'Naar... stortplaats. Vuilnisbelt. *Capisci?*'

Enzo schudt zijn hoofd.

Andrew klemt zijn kaken op elkaar en haalt zijn portefeuille uit zijn achterzak. 'Breng die zakken weg voor ons. Ik geef je...' Hij zoekt in zijn portefeuille. '... honderd dollar.' Hij wappert met de biljetten in Enzo's gezicht. 'Breng het vuilnis weg. Jij hebt een pick-up. Breng alles naar de vuilnisbelt.'

Eindelijk zegt Enzo iets: 'Nee. Ben druk.'

'Oké, maar dit is onze tuin en...' Andrew zucht en kijkt weer in zijn portefeuille. 'Tweehonderd dollar. Eén ritje naar de vuilnisbelt. Doe dat voor me. Alsjeblieft.'

Eerst denk ik zeker te weten dat Enzo opnieuw zal weigeren. Maar dan steekt hij zijn hand uit en pakt het geld aan. Daarna loopt hij naar de zijkant van het huis en pakt de vuilniszakken op. Het lukt hem om ze allemaal in één keer mee te nemen. Zijn biceps bollen op onder zijn witte T-shirt.

'Oké,' zegt Andrew. 'Naar de stortplaats.'

Enzo kijkt hem alleen even strak aan en loopt dan vlak langs hem met de vuilniszakken. Zonder nog iets te zeggen gooit hij ze in zijn pick-up en rijdt weg. Ik neem aan dat hij de boodschap heeft begrepen.

Andrew komt terug naar de auto en gaat weer achter het stuur zitten. 'Nou, dat is geregeld. Maar jezus, wat een klootzak.'

'Ik geloof niet dat hij je begreep.'

'Het zal wel.' Hij rolt met zijn ogen. 'Hij begrijpt meer dan je denkt. Hij weigerde gewoon omdat hij meer geld wilde.'

Ik ben het met hem eens dat het eerst leek of Enzo het vuilnis niet weg wilde brengen, maar ik geloof niet dat hij deed alsof om meer geld los te krijgen.

'Ik mag die vent niet,' gromt Andrew. 'Hij werkt voor iedereen in de straat, maar een derde deel van de tijd is hij bij ons in de tuin. Hij is er altíjd. Ik weet vaak niet eens wat hij eigenlijk doet.'

'Jullie hebben het grootste huis hier in de straat,' zeg ik. 'En de grootste tuin.'

'Ja, maar...' Andrew staart Enzo's truck na. 'Ik weet het niet. Ik heb tegen Nina gezegd dat ze van hem af moet zien te komen en een ander moet inhuren, maar ze zegt dat iedereen hem heeft omdat hij "de beste" is.'

Natuurlijk ben ik geen fan van Enzo sinds hij me weinig subtiel heeft afgewezen, maar dat is niet de reden waarom hij me zo'n ongemakkelijk gevoel geeft. Ik krijg de manier waarop hij me die eerste dag dat Italiaanse woord voor gevaar toefluisterde maar niet uit mijn hoofd. En ook niet dat hij zo bang lijkt te zijn om Nina tegen zich in het harnas te jagen, al is hij groot genoeg om haar met één hand te vermorzelen. Zou Andrew enig idee hebben hoe huiverig Enzo is voor zijn vrouw?

Nou, ik ga het hem in geen geval vertellen.

29

Nina komt tegen twee uur 's middags thuis van het zomerkamp waar ze Cecelia naartoe heeft gebracht. De vier grote draagtassen die ze bij zich heeft, het resultaat van een aanval van shopkoorts onderweg, laat ze zomaar op de vloer vallen.

'Ik heb zo'n schattig winkeltje gevonden,' vertelt ze me. 'Ik kon me gewoon niet inhouden.'

'Wat leuk,' zeg ik gemaakt enthousiast.

Nina's wangen zijn verhit, er zitten zweetplekken onder haar oksels, en haar blonde haar kroest. Ze heeft nog steeds niets aan de uitgroei gedaan, en in haar rechterooghoek zit samengeklonterde mascara. Als ik haar zo bekijk, snap ik oprecht niet wat Andrew in haar ziet.

'Wil je die tassen voor me naar boven brengen, Millie?' Ze ploft neer op de leren bank en haalt haar telefoon tevoorschijn. 'Heel erg bedankt.'

Ik pak een van de tassen op. Shit, wat is dat ding zwaar. Wat voor winkel was dat, waar ze is geweest? Een waar ze halters verkopen? Dit moet in twee keer; ik heb niet van die enorme spierbundels zoals Enzo. 'Best zwaar,' merk ik op.

'O ja?' Ze lacht. 'Ik vond van niet. Misschien moet je eens naar de sportschool, Millie. Je wordt een beetje slap.'

Mijn wangen gloeien. Word ik slap? Nina ziet eruit alsof ze geen gram spierweefsel heeft. Ze doet helemaal niets aan sport, voor zover ik weet. Ik heb haar zelfs nog nooit op sneakers gezien.

Terwijl ik traag en moeizaam met twee draagtassen naar de

trap loop, roept Nina me na: 'O trouwens, Millie?'

Ik klem mijn kiezen op elkaar. 'Ja?'

Nina draait zich om op de bank en kijkt naar me op. 'Ik heb de vaste telefoon gebeld gisteravond. Waarom werd er niet opgenomen?'

Ik verstijf. Mijn armen trillen door het gewicht van de draagtassen. 'Wat zeg je?'

'Ik heb het nummer van de vaste telefoon gebeld gisteravond,' zegt ze, langzamer deze keer. 'Om elf uur ongeveer. Het beantwoorden van de vaste telefoon is jouw verantwoordelijkheid. Maar jij en Andrew namen geen van tweeën op.'

'Hm.' Ik zet de tassen neer en wrijf over mijn kin, alsof ik erover nadenk. 'Het zou kunnen dat ik toen al sliep, en in mijn kamer hoor ik de telefoon niet zo goed dat ik er wakker van word. Misschien is Andrew uitgegaan?'

Ze trekt haar wenkbrauwen op. 'Op zondagavond? Met wie?'

Ik haal mijn schouders op. 'Ik heb geen idee. Heb je zijn mobiel geprobeerd?'

Ik weet dat ze dat niet heeft gedaan. Ik was bij Andrew om elf uur. Op dat tijdstip lagen we samen in bed.

'Nee,' zegt ze, maar ze geeft geen nadere uitleg.

Ik schraap mijn keel. 'Nou, zoals ik al zei, ik was op mijn kamer om elf uur. Ik heb geen idee wat hij aan het doen was.'

'Hm.' Haar lichtblauwe ogen worden donkerder, terwijl ze me van de andere kant van de woonkamer aanstaart. 'Misschien heb je gelijk. Ik zal het hem zelf moeten vragen.'

Ik knik, opgelucht dat ze niet doorvraagt. Ze weet niet wat er is gebeurd. Ze weet niet dat we samen naar de stad zijn gereden, dat we naar de musical zijn geweest waar zij met hem naartoe zou gaan, en dat we daarna de nacht hebben doorgebracht in het Plaza. God weet wat ze me zou aandoen als ze dat wist.

Maar ze weet het niet.

Ik grijp de tassen en sjouw ze de trap op. Ik zet ze in de grote slaapkamer en wrijf over mijn armen, die onderweg gevoelloos zijn geworden. Mijn ogen worden naar de aangrenzende badkamer getrokken, die ik vanochtend heb schoongemaakt. Maar aangezien Nina niet thuis was, was hij al ongewoon netjes. Ik glip naar binnen. Deze badkamer is haast net zo groot als mijn kamer op zolder en heeft een enorme porseleinen badkuip. Die is hoger dan een doorsnee badkuip. De rand komt tot aan mijn knieën.

Fronsend kijk ik omlaag naar het bad. Ik stel me voor wat er gebeurd moet zijn al die jaren geleden. Kleine Cecelia in die kuip, terwijl hij langzaam volloopt. Dan grijpt Nina haar dochter vast, duwt haar onder water, ziet haar naar adem snakken...

Ik sluit mijn ogen en draai me om. Ik kan hier niet aan denken. Maar ik mag nooit vergeten dat Nina emotioneel heel instabiel is. Ze mag echt niet weten wat er vannacht tussen mij en Andrew is gebeurd. Ze zou eraan kapotgaan. En ze zou mij kapotmaken.

Dus ik steek mijn hand in mijn zak en haal mijn telefoon eruit. Vlug tik ik een boodschap in voor Andrew:

Alleen om je te waarschuwen: Nina heeft de vaste telefoon gebeld gisteravond.

Hij zal wel weten wat hij moet doen. Dat weet hij altijd.

30

Het is rustiger in huis zonder Cecelia.

Ook al bleef ze vaak boven op haar kamer, ze bracht een bepaalde energie met zich mee. Nu ze weg is, lijkt het of er een stilte is neergedaald op de Winchesters. En tot mijn verbazing is Nina vrolijker dan normaal. Goddank is ze niet meer begonnen over dat telefoontje op de avond dat Andrew en ik weg waren.

Hij en ik gaan elkaar zorgvuldig uit de weg, wat lastig is als je in hetzelfde huis woont. Als we elkaar tegenkomen, wenden we allebei onze ogen af. Hopelijk kunnen we het achter ons laten, want ik wil deze baan niet kwijt. Het is al erg genoeg dat ik geen relatie kan hebben met de eerste man in tien jaar die ik echt leuk vind.

Vanavond haast ik me om het avondeten klaar te maken, zodat ik het op tafel kan hebben voordat Andrew thuiskomt. Maar als ik de glazen water naar de eetkamer breng, loop ik hem pardoes tegen het lijf. Letterlijk. Een van de glazen glipt uit mijn hand en valt kapot op de vloer.

'Verdomme!' roep ik uit.

Ik werp een steelse blik op Andrew. Hij draagt een donkerblauw pak met een donkere das. Alweer ziet hij er razendknap uit. Hij heeft de hele dag gewerkt en er ligt een donkere schaduw op zijn kaken. Het maakt hem alleen maar nog sexyer. Een fractie van een seconde kijken we elkaar aan, en tegen mijn wil voel ik een schok van verlangen. Zijn ogen worden groot, waardoor ik weet dat hij hetzelfde voelt.

'Ik help je even dit op te ruimen,' zegt hij.

'Dat hoeft niet.'

Maar hij staat erop. Ik veeg de grote stukken glas op, en hij houdt het blik vast en gooit alles weg in de keuken. Nina helpt me nooit, maar Andrew is anders dan zij. Als hij de stoffer van me overneemt, strijken mijn vingers langs de zijne. Onze ogen ontmoeten elkaar weer, en deze keer kunnen we het vuurwerk niet ontkennen. Het doet fysiek pijn dat ik niet samen kan zijn met deze man.

'Millie,' fluistert hij hees.

Mijn keel is gortdroog. Hij staat nog geen meter bij me vandaan. Als ik me naar voren zou buigen, zou hij me kussen. Dat weet ik.

Op het moment dat we Nina's stem horen, springen we uit elkaar alsof we ons gebrand hebben. Ik pak de stoffer terug en grijp hem zo stevig vast dat mijn knokkels wit worden. 'Ik heb een glas water laten vallen,' zeg ik. 'Ben, eh... de troep aan het opruimen.'

Nina's ogen richten zich op de vloer, waar glasscherfjes glinsteren in het licht van de hanglampen. 'O, Millie,' zegt ze, 'wees alsjeblieft wat voorzichtiger voortaan.'

Ik werk hier al maanden, en ik heb nog nooit iets laten vallen of gebroken. Behalve dan die avond laat, toen ze Andrew en mij betrapte terwijl we *Family Feud* zaten te kijken. Maar daar weet zij niets van. 'Ja, het spijt me. Ik haal even de stofzuiger.'

Andrew volgt me met zijn ogen, terwijl ik terugga naar de werkkast (die is iets groter dan mijn slaapkamer boven), het stoffer-en-blik op zijn plaats zet en de stofzuiger pak. Hij ziet er gepijnigd uit. Hij wil nog steeds iets tegen me zeggen, maar dat kan niet, niet met Nina erbij.

Of toch wel.

'We moeten praten,' fluistert hij in mijn oor, als hij achter Nina aan naar de woonkamer loopt om te wachten tot ik klaar ben met opruimen. 'Straks, oké?'

Ik knik. Ik weet niet waarover hij met me wil praten, maar ik vat het op als een goed teken. We hadden al afgesproken dat we het nooit meer zouden hebben over wat er die nacht in het Plaza is gebeurd. Dus als hij daarop terug wil komen…

Ik moet niet te veel verwachten.

Ongeveer tien minuten later heb ik alles opgeruimd. Ik ga naar de woonkamer om Andrew en Nina te roepen. Ze zitten allebei op de bank, maar elk aan een andere kant. Ze zijn met hun telefoons bezig en nemen niet de moeite om een gesprek te voeren. Zo gaat het tegenwoordig steeds tegen etenstijd, is me opgevallen.

Ze volgen me de eetkamer weer in, en Nina gaat op haar plaats tegenover Andrew zitten. Ze kijkt naar het eten op haar bord: karbonade met appelmoes en babybroccoli. Dan glimlacht ze naar me, en op dat moment zie ik dat haar vuurrode lippenstift naast haar mond zit. Aan de rechterkant is hij over de contouren van haar lippen heen getrokken, wat haar een haast demonisch clownesk uiterlijk geeft. 'Dit ziet er heerlijk uit, Millie.'

'Dank je.'

'Ruikt het niet zalig, Andy?' vraagt ze.

'Mm.' Hij pakt zijn bestek op. 'Heel lekker.'

'Ik weet zeker,' vervolgt Nina, 'dat je in de gevangenis nooit zulk eten kreeg, of wel, Millie?'

Stilte.

Liefjes lachend kijkt ze naar me op met die demonische lippen van haar. Andrew gaapt me aan. Deze informatie is uiteraard nieuw voor hem.

'Hm,' antwoord ik.

'Wat voor eten kreeg je daar eigenlijk?' drijft ze me verder in het nauw. 'Daar ben ik altijd nieuwsgierig naar geweest. Hoe is het eten in de gevangenis?'

Ik weet niet wat ik moet zeggen. Ik kan het niet ontkennen. Ze weet van mijn verleden. 'Wel oké.'

'Nou, ik hoop dat je je niet laat inspireren door de maaltijden die je daar voorgezet hebt gekregen,' ze lacht. 'Ga maar gewoon door zoals tot nu toe. Je doet het heel goed.'

'Dank je,' mompel ik.

Andrews gezicht is asgrauw. Natuurlijk had hij geen idee dat ik in de gevangenis heb gezeten. Ik heb niet eens overwogen het hem te vertellen. Als ik bij hem ben lijkt het op de een of andere manier of dat deel van mijn leven iets uit het verre verleden is, uit een andere tijd. Maar de meeste mensen zien het niet zo. Voor de meeste mensen ben ik maar één ding: een veroordeelde.

En Nina wil ervoor zorgen dat ik mijn plaats ken.

Op dit moment wil ik wanhopig graag ontsnappen aan Andrews geschokte blik. Ik draai me om om naar boven te gaan, naar mijn kamer. Ik ben bijna bij de trap als Nina me roept: 'Millie?'

Ik blijf staan. Mijn rug verstrakt. Het kost me al mijn zelfbeheersing om niet tegen haar te snauwen als ik me omdraai. Met een gekunsteld lachje op mijn gezicht loop ik langzaam terug naar de eetkamer. 'Ja, Nina?'

Ze fronst. 'Je bent vergeten peper en zout op tafel te zetten. En helaas kan deze karbonade wel wat zout gebruiken. Je mag best wat royaler zijn met kruiden en zo.'

'O. Sorry.'

Ik loop de keuken in en pak het peper-en-zoutstel van het werkblad. Het stond grofweg twee meter bij Nina vandaan. Ik breng het naar de eetkamer, en ondanks mijn inspanningen om mezelf daarvan te weerhouden, zet ik het met een klap op tafel. Als ik naar Nina kijk, zie ik haar mond vertrekken.

'Heel erg bedankt, Millie,' zegt ze. 'Vergeet het alsjeblieft niet nog eens.'

Ik hoop dat ze in een glasscherf trapt.

Ik kan met geen mogelijkheid naar Andrew kijken. God weet wat hij van me denkt. Onvoorstelbaar dat ik durfde te denken aan een toekomst met hem. Niet echt, maar heel even... Nou, er zijn vreemdere dingen gebeurd. Maar dat is nu van de baan. Hij keek vol afschuw naar me toen Nina liet vallen dat ik in de gevangenis heb gezeten. Kon ik maar uitleggen...

Deze keer lukt het me om bij de trap te komen zonder dat Nina me roept om te vragen of ik, weet ik veel, de boter van de andere kant van de tafel wil aangeven of zoiets. Ik sleep me de trap op naar de eerste verdieping, en dan verder via het donkerdere trappenhuis naar mijn kamer. Ik sla de deur achter me dicht, niet voor het eerst wensend dat ik hem op slot kon doen.

Ik plof neer op mijn bed en probeer de opkomende tranen tegen te houden. Ik vraag me af hoelang Nina het al weet van mijn verleden. Is ze er pas kortgeleden achter gekomen, of heeft ze toch een achtergrondonderzoek gedaan voordat ze me aannam? Misschien vond ze het een leuk idee om een ex-gevangene in dienst te hebben. Iemand over wie ze de baas kon spelen. Een ander zou maanden geleden al vertrokken zijn. Terwijl ik daar op mijn bed zit, vol zelfmedelijden, valt mijn oog op iets op mijn nachtkastje.

Het is het programmaboekje van *Showdown*.

Verward pak ik het op. Waarom ligt dit op mijn nachtkastje? Ik heb het na de voorstelling in mijn tas gestopt om een herinnering te hebben aan die magische avond. Mijn tas staat op de vloer, tegen het ladekastje. Hoe komt dat programma op het nachtkastje? Ik heb het er niet uit gehaald, dat weet ik absoluut zeker.

Iemand anders moet het daar neergelegd hebben. Ik heb steeds mijn kamerdeur op slot gedaan als ik wegging, maar ik ben niet de enige die een sleutel heeft.

Ik krijg een raar gevoel in mijn maag. Nu begrijp ik waarom Nina eruit gooide dat ik in de gevangenis heb gezeten. Ze weet dat ik met Andrew naar die musical ben geweest. Ze weet dat we in Manhattan waren, hij en ik alleen. Ik ben er niet zeker van of ze weet dat we de nacht in het Plaza hebben doorgebracht, maar ze weet dat we om elf uur 's avonds niet thuis waren. En als ze een beetje slim is, zou ze er heel goed achter kunnen zijn gekomen of we ingecheckt hebben in dat hotel.

Nina weet alles.

Ik heb mezelf opgezadeld met een gevaarlijke vijand.

31

Nina's nieuwe martelregime houdt in dat ze boodschappen doen zo lastig mogelijk voor me maakt.

Ze heeft een lijst opgesteld van dingen die we nodig hebben van de supermarkt. Maar die zijn allemaal heel specifiek beschreven. Ze wil geen mélk. Ze wil biologische melk van Queensland Farm. En als ze niet precies hebben wat ze wil, moet ik haar dat appen en foto's sturen van mogelijke alternatieven. Ze neemt altijd ruim de tijd om te reageren, en ik maar wachten op die verdomde zuivelafdeling.

Op dit moment sta ik bij het brood. Ik stuur Nina een berichtje:

Ze hebben geen Nantucket zuurdesembrood meer. Hier zijn een paar alternatieven.

Ik stuur haar foto's van elk soort zuurdesembrood dat ze hebben. En nu moet ik wachten tot zij die bekeken heeft. Na een paar minuten krijg ik een bericht terug:

Hebben ze brioche?

Dat betekent dat ze verwacht dat ik haar foto's stuur van alle verschillende briochebroden in het assortiment. Ik zweer het je, voordat ik klaar ben met boodschappen doen, maak ik mezelf van kant. Ze treitert me met opzet. Maar eerlijk is eerlijk, ik ben wel met haar echtgenoot naar bed geweest.

Terwijl ik foto's sta te maken van het brood, zie ik dat een forsgebouwde man met grijs haar me vanaf de andere kant van het gangpad in de gaten houdt. Hij probeert het niet eens te verbergen. Ik kijk hem veelbetekenend aan, en hij gaat er godzijdank vandoor. Een stalker kan ik er niet ook nog eens bij hebben.

Terwijl ik wacht tot Nina lang genoeg heeft kunnen nadenken over het brood, dwalen mijn gedachten af. Zoals gewoonlijk komen ze uit bij Andrew Winchester. Na Nina's onthulling dat ik in de gevangenis heb gezeten, is Andrew me niet komen opzoeken om te *praten* zoals hij had gezegd. Hij is definitief afgeschrikt. Ik kan het hem niet kwalijk nemen.

Ik mag Andrew graag. Nee, ik mag hem niet alleen, ik ben verliefd op hem. Ik denk de hele tijd aan hem, en het is moeilijk om met hem onder één dak te wonen zonder mijn gevoelens te kunnen uiten. Bovendien verdient hij beter dan Nina. Ik zou hem gelukkig kunnen maken. Ik zou hem zelfs een kind kunnen geven. En laten we wel wezen, alles is beter dan zij.

Maar ook al is hij zich bewust van de band tussen ons, er zal nooit meer iets gebeuren. Hij weet dat ik heb gezeten. Hij wil geen ex-gevangene. Hij zal ongelukkig blijven met die heks, waarschijnlijk voor de rest van zijn leven.

Mijn telefoon zoemt weer.

Is er stokbrood?

Het kost me nog eens tien minuten, maar ten slotte weet ik een brood te vinden dat aan Nina's wensen voldoet. Terwijl ik met mijn winkelwagentje op weg ben naar de kassa, zie ik die brede kerel weer. Hij staat daadwerkelijk naar me te staren. En wat verontrustender is, hij heeft geen winkelwagentje bij zich. Dus wat is hij eigenlijk aan het doen?

Ik reken zo snel mogelijk af en laad de papieren zakken met boodschappen terug in het karretje, zodat ik ermee naar mijn

Nissan op de parkeerplaats kan rijden. Als ik bijna bij de uitgang ben, voel ik een hand op mijn schouder. Ik kijk op en zie die zware kerel boven me uittorenen.

'Pardon!' Ik probeer me los te rukken, maar hij houdt me stevig vast aan mijn arm. Ik bal mijn rechterhand tot een vuist. In elk geval staat er een groepje mensen naar ons te kijken, dus ik heb getuigen. 'Wat wilt u van me?'

Hij wijst op een kleine ID-badge, die aan de kraag van zijn blauwe overhemd hangt. Die was me eerder niet opgevallen. 'Ik ben van de supermarktbeveiliging. Wilt u met me meekomen, *miss*?'

Ik word misselijk. Het is al erg genoeg dat ik anderhalf uur in die winkel heb doorgebracht om wat levensmiddelen in te slaan, maar nu word ik ook nog gearresteerd? Waarvóór?

'Wat is er aan de hand?' vraag ik met een brok in mijn keel.

Er heeft zich een kleine menigte om ons heen verzameld. Ik herken een paar vrouwen van school. Die zullen ongetwijfeld met plezier aan Nina laten weten dat ze hebben gezien dat haar huishoudster in de supermarkt werd aangehouden door een beveiliger.

'Komt u alstublieft met me mee,' zegt de man.

Ik neem mijn winkelwagentje mee, want dat durf ik niet achter te laten. Er zit voor ruim tweehonderd dollar aan boodschappen in, en Nina laat me vast en zeker voor alles wat zoekraakt of gestolen wordt betalen. Ik volg de man naar een kantoortje met een bureau vol krassen en twee plastic stoelen ervoor. Hij gebaart dat ik moet gaan zitten. De stoel die ik kies, kraakt gevaarlijk onder mijn gewicht.

'Dit moet een vergissing zijn...' Ik kijk op de badge van de man. Zijn naam is Paul Dorsey. 'Waar gaat dit over, Mr Dorsey?'

Hij heeft hangwangen en kijkt me fronsend aan. 'Een klant maakte me erop attent dat u spullen aan het stelen was in de supermarkt.'

Ik hap naar adem. 'Dat zou ik nooit doen!'

'Misschien niet.' Hij steekt zijn duim in de lus van zijn riem. 'Maar ik moet het nagaan. Mag ik uw kassabon zien, alstublieft, Miss...'

'Calloway.' Ik graaf in mijn tas tot ik de gekreukelde strook papier vind. 'Hier heb ik hem.'

'Alleen om u te waarschuwen,' zegt hij, 'we doen altijd aangifte van winkeldiefstal.'

Met gloeiende wangen zit ik op de plastic stoel, terwijl de beveiliger nauwgezet al mijn aankopen bekijkt en ze vergelijkt met wat er op de kassabon staat. Mijn maag draait om bij de afschuwelijke gedachte dat de kassamedewerker mogelijk iets niet goed heeft aangeslagen, waardoor die man denkt dat ik het heb gestolen. En dan? Ze doen altijd aangifte van winkeldiefstal. Dat betekent dat ze de politie bellen. En dat zou zeker een schending zijn van de voorwaarden van mijn vrijlating.

Het schiet me te binnen dat dit precies in Nina's straatje zou passen. Ze zou van me af zijn zonder gezien te worden als de gemenerik die me heeft ontslagen. Tegelijkertijd zou het zoete wraak op mij betekenen, omdat ik met haar man naar bed ben geweest. Natuurlijk is het een beetje draconisch om naar de gevangenis gestuurd te worden voor overspel, maar dat zou Nina weleens anders kunnen zien.

Dat mag in geen geval gebeuren. Ik heb niets gestolen uit die supermarkt. Hij zal niets vinden in dat wagentje wat niet op mijn kassabon staat.

Of wel?

Ik kijk toe terwijl hij de strook nauwkeurig bestudeert en bedenk dat het pistache-ijs in mijn winkelwagentje waarschijnlijk vloeibaar aan het worden is. Mijn hart bonkt en ik kan amper ademhalen. Ik wil niet terug naar de gevangenis. Ik kán niet terug. Ik pleeg nog liever zelfmoord.

'Nou,' zegt hij ten slotte, 'zo te zien klopt alles.'

Ik barst bijna in tranen uit. 'Ja, natuurlijk.'

Hij gromt. 'Het spijt me dat ik u moest lastigvallen, Miss Calloway. Maar we hebben veel problemen met winkeldieven, dus ik moest dit serieus nemen. Ik kreeg een telefoontje van iemand die me waarschuwde dat een klant die voldeed aan uw signalement van plan zou kunnen zijn om iets te stelen.'

Een telefoontje? Wie zou de beveiliging van de supermarkt bellen om te beschrijven hoe ik eruitzie en te vertellen dat ik van plan was om iets te stelen? Wie zou zoiets doen?

Ik kan maar één persoon bedenken.

'In elk geval,' zegt de man, 'dank u voor uw geduld. U mag gaan.'

Dat zijn de drie mooiste woorden van de Engelse taal. *U mag gaan*. Ik mag de supermarkt verlaten met mijn handen vrij en mijn winkelwagentje voor me uit. Ik mag naar huis.

Deze keer.

Maar ik heb het afschuwelijke gevoel dat het hiermee niet is afgelopen. Nina heeft vast nog meer voor me in petto.

32

Ik kan niet slapen.

Het is drie dagen geleden dat ik bijna werd gearresteerd in de supermarkt. Ik weet niet wat ik moet doen. Nina is sindsdien best aardig, dus misschien denkt ze dat ik mijn lesje wel heb geleerd en weet wie de baas is in huis. Misschien probeert ze me niet de gevangenis in te krijgen.

Maar het komt niet door Nina dat ik lig te woelen en te draaien.

De waarheid is dat ik maar blijf denken aan Andrew. Aan de nacht die we samen hebben doorgebracht. Aan hoe ik me voel als ik bij hem ben. Zo heb ik me nooit eerder gevoeld. En totdat Nina de bom liet barsten met haar onthulling over mijn verleden, voelde hij hetzelfde. Dat kon ik merken.

Maar nu niet meer. Nu denkt hij dat ik niets anders ben dan een ordinaire crimineel.

Ik schop de deken van me af. Het is verstikkend warm in mijn kamer, zelfs 's nachts. Kon ik dat stomme raam maar openzetten. Maar ik betwijfel of Nina ook maar iets zal doen om het wat aangenamer voor me te maken hier.

Ten slotte ga ik de trappen af naar de keuken. Ik heb wel dat minikoelkastje in mijn kamer, maar daar bewaar ik nooit veel etenswaren in. Daar is het te klein voor. Veel meer dan die drie nog steeds onaangeroerde flesjes water die Nina er voor me had in gelegd, ligt er niet in.

Als ik de keuken binnenloop, zie ik dat het licht op de veranda aan is. Fronsend ga ik naar de achterdeur. Op dat moment besef ik dat dat licht niet voor niets brandt. Er is daar iemand.

Andrew.

Hij zit in zijn eentje buiten en drinkt bier uit een flesje.

Zachtjes schuif ik de deur open. Verrast kijkt hij naar me op, maar hij zegt niets. Hij neemt gewoon nog een slok van zijn bier.

'Hé,' zeg ik.

'Hé,' zegt hij.

Ik knijp in mijn handen. 'Mag ik erbij komen zitten?'

'Tuurlijk. Je gaat je gang maar.'

Ik stap op de koude houten planken van de veranda en laat me in de stoel naast hem zakken, wensend dat ik ook een biertje had. Hij kijkt niet eens mijn kant op. Hij drinkt simpelweg zijn bier en staart naar de enorme achtertuin.

'Ik wil het graag uitleggen.' Ik schraap mijn keel. 'Ik bedoel, waarom ik je niet heb verteld over...'

'Dat hoef je niet uit te leggen.' Hij werpt een blik in mijn richting en kijkt vervolgens weer naar zijn bier. 'Ik kan wel raden waarom je het me niet hebt verteld.'

'Ik wilde het wel.' Dat is niet waar. Ik wilde het hem niet vertellen. Ik wilde niet dat hij het ooit te weten zou komen, hoe volkomen onrealistisch die wens ook was. 'In elk geval, het spijt me.'

Hij laat het bier ronddraaien in het flesje. 'Waarvoor heb je dan in de gevangenis gezeten?'

Ik verlang heel erg naar een biertje. Ik doe mijn mond open, maar voordat ik kan bedenken wat ik hem precies zal vertellen, zegt hij: 'Laat maar. Ik wil het niet weten. Het gaat me niets aan.'

Ik bijt op mijn onderlip. 'Luister, het spijt me dat ik het je niet heb verteld. Ik wilde het verleden achter me laten. Ik had er geen verkeerde bedoelingen mee.'

'Tja...'

'En...' Ik kijk naar mijn handen in mijn schoot. 'Ik schaamde me. Ik wilde niet dat je slecht over me zou denken. Jouw mening betekent heel veel voor me.'

Hij draait zijn hoofd opzij en kijkt me aan. Zijn ogen zijn zacht in het gedempte licht van de buitenlamp. 'Millie...'

'Ik wil ook dat je weet...' Ik haal diep adem. '...dat ik een geweldige avond heb gehad laatst. Een van de fijnste ooit. Dankzij jou. Dus wat er verder ook gebeurt, bedankt daarvoor. Ik... ik wilde gewoon dat je dat weet.'

Er verschijnt een rimpel tussen zijn wenkbrauwen. 'Ik heb ook een geweldige avond gehad. Ik heb me niet meer zo gelukkig gevoeld sinds...' Hij knijpt in de brug van zijn neus. '...lang. Ik had niet eens beseft...'

Een moment staren we elkaar aan. Die spanning tussen ons is er nog steeds. Ik zie in zijn ogen dat hij het ook voelt. Hij werpt een blik op de achterdeur, en voordat ik weet wat er gebeurt, heeft hij zijn lippen op de mijne gedrukt.

Zijn kus lijkt een eeuwigheid te duren, maar waarschijnlijk is het niet veel langer dan een minuut. Als hij zich terugtrekt, staan zijn ogen vol spijt. 'Ik kan niet...'

'Dat weet ik...'

Er kan niets zijn tussen ons. Om heel veel redenen. Maar als hij ervoor zou willen gaan, zou ik niet aarzelen. Ook al zou het betekenen dat ik Nina tegen me kreeg. Ik zou het risico nemen. Voor hem.

Maar dan sta ik op en laat hem alleen achter op de veranda, met zijn bier.

De houten treden voelen koud aan onder mijn blote voeten als ik de trap naar de eerste verdieping op ga. Mijn hoofd tolt nog van die kus, mijn lippen tintelen. Dit kan niet de laatste keer zijn geweest. Dat kán gewoonweg niet. Ik zag hoe hij naar me keek. Hij heeft oprecht gevoelens voor me. Hij mag me nog steeds, ook al weet hij van mijn verleden. Het enige probleem is...

Wacht. Wat is dat?

Boven aan de trap blijf ik als verstijfd staan. Ik zie een schim in de gang. Met samengeknepen ogen tuur ik ernaar in het duister.

Dan beweegt het.

Ik slaak een gil en val bijna van de trap. Op het laatste moment weet ik mezelf te redden door me vast te grijpen aan de leuning. De schim beweegt zich dichter naar me toe, en nu zie ik het.

Het is Nina.

'Nina,' zeg ik buiten adem.

Waarom staat ze hier in de gang? Is ze beneden geweest? Heeft ze gezien dat Andrew en ik elkaar kusten?

'Hallo, Millie.' Het is donker in de gang, maar het wit van haar ogen lijkt haast te glimmen.

'Wat... wat doe jij hier?'

Kwaad kijkt ze me aan. Het maanlicht tovert verontrustende schaduwen op haar gezicht. 'Dit is míjn huis. Ik hoef geen rekenschap af te leggen voor waar ik ga of sta.'

Natuurlijk is het niet echt haar huis. Het is van Andrew. En als ze niet getrouwd waren, zou ze hier niet wonen. Als hij voor mij zou kiezen, zou het míjn huis zijn.

Het is krankzinnig om zo te denken. Dat zal nooit gebeuren.

'Het spijt me.'

Ze slaat haar armen over elkaar. 'Wat doe jíj hier?'

'Ik... ik ben naar beneden gegaan om een glas water te drinken.'

'Heb je geen water op je kamer?'

'Dat is allemaal op,' lieg ik. En zij weet dat het een leugen is, want ze neust rond in mijn kamer.

Even zwijgt ze. 'Andy lag niet in bed. Heb jij hem ergens beneden gezien?'

'Ik, eh... Ik geloof dat hij op de veranda was.'

'Juist.'

'Maar ik weet het niet zeker. Ik heb hem niet gesproken of zo.'

Nina kijkt me aan alsof ze geen woord gelooft van wat ik zeg. Wat niet zo vreemd is, want het is van a tot z gelogen. 'Ik ga wel even kijken.'

'Ik ga naar mijn kamer.'

Ze knikt en dringt langs me heen, waarbij ze tegen mijn schouder stoot. Mijn hart bonkt. Het gevoel dat ik een verschrikkelijke fout heb gemaakt door Nina Winchester tegen me in het harnas te jagen, blijft aan me knagen. Toch kan ik er niet mee ophouden.

33

Op zondag ben ik vrij, dus ga ik eropuit. Het is een prachtige zomerdag, niet te warm en niet te fris. Ik rij naar het park in de buurt en ga op een bankje zitten lezen. Als je in de gevangenis zit, vergeet je het bestaan van dit soort simpele pleziertjes. Gewoon naar buiten gaan en een boek lezen in het park. Maar soms verlang je er zo hevig naar, dat het fysiek pijn doet.

Ik ga daar nooit meer heen. Nooit meer.

Ik haal wat te eten bij een fastfood drive-through, en rij daarna weer naar huis. De Winchesters wonen echt schitterend. Ook al verfoei ik Nina, aan dat huis kan ik geen hekel hebben. Het is prachtig.

Zoals altijd parkeer ik op straat, waarna ik naar de voordeur loop. Tijdens de rit naar huis had ik de lucht steeds meer zien betrekken, en net als ik bij de deur ben, breken de wolken open en regent het pijpenstelen. Ik ruk de deur open en glip naar binnen voordat ik drijfnat word.

In de woonkamer zit Nina in het halfduister op de bank. Ze is niets aan het doen. Ze leest niet, kijkt geen tv. Ze zit daar alleen maar. Maar als ze mij hoort binnenkomen, kijkt ze ineens vol aandacht op.

'Nina?' vraag ik. 'Is alles goed?'

'Niet echt.' Ze kijkt naar het andere uiteinde van de bank, waar een stapel kleren ligt. Het zijn de kleren waarvan ze per se wilde dat ik ze zou aannemen toen ik hier pas werkte. 'Wat doen míjn kleren in jouw kamer?' vraagt ze.

Ik staar haar aan. Een bliksemschicht verlicht de kamer. 'Wat? Waar heb je het over? Je hebt me die kleren zelf gegeven.'

'Heb ik je die gegeven?' Ze lacht hard. Het geluid echoot door de kamer, slechts deels overstemd door een donderslag. 'Waarom zou ik mijn húlp voor duizenden dollars aan kleren geven?'

'Je...' Ik sta te trillen op mijn benen. 'Je zei dat ze je te klein waren. Je stond erop dat ik ze zou nemen.'

'Hoe bestaat het dat je zo kunt liegen?' Ze staat op en zet een stap in mijn richting. De blik in haar blauwe ogen is ijskoud. 'Je hebt mijn kleren gestolen! Je bent een dief!'

'Nee...' Ik steek mijn hand uit om me ergens aan vast te pakken voordat mijn benen het begeven. Maar ik grijp in de lucht. 'Dat zou ik nooit doen.'

'Ha!' hoont ze. 'Dit is dus mijn beloning! Omdat ik zo goed van vertrouwen was om een bajesklant aan te nemen.'

Ze praat zo hard dat Andrew het tumult moet hebben gehoord. Hij komt zijn werkkamer uit stormen. Zijn knappe gezicht verschijnt bovenaan de trap, verlicht door een volgende bliksemflits. O, god, wat moet hij wel niet van me denken? Het is al erg genoeg dat hij weet dat ik gezeten heb. Ik wil niet dat hij denkt dat ik heb gestolen uit zijn eigen huis.

'Nina?' Hij komt met twee treden tegelijk de trap af. 'Wat is hier aan de hand?'

'Dat zal ik je vertellen!' zegt ze triomfantelijk. 'Millie heeft gestolen uit mijn kast. Ze heeft al deze kleren weggenomen. Ik vond ze bij haar op de kamer.'

Andrews ogen worden langzaam groter. 'Ze...'

'Ik heb helemaal niks gestolen!' De tranen branden achter mijn ogen. 'Ik zweer het je. Nina heeft me die kleren gegeven. Ze zei dat ze haar niet pasten.'

'Alsof we die leugens van jou zouden geloven,' sneert ze. 'Ik zou de politie erbij moeten halen. Weet je wat die kleren waard zijn?'

'Nee, doe dat alsjeblieft niet...'

'O, natuurlijk.' Nina lacht om de uitdrukking op mijn gezicht. 'Je bent voorwaardelijk vrij, of niet? Door zoiets als dit vlieg je regelrecht de gevangenis weer in.'

Andrew kijkt fronsend naar de kleren op de bank. 'Nina...'

'Ik ga ze bellen.' Ze vist haar telefoon uit haar tas. 'God weet wat ze nog meer van ons heeft gestolen. Toch, Andy?'

'Nina.' Hij kijkt van de stapel kleren naar haar. 'Millie heeft die spullen niet gestolen. Ik herinner me dat je je kast aan het leegruimen was. Je stopte alles in vuilniszakken. Je ging het allemaal weggeven, zei je.' Hij pakt een wit jurkje op. 'Hier kun je al jaren niet meer in.'

Tot mijn genoegen krijgt ze een kleur. 'Wat wil je daarmee zeggen? Dat ik te dík ben?'

Dat laatste negeert hij. 'Ik wil zeggen dat er geen sprake van is dat ze deze spullen van je gestolen heeft. Waarom doe je haar dit aan?'

Verbijsterd kijkt ze hem aan. 'Andy...'

Andrew kijkt naar mij. Ik sta nog steeds te wachten bij de bank. 'Millie,' zegt hij zacht mijn naam, 'zou je ons alleen willen laten? Ik moet met Nina praten.'

'Ja, natuurlijk,' stem ik in. Maar al te graag.

Zwijgend staan ze daar met z'n tweeën, terwijl ik de trap naar de eerste verdieping op ga. Boven loop ik naar de deur naar de zolder en doe hem open. Even blijf ik staan, overwegend wat ik zal doen. Dan sluit ik de deur, zonder dat ik naar binnen ben gegaan.

Heel zachtjes sluip ik terug. Vlak voor het trapgat blijf ik staan. Ik kan Nina en Andrew niet zien, maar ik hoor hun stemmen. Het is verkeerd om de luistervink te spelen, maar ik kan het niet helpen. Tenslotte gaat dit gesprek zo goed als zeker over Nina's beschuldigingen aan mijn adres.

Ik hoop dat Andrew me blijft verdedigen, ook al ben ik de kamer uit. Zal ze hem ervan kunnen overtuigen dat ik haar kleren heb gestolen? Per slot van rekening ben ik een veroordeelde. Je maakt één keer een fout in je leven, en niemand die je ooit nog vertrouwt.

'...heeft deze jurken niet gestolen,' zegt Andrew. 'Ik weet dat ze dat niet heeft gedaan.'

'Hoe is het mogelijk dat je haar kant kiest in plaats van de mijne?' kaatst Nina terug. 'Die meid heeft in de gevangenis gezeten. Zo iemand kun je niet vertrouwen. Ze is een leugenaar en een dief, en waarschijnlijk verdient ze het om de bak weer in te gaan.'

'Hoe kun je zoiets zeggen? Millie is fantastisch geweest.'

'Ja, ik geloof graag dat jij dat vindt.'

'Sinds wanneer ben je zo gemeen, Nina?' Zijn stem trilt. 'Je bent veranderd. Je bent iemand anders geworden.'

'Iedereen verandert,' bijt ze hem toe.

'Nee.' Hij praat nu zo zacht dat ik moeite moet doen om hem boven het geluid van de regen die buiten op het wegdek klettert, te verstaan. 'Niet zoals jij. Ik herken je gewoon niet meer. Je bent niet meer de vrouw op wie ik verliefd ben geworden.'

Er volgt een lange stilte, alleen doorbroken door een keiharde donderslag waarvan het huis op zijn grondvesten staat te schudden. Als het geraas is weggeëbd, hoor ik Nina's volgende woorden luid en duidelijk.

'Wat wil je daarmee zeggen, Andy?'

'Ik wil zeggen... dat ik denk dat ik niet meer verliefd op je ben, Nina. Ik denk dat we beter uit elkaar kunnen gaan.'

'Je bent niet meer verliefd op me?' schreeuwt ze. 'Hoe kun je dat zeggen?'

'Het spijt me. Ik ging gewoon maar door met alles, leefde ons leven, en ik had niet eens door hoe ongelukkig ik was.'

Nina is lang stil. Waarschijnlijk heeft ze tijd nodig om het tot zich door te laten dringen. 'Heeft dit iets met Millie te maken?'

Met ingehouden adem wacht ik op zijn antwoord. Er was iets tussen ons die avond in New York, maar ik wil mezelf niet wijsmaken dat hij om mij bij Nina weggaat.

'Dit gaat niet om Millie,' zegt hij ten slotte.

'O nee? Dus je gaat glashard tegen me liegen en doen alsof er nooit iets is gebeurd tussen jullie?'

Verdomme. Ze weet het. Of in elk geval denkt ze dat ze het weet.

'Ik heb gevoelens voor Millie,' zegt hij zo zacht dat ik zeker weet dat ik het verkeerd heb verstaan. Hoe kan deze rijke, knappe, getróúwde man nou gevoelens hebben voor míj? 'Maar daar heeft dit niets mee te maken. Dit gaat om jou en mij. Ik hou niet meer van je.'

'Dat is gelul!' Nina's stem is de lucht in geschoten. 'Je laat me in de steek voor onze húlp! Zoiets belachelijks heb ik nog nooit gehoord. Je zet jezelf voor schut. Hier ben je te goed voor, Andrew.'

'Nina.' Hij klinkt heel resoluut. 'Het is voorbij. Het spijt me.'

'Het spíjt je?' Een nieuwe donderslag laat de vloerplanken trillen. 'O, je weet nog niet half wat spijt is...'

Even is het stil. 'Wát zeg je?'

'Als je dit doorzet,' grauwt ze, 'laat ik geen spaan van je heel in de rechtbank. Ik zorg ervoor dat je geen cent meer hebt en geen dak boven je hoofd.'

'Geen dak boven mijn hoofd? Dit is míjn huis, Nina. Ik heb het gekocht voordat we elkaar zelfs maar kenden. Je mág hier wonen van mij. We zijn op huwelijkse voorwaarden getrouwd zoals je vast nog wel weet, en als ons huwelijk voorbij is, is het weer van mij alleen.' Hij zwijgt weer een moment en zegt dan: 'En nu wil ik dat je gaat.'

Ik kijk voorzichtig om de hoek van het trappenhuis. Als ik neerhurk, zie ik Nina met een bleek gezicht midden in de woonkamer staan.

Ze doet haar mond open en dicht, als een vis. 'Dit kun je niet menen, Andy,' stamelt ze.

'Ik meen het wel degelijk.'

'Maar...' Ze grijpt naar haar borst. 'En Cece dan?'

'Cece is jóúw dochter. Je wilde nooit dat ik haar zou adopteren.'

Alsof ze met op elkaar geklemde kiezen praat, zegt ze: 'O, ik begrijp het al. Het komt doordat ik geen kinderen meer kan krijgen. Je wil een jonger iemand. Iemand die je een baby kan geven. Ik ben niet meer goed genoeg.'

'Daar gaat het hier niet om,' zegt hij. Hoewel tot op zekere hoogte misschien toch wel. Andrew wil graag een kind van zichzelf, en dat kan Nina hem niet geven.

Haar stem trilt. 'Andy, doe me dit alsjeblieft niet aan... Verneder me niet zo. Alsjeblíéft.'

'Ik wil dat je gaat, Nina. Nu meteen.'

'Maar het regent!'

Andrew aarzelt geen moment. 'Pak wat spullen in en ga weg.'

Ik kan haar bijna horen denken terwijl ze haar opties tegen elkaar afweegt. Wat je ook kunt zeggen van Nina Winchester, ze is niet dom. Ten slotte laat ze haar schouders zakken. 'Goed, ik ga.'

Haar voetstappen komen richting de trap. Ik bedenk een seconde te laat dat ik me uit de voeten moet maken. Nina kijkt op en ziet me bovenaan de trap staan. Nog nooit heb ik iemands ogen zo zien schitteren van woede. Ik kan beter maken dat ik op mijn kamer kom, maar mijn benen zijn als versteend terwijl ze tree voor tree dreunend met haar hakken naar boven komt.

Eenmaal boven, flitst de bliksem nog een keer. Door de gloed op haar gezicht lijkt het alsof ze voor de poort van de hel staat.

'Heb...' Mijn lippen zijn gevoelloos. Ik krijg de woorden haast niet gevormd. 'Heb je hulp nodig met pakken?'

Ze kijkt me zo vol venijn aan dat ik bang ben dat ze haar hand in mijn borst zal steken om mijn hart eruit te rukken. 'Of ik hulp nodig heb met pákken? Nee, ik denk dat ik dat zelf wel kan.'

Ze gaat haar slaapkamer in en slaat de deur achter zich dicht.

Ik weet niet goed wat ik moet doen. Ik overweeg om naar de zolder te gaan, maar dan kijk ik omlaag de woonkamer in, waar Andrew nog steeds staat. Hij kijkt naar me op, dus ga ik de trap af om met hem te praten.

'Het spijt me ontzettend!' Mijn woorden komen er gejaagd uit. 'Ik wilde niet...'

'Waag het niet om jezelf de schuld te geven,' zegt hij. 'Dit zat er al heel lang aan te komen.'

Ik werp een blik op het raam, waar de regen vanaf druipt. 'Wil je dat ik... ga?'

'Nee,' antwoordt hij. 'Ik wil dat je blijft.'

Hij legt zijn hand op mijn arm, en er trekt een tinteling door me heen. Ik kan alleen maar denken aan hoe graag ik wil dat hij me kust, maar dat kan hij nu niet doen. Niet nu Nina nog boven is.

Maar het zal niet lang meer duren voor ze weg is.

Worstelend met aan elke schouder een tas komt ze ongeveer tien minuten later naar beneden. Gisteren zou ze mij die hebben laten dragen en hebben gelachen omdat ik zo slap was. Nu moet ze het zelf doen. Haar ogen zijn gezwollen en haar haren zitten slordig. Ze ziet er verschrikkelijk uit. Tot nu toe had ik niet beseft hoe oud ze eigenlijk is.

'Doe dit alsjeblieft niet, Andy,' smeekt ze. 'Alsjeblíéft.'

In zijn kaak vertrekt een spiertje. Buiten dreunt de donder weer, maar zachter dan eerst. Het onweer trekt weg. 'Ik zal je tassen voor je in je auto zetten.'

Ze slikt een snik in. 'Doe geen moeite.'

Ze sleept zich naar de deur van de garage, net om de hoek van de woonkamer, worstelend met de zware tassen. Andrew steekt zijn hand uit om haar te helpen, maar ze schudt hem af. Onhandig probeert ze de deur open te krijgen, jonglerend met haar tassen. Ze is minutenlang bezig, tot ik het ten slotte niet meer kan aanzien. Ik ren naar de deur, en voordat ze me tegen kan houden, draai ik de knop om en gooi hem voor haar open.

'Goh,' zegt ze. 'Héél erg bedankt.'

Ik weet niet hoe ik moet reageren. Ik blijf daar gewoon maar staan, terwijl ze langs me heen dringt met haar tassen. Vlak voordat ze de deur door gaat, buigt ze zich dicht naar me toe. Zo dicht dat ik haar hete adem tegen mijn hals voel.

'Dit zal ik nooit vergeten, Millie,' fluistert ze fel in mijn oor.

Mijn hart slaat een slag over. Haar woorden klinken na in mijn oren, terwijl ze haar tassen in de kofferbak van haar witte Lexus gooit en kort daarna de garage uit zoeft.

Ze heeft de garagedeur open laten staan. Ik zie de regen op de oprit kletteren, en een windvlaag slaat in mijn gezicht. Een moment blijf ik staan en kijk Nina's auto na tot hij in de verte verdwijnt. Als ik een arm om mijn schouders voel, spring ik haast de lucht in van schrik.

Natuurlijk is het Andrew maar.

'Gaat het?' vraagt hij.

Wat is hij toch geweldig. Na die ellendige scène is hij zo attent om te vragen hoe het met me gaat. 'Met mij is alles goed. En met jou?'

Hij zucht. 'Dat had beter gekund. Maar het moest gebeuren. Ik kon zo niet doorgaan. Ik hield niet meer van haar.'

Ik kijk weer de garage in. 'Redt ze het wel? Waar kan ze heen?'

Hij zwaait met zijn hand. 'Ze heeft een creditcard. Ze neemt gewoon een hotelkamer. Maak je maar geen zorgen om Nina.'

Maar dat doe ik wel. Ik maak me heel veel zorgen om Nina. Maar anders dan hij denkt.

Hij laat me los en drukt op de bedieningsknop van de garagedeur om hem te sluiten. Hij pakt mijn hand en wil me meetrekken. Maar ik blijf naar de garagedeur kijken totdat hij helemaal dicht is, want ik ben er zeker van dat Nina's auto op het laatste moment terug zal komen...

'Kom mee, Millie.' Andrews ogen glinsteren. 'Ik heb gewacht tot ik je voor mezelf had.'

Ondanks alles glimlach ik. 'O, ja?'
'Je hebt geen idee...'
Hij trekt me naar zich toe voor een kus, en terwijl ik tegen hem aan leun, klinkt er weer een donderslag. Ik verbeeld me dat ik Nina's auto nog kan horen in de verte. Maar dat is onmogelijk. Ze is weg.
Voorgoed.

34

De volgende ochtend word ik wakker in de logeerkamer. Andrew ligt naast me en slaapt nog.

Nadat Nina gisteravond was vertrokken, zijn we hier terechtgekomen. Ik wilde niet in zijn bed slapen, waar Nina de vorige nacht nog in had gelegen. En mijn bed boven is te smal voor twee personen. Dus was dit de oplossing.

Als we zo verder gaan, als het serieus wordt tussen ons, denk ik dat ik uiteindelijk wel in de grote slaapkamer zal moeten trekken. Maar nu nog niet. Het ruikt daar naar Nina. Haar geur zit overal in.

Andrews ogen gaan een klein stukje open, en een glimlach verspreidt zich over zijn gezicht als hij me naast zich ziet liggen. 'Hé, hallo,' zegt hij.

'Jij ook hallo.'

Met zijn vinger trekt hij een spoor langs mijn hals omlaag naar mijn schouder. Mijn hele lichaam tintelt ervan. 'Ik vind het heerlijk om naast jou wakker te worden in plaats van naast háár.'

Ik vind dit ook heerlijk. Ik hoop dat ik morgen weer naast hem wakker word. En de dag daarna. Nina waardeerde deze man niet, maar ik wel. Ze beschouwde haar leven als vanzelfsprekend.

Het is krankzinnig om te denken dat het nu mijn leven wordt.

Hij leunt naar me toe en drukt een kusje op mijn neus. 'Ik moet opstaan. Ik heb straks een vergadering.'

Moeizaam ga ik rechtop zitten. 'Ik zal ontbijt voor je klaarmaken.'

'Geen denken aan.' Hij stapt uit bed, waarbij het laken van zijn volmaakte lichaam valt. Hij is heel goed in vorm. Het kan niet anders of hij doet aan fitness. 'Jij bent elke dag sinds je hier bent vroeg opgestaan om ontbijt voor ons te maken. Vandaag slaap je uit en doe je waar je zin in hebt.'

'Meestal doe ik op maandag de was. Ik vind het niet erg om een lading te draaien en –'

'Nee.' Hij kijkt me vastbesloten aan. 'Luister, ik moet alles nog op een rijtje zetten, maar... ik vind je echt heel leuk. Ik wil ons een serieuze kans geven. En als we die kant op gaan, kun je niet voor me werken als hulp in de huishouding. Ik zoek wel iemand anders om schoon te maken, en jij kunt hier blijven tot je weet wat je wil gaan doen.'

Mijn wangen worden warm. 'Zo gemakkelijk is dat niet voor mij. Je weet dat ik een strafblad heb. De meesten mensen weigeren om iemand aan te nemen die –'

'Vandaar dat je hier kunt blijven zolang je wil.' Hij steekt zijn hand op om mijn protesten af te weren. 'Ik meen het. Ik vind het heerlijk om je hier te hebben. En wie weet, misschien ontwikkelt dit zich tot – nou ja – een vaste relatie.'

Hij lacht op die lieve, charmante manier van hem naar me, en ik word helemaal week. Nina moet wel krankzinnig zijn geweest om deze man los te laten.

Ik ben nog steeds bang dat ze hem terug zal willen.

Ik kijk toe terwijl Andrew zijn gespierde benen in zijn boxershort steekt, hoewel ik doe alsof ik niet kijk. Hij knipoogt naar me en gaat de kamer uit om te douchen. En dan ben ik helemaal alleen.

Geeuwend rek ik me uit in dit zalige tweepersoonsbed. Ik was dolblij toen ik het kampeerbed op zolder kreeg, maar dat is niet te vergelijken met dit. Ik had me niet eens gerealiseerd dat ik een stijve rug had, maar na één nacht op dit matras staan mijn spieren al minder strak. Ik zou hier zomaar aan kunnen wennen.

Mijn telefoon, die ik op het nachtkastje naast het bed had gelegd, rinkelt. Ik pak hem op en kijk fronsend naar het bericht op het scherm:

Onbekend nummer.

Ik krijg een raar gevoel in mijn maag. Wie belt er nu zo vroeg in de ochtend? Ik staar naar het scherm tot het gerinkel ophoudt.

Nou, ook weer opgelost.

Ik leg mijn telefoon terug op het nachtkastje en kruip weer lekker tussen de lakens. Niet alleen het matras is comfortabel. De lakens geven me het gevoel dat ik op een bed van zijde slaap. En de deken is warm, maar toch licht. Zoveel beter dan dat kriebelige geval waar ik boven onder lag. En dan dat afschuwelijke dunne dekentje waar ik het in de gevangenis mee moest doen. Mooi, duur beddengoed voelt heerlijk aan. Wie had dat gedacht?

Mijn ogen vallen weer dicht. Maar net voordat ik in slaap val, begint mijn telefoon weer te rinkelen.

Kreunend pak ik hem op. Weer datzelfde bericht:

Onbekend nummer.

Wie zou mij nou moeten bellen? Ik heb geen vrienden. Op de school van Cecelia hebben ze mijn nummer, maar het is zomervakantie, dus die is dicht. De enige die me ooit belt is…

Nina.

Nou, als zij het is… Ze is wel de laatste met wie ik op dit moment wil praten. Ik druk op het rode telefoontje om het gesprek te weigeren. Maar slapen is er nu niet meer bij, dus sta ik op en ga naar boven om te douchen.

Als ik beneden kom, is Andrew al in pak. Hij drinkt koffie uit een mok. Onzeker strijk ik over mijn spijkerbroek. Ik voel me buitengewoon sjofel gekleed vergeleken bij hem. Hij staat bij het raam naar de voortuin te kijken. Zijn mondhoeken hangen omlaag.

'Alles goed?' vraag ik.

Hij schrikt op bij het horen van mijn stem. Dan glimlacht hij. 'Ja, hoor. Het is alleen... Die verdomde tuinman is er weer. Wat doet die kerel hier in vredesnaam de hele tijd?'

Ik ga naast hem staan bij het raam. Enzo zit over een bloembed gebogen met een schoffel in zijn hand. 'In de tuin werken?'

Hij kijkt op zijn horloge. 'Het is acht uur 's ochtends. Hij is hier altijd. Hij werkt nog voor minstens tien anderen in de buurt. Waarom is hij altijd híér?'

Ik haal mijn schouders op, maar eigenlijk heeft hij wel een punt. Enzo is inderdaad heel vaak bij ons in de tuin. Onevenredig vaak, zelfs als je in aanmerking neemt dat onze tuin veel groter is dan de meeste andere.

Zo te zien heeft Andrew ergens een besluit over genomen. Hij zet zijn mok op de vensterbank. Ik wil hem pakken, want Nina krijgt een beroerte als ze een koffiekring ziet, maar dan bedwing ik mezelf. Nina zal me niet meer op mijn kop geven. Ik hoef haar niet eens meer te zien. Voortaan kan ik koffiemokken laten staan waar ik wil.

Andrew beent het gazon aan de voorkant op, een vastberaden uitdrukking op zijn gezicht. Uit nieuwsgierigheid ga ik hem achterna. Blijkbaar is hij van plan om iets tegen Enzo te zeggen.

Tot tweemaal toe schraapt hij zijn keel, maar het lukt niet om Enzo's aandacht te trekken. Ten slotte snauwt hij: 'Enzo!'

Heel langzaam tilt Enzo zijn hoofd op en kijkt over zijn schouder. 'Ja?'

'Ik wil met je praten.'

Enzo slaakt een diepe zucht en krabbelt overeind. Hij komt op zijn gemak naar ons toe, zo traag als menselijkerwijs maar mogelijk is. 'Eh? Wat u willen?'

'Luister,' Andrew is lang, maar Enzo is langer, dus moet Andrew zijn hoofd achteroverkantelen om hem aan te kunnen kijken.

'Bedankt voor al je hulp hier, maar we hebben je niet meer nodig. Pak alsjeblieft je spullen en ga naar je volgende klus.'

'Che cosa?' vraagt Enzo.

Andrews lippen vormen een rechte lijn. 'Ik zei: we hebben je niet nodig. Klaar. Over. Je kunt gaan.'

Enzo houdt zijn hoofd schuin. 'Ontslagen?'

Andrew haalt diep adem. 'Ja, ontslagen.'

Enzo denkt daar even over na. Ik zet een stap achteruit, me ervan bewust dat Enzo Andrew fysiek verreweg de baas is. Hoe sterk en gespierd Andrew ook is. Als het op vechten aan zou komen, weet ik wel wie er zou winnen. En niet eens kantje boord. Maar dan haalt Enzo simpelweg zijn schouders op.

'Oké,' zegt hij. 'Ik gaan.'

Het lijkt hem allemaal zo weinig te kunnen schelen dat ik me afvraag of Andrew het achteraf niet belachelijk vindt dat hij zo'n punt heeft gemaakt van het feit dat Enzo hier zo vaak is. Maar hij knikt, duidelijk opgelucht. '*Grazie*, ik waardeer wat je allemaal hebt gedaan de afgelopen paar jaar.'

Enzo staart hem alleen maar uitdrukkingsloos aan.

Andrew mompelt zachtjes iets en draait zich dan om om het huis weer in te gaan. Ik wil hem volgen, maar op het moment dat Andrew door de voordeur verdwijnt, houdt iets me tegen. Het duurt een seconde voordat ik doorheb dat Enzo me bij mijn arm heeft gepakt.

Ik draai me om en kijk hem aan. Zijn uitdrukking is totaal veranderd nu Andrew weer naar binnen is gegaan. Met zijn donkere ogen wijd opengesperd kijkt hij me strak aan. 'Millie,' fluistert hij, 'je moet hier weg. Je bent in groot gevaar.'

Mijn mond valt open van verbazing. Niet alleen om wat hij zei, maar vooral ook om hoe hij het zei. Sinds ik hier werk heeft hij het nooit voor elkaar gekregen om meer dan een paar woorden achter elkaar te zeggen in het Engels. En nu zegt hij twee hele zinnen. En dat niet alleen, het Italiaanse accent waardoor ik hem anders amper kon verstaan, is veel minder zwaar. Het is het accent van iemand die de Engelse taal heel goed beheerst.

'Geen zorgen,' zeg ik. 'Nina is weg.'

'Nee.' Hij schudt resoluut zijn hoofd, met zijn vingers nog steeds om mijn arm. 'Je vergist je. Zij is niet –'

Voordat hij nog iets kan zeggen, gaat de voordeur weer open. Enzo laat vlug mijn arm los en stapt achteruit.

'Millie?' Andrew steekt zijn hoofd om de deur. 'Alles in orde?'

'Ja, hoor,' weet ik uit te brengen.

'Kom je ook naar binnen?'

Ik wil hier blijven en Enzo vragen wat hij precies bedoelde met zijn onheilspellende waarschuwing, en wat hij me wilde vertellen. Maar ik moet terug naar binnen. Ik heb geen keus.

Voordat ik achter Andrew aan het huis in loop, kijk ik achterom naar Enzo, die druk bezig is met het verzamelen van zijn gereedschap. Hij kijkt niet eens meer op. Het lijkt bijna alsof ik me het hele voorval heb verbeeld. Maar als ik naar mijn arm kijk, zie ik de vuurrode afdrukken van zijn vingers.

35

Andrew had gezegd dat ik geen huishoudelijk werk moest doen, maar op maandag doe ik meestal boodschappen, en we hebben haast niets meer in huis. En nadat ik in een paar boeken heb zitten bladeren en een beetje tv heb gekeken, sta ik te popelen om mijn handen uit de mouwen te steken. In tegenstelling tot Nina ben ik graag bezig.

Ik heb de supermarkt waar die beveiliger me wilde aanhouden zorgvuldig vermeden. In plaats daarvan ga ik naar een winkel in een andere wijk. Ze zijn toch allemaal hetzelfde.

Het fijnste van alles is om met mijn winkelwagentje door de winkel te lopen zonder me aan Nina's stomme, pretentieuze boodschappenlijstje te hoeven houden. Ik kan kopen wat ik wil. Als ik briochebrood wil kopen, doe ik dat. En als ik zuurdesem wil, neem ik dat. Ik hoef haar niet langer honderd foto's te sturen van elke broodsoort. Dat is ontzettend bevrijdend.

Terwijl ik op de zuivelafdeling kijk wat ik nodig heb, gaat mijn telefoon. Opnieuw krijg ik dat verwarrende gevoel. Wie zou er mij nu moeten bellen?

Misschien is het Andrew.

Ik diep mijn telefoon op uit mijn tas. Weer is het dat onbekende nummer. Wie me ook mag hebben gebeld vanochtend, hij of zij probeert het nog eens.

'Millie, was het toch?'

Ik schrik me dood. Als ik opkijk, zie ik een van de vrouwen staan die bij Nina's PTA-bespreking waren een tijdje geleden. Haar naam weet ik niet meer. Ze loopt ook achter een winkelwagen en heeft een neplachje om haar opgespoten, gestifte lippen.

'Ja?' antwoord ik.

'Ik ben Patrice,' zegt ze. 'Jij bent Nina's hulpje, of niet?'

Ik zet mijn stekels op als ik hoor welk etiket ze me opplakt. *Nina's hulpje.* Wauw. Wacht maar tot ze erachter komt dat Andrew Nina heeft afgedankt en dat ze er dankzij de huwelijkse voorwaarden bekaaid af zal komen bij de scheiding. Wacht maar tot ze erachter komt dat ik Andrew Winchesters nieuwe vriendin ben. Binnenkort voelt ze zich misschien wel genoodzaakt om bij mij te komen slijmen.

'Ik werk voor de Winchesters,' zeg ik stijfjes. Maar niet lang meer.

'O, mooi.' Haar glimlach wordt breder. 'Ik probeer Nina al de hele ochtend te bereiken. We zouden samen gaan brunchen bij Kristen's Diner. Dat doen we elke maandag en donderdag, maar ze is niet komen opdagen. Is alles goed?'

'Ja,' lieg ik. 'Alles is prima.'

Patrice knijpt kort haar lippen op elkaar. 'Dan zal ze het wel vergeten zijn. Je weet vast wel dat Nina een beetje grillig kan zijn.'

O, ze is veel meer dan dat. Maar ik hou mijn mond.

Haar blik valt op de telefoon in mijn hand. 'Is dat de telefoon die Nina je heeft gegeven om zolang te gebruiken?'

'Eh… ja. Dat is deze.'

Lachend gooit ze haar hoofd in haar nek. 'Ik moet zeggen, het is aardig van je dat je het goedvindt dat ze je overal en altijd kan volgen.'

Ik haal mijn schouders op. 'Meestal appt ze me alleen maar. Zo erg is het niet.'

'Dat bedoel ik niet.' Ze knikt naar de telefoon. 'Ik heb het over de tracking-app die ze heeft geïnstalleerd. Word je er niet gek van dat ze de hele tijd wil weten waar je bent?'

Ik krijg een gevoel alsof ik een stomp in mijn maag heb gekregen. *Volgt Nina me via mijn telefoon?* Wat krijgen we nou, verdomme?

Wat ben ik toch dom! Natuurlijk, net iets voor haar om zoiets te doen. Het is volkomen logisch. Nu besef ik ook dat ze helemaal niet in mijn tas hoefde te kijken om dat programmaboekje te vinden, en dat ze geen reden had om de vaste telefoon te bellen op de avond van de musical. Ze wist precies waar ik was.

'O!' Patrice slaat haar hand voor haar mond. 'Het spijt me verschrikkelijk. Wist je niet dat...'

Het liefst zou ik haar een klap recht in die gebotoxte smoel van haar geven. Ik weet niet of ze wist dat ik er niet van op de hoogte was, maar het doet haar duidelijk plezier dat zij degene is die het me heeft verteld. Mijn nek wordt klam van het zweet. 'Neem me niet kwalijk,' zeg ik.

Ik dring me langs haar heen. Mijn winkelwagentje laat ik achter. Ik ren de winkel uit en pas buiten op de parkeerplaats krijg ik weer lucht. Ik zet mijn handen op mijn knieën en blijf voorovergebogen staan tot ik weer normaal kan ademen.

Als ik overeind kom, zie ik een auto snel van de parkeerplaats af rijden. Het is een witte Lexus.

Het zou heel goed Nina's auto kunnen zijn.

Dan gaat mijn telefoon weer.

Ik gris hem uit mijn tas. Opnieuw staat er: *onbekend nummer*. Best, als ze met me wil praten, gaat ze haar gang maar. Ze kan zeggen wat ze te zeggen heeft. Als ze me wil bedreigen en beweren dat ik haar huwelijk kapot heb gemaakt, moet ze dat vooral doen.

Ik druk op het groene telefoontje. 'Hallo? Nina?'

'Hallo!' zegt een stem vrolijk. 'Het is bij ons onder de aandacht gekomen dat de garantietermijn van uw voertuig kortgeleden verlopen is.'

Ik haal de telefoon van mijn oor en staar er ongelovig naar. Het was toch Nina niet. Het was zo'n stomme spambeller. Ik heb gewoon veel te heftig gereageerd op dit hele gedoe.

Toch kan ik het gevoel dat ik in gevaar ben, niet van me afzetten.

36

Andrew moet langer doorwerken vanavond.

Om kwart voor zeven stuurde hij me een berouwvol berichtje:

Probleem op het werk. Ik zit hier nog ten minste een uur vast. Eet maar zonder mij.

Ik appte terug:

Geen probleem. Wees voorzichtig onderweg.

Maar in werkelijkheid was ik heel erg teleurgesteld. Omdat ik zo had genoten van het etentje met Andrew in Manhattan, had ik mijn best gedaan om een gerecht uit dat Franse restaurant na te maken. Steak au poivre. Behalve de zwarte peperkorrels die ik in de supermarkt had gekocht, nadat ik genoeg moed had verzameld om daar weer naar binnen te gaan, had ik gehakte sjalotjes, cognac, rode wijn, runderbouillon en slagroom gebruikt. Het rook verrukkelijk, maar over een uur of twee zou het verpieterd zijn. Opgewarmde biefstuk smaakt lang niet zo lekker meer. Ik moest mijn overvloedige maaltijd wel alleen opeten. En nu ligt alles als een steen op mijn maag, terwijl ik van de ene tv-zender naar de andere zit te zappen.

Ik ben niet graag alleen in dit huis. Als Andrew er is, voelt het als zíjn huis, wat het ook is. Maar als hij weg is, ruikt het helemaal naar Nina. Haar parfum komt uit elke kier en elke spleet. Ze heeft haar territorium afgebakend met haar geur, als een dier.

Hoewel Andrew had gezegd dat ik niets hoefde te doen, heb ik na het boodschappen doen het hele huis een grondige beurt gegeven. Puur om die parfumlucht kwijt te raken. Toch ruik ik hem nog steeds.

Hoe afschuwelijk Patrice zich ook gedroeg in de supermarkt, ze heeft me een grote dienst bewezen. Nina volgde me inderdaad. De tracking-app zat verborgen in een willekeurige andere app, ergens waar ik hem nooit zou hebben gezien. Ik heb hem onmiddellijk verwijderd.

Maar nog steeds kan ik het gevoel dat ze me in de gaten houdt niet van me afzetten.

Ik doe mijn ogen dicht en denk aan Enzo's waarschuwing van vanochtend. *Je moet hier weg. Je bent in groot gevaar.* Hij was bang voor Nina. Dat had ik in zijn ogen gezien toen hij en ik stonden te praten en zij binnen gehoorsafstand kwam.

Je bent in groot gevaar.

Ik onderdruk een vlaag van misselijkheid. Ze is weg.

Maar misschien kan ze me nog steeds kwaad doen.

De zon is onder, en als ik naar buiten kijk, zie ik alleen mijn spiegelbeeld in de ruit. Ik sta op van de bank en loop met bonkend hart naar het raam. Ik druk mijn voorhoofd tegen het koele glas en tuur in het duister.

Staat daar een auto voor het hek geparkeerd?

Ik knijp mijn ogen tot spleetjes om te zien of ik het me niet alleen maar verbeeld. Ik zou natuurlijk naar buiten kunnen gaan om het van dichtbij te bekijken, alleen moet ik dan een buitendeur van het slot doen.

Maar Nina heeft natuurlijk nog een sleutel. Wat maakt het dan uit of de deur op slot zit of niet? Mijn gedachten worden onderbroken door het gerinkel van mijn telefoon op de salontafel. Ik haast me ernaartoe om het gesprek niet te missen, en frons wanneer ik weer *onbekend nummer* op het scherm zie staan. Ik schud mijn hoofd. Nog zo'n spamtelefoontje. Daar zit ik echt op te wachten nu!

Ik druk op het groene telefoontje om het gesprek aan te nemen en verwacht die rare opgenomen stem te horen. Maar in plaats daarvan zegt een vervormde, mechanische stem:

'Blijf uit de buurt bij Andrew Winchester!'

Ik haal diep adem. 'Nina?'

Ik kon niet horen of het een man of een vrouw was, laat staan of het Nina was. Dan klinkt er een klik aan de andere kant van de lijn. De beller heeft opgehangen.

Ik slik. Ik heb genoeg van Nina's spelletjes. Vanaf morgen neem ik dit huis over. Ik ga een slotenmaker bellen om de sloten op de deuren te vervangen. En vannacht slaap ik in de grote slaapkamer. Afgelopen met die logeerkamerflauwekul. Ik ben geen logé meer hier.

Andrew zei dat hij wilde dat we een vaste relatie zouden krijgen, dan is dit nu ook mijn thuis.

Ik ga naar de trap en ren met twee treden tegelijk naar boven. Ik blijf rennen tot ik bij het bedompte kamertje op zolder ben, mijn slaapkamer. Maar na vanavond niet meer. Ik ga alles inpakken en naar beneden verhuizen. Dit is de laatste keer dat ik hier ben, in dit claustrofobische hok met dat rare slot aan de buitenkant van de deur.

Ik pak een van mijn weekendtassen uit de kast en gooi ze vol kleren. Aangezien ik alles toch maar één trap af hoef te dragen, neem ik niet de moeite het al te zorgvuldig te doen. Natuurlijk moet ik Andrew wel om toestemming vragen voordat ik beneden een la uitruim. Maar hij kan niet van me verwachten dat ik hierboven blijf wonen. Het is onmenselijk. Het lijkt wel een soort martelkamer dit.

'Millie? Wat ben je aan het doen?'

Ik krijg haast een hartaanval als ik opeens een stem achter me hoor. Met mijn hand tegen mijn borst gedrukt draai ik me om. 'Andrew. Ik heb je niet horen binnenkomen.'

Zijn blik vliegt langs mijn bagage. 'Wat ben je aan het doen?'

Ik prop de paar beha's die ik in mijn hand heb in de tas. 'Nou, ik dacht dat ik wel naar beneden kon verhuizen.'

'O.'

'Is... is dat oké?' Plotseling word ik onzeker. Ik was ervan uitgegaan dat Andrew het prima zou vinden, maar misschien had ik dat niet zomaar moeten aannemen.

Hij zet een stap in mijn richting. Ik bijt op mijn onderlip tot het pijn doet. 'Natuurlijk is dat oké. Ik wilde het zelf al voorstellen, maar ik wist niet zeker of je het wel wilde.'

Mijn schouders gaan omlaag. 'Ik wil het heel graag... Ik... ik heb niet zo'n fijne dag gehad.'

'Wat heb je dan gedaan? Ik zag een paar van mijn boeken op de salontafel liggen. Heb je zitten lezen?'

Ik wilde dat dat het enige was wat ik had gedaan vandaag. 'Ik wil het er niet over hebben, eigenlijk.'

Hij komt nog een stap dichterbij en steekt zijn hand uit om mijn kaaklijn te strelen met zijn vingertop. 'Misschien kan ik ervoor zorgen dat je alles vergeet...'

Ik huiver onder zijn aanraking. 'Ik denk dat je dat wel zou kunnen...'

En dat doet hij.

37

Vergeleken met het geweldige matras in de logeerkamer, is mijn bed op zolder ongelofelijk oncomfortabel. Toch val ik, nadat Andrew en ik daar seks hebben gehad, heel snel in slaap. Hij heeft zijn armen stevig om me heen geslagen. Ik had nooit gedacht dat ik ooit met iemand naar bed zou gaan in deze kamer. Vooral omdat Nina zulke strikte regels voor me had ingesteld wat bezoek betrof.

Die regels hebben voor haar niet al te goed uitgepakt.

Rond drie uur 's nachts word ik weer wakker. Het eerste waarvan ik me onaangenaam bewust word, is mijn volle blaas. Ik moet nodig naar de wc. Gewoonlijk ga ik vlak voordat ik ga slapen, maar Andrew had me uitgeput, en ik ben in slaap gevallen voordat ik er de energie voor kon opbrengen.

En dat is het volgende wat ik voel. Leegte. Andrew ligt niet meer bij me in bed.

Ik vermoed dat hij, nadat ik in slaap was gevallen, naar zijn eigen bed is gegaan. Ik kan het hem niet kwalijk nemen. Het mijne is amper groot genoeg voor één persoon, laat staan twee, en het is ontzettend benauwd in de kamer. Misschien heeft hij geprobeerd het vol te houden, maar is hij na een tijd te hebben liggen woelen en draaien naar beneden verhuisd. Andrew is meer dan tien jaar ouder dan ik, en mijn rug begint al haast op te spelen na een nacht op dit matras. Logisch dus dat hij is vertrokken.

Ik ben ontzettend blij dat dit mijn laatste nacht is hier. Als ik naar de wc ben geweest, kruip ik misschien wel bij Andrew in bed.

Ik sta op. De vloerplanken kraken onder mijn gewicht. Ik loop naar de deur en draai de knop om. Zoals gewoonlijk klemt hij, dus zet ik meer kracht.

Hij geeft nog steeds niet mee.

Ik voel paniek opkomen. Met mijn hele lichaam duw ik tegen de deur, waarbij ik de krassen in het hout in mijn schouder voel drukken. Tegelijkertijd vouw ik mijn hand stevig om de knop. Opnieuw probeer ik hem met de klok mee om te draaien, maar hij geeft niet mee. Nog geen millimeter. Op dat moment besef ik wat er aan de hand is.

De deur klemt niet.

Hij zit op slot.

DEEL II

38

NINA

Als iemand me een paar maanden geleden zou hebben gezegd dat ik vanavond in een hotelkamer zou zijn, terwijl Andy in míjn huis is met een andere vrouw – de hulp – zou ik hem niet hebben geloofd.

Toch lig ik hier, gehuld in een badjas die ik in de hangkast heb gevonden, languit op het queensize hotelbed. De tv staat aan, maar daar heb ik amper erg in. Ik heb mijn telefoon gepakt en open de app die ik de afgelopen paar maanden heb gebruikt. *Vind mijn vrienden*. Ik wacht tot ik de locatie doorkrijg van Wilhelmina 'Millie' Calloway.

Maar onder haar naam staat: locatie niet gevonden. Dat krijg ik sinds vanmiddag steeds te zien.

Ze moet hebben ontdekt dat ik haar volgde en de app hebben uitgeschakeld. Slimme meid.

Alleen niet slim genoeg.

Ik pak mijn tas van het nachtkastje en zoek net zolang tot ik de enige papieren foto van Andy vind die ik heb. Hij is van een paar jaar geleden, een afdruk van de professionele foto die hij had laten maken voor de bedrijfswebsite. Ik staar naar zijn donkerbruine ogen op het glanzende stukje papier, zijn perfect zittende kastanjebruine haar, het net zichtbare kuiltje in zijn krachtige kin. Andy is de knapste man die ik ooit in het echt heb gezien. De allereerste keer dat ik hem ontmoette, werd ik al haast verliefd op hem.

Dan vind ik nog een ander voorwerp in mijn tas. Dat stop ik in de zak van mijn badjas.

Ik laat me van het grote bed af glijden, en mijn voeten zinken weg in het weelderige tapijt van de hotelkamer. Deze kamer is een flinke aanslag op Andy's creditcard, maar dat geeft niet. Ik blijf hier niet lang.

In de badkamer hou ik de foto met Andy's glimlachende gezicht omhoog. Dan haal ik het voorwerp uit mijn tas weer uit de zak van mijn badjas.

Een aansteker.

Ik druk op de knop tot er een gele vlam omhoogschiet en hou de rand van de foto erbij tot hij vlam vat. Het knappe gezicht van mijn echtgenoot wordt bruin en vergaat, tot de wastafel ten slotte onder de as zit.

Ik glimlach. Mijn eerste echte glimlach in bijna acht jaar.

Niet te geloven dat ik eindelijk van die klootzak af ben.

***

Hoe je van je sadistische, kwaadaardige echtgenoot afkomt – handleiding door Nina Winchester.

Stap één: word dronken en laat je zwanger maken tijdens een onenightstand, ga van school af, en neem een flutbaantje om in je onderhoud te voorzien

Mijn baas, Andrew Winchester, is een droom van een man.

Hij is niet echt mijn baas. Eigenlijk is hij de baas van de baas van mijn baas. Of misschien zitten er nog wel een paar lagen tussen hem, de president-directeur van dit bedrijf sinds zijn vader met pensioen is gegaan, en mij, een receptioniste.

Dus als ik achter mijn bureau zit voor het kantoor van mijn werkelijke baas en Andrew Winchester vanuit de verte bewonder, is wat ik voel geen echte verliefdheid op een man van vlees en bloed. Het is meer het soort bewondering dat je hebt voor een beroemde acteur bij een filmpremière, of misschien zelfs voor een schilderij in het museum voor beeldende kunsten. Vooral omdat er geen ruimte is in mijn leven voor afspraakjes, laat staan voor een vaste vriend.

Hij is gewoon zo waanzinnig knap. Al dat geld en ook nog woest aantrekkelijk. Dat bewijst maar weer eens hoe oneerlijk het leven is, zou je kunnen zeggen, ware het niet dat de man ontzettend aardig is.

Zoals daarnet, vlak voordat hij naar binnen ging om mijn baas te spreken. Stewart Lynch, zo heet hij, is minstens twintig jaar ouder dan hij en heeft er duidelijk moeite mee om orders aan te nemen van iemand die hij aanduidt als 'die jongen'. Hij bleef voor mijn bureau staan, glimlachte naar me en noemde me bij mijn voornaam. Hij zei: 'Hallo, Nina. Hoe is het met je vandaag?'

Natuurlijk weet hij niet uit zijn hoofd hoe ik heet. Hij heeft gewoon het naambordje op mijn bureau gelezen. Maar toch. Het was aardig dat hij die moeite nam. Mijn doodgewone naam van vier letters klonk leuk uit zijn mond, vond ik.

Andrew en Stewart zitten nu al een halfuur in Stewarts kantoor te praten. Stewart heeft me voor de bespreking gezegd dat ik niet weg mag gaan zolang Mr Winchester er is, want het zou kunnen dat ik nog gegevens moet opzoeken op de computer. Ik weet niet precies wat Stewart doet, want ik doe al het werk. Maar dat vind ik best. Het kan me niet schelen zolang ik elke maand mijn salaris krijg en verzekerd ben tegen ziektekosten. Cecelia en ik moeten ergens wonen, en volgens de kinderarts moet ze volgende maand een paar prikken krijgen (tegen ziektes die ze niet eens heeft).

Wat ik wel erg vind, is dat Stewart me niet van tevoren heeft gewaarschuwd dat ik hier zou moeten wachten. Het is hoog tijd om te kolven. Mijn borsten zijn pijnlijk gespannen van de melk. De sluiting van mijn goedkope voedingsbeha staat onder druk. Ik doe mijn best om niet aan Cece te denken, want als ik dat doe, stroomt de melk zo goed als zeker uit mijn tepels. En dat wil je niet als je achter je bureau zit.

Cece is op dit moment bij mijn buurvrouw Elena. Elena is net als ik een alleenstaande moeder, en we passen afwisselend op elkaars baby. Ik heb normale werktijden en zij draait avonddiensten in een bar. Dus ik heb Teddy wanneer zij werkt, en zij heeft Cece wanneer ik werk. We redden het, amper.

Als ik op kantoor ben, mis ik Cece. Ik denk de hele tijd aan haar. Ik heb er altijd van gedroomd dat ik, als ik een baby kreeg, ten minste de eerste zes maanden thuis zou kunnen blijven. In plaats daarvan heb ik de twee weken verlof waar ik recht op had, opgenomen. Daarna ben ik meteen weer aan het werk gegaan, ook al deed lopen toen nog een beetje pijn. Ik had twaalf weken vrij kunnen krijgen, maar tien daarvan waren onbetaald. Wie kan er zich nu tien weken onbetaald verlof veroorloven? Ik niet in elk geval.

Elena heeft af en toe een hekel aan haar zoon om wat ze allemaal voor hem heeft moeten opgeven. Toen ik erachter kwam dat ik zwanger was, had ik net mijn bachelor Engels gehaald, deed ik op mijn gemak een masterstudie en leefde ik in relatieve armoede. Op het moment dat ik die twee blauwe lijntjes op de zwangerschapstest zag, besefte ik dat ik als student met nog een paar jaar voor de boeg, niet behalve mezelf ook nog een kind zou kunnen onderhouden. De volgende dag stopte ik met mijn studie en ging op zoek naar werk. Ik liep me de benen uit het lijf.

Dit is niet mijn droombaan. Bij lange na niet. Maar het salaris is goed, de secundaire arbeidsvoorwaarden zijn uitstekend, ik werk op vaste tijden en hoef geen al te lange dagen te maken. Bovendien hebben ze me verteld dat ik door kan groeien. Op den duur.

Maar nu moet ik de komende twintig minuten zien door te komen zonder dat mijn borsten gaan lekken. Ik sta bijna op het punt om naar het toilet te rennen met mijn rugzakje met kolfapparaat en zuigflesjes, als Stewarts stem krakend uit de intercom komt.

'Nina,' blaft hij, 'kun je me de gegevens van Grady brengen?'

'Ja, sir, komt eraan!'

Ik tik het een en ander in op mijn computer en haal de bestanden op die hij wil hebben. Daarna klik ik op printen. Het zijn ongeveer vijftig pagina's gegevens, en ik zit met mijn voeten op de vloer te tikken terwijl de printer pagina na pagina uitspuwt. Als de laatste pagina geprint is, ruk ik de vellen papier uit het apparaat en ren naar het kantoor.

Ik duw de deur op een kier open. 'Mr Lynch?'

'Kom binnen, Nina.'

Ik stap het kantoor in. Meteen zie ik de twee mannen naar me staren. En niet op de bewonderende manier waaraan ik gewend was toen ik nog uitging, voordat ik zwanger raakte en mijn hele leven op zijn kop werd gezet. Ze kijken naar me alsof ik zonder het te weten een reusachtige spin in mijn haar heb hangen. Ik wil net vragen waar ze in vredesnaam naar zitten te staren, als ik omlaagkijk en het zelf al zie.

Ik heb gelekt.

En niet zo'n beetje ook. Ik heb melk naar buiten gespoten als een hoogst productieve melkkoe. Rondom mijn tepels zitten enorme kringen, en een paar druppels melk rollen over mijn bloes omlaag. Ik wil onder een bureau kruipen en doodgaan.

'Nina!' schreeuwt Stewart. 'Ga je opknappen!'

'Ja,' zeg ik vlug. 'Het... het spijt me ontzettend. Ik...'

Ik laat de papieren op Stewarts bureau vallen en haast me zo vlug als ik kan het kantoor uit. Knipperend tegen de tranen pak ik mijn jas om mijn bloes te verbergen. Ik weet niet eens wat ik het ergst vind. Dat de baas van de baas van mijn baas me melk heeft zien produceren of dat ik zoveel melk heb verspild.

Ik ga met het kolfapparaat naar het toilet, steek de stekker in het stopcontact en verlicht de druk in mijn borsten. Ondanks al mijn schaamte voelt het heerlijk om van die melk verlost te worden. Misschien wel beter dan seks. Niet dat ik nog weet hoe seks voelt. De laatste keer was die oliedomme onenightstand waardoor ik in deze situatie terecht ben gekomen. Ik vul twee flesjes van anderhalve deciliter en stop ze samen met een koelelement in mijn rugzak. Straks zet ik ze in de koelkast om ze te bewaren tot ik naar huis ga. Nu moet ik terug naar mijn bureau. Ik zal de rest van de middag mijn jas aan moeten houden, want ik heb pas ontdekt dat je melkvlekken blijft zien, ook al zijn ze opgedroogd.

Als ik de deur van het toilet opendoe, schrik ik. Daar staat iemand. En niet zomaar iemand. Het is Andrew Winchester. De baas van de baas van mijn baas. Hij heeft zijn vuist in de lucht, klaar om aan te kloppen. Als hij mij ziet, schrikt hij.

'Eh... hallo?' zeg ik. 'Het herentoilet is, eh... daar.'

Nog terwijl ik het zeg, voel ik me dom. Ik bedoel, dit is zíjn bedrijf. Bovendien staat er een afbeelding van een vrouw in een jurk op de deur. Hij weet ongetwijfeld dat dit het damestoilet is.

'Eigenlijk,' zegt hij, 'was ik op zoek naar jou.'

'Naar mij?'

Hij knikt. 'Ik kom even kijken hoe het met je is.'

'Ja hoor, niks aan de hand.' Ik probeer te glimlachen om te verbergen hoe vernederd ik me nog steeds voel. 'Het is maar melk.'

'Dat weet ik, maar...' Hij fronst. 'Stewart was erg lomp tegen je. Dat was onacceptabel.'

'Ja, nou...' Ik kom in de verleiding om hem een hele serie voorbeelden te geven van Stewarts lompe gedrag tegenover mij. Maar het lijkt me geen goed idee om af te geven op mijn baas. 'Het geeft niet. In elk geval, ik wilde net gaan lunchen, dus...'

'Ik ook.' Hij trekt zijn wenkbrauwen op. 'Zin om met me mee te gaan?'

Natuurlijk zeg ik ja. Al was hij niet de baas van de baas van mijn baas, dan zou ik nog ja hebben gezegd. Om te beginnen is hij adembenemend knap. Ik ben dol op zijn lach... die rimpeltjes om zijn ooghoeken en dat kuiltje in zijn kin. Maar dit is geen date. Hij voelt zich gewoon schuldig om wat er daarstraks in Stewarts kantoor is gebeurd. Waarschijnlijk heeft iemand van hr hem gezegd dit te doen om de boel glad te strijken.

Ik volg Andrew Winchester de trap af naar de hal van zijn eigen gebouw. Ik neem aan dat hij me mee zal nemen naar een van de vele chique restaurants in de buurt, dus ben ik stomverbaasd als hij naar de hotdogkar vlak voor de ingang loopt en in de rij gaat staan.

'De beste hotdogs van de stad.' Hij knipoogt naar me. 'Wat wil jij erop?'

'Eh... mosterd, denk ik?'

Als we aan de beurt zijn, bestelt hij twee hotdogs, allebei met mosterd, en twee flesjes water. Hij geeft me een hotdog en een flesje water aan, en neemt me mee naar een herenhuis verderop. Hij gaat op het stoepje zitten, en ik volg zijn voorbeeld. Het is haast komisch. Deze goed uitziende man op het stoepje van een herenhuis in zijn dure pak met een hotdog met mosterd in zijn hand.

'Dank u voor de hotdog, Mr Winchester,' zeg ik.

'Andy,' corrigeert hij me.

'Andy,' herhaal ik. Ik neem een hap van mijn hotdog. Hij is best lekker. Maar de beste van de stad? Ik weet het niet. Ik bedoel, het is brood en twijfelachtig vlees.

'Hoe oud is je baby,' vraagt hij.

Ik krijg een kleur van genoegen, zoals altijd als iemand me naar mijn dochter vraagt. 'Vijf maanden.'

'Hoe heet ze?'

'Cecelia.'

'Dat is mooi.' Hij grijnst. 'Net als het liedje.'

Nu kan hij helemaal niet meer stuk. Ik heb haar genoemd naar dat liedje van Simon en Garfunkel, hoewel de spelling anders is. Het was het lievelingsliedje van mijn ouders. Het was hún liedje voordat ze van me afgenomen werden toen hun vliegtuig crashte. Door hen op die manier te eren voelde ik me weer dicht bij hen.

We zitten daar zo'n twintig minuten te eten en te praten. Het verbaast me dat Andrew Winchester zo normaal is. Ik vind het geweldig hoe hij naar me glimlacht en zoals hij naar mijn leven vraagt, alsof het hem echt interesseert. Het verbaast me niets dat het bedrijf het onder zijn leiding zo geweldig doet; hij kan ontzettend goed met mensen omgaan. Wat hr hem ook heeft geadviseerd, hij heeft het er uitstekend vanaf gebracht. Ik ben niet meer van streek door dat incident in Stewarts kantoor.

'Ik kan beter teruggaan,' zeg ik, als ik op mijn horloge zie dat het halfeen is. 'Stewart doet me wat als ik te laat ben.'

Ik wijs hem niet op het feit dat Stewart voor hém werkt.

Hij staat op en veegt de kruimels van zijn handen. 'Ik heb het gevoel dat dit niet het soort lunch was dat je van me verwachtte, hotdogs bedoel ik.'

'Het was prima.' En dat was het ook. Ik vond het heel leuk om een hotdog te eten met Andy.

'Ik wil het graag goedmaken.' Hij kijkt me recht aan. 'Ga met me mee uit eten vanavond.'

Ik ben met stomheid geslagen. Andrew Winchester kan elke vrouw krijgen die hij wil. Zonder twijfel. Waarom zou hij míj dan mee uit eten willen nemen? Maar hij vroeg het.

Ik wil ontzettend graag gaan. Het doet dan ook pijn om hem af te moeten wijzen. 'Ik kan niet. Ik heb geen oppas.'

'Mijn moeder is morgenmiddag toch in de stad,' zegt hij. 'Ze is dol op baby's. Ze zal het geweldig vinden om op Cecelia te passen voor je.'

Nu ben ik ronduit verbijsterd. Hij heeft me niet alleen mee uit eten gevraagd, maar hij kwam ook meteen met een oplossing voor mijn probleem. Een oplossing waarbij zijn móéder betrokken is.

Hoe kan ik dan nee zeggen?

39

Stap twee: trouw heel naïef met een sadistische, in- en inslechte man

Andy en ik zijn nu drie maanden getrouwd, en soms moet ik me in mijn arm knijpen om zeker te weten dat ik niet droom.

Het ging allemaal heel snel tussen ons. Voordat ik Andy ontmoette, speelden alle mannen met wie ik uitging alleen maar spelletjes. Andy niet. Vanaf de avond van onze magische eerste date, maakte hij duidelijk wat zijn bedoelingen waren. Hij wilde een serieuze relatie. Hij was verloofd geweest, een jaar daarvoor, met een vrouw die Kathleen heette, maar dat was op niets uitgelopen. Hij was er klaar voor om te trouwen. En hij was bereid om ook voor Cecelia te zorgen.

Van mijn kant bekeken, was hij de ideale man. Ik wilde een veilig thuis voor mijn dochter en mij. Ik wilde een man met een vaste baan. Een vaderfiguur voor mijn kleine meisje. Iemand met een goed karakter en verantwoordelijkheidsgevoel en… nou ja, met een aantrekkelijk uiterlijk. Andy voldeed aan al die criteria.

Tijdens de dagen voorafgaand aan onze bruiloft, bleef ik zoeken naar tekortkomingen. Niemand kon zo perfect zijn, dat was simpelweg onmogelijk. Het kon niet anders of hij was gokverslaafd, of misschien had hij wel in het geheim een gezin, ergens in Utah of zo. Ik overwoog zelfs om Kathleen te bellen, zijn vroegere verloofde. Hij had me foto's van haar laten zien. Ze had blond haar, net als ik, en een lief gezicht. Maar ik wist haar achternaam niet, en het lukte me niet haar op te sporen op social media. In elk geval maakte ze hem niet zwart op internet. Dat vatte ik op als een goed teken.

Het enige wat niet ideaal is aan Andy, is… nou ja, zijn moeder. Evelyn Winchester laat zich iets vaker zien dan ik prettig vind. En ze is ook niet echt een warm persoon. Hoewel Andy me ervan heeft verzekerd dat ze *dol is op baby's* en het *geweldig* vindt om op Cece te passen, lijkt ze altijd een beetje geïrriteerd als we haar vragen om te babysitten. En de avond wordt steevast besloten met zogenaamde *suggesties*, die in feite niets anders zijn dan kritiek op mijn manier van opvoeden.

Maar ik ben met Andy getrouwd, niet met zijn moeder. Niemand mag zijn of haar schoonmoeder, toch? Ik kan Evelyn wel aan, vooral omdat ze over het algemeen niet erg in me geïnteresseerd is, alleen in mijn gebrek aan opvoedingsvaardigheden. Als dat Andy's enige minpuntje is, mag ik in mijn handen knijpen.

Na drie maanden huwelijk ben ik nog steeds niet helemaal van mijn roze wolk af. Onvoorstelbaar dat ik me financieel kan veroorloven om thuis te blijven met mijn meisje. Op den duur wil ik mijn master wel afmaken, maar nu wil ik met volle teugen genieten van elke minuut met mijn gezin. Cece en Andy. Hoe is het mogelijk dat één vrouw zoveel geluk heeft.

En in ruil voor alles probeer ik de ideale echtgenote te zijn. In mijn weinige vrije tijd train ik in de sportschool om goed in vorm te blijven. Ik heb een garderobe aangeschaft die louter bestaat uit volkomen onpraktische witte kleding, omdat hij me zo mooi vindt in het wit. Ik heb online recepten bestudeerd en probeer zo vaak mogelijk voor hem te koken. Ik wil het fantastische leven dat hij me heeft gegeven waard zijn.

Nadat ik Cecelia vanavond een kusje op haar zachte babywangetje heb gegeven, blijf ik nog even naar haar staan kijken en neem ik haar diepe ademhaling en de geur van babypoeder in me op. Ik stop een lok van haar zachte blonde haar achter een haast doorschijnend oortje. Wat is ze toch mooi. Ik hou zoveel van haar dat ik haar soms wel zou kunnen opeten.

Als ik haar slaapkamer uit kom, staat Andy op de gang op me te wachten. Hij lacht naar me. Zijn donkere haar zit onberispelijk. Hij is in elk opzicht even adembenemend als op de dag dat ik hem voor het eerst ontmoette. Ik snap nog steeds niet waarom hij mij heeft gekozen. Hij had elke vrouw kunnen krijgen die hij wilde. Waarom uitgerekend mij?

Maar misschien moet ik me dat niet afvragen en gewoon gelukkig zijn.

'Hé,' zegt hij. Net als ik zelf net bij Cecelia deed, stopt hij een lok van mijn blonde haar achter mijn oor. 'Ik zie een beetje uitgroei.'

'O.' Verlegen breng ik mijn hand naar mijn haargrens. Andy houdt erg van blond, dus ben ik na onze verloving naar de kapper gegaan om mijn haar een lichtere, meer goudblonde tint te laten verven. Sindsdien laat ik die geregeld bijwerken. 'Jeetje, ik heb het denk ik zo druk gehad met Cece dat ik mijn afspraak ben vergeten.'

Ik kan niet aan zijn gezicht zien wat hij precies denkt. Hij glimlacht nog steeds, maar er is iets vreemds aan die lach. Het zal hem toch niet zo verschrikkelijk dwarszitten dat ik een keer niet naar de kapper ben gegaan, of wel?

'Luister,' zegt hij. 'Ik heb eerst je hulp ergens bij nodig.'

Ik trek mijn wenkbrauwen op, blij dat hij zich schijnbaar niet al te druk maakt om mijn haar. 'Tuurlijk. Waarbij?'

Hij kijkt omhoog naar het plafond. 'Er liggen wat papieren van mijn werk in de opslagruimte op zolder. Die heb ik daar ooit opgeborgen. Zou jij me willen helpen ze te vinden? Ik heb ze nodig voor een contract dat ik vanavond moet afmaken. Dan kunnen we daarna...' Hij grijnst naar me. 'Je weet wel.'

Dat hoeft hij me geen twee keer te zeggen.

Ik woon nu al ongeveer vier maanden in dit huis, maar ik ben nog nooit in die opslagruimte geweest. Eén keer ben ik ernaartoe gegaan toen Cece lag te slapen, maar de deur zat op slot, dus heb ik me maar weer omgedraaid.

Eerlijk gezegd ga ik daar ook niet zo graag heen. Ik heb geen rare fobieën voor zolders of zo, maar ik vind die trap een beetje eng. Het trappenhuis is donker en de treden kraken bij elke stap. Onderweg naar boven blijf ik vlak achter Andy lopen.

Op zolder gaat hij me voor naar de afgesloten deur aan het eind van het smalle gangetje. Hij haalt zijn sleutelbos uit zijn zak en steekt een van de kleinere sleutels in het slot. Dan gooit hij de deur open en trekt aan een koord om het licht aan te doen.

Ik knipper met mijn ogen, en zodra ze gewend zijn aan het licht kijk ik om me heen. Dit is geen bergkast zoals ik me had voorgesteld. Het lijkt meer een kamertje. In een hoek staat een kampeerbed. Er staan zelfs een ladekastje en een minikoelkastje. In de muur tegenover de deur is een klein raam.

'O.' Ik krab aan mijn kin. 'Dit is een kámer. Ik dacht dat er alleen maar troep en papieren zouden liggen die je wil bewaren.'

'Nou, ik sla alles op in die kast daar,' legt hij uit, wijzend naar de inbouwkast bij het bed.

Ik loop ernaartoe en gluur naar binnen. Er staat niets anders in dan een blauwe emmer. Er liggen helemaal geen papieren, dus lijkt het me wat overdreven om met z'n tweeën ergens naar te zoeken. Ik begrijp niet goed wat hij wil dat ik doe.

Dan hoor ik een deur dichtslaan.

Ik kijk op en draai me om. Plotseling ben ik helemaal alleen in dit piepkleine kamertje. Andy is weggegaan en heeft de deur achter zich gesloten.

'Andy?' roep ik.

In twee stappen been ik de kamer door en pak de deurknop vast. Ik krijg hem niet omgedraaid. Ik probeer het nog eens, zet mijn gewicht erachter, maar nog altijd lukt het niet. Hij geeft geen millimeter mee.

De deur zit op slot.

'Andy?' roep ik weer. Geen reactie. 'Andy!'

Wat ís dit verdomme?

Misschien is hij naar beneden gegaan om iets te halen en is de deur dichtgewaaid door de tocht. Maar dat verklaart niet waarom er helemaal geen papieren zijn in deze kamer, terwijl hij zei dat we naar boven gingen om die te halen.

Met mijn vuisten bonk ik op de deur. 'Andy!'

Nog steeds geen reactie.

Ik druk mijn oor tegen het hout. Ik hoor voetstappen, maar die komen niet dichterbij. Ze gaan juist verder weg en verdwijnen over de trap naar beneden.

Hij heeft me niet gehoord. Dat is de enige verklaring. Ik klop op mijn zakken, maar mijn telefoon ligt in de slaapkamer. Ik kan hem dus ook niet bellen.

Shit.

Mijn blik valt op het raam. Er is maar één klein raampje, in de hoek van de kamer. Ik ga ernaartoe en zie dat het uitkijkt op de achtertuin. Weinig kans dus dat ik de aandacht zal kunnen trekken van iemand buiten. Ik zit hier vast tot Andy terugkomt.

Ik heb niet echt last van claustrofobie, maar deze kamer is wel erg klein en heeft een laag plafond dat schuin afloopt boven het bed. Bij het idee dat ik hier opgesloten zit, raak ik in paniek. Ja, Andy komt natuurlijk gauw terug, maar ik vind het niet fijn om in deze krappe ruime te zitten. Mijn ademhaling versnelt en mijn vingertoppen tintelen.

Ik moet dat raam open zien te krijgen.

Ik trek aan de onderkant van het raam, maar krijg er geen beweging in. Het gaat nog geen millimeter open. Even denk ik dat het misschien zijwaarts opengaat, maar dat is niet zo. Wat is er verdomme mis met dat stomme raam? Ik haal diep adem om te proberen rustig te worden. Ik kijk nog eens goed en...

Het zit dichtgeplamuurd met verf.

Zodra Andy weer boven is, krijgt hij ervanlangs. Volgens mij ben ik een vrij gelijkmatig iemand, maar ik vind het níét leuk om hier opgesloten te zitten. We moeten iets doen aan die deur, zodat hij niet meer automatisch in het slot kan vallen. Stel dat we allebei hierbinnen waren geweest, dan hadden we geen kant op gekund.

Ik bonk weer op de deur. 'Andy!' schreeuw ik zo hard ik kan. 'Andy!'

Na een kwartier is mijn stem schor geschreeuwd. Waarom is hij nog niet terug? Zelfs als hij me niet kan horen, moet hij toch beseffen dat ik nog op zolder ben. Wat zou ik hier in hemelsnaam moeten in mijn eentje? Ik weet niet eens wat voor papieren hij nodig heeft.

Zou hij onderweg naar beneden zijn gestruikeld en gevallen, en ligt hij nu bewusteloos in een plas bloed onderaan de trap? Dat is de enige logische verklaring die ik kan bedenken.

Een halfuur later scheelt het niet veel of ik word gek. Mijn keel doet pijn en mijn vuisten zijn rood van het bonken op de deur. Ik kan wel huilen. Waar is Andy? Wat is hier aan de hand?

Net als ik denk dat ik nu echt mijn verstand verlies, hoor ik een stem aan de andere kant van de deur. 'Nina?'

'Andy!' roep ik. 'Goddank! Ik zit hier opgesloten. Heb je me niet horen schreeuwen?'

Een tijdlang blijft het stil aan de andere kant. 'Jawel,' antwoordt hij dan.

Ik weet niet wat ik daarop moet zeggen. Als hij me heeft gehoord, waarom heeft hij me er dan niet uit gelaten? Maar daar kan ik nu niet bij stilstaan. Ik wil gewoon deze kamer uit. 'Wil je de deur alsjeblieft opendoen?'

Weer een lange stilte. 'Nee. Nog niet.'

Wat?

'Ik snap het niet,' breng ik uit. 'Waarom kun je me er niet uit laten? Ben je de sleutel kwijt?'

'Nee.'

'Laat me er dan uit!'

'Nóg niét, zei ik.'

Ik krimp ineen bij de scherpe klank van die woorden. Ik begrijp er niets van. Wat gebeurt hier? Waarom wil hij me er niet uit laten?

Ik staar naar de deur tussen ons. Opnieuw probeer ik de deurknop om te draaien, in de hoop dat dit misschien een grap is of zo. Hij geeft nog steeds niet mee.

'Andy, je moet me er echt uit laten.'

'Vertel me niet wat ik moet doen in mijn eigen huis.' Zijn stem klinkt zo vreemd dat ik hem amper herken. 'Je moet eerst je lesje leren voordat je eruit mag.'

Een kil, misselijkmakend gevoel trekt langs mijn ruggengraat. Toen Andy en ik verloofd waren, leek hij zo'n ideale man. Hij was lief, romantisch, knap, rijk, en zorgzaam voor Cecelia. Ik was op zoek geweest naar die ene rampzalige tekortkoming.

Die heb ik nu gevonden.

'Andy,' zeg ik. 'Laat me er alsjeblieft uit. Ik weet niet waar je kwaad om bent, maar we komen er wel uit. Doe gewoon die deur open, dan praten we erover.'

'Ik dacht het niet.' Zijn stem klinkt kalm en onverstoord, precies het tegenovergestelde van hoe ik me op dit moment voel. 'Je kunt alleen leren door de consequenties van je daden onder ogen te zien.'

Ik adem abrupt in. 'Andy, laat me uit deze verrekte kamer, nu meteen!'

Ik schop hard tegen de deur, hoewel dat met blote voeten niet zoveel effect heeft. Het doet vooral pijn aan mijn tenen. Ik luister of ik de deur van het slot hoor gaan, maar er gebeurt niets.

'Godverdomme, Andy,' grom ik. 'Laat me eruit. Laat. Me. Eruit.'

'Je bent overstuur,' zegt hij. 'Ik kom terug als je weer rustig bent.'

Dan hoor ik zijn voetstappen, maar ze gaan de andere kant op. Hij loopt weg.

'Andy!' gil ik. 'Waag het niet om weg te lopen! Kom terug!

Kom terug en laat me er verdomme uit. Andy, als je me er niet uit laat, ga ik bij je weg! Laat me eruit!' Ik beuk met allebei mijn vuisten op de deur. 'Ik ben rustig! Laat me eruit!'

Maar de voetstappen klinken steeds vager, totdat ze ten slotte verdwenen zijn.

40

Stap drie: ontdek dat je echtgenoot het vleesgeworden kwaad is

Het is middernacht. Drie uur later.

Ik heb op de deur gebonkt en aan het hout gekrabd tot de splinters onder mijn nagels zaten. Ik heb gegild tot ik mijn stem kwijt was. Ik had bedacht dat als hij me er niet uit zou laten, de buren me misschien zouden horen. Maar na een uur gaf ik die hoop op.

Nu zit ik op het kampeerbed in de hoek van de kamer. Veren prikken in mijn billen terwijl ik mijn tranen uiteindelijk de vrije loop laat. Ik weet niet wat hij met me van plan is, maar ik moet de hele tijd aan Cecelia denken, die ligt te slapen in haar ledikantje. Ze is alleen met die psychopaat. Wat gaat hij me aandoen? Wat gaat hij haar aandoen?

Als ik hier ooit uit kom, pak ik Cecelia op en ren zo ver mogelijk bij die man vandaan. Het kan me niet schelen hoeveel geld hij heeft. Het kan me niet schelen dat we getrouwd zijn. Ik wil weg.

'Nina?'

Andy's stem. Ik spring van het bed en sprint naar de deur. 'Andy,' weet ik uit te brengen met wat er over is van mijn stem.

'Je bent je stem kwijt,' zegt hij.

Ik weet niet wat ik daarop moet zeggen.

'Het heeft geen zin om te schreeuwen,' zegt hij. 'De zolder is geluiddicht gemaakt, dus niemand hoort je. Ik zou een etentje kunnen geven beneden, en geen van de gasten zou je horen schreeuwen.'

'Laat me er alsjeblieft uit,' jammer ik.

Ik wil alles doen. Ik stem met alles in wat hij van me vraagt, als hij me er maar uit laat. Natuurlijk ga ik, als die deur eenmaal open is, bij hem weg. Het kan me niet schelen dat er in de huwelijkse voorwaarden staat dat ik geen cent krijg als het huwelijk binnen een jaar ontbonden wordt. Ik vind alles best, als ik hier maar weg kan.

'Maak je geen zorgen, Nina,' zegt hij. 'Ik laat je eruit, dat beloof ik.'

Ik laat mijn adem ontsnappen.

'Alleen nu nog niet,' voegt hij eraan toe. 'Je moet ondervinden wat de consequenties zijn van wat je hebt gedaan.'

'Waar heb je het over? Consequenties van wát?'

'Je haar,' zegt hij vol walging. 'Ik wil niet dat mijn vrouw rondloopt als een slons met een donkere uitgroei.'

Die uitgroei. Niet te geloven dat hij daarvan zo ontdaan is. Het is maar een paar millimeter. 'Het spijt me heel erg. Ik beloof dat ik meteen een afspraak maak bij de kapper.'

'Dat is niet genoeg.'

Ik duw mijn voorhoofd tegen de deur. 'Ik ga direct morgenvroeg, echt.'

Hij gaapt aan de andere kant van de deur. 'Ik ga nu slapen. Hou gewoon vol, dan hebben we het morgen over je straf.'

Zijn voetstappen sterven weg. Ook al doen mijn handen pijn van het bonzen op de deur, ik doe het weer. Ik sla zo hard met mijn vuisten op de deur dat het een wonder is dat ik niet alle botten in mijn handen breek. 'Andy, waag het niet om me hier de hele nacht te laten zitten! Kom terug! Kom verdomme terug!'

Maar net als eerst negeert hij me.

Ik slaap in die kamer. Natuurlijk doe ik dat. Wat moet ik anders?

Ik had niet gedacht dat ik in zou dommelen, maar toch gebeurde dat. Op den duur raakte ik uitgeput van al het geschreeuw en gebonk op de deur. De adrenaline ebde uit me weg, en ik viel in slaap op dat ongemakkelijke oude kampeerbed. Het is niet eens zoveel erger dan mijn bed in het appartementje waar ik woonde toen Cecelia en ik nog met z'n tweetjes waren, maar ik ben gewend geraakt aan Andy's traagschuimmatras.

Ik denk terug aan de tijd toen ik nog alleen was met Cece. Ik wist me voortdurend geen raad; de tranen waren nooit ver weg. Ik had geen idee hoe goed ik het had, tot ik trouwde met een psychopaat. Een waanzinnige die me een hele nacht opgesloten liet zitten in een kamer omdat ik een afspraak bij de kapper was vergeten.

Cece. Ik hoop dat alles goed is met haar. Als die klootzak haar ook maar een haar krenkt, maak ik hem af. Het kan me niet schelen, al ga ik dan voor de rest van mijn leven de gevangenis in.

Mijn rug doet zeer als ik de volgende ochtend wakker word. En mijn hoofd bonst. Maar het ergste van alles: ik heb een volle blaas. De druk is zo groot dat het zeer doet. Dat moet eerst verholpen worden.

Hoe los ik dit op? De wc is in het gangetje aan de andere kant van de gesloten deur.

Maar als ik nog veel langer wacht, plas ik in mijn broek.

Ik sta op en ijsbeer door de kamer. Opnieuw draai ik aan de deurknop, in de hoop dat ik me alles maar heb verbeeld en dat hij op magische wijze opengaat. Helaas. Hij zit nog steeds op slot.

Ik herinner me dat er maar één ding in de kast stond toen ik daarin keek: een emmer.

Andy heeft alles van tevoren gepland. Hij heeft me hier met een smoesje naartoe gelokt. Hij heeft een slot aan de buitenkant van de deur gemonteerd. En die emmer heeft hij daar ook niet voor niets neergezet.

Ik heb geen keus.

Ik neem aan dat er ergere dingen zijn dan in een emmer plassen. Ik haal het ding uit de kast en doe wat ik moet doen. Daarna zet ik hem weer terug. Ik zal hem niet meer nodig hebben.

Mijn mond is kurkdroog en mijn maag knort. Maar als ik nu zou eten, zou ik doodziek worden. Aangezien hij die emmer speciaal heeft neergezet, vraag ik me af of hij ook zoveel aandacht heeft besteed aan andere dingen. Ik trek het minikoelkastje open, in de hoop dat daarin een overvloed aan eten ligt.

In plaats daarvan liggen er drie miniflesjes water.

Drie heerlijke flesjes water.

Ik val bijna flauw van opluchting. Ik pak een flesje, draai het open en slurp het praktisch in één teug leeg. Mijn keel is nog steeds droog en rauw, maar voelt toch iets beter aan.

Ik kijk naar de andere twee flesjes. Ik zou er dolgraag nog een nemen, maar dat durf ik niet. Hoelang zal Andy me hier laten zitten? Ik heb geen idee. Ik kan beter zuinig omspringen met mijn noodvoorraad.

'Nina? Ben je wakker?'

Andy's stem bij de deur. Ik strompel ernaartoe. Mijn hoofd bonkt bij elke stap. 'Andy...'

'Goedemorgen, Nina.'

Ik sluit mijn ogen om de plotselinge duizeligheid te onderdrukken. 'Is alles goed met Cecelia?'

'Ja, hoor. Ik heb tegen mijn moeder gezegd dat je op familiebezoek ging. Zij past op Cecelia tot je terug bent.'

Opgelucht adem ik uit. Mijn dochter is in elk geval veilig. Evelyn Winchester is niet mijn beste vriendin, maar ze is een oplettende babysitter. 'Andy, laat me er alsjeblieft uit.'

Hij negeert mijn verzoek, iets wat me niet eens meer verbaast. 'Heb je het water in de koelkast gevonden?'

'Ja.' En ook al staat het me enorm tegen, toch voeg ik eraan toe: 'Dank je.'

'Je zult het er een tijdje mee moeten doen. Ik kan je niet meer geven.'

'Laat me er dan uit,' zeg ik schor.

'Dat doe ik,' zegt hij. 'Maar eerst moet jij iets voor mij doen.'

'Wat? Het maakt me niet uit.'

Hij zwijgt even. 'Je moet inzien dat het feit dat je haar hebt, een voorrecht is.'

'Oké, dat begrijp ik.'

'Is dat zo, Nina? Want ik denk dat als je dat echt zou begrijpen, je er niet als een slons bij zou lopen met die donkere uitgroei.'

'Dat... dat spijt me.'

'Omdat je niet goed voor je haar hebt gezorgd, moet je het aan mij geven.'

Ik krijg een afschuwelijk, misselijkmakend gevoel in mijn maag. 'Wat?'

'Niet alles.' Hij grinnikt, want dát zou natuurlijk belachelijk zijn. 'Ik wil honderd haren hebben.'

'Je... wil honderd haren van mij?'

'Ja.' Hij tikt tegen de deur. 'Geef me honderd haren en ik laat je uit die kamer.'

Zo'n vreemd verzoek heb ik nog nooit gehoord. Hij wil me straffen voor mijn uitgroei door me honderd haren aan hem te laten geven? Zoveel zitten er alleen al in mijn haarborstel. Zou hij een haarfetisj hebben of zoiets? Heeft dit hele gedoe daarmee te maken? 'Als je mijn borstel bekijkt –'

'Nee,' onderbreekt hij me. 'Ik wil het uit je hoofdhuid hebben. Ik wil de wortels zien.'

Compleet verbijsterd sta ik daar. 'Dat meen je toch zeker niet serieus?'

'Geef ik je de indruk dat ik een grapje maak?' snauwt hij. Maar zachter vervolgt hij: 'Er liggen een paar enveloppen in het ladekastje. Doe de haren daarin en schuif ze onder de deur door. Als je dat gedaan hebt, heb je je lesje geleerd en laat ik je eruit.'

'Oké,' stem ik in. Ik haal een hand door mijn blonde haar en hou twee losse haren tussen mijn vingers. 'Over vijf minuten heb ik ze voor je.'

'Ik moet nu naar mijn werk, Nina,' zegt hij geërgerd. 'Maar als ik thuiskom, moet je die haren voor me hebben.'

'Maar ik kan het heel snel!' Ik trek weer aan mijn haar, en weer komt er een los.

'Ik ben tegen zeven uur thuis,' zegt hij. 'En denk eraan: ik wil hele haren. Ik moet van elke haar de wortel kunnen zien, anders telt hij niet mee.'

'Nee! Alsjeblieft!' Wild grijp ik in mijn haren. De tranen springen me in de ogen, maar ik weet er maar een paar los te trekken. 'Ik doe het nu meteen! Wacht nou even!'

Maar hij wacht niet. Hij vertrekt. Net als eerder sterven zijn voetstappen weg.

Ik ben er intussen achter dat hij niet terug zal komen, hoe hard ik ook schreeuw of op de deur bonk. Het heeft geen zin om mijn energie te verspillen en mijn al ondraaglijke hoofdpijn nog erger te maken. Ik moet hem geven wat hij wil, daar moet ik me op concentreren. Dan kan ik terug naar mijn dochter en voorgoed ontsnappen uit dit huis.

41

Tegen zeven uur heb ik de taak volbracht.

Ik kreeg twintig haren te pakken door steeds weer mijn vingers door mijn haar te halen. Daarna zat er niets anders op dan de rest er bij de wortel uit te trekken. Ongeveer tachtig keer greep ik een haar vast, zette me schrap en trok. Ik probeerde er een paar tegelijk te doen, maar dat was veel te pijnlijk. Gelukkig heb ik gezond haar, dus kwamen de meeste los met het haarzakje eraan. Als ik dit vlak nadat ik was bevallen van Cecelia had moeten doen, zou ik mezelf kaal hebben moeten plukken om genoeg bruikbare haren te verzamelen.

Dus om zeven uur zit ik op het bed met een envelop met honderd haren in mijn handen geklemd. Ik kan niet wachten om die aan hem te geven en hieruit te komen. En een scheiding aan te vragen. Dat zal hem leren, die gestoorde klootzak.

'Nina?'

Ik kijk op mijn horloge. Zeven uur precies. Hij is stipt, dat moet ik hem nageven.

Ik spring van het bed af en duw mijn hoofd tegen de deur. 'Ik heb ze,' zeg ik.

'Schuif maar onder de deur door.'

Ik schuif de envelop door de spleet onder de deur. Ik stel me hem voor aan de andere kant, terwijl hij de envelop openscheurt en mijn haren bestudeert. Eigenlijk kan het me niets schelen wat hij op dit moment doet, zolang hij me er maar uit laat. Ik heb gedaan wat hij wilde.

'Oké?' vraag ik. Ik heb een zere keel door gebrek aan vocht. In de loop van de dag heb ik de andere twee flesjes water leeggedronken. De laatste heb ik bijna tot aan het eind bewaard. Zodra ik hieruit ben, ga ik achter elkaar vijf glazen water drinken en dan plassen op een normale wc.

'Een ogenblik,' zegt hij. 'Ik ben ze aan het controleren.'

Knarsetandend probeer ik mijn knorrende maag te negeren. Ik heb in geen vierentwintig uur iets gegeten en zie sterretjes van de honger. Op een gegeven moment zagen die haren er in mijn ogen haast smakelijk uit.

'Waar is Cece?' vraag ik verstikt.

'In haar speelhoek beneden,' zegt hij. We hebben een deel van de woonkamer afgezet, waar ze veilig kan spelen zonder dat we bang hoeven te zijn dat ze zich bezeert. Dat was Andy's idee. Hij is ontzettend zorgzaam.

Nee, hij is niet zorgzaam. Dat was allemaal een illusie. Huichelarij.

Hij is een monster.

'Hm,' doet Andy.

'Wat?' kras ik. 'Wat is er?'

'Weet je,' zegt hij, 'bijna alle haren zijn in orde, maar aan één zit geen haarzakje.'

Smeerlap. 'Best, dan geef ik je een andere.'

'Ik vrees dat het zo niet werkt,' verzucht hij. 'Je zult helemaal opnieuw moeten beginnen. Ik kom morgenochtend terug. Hopelijk heb je dan honderd complete haren voor me. Anders zullen we het gewoon moeten blijven proberen.'

'Nee...' Zijn voetstappen verdwijnen door de gang, en ik besef dat hij me echt laat zitten hier. Zonder eten en zonder water. 'Andy!' Het is niet veel meer dan een schor gefluister. 'Doe dit niet! Alsjeblieft! Alsjeblieft, doe dit niet!'

Maar hij is al weg.

Rond bedtijd heb ik de extra honderd haren klaarliggen. Voor het onwaarschijnlijke geval dat hij terugkomt. Maar hij komt niet. Ik doe er zelfs tien extra haren bij. Om de een of andere reden komen ze er nu gemakkelijker uit. Ik voel het amper meer als de haar loskomt van mijn hoofdhuid.

Ik denk alleen nog maar aan water. Eten en water, maar vooral water. En aan mijn Cecelia, natuurlijk. Ik weet niet of ik haar ooit nog zal zien. Ik weet niet hoelang een mens zonder water kan, maar dat kan nooit heel lang zijn. Andy heeft beloofd dat hij me eruit zou laten, maar stel dat hij loog? Stel dat hij me hier dood laat gaan?

Allemaal omdat ik een afspraak bij de kapper heb overgeslagen.

Als ik 's nachts wegdommel, droom ik van een plas water. Ik buig mijn hoofd ernaartoe, maar het water trekt zich terug. Elke keer als ik probeer te drinken, ontsnapt het water me. Het is een helse marteling.

'Nina?'

Ik word wakker van Andy's stem. Ik weet niet of ik sliep of bewusteloos was. Maar ik heb de hele nacht op hem gewacht, dus moet ik opstaan en hem geven wat hij wil. Het is de enige manier om hier ooit uit te komen.

Sta op, Nina!

Zodra ik rechtop ga zitten in bed, begint het me te duizelen. Even is alles zwart. Ik omklem de rand van de dunne matras en wacht tot ik weer duidelijk kan zien. Dat duurt zeker een minuut.

'Ik ben bang dat ik je er niet uit kan laten, tenzij ik die haren krijg,' zegt Andy vanaf de andere kant van de deur.

Het akelige geluid van zijn stem zet een stoot adrenaline in gang waardoor ik overeind word gestuwd. Met trillende vingers pak ik de envelop, waarna ik ermee naar de deur strompel. Ik schuif hem onder de deur door. Dan zak ik tegen de muur in elkaar en glij op de vloer.

Ik wacht terwijl hij telt. Het lijkt een eeuwigheid te duren. Als hij zegt dat het nog niet goed is, weet ik niet wat ik zal doen. Ik hou het hier geen twaalf uur meer uit. Dat betekent het einde. Dan sterf ik in deze kamer.

Nee, ik moet het hoe dan ook volhouden. Voor Cece. Ik mag haar niet achterlaten bij dat monster.

'Oké,' zegt hij ten slotte. 'Goed gedaan.'

Dan klikt het slot, en de deur zwaait open.

Andy is in pak, klaar om naar zijn werk te gaan. Ik had me voorgesteld dat ik zodra ik hem weer zou zien na twee nachten opgesloten te hebben gezeten, op zou springen en hem de ogen uit zijn hoofd zou krabben. Maar in plaats daarvan blijf ik op de vloer zitten, te zwak om in beweging te komen. Andy hurkt naast me neer, en dan zie ik dat hij een glas water en een bagel bij zich heeft.

'Hier,' zegt hij. 'Ik heb dit voor je meegebracht.'

Ik zou het water in zijn gezicht moeten gooien. Het liefst zou ik dat doen. Maar ik denk niet dat ik deze kamer uit kan komen als ik niet eerst iets eet en drink. Dus neem ik zijn geschenk aan, klok het water naar binnen en prop stukken bagel in mijn mond tot alles op is.

'Het spijt me dat ik dit moest doen,' zegt hij, 'maar anders zou je het nooit leren.'

'Loop naar de hel!' bijt ik hem toe.

Ik probeer op te staan, maar ik struikel. Ook al heb ik water gedronken, mijn hoofd tolt nog steeds. Ik kan niet in een rechte lijn lopen. Ik betwijfel of ik de trap af kan komen naar de eerste verdieping.

Dus al haat ik mezelf erom, ik laat me door hem helpen. De hele weg naar beneden moet ik zwaar op hem leunen. Als ik op de eerste verdieping ben, hoor ik Cecelia beneden zingen. Het gaat goed met haar. Hij heeft haar niets aangedaan. Goddank.

Ik ben niet van plan hem nog een keer de kans te geven.

'Je moet gaan liggen,' zegt hij streng. 'Je bent niet lekker.'

'Nee,' breng ik uit. Ik wil naar Cecelia. Mijn armen hunkeren naar haar.

'Je bent nu te ziek,' zegt hij. Alsof ik aan het herstellen ben van de griep in plaats van dat hij me twee dagen opgesloten heeft laten zitten in een kamer. Hij praat tegen me alsof ík niet goed bij mijn hoofd ben. 'Kom op.'

Maar hoe dan ook, hij heeft gelijk als hij zegt dat ik moet gaan liggen. Mijn benen trillen bij elke stap, en die duizeligheid wil maar niet verdwijnen. Ik laat me naar ons kingsize bed brengen, en hij stopt me in. Als er nog een kans was om hier weg te gaan, dan is die verkeken zodra ik dat bed voel. Na twee nachten op dat kampeerbed te hebben geslapen, is het alsof ik op een wolk lig.

Mijn oogleden zijn loodzwaar. Het heeft geen zin om te vechten tegen de slaap. Andy zit naast me op de rand van het bed en strijkt met zijn vingers door mijn haar. 'Je bent gewoon niet lekker geweest,' zegt hij. 'Je moet nodig een dagje slapen. Maak je geen zorgen om Cecelia. Ik beloof je dat er goed voor haar wordt gezorgd.'

Zijn stem klinkt zo vriendelijk en zacht dat ik me afvraag of ik me alles misschien heb verbeeld. Tenslotte is hij een heel goede echtgenoot voor me geweest. Zou hij me echt opsluiten in een kamer en me dwingen de haren uit mijn hoofd te trekken? Dat lijkt me niet iets wat hij zou doen. Misschien heb ik gewoon koorts en was het allemaal één afschuwelijke hallucinatie.

Nee, het was geen hallucinatie. Het was echt. Dat weet ik zeker.

'Ik haat je,' fluister ik.

Andy negeert wat ik zeg en blijft me over mijn haar strijken tot mijn ogen dichtvallen. 'Ga maar slapen,' zegt hij zacht. 'Dat is het enige wat helpt.'

42

Stap vier: zorg ervoor dat iedereen denkt dat je gek bent

Wanneer ik wakker word, hoor ik in de verte water stromen.

Ik ben nog steeds suf en lichtelijk de kluts kwijt. Hoelang duurt het voor je lichaam hersteld is van twee dagen zonder eten en drinken? Ik kijk op mijn horloge. Het is middag.

Ik wrijf in mijn ogen en luister of ik kan horen waar dat geluid van stromend water vandaan komt. Het lijkt uit onze badkamer te komen. De deur daarnaartoe is dicht. Staat Andy onder de douche? Als dat zo is, heb ik niet veel tijd om te maken dat ik hier wegkom.

Mijn telefoon ligt op het nachtkastje. Ik pak hem op, in de verleiding om de politie te bellen en ze te vertellen wat Andy me heeft aangedaan. Maar nee, ik moet wachten tot ik ver bij hem uit de buurt ben.

Dan zie ik dat er een heleboel berichtjes binnengekomen zijn, van Andy. Ik ben vast wakker geworden van het geluid daarvan. Fronsend scrol ik erlangs.

Alles goed met je?

Je deed heel vreemd vanochtend. Bel me alsjeblieft en laat me weten of het goed met je gaat.

Nina, is alles oké? Heb zo een vergadering, maar laat me weten of alles goed is.

Hoe gaat het met jou en Cece? Bel of app me alsjeblieft.

Dat laatste bericht trekt mijn aandacht. Cecelia. Ik heb haar twee dagen niet gezien. Daarvoor ben ik nog geen dag zonder haar geweest. Ik wilde haar niet eens achterlaten om op huwelijksreis te gaan. Waar is ze nu?

Andy zou me toch nooit met haar alleen hebben gelaten, als ik lag te slapen? Of wel?

Ik kijk naar de gesloten badkamerdeur. Wie is dat daarbinnen? Ik had aangenomen dat het Andy was, maar dat kan niet. Hij heeft me geappt vanaf zijn werk. Zou hij per ongeluk de kraan opengelaten hebben? Misschien ben ik opgestaan om naar de wc te gaan en ben ik vergeten de kraan dicht te draaien. Het zou kunnen; ik ben totaal ontregeld.

Ik gooi de dekens van me af. Mijn handen zijn bleek en beverig. Opstaan kost moeite. Ook al heb ik water gedronken en gerust, ik voel me nog helemaal niet goed. Ik moet me aan het bed vasthouden om me staande te houden. Ik weet niet of ik het zal halen naar de badkamer.

Ik haal diep adem, probeer de duizeligheid weg te slikken en loop zo langzaam als ik kan. Als ik ongeveer twee derde van de afstand heb afgelegd, val ik op mijn knieën. Jezus, wat mankeer ik in vredesnaam?

Maar ik moet weten wat dat geluid te betekenen heeft. Waarom stroomt er water in de badkamer? Nu ik dichterbij kom, zie ik licht onder de deur door schijnen. Wie kan dat zijn daarbinnen? Wie is er in mijn badkamer?

Ik kruip het laatste stuk ernaartoe. Als ik eindelijk bij de deur ben, pak ik de kruk vast en duw hem open. Wat ik zie als ik naar binnen ga, zal ik de rest van mijn leven niet vergeten.

Het is Cece, in het bad. Haar ogen zijn dicht, en ze zit met haar rug tegen de wand van de badkuip aan geleund. Het water stijgt in rap tempo. Het komt al tot boven haar schouders. Nog een minuut of twee en haar hoofdje is onder water.

'Cecelia,' roep ik happend naar adem.

Ze reageert niet. Ze huilt niet en roept niet om mij. Maar haar oogleden bewegen licht.

Ik moet haar redden. Ik moet de kraan dichtdraaien en haar uit dat bad halen. Maar ik kan niet op mijn benen staan, en al mijn bewegingen gaan even traag. Toch moet ik haar redden. Ik zal mijn dochter daaruit halen, al kost het me al mijn kracht. Al wordt het mijn dood.

Ik kruip over de badkamervloer. Ik ben zo duizelig dat ik niet weet of ik bij bewustzijn kan blijven. Maar ik mag niet flauwvallen. Mijn kind heeft me nodig.

Ik kom, Cece. Hou alsjeblieft vol. Alsjeblieft.

Als mijn vingers langs het porselein van het bad strijken, huil ik bijna van opluchting. Het water staat nu bijna tot aan haar kin. Ik wil de kraan vastpakken, maar dan klinkt er een barse stem, en mijn vingers verstijven.

'Mrs Winchester. Geen beweging.'

Ik pak toch de kraan vast. Ik laat me door niemand beletten om mijn kind te redden. Ik slaag erin om de kraan dicht te draaien, maar voordat ik verder nog iets kan doen, grijpen sterke handen me bij mijn armen en zetten me met een ruk overeind. In een waas zie ik dat een man in uniform Cecelia uit het bad tilt.

'Waar bent u mee bezig?' wil ik vragen, maar het klinkt als onduidelijk gebrabbel.

De man die Cecelia heeft gered, negeert mijn vraag. Een andere stem zegt: 'Ze leeft, maar zo te zien is ze gedrogeerd.'

'Ja,' weet ik uit te brengen, 'gedrogeerd.'

Ze weten het. Ze weten wat Andy met ons heeft gedaan. En nu heeft hij ons allebei gedrogeerd. Goddank dat de politie is gekomen.

Een ambulanceverpleegkundige heeft Cecelia op een brancard

gelegd, en met mij doen ze hetzelfde. Het komt goed met ons. Ze zijn gekomen om ons te redden.

Een man in een politie-uniform schijnt met een zaklantaarn in mijn ogen. Ik draai mijn hoofd weg, knipperend tegen het ondraaglijk felle licht. 'Mrs Winchester,' zegt hij scherp. 'Waarom probeerde u uw dochter te verdrinken?'

Ik doe mijn mond open, maar er komt geen geluid uit. *Mijn dochter verdrinken?* Waar heeft hij het over? Ik probeerde haar te rédden. Hebben ze dat dan niet door?

Maar de politieagent schudt alleen maar zijn hoofd. Hij wendt zich tot een van zijn collega's. 'Ze is te ver heen. Het ziet ernaar uit dat ze zelf ook flink wat van die verdovende middelen heeft ingenomen. Breng haar naar het ziekenhuis. Ik ga haar man bellen om te laten weten dat we er op tijd bij waren.'

Er op tijd bij waren? Wat bedoelt hij? Ik heb de hele dag liggen slapen. Wat denken ze in godsnaam dat ik heb gedaan?

43

De daaropvolgende acht maanden breng ik door in Clearview Psychiatric Hospital.

Het verhaal dat me ontelbare keren is verteld, luidt dat ik een hoeveelheid kalmerende middelen, voorgeschreven door mijn huisarts, heb ingenomen. En dat ik daar ook wat van in mijn dochters zuigfles heb gedaan voordat ik haar haar voeding gaf. Daarna heb ik haar in het bad gezet en de kraan opengedraaid. Blijkbaar was het mijn bedoeling om zowel haar als mezelf om het leven te brengen. Godzijdank vermoedde mijn fantastische echtgenoot Andy dat er iets mis was en kwam de politie op tijd om ons te redden.

Ik herinner me niets van dat alles. Ik herinner me niet dat ik pillen heb ingenomen en ook niet dat ik Cecelia in het bad heb gezet. Ik weet niet eens dat ik dat middel voorgeschreven heb gekregen, maar de huisarts van Andy en mij heeft ons verzekerd van wel.

Volgens de psychotherapeut bij wie ik in behandeling ben in Clearview, lijd ik aan ernstige depressiviteit en waanideeën. Door die waanideeën was ik ervan overtuigd dat mijn man me twee dagen lang gevangenhield in een kamer. De depressiviteit had tot gevolg dat ik die gecombineerde moord- en zelfmoordpoging deed.

Eerst geloofde ik het niet. Mijn herinneringen aan dat verblijf op die zolderkamer zijn heel levendig. Zo levendig dat ik de stekende pijn van toen ik mijn haren uittrok, haast kan voelen. Maar dokter Barringer legt me steeds opnieuw uit dat iets, als je aan waanideeën lijdt, heel erg echt kan lijken. Ook al is het dat niet.

Dus nu slik ik twee verschillende medicijnen om te voorkomen dat zoiets nog een keer gebeurt. Een antipsychoticum en een antidepressivum. Tijdens de sessies bij dokter Barringer geef ik toe wat ik heb gedaan. Ook al herinner ik me er nog steeds helemaal niets van. Het enige wat ik me herinner, is dat ik wakker werd en Cecelia in dat bad zag zitten.

Maar het kan niet anders of ik heb het gedaan. Er was niemand anders in huis.

De gedachte die me er uiteindelijk van heeft overtuigd dat ik zelf schuldig ben, is dat Andy me nooit zoiets kan hebben aangedaan. Vanaf de allereerste dag dat ik hem leerde kennen, is hij nooit anders dan fantastisch voor me geweest. En sinds ik in Clearview ben opgenomen, komt hij me bezoeken wanneer hij maar kan. Het personeel is dol op hem. Hij brengt muffins en koekjes mee voor de verpleegkundigen. En hij bewaart er altijd eentje voor mij.

Vandaag heeft hij een muffin met blauwe bessen bij zich. Hij klopt op de deur van de privékamer in Clearview, een dure kliniek voor mensen met psychiatrische problemen én geld. Omdat hij regelrecht van zijn werk komt, draagt hij een pak met stropdas. Hij ziet er onvoorstelbaar knap uit.

In het begin zat ik opgesloten in deze kamer. Maar door de medicijnen gaat het zoveel beter met me dat de deur niet langer op slot hoeft. Andy gaat op het voeteneind van mijn bed zitten, terwijl ik de muffin naar binnen schrok. Door het antipsychoticum is mijn eetlust heel erg toegenomen. Ik ben tien kilo aangekomen sinds ik hier ben.

'Ben je er klaar voor om naar huis te gaan volgende week?' vraagt hij.

Ik knik, terwijl ik de muffinkruimels van mijn mond veeg. 'Ik... ik denk het wel.'

Hij pakt mijn hand, en hoewel ik vanbinnen ineenkrimp, slaag ik erin me niet los te trekken. Toen ik hier pas was, kon ik het niet verdragen dat hij me aanraakte. Maar het is me gelukt om mijn afkeer weg te drukken. Andy heeft me niets gedaan. Ik heb het me allemaal verbeeld met mijn verknipte geest.

Het leek alleen zo echt.

'Hoe gaat het met Cecelia?' vraag ik.

'Heel goed.' Hij knijpt in mijn hand. 'Ze is ontzettend blij dat je weer thuiskomt.'

In het begin dacht ik dat ze me misschien zou vergeten in de tijd dat ik hier was, maar ze zou me nooit vergeten. De eerste paar maanden mocht ik haar niet zien, maar toen Andy haar ten slotte meebracht, klemden we ons aan elkaar vast. En toen het bezoekuur voorbij was, jammerde ze zo hard dat mijn hart brak.

Ik moet naar huis. Ik moet terug naar mijn leven zoals het was. Andy is geweldig geweest, als je bedenkt wat er allemaal is gebeurd. Hij heeft met mij meer voor zijn kiezen gekregen dan hij ooit had kunnen denken.

'Ik kom je zondag rond de middag ophalen,' zegt hij. 'En dan neem ik je mee naar huis. Mijn moeder past op Cece.'

'Fijn,' zeg ik.

Hoe blij ik ook ben dat ik naar huis ga en mijn dochter weer zal zien, bij de gedachte dat ik terugga naar dat huis word ik misselijk. Ik kijk er niet naar uit om daar weer naar binnen te gaan. En al helemaal niet om weer naar die zolder te gaan.

Daar ga ik echt nooit meer heen.

44

'Waar ben je bang voor, Nina?'

Ik kijk op bij die vraag van dokter Hewitt. Sinds mijn ontslag uit Clearview, nu vier maanden geleden, ga ik twee keer per week naar hem toe. Dokter Hewitt zou niet mijn eerste keus zijn geweest. Om te beginnen zou ik waarschijnlijk een vrouwelijke therapeut hebben gekozen en een jonger iemand, geen man met een volle bos grijs haar. Maar Andy's moeder had ons dokter John Hewitt van harte aanbevolen, en ik vond het lastig om nee te zeggen. Tenslotte betaalt Andy zich blauw aan alle psychiatrische zorg voor mij.

In elk geval ben ik er nu achter dat dokter Hewitt heel goed is. Hij bestookt me met behoorlijk lastige vragen. Tijdens deze sessie bijvoorbeeld, bespreken we het feit dat ik sinds ik thuis ben nog niet eens in de buurt van de zolder ben geweest.

Ik ga verzitten op de leren bank. Het dure meubilair in de spreekkamer van mijn therapeut getuigt van zijn succes. 'Ik weet niet waar ik bang voor ben. Dat is het probleem.'

'Denk je echt dat er een martelkamer is op zolder?'

'Geen martelkamer, maar...'

Na wat ik allemaal had beweerd over wat me is aangedaan in ons huis, is er een politieagent op uit gestuurd om de zolder te bekijken. Hij vond de kamer daarboven en stelde vast dat het gewoon een bergkast was. Vol met dozen en papieren.

Het was een waanidee. Er is iets misgegaan met de chemische stoffen in mijn hersenen, waardoor ik me heb ingebeeld dat

Andy me gevangenhield. Ik bedoel, me dwingen haren uit mijn hoofd te trekken en ze in een envelop te doen, alleen omdat ik een keer niet naar de kapper was geweest? Dat is krankzinnig, achteraf gezien.

Maar het leek zo echt toen. En sinds ik thuis ben, laat ik mijn haar altijd stipt op tijd bijwerken. Gewoon voor de zekerheid.

Andy heeft de deur van het trappenhuis naar de zolder dichtgelaten. Voor zover ik weet heeft hij hem zolang ik weer thuis ben niet opengedaan.

'Ik denk dat het een therapeutische werking zou hebben als je naar die zolder zou gaan,' zegt dokter Hewitt, terwijl hij zijn zware witte wenkbrauwen fronst. 'Dan heeft die plek geen macht meer over je, want dan zie je zelf dat het gewoon een bergkast is.'

'Misschien...'

Andy heeft me ook aangemoedigd om naar boven te gaan. *Je zult het zelf zien. Er is daar niets om bang voor te zijn.*

'Beloof me dat je het zult doen, Nina,' zegt dokter Hewitt.

'Ik zal het proberen,'

Misschien. We zullen zien.

Dokter Hewitt loopt met me mee naar de wachtkamer, waar Andy op een houten stoel op zijn telefoon zit te kijken. Als hij me ziet, glimlacht hij. Hij heeft zijn agenda aangepast om me naar al deze afspraken te kunnen brengen. Ik snap niet dat hij nog steeds zoveel van me houdt, nadat ik hem van al die vreselijke dingen heb beschuldigd. Maar we werken samen aan het herstel van onze relatie.

Als we in zijn BMW zitten, vraagt hij hoe de therapie is gegaan. 'Hoe ging het?'

'Hij vindt dat ik een kijkje moet nemen op zolder.'

'En?'

Ik slik, terwijl ik naar het voorbijschietende landschap kijk. 'Ik denk erover na.'

Hij knikt. 'Volgens mij is het een goed plan. Als je daar eenmaal bent, zul je inzien dat het allemaal maar een waanidee is geweest. Het zal een soort opbaring voor je zijn, snap je?'

Of ik stort weer in en probeer Cecelia opnieuw te vermoorden. Natuurlijk zou dat moeilijk gaan, want ik mag nog niet met haar alleen zijn. Andy is er de hele tijd bij, of anders zijn moeder. Dat was een van de voorwaarden voor mijn ontslag uit de kliniek. Ik weet niet hoelang ik oppas nodig zal hebben om met mijn eigen dochter samen te kunnen zijn, maar op dit moment vertrouwt duidelijk niemand me.

Cece zit op de grond te spelen met een van de educatieve speeltjes die Evelyn voor haar heeft gekocht. Als ze ons binnen ziet komen, laat ze haar speelgoed in de steek, haast zich naar me toe en laat zich tegen mijn linkerbeen aan vallen. Ze gooit me bijna omver. Ondanks het feit dat ik niet met haar alleen mag zijn, is Cece ontzettend aanhankelijk sinds ik weer thuis ben.

'Mama, op!' Ze steekt haar armpjes omhoog tot ik haar oppak. Ze heeft een wit jurkje met veel strookjes en kantjes aan, een beetje een belachelijke uitdossing voor zo'n klein meisje dat thuis aan het spelen is. Evelyn zal haar dat wel aangetrokken hebben. 'Mama thuis.'

Evelyn komt niet zo snel overeind als Cece. Langzaam staat ze op van de bank, terwijl ze haar smetteloos witte lange broek afklopt. Het is me eerder nooit opgevallen dat Evelyn heel vaak wit draagt, Andrews lievelingskleur voor mij. Het staat haar anders wel goed. Haar haren zijn zo te zien ooit blond geweest, maar houdt het midden tussen blond en wit. Het is verrassend dik en gezond voor een vrouw van haar leeftijd. Evelyn ziet er over het algemeen ongelofelijk goed geconserveerd en onberispelijk uit. Ik heb haar nog nooit kunnen betrappen op zelfs maar zoiets als een los draadje aan haar trui.

'Bedankt dat je op Cece hebt gepast, moeder,' zegt Andy.

'Dat spreekt vanzelf,' zegt Evelyn. 'Ze heeft zich heel goed gedragen vandaag. Maar...' Ze richt haar ogen op het plafond.

'Ik zag dat je het licht in de slaapkamer hebt aangelaten. Zonde van al die verspilde stroom.'

Ze kijkt hem afkeurend aan, en Andy wordt vuurrood. Het is me opgevallen dat hij intens hunkert naar haar goedkeuring.

'Dat is mijn schuld,' zeg ik. Ik weet niet of dat echt zo is, maar wat maakt het uit. Evelyn heeft toch al een hekel aan me, dus kan ik net zo goed de schuld op me nemen. 'Ik heb het licht aangelaten.'

Evelyn maakt een afkeurend geluid. 'Nina, het opwekken van elektriciteit slokt een groot deel van de rijkdommen van onze planeet op. Je moet niet vergeten de lichten uit te doen als je een kamer uit gaat.'

'Ik zal er voortaan aan denken,' beloof ik.

Evelyn kijkt naar me alsof ze er niet helemaal zeker van is dat ik het meen, maar wat kan ze doen? Haar pogingen om haar zoon ervan te weerhouden met mij te trouwen, zijn al mislukt. Natuurlijk had ze achteraf gezien ergens wel gelijk wat mij betreft. Ik heb tenslotte iets verschrikkelijks gedaan.

'We hebben onderweg eten gehaald, moeder,' zegt Andy. 'Eet je een hapje mee? Er is meer dan genoeg.'

Tot mijn opluchting schudt Evelyn haar hoofd. Het is niet bepaald gezellig om haar als gast aan tafel te hebben. Als ze blijft eten heeft ze altijd een hele hoop kritiek op onze eetkamer, ons serviesgoed en ander eetgerei – niets is ooit schoon genoeg – en het eten zelf.

'Nee, ik moet gaan,' zegt ze. 'Je vader zit op me te wachten.'

Onderweg naar de deur blijft ze voor Andy staan. Even denk ik dat ze hem een kus op zijn wang gaat geven, iets wat ik haar nog nooit heb zien doen. Maar in plaats daarvan trekt ze zijn boord recht en strijkt ze zijn overhemd glad. Ze kantelt haar hoofd, bekijkt hem onderzoekend, en knikt dan goedkeurend. 'Goed, ik ben weg.'

Als Evelyn weg is, genieten we van een gezellige maaltijd met z'n drietjes. Cecelia zit in haar kinderstoel en eet noedels met haar handjes. Halverwege het eten belandt er een sliert op haar voorhoofd, die daar de rest van de maaltijd tegenaan geplakt blijft zitten. Maar zelfs terwijl ik zit te eten, heb ik een naar gevoel in mijn maag. Ik blijf maar denken aan wat dokter Hewitt zei. Hij vindt dat ik naar zolder moet gaan. Andy ook.

Misschien hebben ze gelijk.

Dus als Andy er, nadat ik Cecelia naar bed heb gebracht, over begint, zeg ik ja.

45

Stap vijf: zie in dat je helemaal niet gek bent

'We doen het rustig aan,' belooft Andy als we met z'n tweeën voor de deur naar de zoldertrap staan. 'Maar het zal je goeddoen om met eigen ogen te zien dat daarboven niets is om bang voor te zijn. Dat het allemaal alleen maar in je hoofd zat.'

'Oké,' krijg ik eruit. Ik weet dat hij gelijk heeft. Maar het leek zo ontzettend echt.

Andy neemt mijn hand in de zijne. Ik krimp niet meer in elkaar als hij me aanraakt. We hebben zelfs alweer seks gehad. Ik vertrouw hem weer. Dit wordt de laatste stap terug naar waar we waren voordat ik dat verschrikkelijke deed. Voordat mijn hersenen kortsluiting maakten.

'Klaar?' vraagt hij.

Ik knik.

Hand in hand gaan we de krakende trap op. We moeten een keer een lamp ophangen hier. De rest van het huis is zo mooi. Misschien zou ik me beter voelen als dit gedeelte minder angstaanjagend was. Niet dat het een excuus is voor wat ik heb gedaan.

Veel te vlug komen we bij de kamer op zolder. De bergkast, die ik op de een of andere manier in mijn hoofd had omgevormd tot martelkamer. Andy kijkt me met opgetrokken wenkbrauwen aan. 'Gaat het?'

'Ik... denk het wel.'

Hij draait de deurknop om en duwt de deur open. Er brandt

geen licht, het is pikdonker in de kamer. Dat is vreemd, want er is een raam, en ik weet dat het volle maan is vanavond. Daar heb ik bewonderend naar staan kijken vanuit het slaapkamerraam. Ik stap naar binnen en tuur de duisternis in.

'Andy.' Ik slik moeizaam. 'Wil je het licht aandoen?'

'Natuurlijk, lieverd.'

Hij trekt aan het lichtkoord, en de lampen gaan aan. Maar dit is geen gewoon licht. Het is haast verblindend. Extreem fel, feller dan ik ooit heb gezien. Ik laat Andy los en sla mijn handen voor mijn ogen om het tegen te houden.

Dan hoor ik de deur dichtslaan.

'Andy!' roep ik. 'Andy!'

Mijn ogen zijn net genoeg gewend aan het felle licht. Als ik ze half dichtknijp, kan ik het interieur van de kamer onderscheiden. En... het is precies zoals ik me herinner. Het sjofele kampeerbed in de hoek. De kast met die emmer. Het minikoelkastje waarin drie flesjes water hadden gelegen.

'Andy?' roep ik hees.

'Ik ben hier, Nina.' Zijn stem klinkt gedempt.

'Waar?' Ik grijp blindelings om me heen, nog steeds met mijn ogen halfdicht. 'Waar ben je gebleven?'

Mijn vingers raken het koude metaal van de deurknop. Ik draai hem naar rechts en...

Nee. Néé. Dit kan niet waar zijn.

Heb ik weer een inzinking? Gebeurt dit allemaal in mijn hoofd? Dat kan niet. Het voelt heel echt.

'Nina.' Andy's stem weer. 'Kun je me horen?'

Ik scherm mijn ogen af met mijn hand. 'Het licht is zo fel hier. Hoe komt dat?'

'Doe het licht uit.'

Ik tast rond tot ik het lichtkoord heb gevonden en trek er hard aan. Opluchting overspoelt me als ik weer omhuld word door duisternis. Het duurt ongeveer twee seconden voordat ik besef dat ik nu helemaal niets kan zien hierbinnen.

'Je ogen zullen er wel een beetje aan wennen,' zegt hij. 'Maar dat zal niet veel schelen. Ik heb vorige week het raam dichtgespijkerd en de lampen vervangen. Als je het licht uitdoet, wordt alles pikzwart. Doe het aan en... Nou, die ultrafelle lampen zijn behoorlijk heftig, hè?'

Ik sluit mijn ogen en zie niets dan duisternis. Ik open ze, en het is precies hetzelfde. Geen verschil. Mijn ademhaling versnelt.

'Licht is een voorrecht, Nina,' zegt hij. 'Het is mijn moeder opgevallen dat je het licht niet had uitgedaan. Wist je dat er in andere landen mensen zijn die niet eens elektriciteit hebben? En wat doe jij? Je verspilt stroom.'

Ik druk mijn hand tegen de deur. 'Dit gebeurt echt, of niet?'

'Wat denk je zelf?'

'Ik denk dat je een gestoorde, zieke klootzak bent.'

Andy lacht aan de andere kant van de deur. 'Misschien. Maar jíj hebt in het gekkenhuis gezeten omdat je je dochter en jezelf om het leven probeerde te brengen. De politie heeft het je zien doen. Je hebt zelf toegegeven dat je het hebt gedaan. En toen ze hier zijn geweest om alles na te kijken, zag deze kamer eruit als een gewone bergkast.'

'Het was echt,' zeg ik, snakkend naar adem. 'Het was al die tijd waar wat ik dacht. Jij...'

'Ik wilde dat je wist waar je aan toe bent.' Hij klinkt geamuseerd. Hij vindt dit léúk. 'Ik wilde dat je wist wat er zou gebeuren als je probeerde weg te komen.'

'Ik begrijp het.' Ik schraap mijn keel. 'Ik zweer je dat ik niet weg zal gaan. Maar laat me hier dan uit.'

'Nog niet. Eerst moet je gestraft worden omdat je elektriciteit hebt verspild.'

Die woorden veroorzaken een overweldigend déjà vu. Ik krijg braakneigingen en zak op mijn knieën.

'Dus zo gaan we het doen, Nina,' zegt hij. 'Omdat ik zo aardig ben, geef ik je de keus. Licht of donker. Het is helemaal aan jou.'

'Andy, alsjeblieft...'

'Welterusten, Nina. We praten morgen verder.'

'Alsjeblieft! Andy, doe dit nou niet!'

De tranen springen me in de ogen als zijn voetstappen wegsterven. Schreeuwen heeft geen zin. Dat weet ik, omdat me een jaar geleden precies hetzelfde is overkomen. Toen heeft hij me ook opgesloten in deze kamer.

En nu heb ik het hem opnieuw laten doen.

Ik stel me voor dat alles net zo zal gaan als de vorige keer. Ik kom deze kamer uit, zwak en versuft. Hij doet alsof ik mezelf iets aan wil doen, of, erger nog, Cecelia. Na de vorige keer zal iedereen hem meteen geloven. Ik stel me voor dat ik opnieuw word weggerukt van mijn dochter. Ik heb haar pas net terug. Dat mag ik niet laten gebeuren. Dat mág niet.

Ik zal er alles aan doen om dat te voorkomen.

Opnieuw heeft Andy drie flesjes water voor me in het koelkastje gelegd. Ik besluit ze te bewaren tot morgen, want meer krijg ik niet, en ik heb geen idee hoelang ik hier zal zitten. Ik laat ze net zolang liggen tot ik het geen minuut langer meer uithou. Tot mijn tong aanvoelt als schuurpapier.

Ik word stapelgek van dat licht. Er hangen twee kale lampen aan het plafond. Allebei ultrafel. Als ik ze aandoe, is het niet om uit te houden zo licht. Maar als ik ze uitdoe, is het inktzwart. Ik kom op het idee om het ladekastje onder de lampen te zetten, erop te klimmen en één ervan los te draaien. Het is inderdaad iets beter met maar één lamp aan, maar het licht is nog steeds zo fel dat ik mijn ogen tot spleetjes moet knijpen.

Andy komt ook 's ochtends niet terug. De hele dag zit ik in die kamer. Ik maak me zorgen om Cecelia en vraag me af wat ik in vredesnaam moet doen als ik hieruit kom. Dit is geen waanidee. Dit is geen hallucinatie. Dit overkomt me echt.

Dat moet ik goed onthouden.

Het is bedtijd als ik eindelijk voetstappen hoor in de gang. Ik ben op het bed gaan liggen en heb gekozen voor donker.

Overdag was er een klein beetje zonlicht door de kieren tussen de planken voor het raam gepiept, waardoor ik vaag de omtrek van de spullen in de kamer kon zien. Maar nu de zon onder is, is het weer aardedonker.

'Nina?'

Ik doe mijn mond open, maar mijn keel is te droog om iets te zeggen. Ik moet eerst kuchen. 'Ja.'

'Ik ga je eruit laten.'

Ik wacht tot hij eraan toevoegt *maar nu nog niet.* Dat doet hij niet.

'Maar eerst,' zegt hij, 'moet je een paar basisregels kennen.'

'Je zegt het maar.' *Laat me hier alleen uit, alsjeblieft.*

'Om te beginnen, vertel je aan niemand wat er zich in deze kamer heeft afgespeeld.' Zijn stem klinkt resoluut. 'Niet aan je vriendinnen, niet aan de dokter, aan helemaal niemand. Want niemand zal je geloven, en als je erover praat, is dat een teken dat je weer waanideeën hebt en dat die arme Cecelia in gevaar is.'

Ik staar in het donker. Ook al wist ik wat hij zou gaan zeggen, ik word woest als ik de woorden hoor. Hoe kan hij van me verwachten dat ik niet praat over wat hij me opnieuw heeft aangedaan?

'Begrijp je dat, Nina?'

'Ja,' weet ik uit te brengen.

'Goed.' Ik zie zijn tevreden grijns haast voor me. 'Ten tweede, van tijd tot tijd zul je gestraft moeten worden. Dat zal in deze kamer gebeuren.'

Dat meent hij toch zeker niet? 'Geen sprake van. Vergeet het maar.'

'Volgens mij verkeer je niet in de positie om te onderhandelen, Nina.' Hij snuift minachtend. 'Ik vertel je alleen hoe het zal gaan. Je bent nu mijn vrouw, en ik heb bijzonder specifieke verwachtingen. Heus, het is voor je eigen bestwil. Ik heb je toch een waardevolle les geleerd over het verspillen van stroom, of niet soms?'

Ik hap naar adem in de duisternis. Ik heb het gevoel dat ik stik.

'Ik doe dit voor jou, Nina,' zegt hij. 'Denk eens aan de verschrikkelijke keuzes die je hebt gemaakt voordat ik in je leven kwam. Je had een uitzichtloos baantje met minimumloon. Je hebt je zwanger laten maken door een of andere loser die je in de steek liet. Ik probeer je alleen maar te leren hoe je een beter mens kunt worden.'

'Ik wou dat ik je nooit had ontmoet,' gooi ik eruit.

'Dat is niet erg aardig van je.' Hij lacht. 'Ik kan het je niet kwalijk nemen, neem ik aan. Maar ik vind het knap van je dat het je gelukt is om een van die lampen los te draaien. Aan die mogelijkheid had ik zelf niet eens gedacht.'

'Je... Hoe weet je...'

'Ik hou je in de gaten, Nina. Ik hou je constant in de gaten.' Ik hoor hem ademen achter de deur. 'Zo zal ons leven er voortaan uitzien. We zullen een doodnormaal gelukkig getrouwd stel zijn. En jij wordt de beste echtgenote van de hele buurt. Daar zal ik voor zorgen.'

Ik duw mijn vingers in mijn ogen om de opkomende hoofdpijn te onderdrukken.

'Begrijp je dat, Nina?'

De tranen branden achter mijn ogen, maar ik kan niet huilen. Ik ben uitgedroogd; er komt niets uit.

'Begrijp je dat, Nina?'

46

Stap zes: probeer ermee te leven

Ik zet het raam in Suzannes Audi een stukje open, zodat de wind mijn lichtblonde haren in de war maakt tijdens de rit naar huis na onze lunchafspraak. Het was de bedoeling dat we PTA-zaken zouden bespreken, maar we werden afgeleid en hebben zitten roddelen. Het is moeilijk om niet te roddelen. Er zijn ontzettend veel verveelde huisvrouwen in deze stad.

Iedereen denkt dat ik er daar ook een van ben.

Andy en ik zijn nu zeven jaar getrouwd. Hij heeft zich aan al zijn beloften gehouden. In veel opzichten is hij een geweldige echtgenoot geweest. Hij heeft me financieel onderhouden, hij is een vader geweest voor Cecelia, hij is gelijkmatig van humeur en plezierig in de omgang. Hij drinkt niet overmatig en rotzooit niet achter mijn rug, zoals zoveel andere mannen hier in de buurt wel doen. Hij is haast volmaakt.

En ik haat hem tot in het diepst van mijn ziel.

Ik heb al het mogelijke gedaan om van dit huwelijk af te komen. Ik heb met hem onderhandeld. Ik heb gezegd dat ik zou gaan zonder ook maar iets anders mee te nemen dan Cecelia en de kleren die ik aanhad. Maar hij lachte alleen maar. Gezien mijn psychische problemen in het verleden, zou het hem geen enkele moeite kosten om de politie ervan te overtuigen dat ik Cece had gekidnapt en haar opnieuw wat aan zou kunnen doen. Ik heb geprobeerd de ideale echtgenote te spelen, in de hoop dat hij geen excuus zou hebben om me op zolder op te sluiten. Ik maakte heerlijke maaltijden klaar, hield het huis brandschoon, en deed zelfs alsof ik niet van hem walgde als we seks hadden. Maar hij vond altijd wel iets. Het een of andere vergrijp waarvan ik me niet eens bewust was.

Ten slotte gaf ik het op. Ik deed geen moeite meer lief en aardig te zijn. Het maakte toch niet uit voor het aantal keren dat hij me meenam naar de zolder. Ik bedacht een nieuwe strategie: zijn afkeer opwekken. Ik ging me gedragen als een feeks, snauwde hem af om elke kleinigheid waaraan ik me zogenaamd ergerde. Het kon hem niets schelen. Hij leek bijna te genieten van mijn gescheld. Ik ging niet meer naar de sportschool en at wat ik maar wilde. Als ik hem dan niet op me kon laten afknappen door mijn gedrag, dan hopelijk wel door mijn uiterlijk. Op een keer betrapte hij me terwijl ik een chocoladetaart naar binnen zat te werken. Hij sleepte me mee naar de zolder en strafte me door me daar twee dagen zonder eten te laten zitten. Maar daarna leek het hem niets meer te kunnen schelen wat ik at.

Ik heb geprobeerd Kathleen te vinden, zijn vroegere verloofde. Als zij mijn verhaal zou kunnen bevestigen, zou ik eindelijk naar de politie kunnen stappen zonder over te komen als een volslagen krankzinnige. Aangezien ik ongeveer wist hoe ze eruitzag en hoe oud ze was, dacht ik dat ik haar wel zou kunnen opsporen. Maar heb je enig idee hoeveel mensen er tussen de dertig en vijfendertig jaar Kathleen heten? Heel veel. Het lukte me maar niet om haar te vinden, en uiteindelijk gaf ik het op.

Gemiddeld dwingt hij me één keer in de twee maanden om naar de zolder te gaan. Soms vaker, soms minder vaak. Er is ooit weleens een halfjaar vóórbijgegaan zonder dat ik erheen hoefde. Ik weet niet of het beter of juist erger is dat ik geen idee heb wanneer het er weer aan zit te komen. Het zou verschrikkelijk zijn als ik de precieze dag wist en daar met angst en beven naar uit moest kijken, maar het is ook afschuwelijk om nooit te weten of ik de nacht in mijn eigen bed zal slapen of in dat oncomfortabele kampeergeval. En natuurlijk tast ik in het duister over wat voor soort marteling me te wachten staat in die kamer, want ik heb nooit een flauw benul van wat ik nu weer op mijn geweten heb.

En het gaat niet alleen om mij. Als Cecelia iets doet wat niet door de beugel kan, word ik daarvoor gestraft. Hij heeft een hele verzameling kriebelige jurkjes met strookjes en strikjes voor haar gekocht, waar ze een hekel aan heeft en waar de kinderen op school haar vermoedelijk om uitlachen. Maar ze weet dat als ze ze niet draagt of ze vies maakt, haar moeder dagenlang verdwijnt (hoogstwaarschijnlijk naakt om me te leren dat kleding een voorrecht is). Dus gehoorzaamt ze.

Ik ben bang dat hij haar op een dag zal gaan straffen in plaats van mij. Ik schik me graag in mijn lot, zolang hij mijn dochter maar met rust laat.

Hij heeft me heel duidelijk gemaakt dat als ik probeer bij hem weg te gaan, Cecelia daarvoor zal boeten. Hij heeft haar al eens bijna verdronken. Een van zijn favoriete methodes om mij te treiteren, is ervoor zorgen dat er altijd een pot pindakaas in de voorraadkast staat. Ook al weet hij dat Cecelia allergisch is voor pinda's. Ik heb er al tientallen weggegooid, maar er duikt altijd weer een nieuwe op. Soms word ik gestraft voor die misdaad. Gelukkig is het geen levensbedreigende allergie. Ze krijgt alleen striemen over haar hele lichaam. Zo nu en dan mengt hij een klein beetje door haar eten, gewoon om een en ander duidelijk te maken. En steevast komt dan na de maaltijd de jeukende, irriterende uitslag op.

Als ik er niet voor naar de gevangenis zou gaan, zou ik een scherp mes pakken en dat dwars door zijn hals steken.

Maar hij is overal op voorbereid. Natuurlijk beseft hij dat er een kans is dat ik op een gegeven moment echt in de verleiding kom om hem te laten vermoorden of het zelf te doen. Hij heeft me verteld dat er een brief uit zal gaan van zijn advocaat naar de politie mocht hij door welke oorzaak dan ook komen te overlijden. Daarin zal informatie staan over mijn onevenwichtige gedrag en het aantal keren dat ik hem met de dood heb bedreigd. Niet dat dat gezien mijn psychiatrische verleden nodig zal zijn.

Dus blijf ik bij hem en vermoord ik hem niet in zijn slaap. Ik neem ook geen huurmoordenaar in de arm. Maar fantaseren doe ik wel. Als Cecelia ouder is, als ze me niet meer nodig heeft, kan ik misschien wegkomen. Hij kan me dan nergens meer mee bedreigen. Als zij eenmaal veilig is, laat het me koud wat er met mij gebeurt.

'We zijn er!' verkondigt Suzanne opgewekt als we voor het hek om ons huis stoppen. Raar om te bedenken dat ik het de eerste keer dat ik hier was zo'n leuk idee vond om een huis te hebben met een hek eromheen. Nu lijkt het precies wat het in feite is: een gevangenis.

'Bedankt voor de lift,' zeg ik. Ook al heeft zij mij niet bedankt voor de lunch, die ik heb betaald.

'Graag gedaan,' zegt ze vrolijk. 'Hopelijk komt Andrew gauw thuis.'

Ik trek een gezicht bij de bezorgde ondertoon in haar stem. Een paar jaar geleden, toen mijn vriendschap met Suzanne heel hecht werd, hadden we een keer wat te veel gedronken bij haar thuis. Die avond heb ik alles verteld. Alles. Ik smeekte haar om me te helpen. Ik zei dat ik naar de politie wilde gaan, maar dat ik dat niet kon doen zonder dat ik iemand had die me zou steunen.

We praatten uren achter elkaar. Suzanne hield mijn hand vast en beloofde me dat alles goed zou komen. Ik huilde van opluchting, omdat ik geloofde dat mijn nachtmerrie eindelijk voorbij was.

Maar toen ik thuiskwam, zat Andy me op te wachten.

Blijkbaar had hij er een gewoonte van gemaakt om elke nieuwe vriendin van mij op te zoeken. Hij ging met die vrouwen in gesprek en bracht hen op de hoogte van mijn psychische problemen. Hij vertelde hun wat ik jaren geleden had geprobeerd te doen. En hij zei ook dat als ze zich om wat voor reden dan ook zorgen maakten, ze hem onmiddellijk moesten bellen. Want dan had ik mogelijk een terugval.

Tijdens ons gesprek was Suzanne even de kamer uit gegaan, zogenaamd omdat ze naar de wc moest, en zonder dat ik het wist, had ze Andy gebeld. Ze had hem gewaarschuwd dat ik weer waanideeën had. Dus toen ik thuiskwam, had hij zijn maatregelen al genomen. Het werd een verblijf van twee maanden in Clearview, waar ik erachter kwam dat ten minste één van de directeuren een golfmaatje van Andy's vader was.

Nadat ik weer ontslagen was, verontschuldigde Suzanne zich uitvoerig. *Ik maakte me alleen maar zorgen om je, Nina. Ik ben zo blij dat je hulp gekregen hebt.* Natuurlijk vergaf ik haar. Ze was op dezelfde manier misleid als ik. Maar het werd nooit meer hetzelfde tussen ons. En ik durfde niemand meer te vertrouwen.

'Tot vrijdag dan, oké?' vraagt Suzanne. 'Bij de toneelopvoering op school.'

'Tuurlijk,' zeg ik. 'Hoe laat begint die ook weer?'

Suzanne geeft geen antwoord. Ze is plotseling afgeleid door het een of ander.

'Om zeven uur?' dring ik aan.

'Mm-hmm,' antwoordt ze.

Ik kijk over haar schouder om te zien wat haar aandacht heeft getrokken. Dan rol ik met mijn ogen. Het is Enzo, de plaatselijke tuinman die we een paar maanden geleden hebben ingehuurd om onze tuin bij te houden. Hij voldoet prima, werkt altijd hard, komt nooit met smoesjes, en, toegegeven, hij is niet verkeerd om naar te kijken. Toch vind ik het een beetje belachelijk dat alle vrouwen die hem bij ons aan het werk zien, in katzwijm vallen en plotseling bedenken dat er aan hun tuin ook het nodige moet gebeuren.

'Wauw,' verzucht Suzanne. 'Ik had al gehoord dat jullie tuinman een lekker ding is, maar jéétje.'

Ik rol weer met mijn ogen. 'Hij werkt gewoon bij ons in de tuin, dat is alles. Hij spreekt niet eens Engels.'

'Dat maakt mij niet uit,' zegt Suzanne. 'Allemachtig, dat zou zelfs een voordeel kunnen zijn.'

Ze houdt niet op voordat ik haar Enzo's telefoonnummer geef. Niet dat het mij iets uitmaakt. Het is een aardige kerel, en ik gun hem van harte wat extra werk. Zelfs al krijgt hij dat alleen maar omdat hij er goed uitziet en niet om wat hij doet.

Als ik uit de auto stap en de poort door ga, kijkt Enzo op van de heg die hij aan het knippen is. Hij steekt groetend zijn hand op. *'Ciao, signora.'*

Ik beantwoord zijn glimlach. *'Ciao*, Enzo.'

Ik mag Enzo. Hij spreekt dan wel geen Engels, maar hij lijkt me een goedaardig iemand. Dat zie je gewoon. Hij plant al die prachtige bloemen in onze tuin. Cece gaat soms bij hem kijken, en als ze naar de bloemen vraagt, wijst hij ze geduldig aan en vertelt hoe ze heten. Ze herhaalt de namen, waarop hij glimlachend knikt. Af en toe vraagt ze of ze hem mag helpen. Dan kijkt hij mij aan. 'Is oké?' Als ik instem, geeft hij haar iets te doen in het bloembed, ook al kost hem dat waarschijnlijk tijd.

Zijn bovenarmen zitten vol tattoos, deels verborgen onder zijn shirt. Toen ik een keer naar hem stond te kijken terwijl hij aan het werk was, zag ik de naam Antonia in een hart op zijn biceps staan. Wie zou dat zijn, vroeg ik me af. Ik weet vrij zeker dat hij niet getrouwd is.

Hij heeft iets... Sprak hij maar Engels, want ik heb het gevoel dat ik hem in vertrouwen zou kunnen nemen. Dat hij misschien wel die ene persoon is die me zou geloven. Die me echt zou helpen.

Ik blijf staan en kijk naar hem terwijl hij met de heg bezig is. Ik heb geen dag meer gewerkt sinds ik hier ben ingetrokken. Andy wil dat niet. Ik mis het. Enzo zou het begrijpen, daar ben ik van overtuigd. Jammer genoeg spreekt hij geen Engels. Aan de andere kant heb ik het gevoel dat ik daardoor gemakkelijker mijn hart bij hem zou kunnen uitstorten. Soms denk ik dat ik echt stapelgek word als ik het niet een keer hardop uitspreek.

'Mijn man is een monster,' zeg ik ineens. 'Hij martelt me. Hij houdt me gevangen op zolder.'

Enzo's schouders verstrakken. Fronsend laat hij zijn snoeischaar zakken. '*Signora*... Nina...'

Ik krijg het ijskoud vanbinnen. Waarom heb ik dat gezegd? Ik had dat er nooit uit moeten gooien. Ik dacht dat hij toch niet zou begrijpen wat ik zei en ik móést het gewoon aan iemand kwijt. Iemand die me niet zou verlinken bij Andy. Ik dacht dat ik het Enzo veilig kon vertellen. Tenslotte verstaat hij niet eens Engels. Maar als ik in zijn donkere ogen kijk, zie ik begrip.

'Laat maar,' zeg ik vlug.

Hij zet een stap naar me toe, ik schud mijn hoofd en doe een stapje achteruit. Ik heb een grote fout gemaakt. Nu zal ik Enzo waarschijnlijk moeten ontslaan.

Maar dan lijkt hij het te snappen. Hij brengt zijn snoeischaar omhoog en gaat weer aan het werk.

Haastig ga ik het huis in en sla de deur achter me dicht. Voor het raam staat een spectaculair bloemstuk. Volgens mij zijn zo ongeveer alle kleuren van de regenboog erin verwerkt. Andy bracht het gisteravond mee van zijn werk om me te verrassen, om me te laten zien wat een geweldige echtgenoot hij is als ik me 'netjes gedraag'.

Over de bloemen heen gluur ik door het raam naar buiten, naar de voortuin. Enzo is daar nog steeds aan het werk, met de scherpe snoeischaar in zijn gehandschoende handen. Maar dan stopt hij even en richt zijn blik op het raam. Een fractie van een seconde kijken we elkaar aan.

Dan wend ik mijn ogen af.

47

Ik zit nu ongeveer vierentwintig uur op zolder.

Direct nadat Cecelia gisteravond naar bed was gegaan, nam Andy me hier mee naartoe. Ik heb geleerd om niet tegen hem in te gaan. Als ik dat doe, betekent dat weer een verblijf in Clearview. Of ik kom er de volgende dag achter dat Cece er niet is als ik haar van school ga halen. Vervolgens zie ik haar een hele week niet, omdat ze 'de stad uit' is. Hij wil Cecelia geen kwaad doen, maar dat gaat geheid gebeuren. Tenslotte had ze al die jaren geleden kunnen verdrinken in dat bad als de politie niet precies op het juiste moment was gekomen. Ik ben er een keer tegen hem over begonnen, maar hij glimlachte alleen maar naar me. *Dan zou je je lesje wel hebben geleerd, of niet?*

Andy wil nog een kind. Nog een klein wezentje waarvan ik zal houden en dat ik zal willen beschermen. Een wezentje dat hij zal gebruiken om me nog jarenlang in zijn macht te houden. Dat kan ik niet laten gebeuren. Dus ben ik naar een kliniek in de stad gegaan en heb onder een valse naam een spiraaltje laten plaatsen. Tegen contante betaling. Ik heb geoefend in het trekken van verbijsterde gezichten, zodat ik overtuigend overkom wanneer de uitslag van de zwangerschapstests negatief blijkt te zijn.

Deze keer had ik gezondigd door te veel luchtverfrisser in onze slaapkamer te spuiten. Ik had precies evenveel gebruikt als anders. Maar als ik het helemaal niet had gebruikt, zou hij me hebben opgesloten met iets wat ontzettend smerig ruikt, zoals rotte vis. Ik weet intussen hoe zijn brein werkt.

In elk geval was de luchtverfrisser gisteravond op de een of andere manier te veel van het goede, en waren zijn ogen daardoor geïrriteerd geraakt. Mijn straf? Ik moest me in mijn ogen spuiten met pepperspray.

Jazeker.

Hij had het busje pepperspray in het ladekastje gelegd. *Richt het op je ogen en druk op de dop.*

En hou je ogen open. Anders telt het niet.

Dus dat heb ik gedaan. Ik heb me in mijn gezicht gespoten met pepperspray om uit deze verdomde kamer te komen. Heb je ooit pepperspray in je ogen gehad? Ik kan het niet aanbevelen. Het steekt gruwelijk. Mijn ogen begonnen meteen verschrikkelijk te tranen. Het leek of mijn gezicht in brand stond. Toen begon mijn neus te lopen. Even later voelde ik het prikkende vocht in mijn mond druppelen. Het smaakte afschuwelijk. Een paar minuten bleef ik op het bed zitten, vechtend om lucht binnen te krijgen. Ik kon mijn ogen bijna een uur lang amper open krijgen.

Het was zonder enige twijfel erger dan een beetje luchtverfrisser.

Maar nu ben ik een paar uur verder. Ik kan mijn ogen weer opendoen. Mijn gezicht voelt nog steeds aan alsof het door de zon is verbrand, en mijn ogen zijn opgezet. Maar ik ben niet langer bang dat ik doodga. Andy zal wel willen wachten tot ik er weer een beetje normaal uitzie voordat hij me eruit laat.

Dat betekent dat ik hier misschien nog een nacht zit. Maar ik hoop van niet.

Het raam is niet verduisterd, zoals anders soms, zodat er in elk geval wat natuurlijk licht naar binnen valt. Het helpt om niet helemaal gek te worden. Ik loop naar het raam en tuur naar buiten. Was ik maar daar in plaats van hierboven.

Terwijl ik dat wens, zie ik dat de achtertuin niet totaal verlaten is.

Enzo is daar aan het werk. Ik wil achteruitgaan, maar net op dat moment kijkt hij naar boven. Hij staart naar me, en zelfs vanaf de tweede verdieping van het huis zie ik zijn gezicht donker worden. Hij rukt zijn werkhandschoenen van zijn handen en loopt met grote stappen de tuin uit.

O nee. Dit is niet goed.

Ik weet niet wat hij van plan is. Gaat hij de politie bellen? Zou dat goed zijn of slecht? Andy is er altijd in geslaagd om dit soort dingen zo te draaien dat het lijkt of het aan mij ligt. Hij is me altijd een stap voor. Ongeveer een jaar geleden ben ik geld gaan verstoppen in een laars in mijn kledingkast. Om te sparen voor het geval ik ooit aan hem zou kunnen ontsnappen. Op een dag was al dat geld verdwenen, en de dag daarna moest ik mee naar de zolder.

Ongeveer een minuut nadat ik Enzo de tuin uit heb zien gaan, wordt er op de deur gebonkt. Ik stap achteruit en druk me tegen de muur. 'Nina!' Dat is Enzo's stem. 'Nina! Ik weet dat je daarbinnen bent!'

Ik schraap mijn keel. 'Alles in orde met mij!'

De deurknop beweegt heen en weer. 'Als dat zo is, doe de deur dan open zodat ik het zelf kan zien.'

Opeens dringt het tot me door dat Enzo heel goed Engels spreekt. Ik had de indruk dat hij een beetje Engels verstond en het nauwelijks sprak, maar nu blijkt dat niet te kloppen. Bovendien is zijn Italiaanse accent veel minder zwaar dan eerst.

'Ik... ik heb het druk,' zeg ik met een vreemd hoog stemmetje. 'Maar er is niks aan de hand! Ik ben gewoon aan het werk.'

'Je zei dat je man je martelt en je opsluit op zolder.'

Ik adem scherp in. Dat zei ik alleen maar omdat ik dacht dat hij het toch niet zou verstaan. Nu blijkt dat ik me daarin schromelijk heb vergist. Ik moet de schade zien te beperken. Ik mag Andy niet kwaad maken. 'Hoe ben je trouwens binnengekomen?'

Enzo zucht ongeduldig. 'Er ligt altijd een sleutel onder de bloempot bij de voordeur. Nou, waar is de sleutel van deze kamer? Zeg op.'

'Enzo...'

'Waar is die sleutel?'

Ik weet waar de sleutel van de zolderkamer is. Niet dat ik daar veel aan heb als ik hierbinnen zit, maar ik zou Enzo kunnen vertellen waar hij hem kan vinden. Als ik dat zou willen. 'Ik weet dat je probeert te helpen, maar dit lost niks op. Alsjeblieft, hou je erbuiten. Hij laat me er straks uit.'

Het blijft lang stil aan de andere kant van de deur. Ik hoop dat hij zich afvraagt of hij wel betrokken wil raken bij het privéleven van een klant. Wat zijn verblijfsstatus is, weet ik niet, maar hij is hier niet geboren. Andy en zijn familie hebben zonder enige twijfel geld en macht genoeg om hem het land uit te laten zetten, als ze dat zouden willen.

'Ga achteruit,' zegt Enzo ten slotte. 'Ik ga de deur intrappen.'

'Nee, dat mag je niet doen!' De tranen springen me in de ogen. 'Luister, je begrijpt het niet. Als ik niet doe wat hij zegt, doet hij Cecelia wat aan. En mij laat hij opsluiten, dat heeft hij al eerder gedaan.'

'Dat zijn gewoon smoesjes.'

'Nee, dat zijn het niet!' Een enkele traan rolt over mijn wang. 'Je weet niet hoe rijk hij is. Je begrijpt niet wat hij je aan kan doen. Wil je het land uitgezet worden?'

Enzo zwijgt weer. 'Dit is verkeerd. Hij doet je pijn,' zegt hij dan.

'Het gaat best met me. Ik zweer het je.'

Dat is grotendeels waar. Mijn gezicht voelt nog branderig en mijn ogen prikken nog, maar dat hoeft Enzo niet te weten. Over een dag ben ik weer helemaal in orde. Alsof het nooit is gebeurd. Dan kan ik terug naar mijn gewone, ellendige leven.

'Je wil dat ik ga,' zegt hij.

Ik wil niet dat hij gaat. Ik wil niets liever dan dat hij de deur intrapt, maar ik weet dat Andy dat zal verdraaien. God weet waar hij ons van zal beschuldigen. Ik had nooit gedacht dat hij me verschillende keren zou kunnen laten opsluiten in een psychiatrische inrichting, simpelweg omdat ik de waarheid probeerde te vertellen. Ik wil niet dat Enzo hetzelfde overkomt. In mijn geval had Andy een reden om te willen dat ik er weer uit kwam. Enzo zou hij zonder problemen voorgoed laten opsluiten.

'Ja,' zeg ik. 'Ga alsjeblieft.'

Hij zucht diep. 'Ik zal gaan. Maar als ik je morgenochtend niet zie, kom ik naar boven en trap ik die deur alsnog in. En ik bel de politie.'

'Dat is goed.' Ik ben aan mijn laatste flesje water toe, dus als Andy me er morgenochtend nog niet uit gelaten heeft, zal ik er niet best aan toe zijn.

Ik wacht op het geluid van zijn voetstappen, maar het blijft stil. Hij staat nog steeds voor de deur. 'Je verdient het niet om zo behandeld te worden,' zegt hij na een tijdje.

Dan hoor ik hem weglopen door de gang, terwijl de tranen over mijn wangen stromen.

's Avonds laat Andy me eruit. Als ik eindelijk in de spiegel kan kijken, schrik ik ervan hoe gezwollen mijn ogen nog zijn van de pepperspray. En mijn gezicht is vuurrood, alsof ik er heet water tegenaan heb gekregen. Maar de volgende ochtend zie ik er bijna weer normaal uit. Mijn wangen zijn roze, alsof ik te lang in de zon heb gezeten.

Enzo is aan het werk in de voortuin op het moment dat Andy met Cece op de achterbank de garage uit rijdt. Hij brengt haar naar school zodat ik kan uitrusten. Nadat hij me uit de zolderkamer heeft gelaten is hij meestal een paar dagen heel aardig voor me. Vanavond zal hij wel bloemen bij zich hebben en misschien zelfs een of ander sieraad. Alsof dat ook maar iets goed zou maken.

Ik kijk hem na vanachter het raam terwijl hij het hek uit rijdt en de straat op draait. Als de auto is verdwenen, zie ik Enzo naar me staren. Meestal werkt hij niet twee dagen achter elkaar bij ons in de tuin. De reden dat hij vandaag hier is, heeft niets te maken met de staat van onze bloembedden.

Ik ga door de voordeur naar buiten en loop naar de heg, waar hij aan het werk is. Het valt me op hoe scherp zijn snoeischaar is. Als hij Andy daarmee in zijn borst zou steken, zou het einde verhaal zijn. Natuurlijk heeft hij helemaal geen snoeischaar nodig. Waarschijnlijk zou hij Andy met zijn blote handen af kunnen maken.

'Zie je wel?' Ik produceer een gemaakt lachje. 'Ik zei toch dat alles in orde is?'

Hij lacht niet terug.

'Echt,' zeg ik.

Zijn ogen zijn zo donker dat zijn pupillen niet te onderscheiden zijn. 'Vertel me de waarheid.'

'Die wil je niet weten.'

'Vertel het me.'

De afgelopen vijf jaar ben ik door iedereen aan wie ik heb verteld wat Andy allemaal met me heeft gedaan, de politie, artsen, mijn beste vriendin, voor krankzinnig uitgemaakt. Gestóórd. Ik werd opgesloten omdat ik praatte over wat hij me had aangedaan. Maar hier staat iemand die de waarheid wil horen. Hij zal me geloven.

Dus op deze mooie zonnige dag, op het gazon in de voortuin, vertel ik Enzo alles. Ik vertel hem over de kamer op zolder. Ik beschrijf een paar van Andy's martelmethoden. Ik vertel over de keer dat ik Cecelia bewusteloos in het bad heb gevonden. Dat is jaren geleden, maar ik zie haar gezichtje boven het stijgende water voor me alsof het gisteren was. Ik vertel hem alles, en zijn gezichtsuitdrukking wordt steeds dreigender.

Nog voordat ik uitverteld ben, barst hij los in rap Italiaans. Ik ken de taal niet, maar scheldwoorden herken ik altijd wel. Zijn vingers omklemmen de snoeischaar tot zijn knokkels wit worden. 'Ik vermoord hem,' zegt hij fel. 'Vanavond vermoord ik hem.'

Al het bloed trekt weg uit mijn gezicht. Het voelde ontzettend goed om te praten over alles wat me is overkomen, maar het was een vergissing. Hij is buiten zichzelf van woede. 'Enzo...'

'Hij is een monster!' gooit hij eruit. 'Wil je dan niet dat ik hem vermoord?'

Ja, ik wil Andy dood hebben, maar ik wil niet te maken krijgen met de gevolgen. Ik denk vooral aan die brief die naar de politie zal gaan als hij overlijdt. Ik wil hem dood hebben, maar niet zo graag dat ik er voor de rest van mijn leven de gevangenis voor in wil gaan.

'Dat mag je niet doen.' Vastberaden schud ik mijn hoofd. 'Dan ga je de gevangenis in. Wij allebei. Wil je dat?'

Enzo mompelt iets in het Italiaans. 'Best, dan ga je bij hem weg.'

'Dat kan niet.'

'Dat kan wel. Ik zal je helpen.'

'Wat kun je doen?' Het is niet helemaal een retorische vraag. Misschien is Enzo stiekem steenrijk. Misschien heeft hij in het geheim banden met de maffia. 'Kun je aan een vliegticket voor me komen? Een nieuw paspoort? Een nieuwe identiteit?'

'Nee, maar...' Hij wrijft over zijn kin. 'Ik vind wel een manier. Ik ken bepaalde mensen. Ik zal je helpen.'

Ik wil hem ontzettend graag geloven.

48

Stap zeven: probeer te ontsnappen

Een week later spreek ik af met Enzo om plannen te maken.

We zijn heel voorzichtig. Als ik vriendinnen op bezoek heb van de PTA, zeg ik opvallend scherp tegen hem dat hij mijn geraniums verknoeit, gewoon om wat voor roddels dan ook voor te zijn. Ik ben er zo goed als zeker van dat Andy ergens in mijn auto een gps-tracker heeft verstopt, dus kan ik niet naar Enzo's huis gaan. In plaats daarvan rij ik naar een fastfoodrestaurant, zet mijn auto op de parkeerplaats, en spring bij Enzo in de auto voordat iemand me kan hebben gezien. Mijn telefoon laat ik achter.

Ik neem geen enkel risico.

Enzo huurt een appartementje in het souterrain van een gebouw, maar hij heeft zijn eigen ingang. Hij gaat me voor naar het piepkleine keukentje, waar een ronde tafel staat met gammele stoelen eromheen. Als ik op een daarvan ga zitten, kraakt hij vervaarlijk. Ik schaam me bijna als ik bedenk hoeveel mooier ons huis is dan zijn onderkomen. Aan de andere kant lijkt hij me niet iemand die veel om dat soort dingen geeft.

Enzo loopt naar de koelkast. Hij pakt er een flesje bier uit en houdt het omhoog. 'Wil jij ook?'

Ik wil nee zeggen, maar dan verander ik van gedachten. 'Ja, graag.'

Hij komt terug met twee biertjes. Hij maakt ze open met de

flesopener aan zijn sleutelketting en schuift er mij over de tafel een toe. Ik vouw mijn vingers om het flesje. De condens voelt koud tegen mijn huid.

'Dank je,' zeg ik.

Hij haalt zijn schouders op. 'Dat bier is niet veel bijzonders.'

'Ik bedankte je niet voor het bier.'

Hij laat zijn vingers knakken, waarbij de spieren in zijn armen bewegen. Je moet wel blind zijn om niet te zien hoe ongelofelijk sexy deze man is. Als de andere vrouwen uit mijn buurt wisten dat ik bij hem in zijn appartement ben, zouden ze ongetwijfeld groen zien van jaloezie. Ze zouden aannemen dat hij me op dit moment de kleren van het lijf aan het rukken was, klaar om me te nemen. Waarschijnlijk zouden ze zich gepikeerd afvragen waarom hij van alle vrouwen in de buurt uitgerekend mij heeft gekozen, terwijl zij stuk voor stuk veel aantrekkelijker zijn. *Enzo kan wel wat beters krijgen.* Ze hebben geen idee. Het staat zo ver af van de werkelijkheid dat het bijna grappig is. Maar niet echt.

'Ik had zo'n gevoel,' zegt hij. 'Je man... Ik kon merken dat hij niet deugt.'

Ik neem een grote slok uit het flesje. 'Ik wist niet eens dat je Engels sprak.'

Enzo lacht. Hij werkt nu al twee jaar bij ons in de tuin en dit is voor het eerst dat ik hem hoor lachen. 'Het is gemakkelijker om net te doen alsof ik geen Engels versta. Anders laten die vrouwen me nooit met rust. Snap je wat ik bedoel?'

Ondanks alles moet ik ook lachen. Hij heeft gelijk. 'Kom je oorspronkelijk uit Italië?'

'Sicilië.'

'En...' Ik laat het bier ronddraaien in mijn flesje. 'Hoe ben je hier terechtgekomen?'

Hij laat zijn schouders zakken. 'Dat is geen fraai verhaal.'

'Het mijne wel dan?'

Hij slaat zijn ogen neer. 'De man van mijn zusje Antonia...

Hij leek op die van jou. Een slechte kerel. Een rijke, machtige, slechte kerel, die er een kick van kreeg als hij haar alle hoeken van de kamer kon laten zien. Ik zei tegen haar: ga bij hem weg. Maar dat wilde ze niet. Toen, op een dag, duwde hij haar van de trap af. Ze is naar het ziekenhuis gebracht, maar ze is nooit meer wakker geworden.' Hij trekt de mouw van zijn T-shirt omhoog om de tattoo van het hart met de naam Antonia erin te laten zien. 'Zo gedenk ik haar.'

'O.' Ik sla mijn hand voor mijn mond. 'Wat erg!'

Zijn adamsappel gaat op en neer. 'Er is geen gerechtigheid voor mannen als hij. Geen gevangenis. Geen straf voor de moord op mijn zusje. Dus besloot ik hem zelf te straffen.'

Ik herinner me de dreigende blik in zijn ogen toen ik hem vertelde wat Andy me aandeed. *Ik vermoord hem.* 'Heb je...'

'Nee.' Opnieuw laat hij zijn vingers knakken. Het geluid echoot door het kleine appartement. 'Zover ben ik niet gegaan. Daar heb ik spijt genoeg van, want daarna was mijn leven niets meer waard. *Niente.* Ik moest alles bij elkaar schrapen wat ik had om weg te kunnen.' Hij neemt een slok uit zijn flesje. 'Als ik ooit terugga, word ik omgelegd voordat ik van het vliegveld af ben.'

Ik weet niet wat ik moet zeggen. 'Was het moeilijk voor je om weg te gaan?'

'Zal het voor jou moeilijk zijn om hier weg te gaan?'

Daar denk ik even over na. Dan schud ik mijn hoofd. Ik wil weg. Ik wil een zo groot mogelijke afstand scheppen tussen mij en Andrew Winchester. Al moest ik naar Siberië om van hem af te zijn, ik zou gaan.

'Je zult paspoorten nodig hebben voor jou en Cecelia.' Hij telt alles af op zijn vingers. 'Een rijbewijs. Geboorteaktes. Genoeg contant geld om mee rond te komen tot je werk vindt. En twee vliegtickets.'

Mijn hartslag versnelt. 'Ik heb dus geld nodig...'

'Ik heb wat spaargeld. Dat mag je hebben,' zegt hij.

'Enzo, dat kan ik echt niet...'

Hij wuift mijn protest weg. 'Maar het is niet genoeg. Je hebt meer nodig. Kun je daaraan komen?'

Daar zal ik iets op moeten vinden.

Een paar dagen later breng ik Cecelia naar school. Dat doe ik bijna elke dag. Haar blonde haar hangt in twee onberispelijk gelijke vlechten op haar rug. Ze draagt een van haar pastelkleurige strokenjurkjes, waardoor ze nogal opvalt tussen haar klasgenootjes. Ik ben bang dat de andere kinderen haar uitlachen om die jurkjes, en ze kan er niet in spelen zoals ze zou willen. Maar als ze ze niet draagt, straft Andy mij daarvoor.

Cece tikt afwezig met haar vingers op de achterruit, terwijl ik de straat van de Windsor Academy in draai. Ze zeurt nooit als ze naar school moet, maar ik geloof niet dat ze het er erg naar haar zin heeft. Ik wilde dat ze meer vriendinnetjes had. Om haar af te leiden en haar te helpen andere kinderen te leren kennen, heb ik haar opgegeven voor zoveel mogelijk activiteiten. Maar zonder succes.

Nu doet het er niet meer toe. Binnenkort zal alles veranderen.

Heel binnenkort.

Als ik de auto bij de school parkeer om haar af te zetten, treuzelt ze op de achterbank. Ze fronst haar blonde wenkbrauwen. 'Jij haalt me op, toch? Niet papa?'

Andy is de enige vader die ze ooit heeft gekend. Ze weet niet wat hij mij aandoet, maar wel dat ik soms dagen achter elkaar verdwijn als zij iets doet wat hem niet aanstaat. En als dat gebeurt, is hij degene die haar ophaalt. Het maakt haar bang. Ze zal het nooit hardop zeggen, maar ze haat hem.

'Ik haal je op,' zeg ik.

Haar gezichtje ontspant. Ik wil eruit gooien: *maak je geen zorgen, liefje. Binnenkort zijn we hier weg. Dan zal hij ons nooit meer iets aan kunnen doen.* Maar dat kan nog niet. Dat risico kan ik niet nemen. Niet tot de dag dat ik haar ophaal en we regelrecht naar het vliegveld rijden.

Als Cecelia uit de auto is gestapt, rij ik terug naar huis. Nog één week. Eén week voordat ik een tas inpak en de rit van anderhalf uur maak naar de locatie van het kluisje met mijn nieuwe paspoort, mijn nieuwe rijbewijs en een flink pak geld. Ik koop onze tickets op het vliegveld en betaal cash, want de vorige keer dat ik weg wilde gaan en vooraf tickets had gekocht, stond Andy ons op te wachten bij de gate. Enzo heeft me geholpen om alles zo te regelen dat de kans dat Andy ontdekt wat ik van plan ben, zo klein mogelijk is. Tot nu toe weet hij nog van niets.

Tenminste, dat denk ik, tot ik de woonkamer binnenloop en Andy aan tafel zie zitten. Kennelijk heeft hij op me gewacht.

'Andy,' zeg ik ademloos. 'Eh… hoi.'

'Hallo, Nina.'

Op dat moment zie ik de drie dingen die voor hem liggen. Het paspoort, het rijbewijs en het stapeltje cash.

O nee.

'Wat was je hiermee van plan…' Hij kijkt omlaag en leest de naam op het rijbewijs voor. 'Tracy Eaton.'

Ik heb het gevoel dat ik stik. Ik sta te trillen op mijn benen en moet mijn hand tegen de muur zetten om niet in elkaar te zakken. 'Hoe kom je daaraan?'

Andy staat op van zijn stoel. 'Heb je nou nog niet door dat je niets geheim kunt houden voor mij?'

Ik zet een stap achteruit. 'Andy…'

'Nina,' zegt hij, 'tijd om naar boven te gaan.'

Nee. Ik ga niet. Ik ga mijn belofte aan mijn dochter dat ik haar vandaag kom ophalen niet breken. Ik laat me niet dagenlang opsluiten daarboven, niet nu ik net dacht dat ik algauw onderweg zou zijn naar de vrijheid. Ik doe het niet. Ik kan dit niet meer.

Voordat Andy dichterbij kan komen, sprint ik de voordeur uit en spring weer in mijn auto. Ik rij zo snel de oprit af dat ik voordat ik de straat op draai, bijna tegen de poort aan knal.

Ik heb geen idee waar ik heen ga. Het liefst zou ik regelrecht naar Cecelia's school rijden en haar meenemen. En dan maar blijven rijden tot aan de grens met Canada. Maar het zal moeilijk zijn om aan hem te ontsnappen zonder dat paspoort en het rijbewijs. Ik twijfel er niet aan dat hij op dit moment de politie belt om een verhaal op te hangen over zijn gestoorde vrouw die helaas een terugval heeft.

Er is één pluspunt aan deze situatie. Hij heeft maar één van de twee kluisjes gevonden. Het was Enzo's idee om twee aparte kluisjes te nemen. Andy heeft dat met het paspoort, het rijbewijs en een deel van het geld gevonden, maar er is nog een stapeltje cash. Daar weet hij niets van.

Ik rij door tot ik bij Enzo in de buurt ben. Ik parkeer twee straten bij zijn appartement vandaan en loop het laatste stuk. Als ik er bijna ben, zie ik hem in zijn pick-up stappen. Ik ren naar hem toe. 'Enzo!'

Zijn hoofd gaat abrupt omhoog. Zijn gezicht betrekt als hij de uitdrukking op het mijne ziet. 'Wat is er gebeurd?'

'Hij heeft een van de kluisjes gevonden.' Ik zwijg om op adem te komen. 'Het... het is voorbij. Ik kan niet weg.'

Ik ben ongelofelijk teleurgesteld. Voordat ik met Enzo was gaan praten, had ik geaccepteerd dat dit mijn leven zou zijn. In elk geval tot Cecelia achttien werd. Maar inmiddels besef ik dat ik dat niet aankan. Ik kan zo niet leven. Ik kán het niet.

'Nina...'

'Wat moet ik nou doen?' jammer ik.

Hij steekt zijn armen uit en ik laat me erin vallen. We moeten voorzichtiger zijn. Iemand zou ons kunnen zien. Stel dat Andy het idee krijgt dat ik een verhouding heb met Enzo?

We hebben geen verhouding, trouwens. Zelfs niet iets wat erop lijkt. Hij ziet me als Antonia, het zusje dat hij niet kon redden. Hij heeft me nooit anders aangeraakt dan op een broederlijke manier. Met dat soort dingen zijn we geen van beiden bezig. Het enige waaraan ik op dit moment kan denken, is dat de toekomst die misschien voor me in het verschiet lag, in rook is opgegaan. Nog tien jaar met dat monster.

'Wat moet ik nou doen?' vraag ik weer.

'Dat is heel simpel,' antwoordt hij. 'We stappen over op plan B.'

Ik hef mijn betraande gezicht naar hem op. 'Wat is plan B?'

'Ik vermoord de klootzak.'

Ik ril, want aan de blik in zijn donkere ogen zie ik dat hij het meent. 'Enzo…'

'Ik doe het.' Hij stapt achteruit. Zijn kaken staan strak. 'Hij verdient het om te sterven. Dit kan echt niet. Ik doe voor jou wat ik voor Antonia had moeten doen.'

'En dan? Dan gaan we allebei de gevangenis in.'

'Jij gaat de gevangenis niet in.'

Ik stomp hem tegen zijn arm. 'Ik wil ook niet dat jij de gevangenis in gaat.'

'Wat stel je dan voor?'

Op dat moment komt het idee bij me op. Het is zo prachtig eenvoudig. Want ook al haat ik Andy, ik ken hem door en door. Dit is de oplossing.

49

Stap acht: zoek een vervangster

Ik kan niet zomaar de eerste de beste nemen.

Om te beginnen moet ze mooi zijn. Mooier dan ik. Dat kan niet zo moeilijk zijn, want ik heb mijn uiterlijk de afgelopen paar jaar met opzet verwaarloosd. Ze moet jonger zijn dan ik, jong genoeg om Andy de kinderen te geven die hij zo graag wil. Ze moet er goed uitzien in wit. Daar houdt hij van.

En het belangrijkst van alles: ze moet wanhopig zijn.

Dan ontmoet ik Wilhelmina Calloway. Ze is precies wat ik zoek. De sjofele kleren die ze draagt bij het sollicitatiegesprek kunnen niet verhullen hoe jong en mooi ze is. Ze wil niets liever dan het mij naar de zin maken. En wanneer uit mijn eenvoudige achtergrondonderzoek blijkt dat ze een strafblad heeft, weet ik dat ik de ideale kandidaat heb gevonden. Dit meisje is wanhopig op zoek naar een fatsoenlijke, goedbetaalde baan.

'Ik ben het hier niet mee eens,' zegt Enzo. We staan in de achtertuin. Ik heb hem net naar de naam van de privédetective die hij kent, gevraagd. 'Dit is niet goed.'

Toen ik hem een paar weken geleden over mijn plan vertelde, was hij daar niet gelukkig mee. *Wil je dan zomaar iemand anders opofferen?* Maar hij begreep het niet.

'Andy heeft me in zijn macht door Cecelia,' zeg ik. 'Dit meisje heeft geen kinderen. Geen verplichtingen. Niets waardoor hij vat op haar heeft. Zij kan gewoon vertrekken.'

'Je weet dat het zo niet werkt,' moppert hij.

'Ga je me helpen of niet?'

Hij laat zijn schouders zakken. 'Ja, je weet dat ik je zal helpen.'

Dus gebruik ik een deel van het overgebleven verstopte geld om de privédetective die Enzo me heeft aanbevolen in te huren. Die man vertelt me alles wat ik moet weten over Wilhelmina Calloway. Ze is ontslagen door haar vorige werkgever. Het scheelde niet veel of ze hadden de politie erbij gehaald. Ze woont in haar auto. En hij heeft nog een interessant weetje voor me. Een weetje dat alles verandert. Direct na het gesprek met de detective, bel ik Millie en bied haar de baan aan.

Het enige probleem is Andy.

Hij zal niet willen dat er een vreemde bij ons in huis komt wonen. Met tegenzin heeft hij het goedgevonden dat er af en toe iemand een paar uur komt schoonmaken, maar dat is het. Op zijn moeder na mag er zelfs niemand op Cecelia passen. Maar de timing is precies goed. Andy's vader is pas met pensioen gegaan, en nadat hij lelijk was gevallen op een bevroren plas op de stoep, hebben ze besloten naar Florida te verhuizen. Evelyn was duidelijk niet erg enthousiast over het idee, vandaar dat ze hun huis hier aanhouden voor de zomer. Maar het merendeel van hun vrienden was al naar Zuid-Florida vertrokken en Andy's vader verheugde zich erop om elke dag met zijn maatjes te gaan golfen.

Om een lang verhaal kort te maken: we hebben hulp nodig.

Het lastigste van alles is dat Millie de kamer op zolder krijgt. Dat zal hem absoluut niet bevallen. Maar het kan niet anders. Als ik wil dat hij haar als mijn vervangster gaat beschouwen, moet ik ervoor zorgen dat hij haar daarboven ziet. Hij moet in de verleiding worden gebracht.

Voordat ik hem met haar confronteer, bereid ik de weg voor haar. Elke morgen begin ik zodra ik wakker ben te klagen over migraineaanvallen. Die zijn zo erg dat ik onmogelijk kan koken en schoonmaken. Ik doe mijn uiterste best om ervoor te zorgen dat het overal een grote puinhoop is. Nog een paar dagen en ons huis zou zomaar onbewoonbaar verklaard kunnen worden. We hebben hulp nodig. Dringend.

Maar zodra Andy doorheeft dat ik Millie heb aangenomen, zet hij me klem bij mijn auto. Zijn vingers dringen in mijn bovenarmen als hij me hard achteroverduwt. 'Waar denk je verdomme dat je mee bezig bent, Nina?'

'We hebben hulp nodig.' Opstandig steek ik mijn kin in de lucht. 'Je moeder woont niet meer in de buurt. We hebben iemand nodig om op Cece te passen en om te helpen met schoonmaken.'

'Je hebt haar op zolder ondergebracht,' gromt hij. 'Dat is jóúw kamer. Je moet haar de logeerkamer geven.'

'En waar slapen je ouders dan als ze op bezoek komen? Op zolder? Op de bank in de woonkamer?'

Zijn kaken bewegen terwijl hij hierover nadenkt. Evelyn Winchester gaat echt niet op de bank slapen.

'Laat haar gewoon twee maanden blijven,' zeg ik. 'Tot het schooljaar voorbij is. Ik heb dan meer tijd om schoon te maken, en je moeder komt in die periode voor een tijdje terug uit Florida.'

'Vergeet het maar.'

'Ontsla haar dan, als je wil.' Met half toegeknepen ogen kijk ik hem aan. 'Ik kan je niet tegenhouden.'

'Reken maar dat ik dat zal doen.'

Maar hij ontslaat haar niet. Want als hij die avond thuiskomt, is het huis voor het eerst sinds lang weer schoon. En het eten dat ze hem voorzet, is niet aangebrand. Bovendien is ze jong en mooi.

Dus Millie blijft op zolder.

Dit heeft alleen kans van slagen, als er drie dingen gebeuren:

1. Millie en Andy voelen zich tot elkaar aangetrokken.
2. Millie heeft zo'n hekel aan me dat ze er geen probleem mee heeft om met mijn man naar bed te gaan.
3. Ze krijgen de gelegenheid.

De wederzijdse aantrekkingskracht is geen probleem. Millie is bloedmooi, zelfs nog mooier dan ik toen ik jonger was. En hoewel Andy vergeleken met haar al wat ouder is, ziet hij er nog steeds heel goed uit. Soms kijkt Millie naar me alsof ze niet goed begrijpt wat hij in me ziet. Ik doe mijn best om uit te dijen. Aangezien Andy me niet op zolder kan opsluiten, durf ik mijn afspraak bij de kapper over te slaan zodat de donkere uitgroei zichtbaar wordt.

En bovenal behandel ik Millie als een stuk vuil.

Ik vind het niet gemakkelijk om zo met haar om te gaan. Diep vanbinnen ben ik een aardig mens. Althans, dat was ik voordat Andy me kapotmaakte. Nu zie ik alles als een middel om mijn doel te bereiken. Millie mag het dan niet verdienen, maar ik kan dit niet meer. Ik moet hier weg.

Op haar eerste ochtend bij ons krijgt ze al een hekel aan me. 's Avonds heb ik een PTA-vergadering, en 's ochtends vroeg loop ik de keuken in. Ik heb er een gigantische troep van gemaakt de afgelopen paar weken, en Millie heeft zich fantastisch van haar taak gekweten. Ze heeft keihard gewerkt. Alles blinkt als een spiegel.

Ik vind dit afschuwelijk, dat meen ik echt.

Ik haal de hele keuken overhoop. Ik trek alle borden en kopjes die ik maar kan vinden uit de kastjes. Ik gooi potten en pannen op de vloer. Net als Millie binnenkomt, ben ik toe aan de koelkast. Als kind had ik mijn eigen taken in huis, en het doet me letterlijk pijn om een pak melk uit de koelkast te pakken en het op de grond te gooien zodat de melk alle kanten op stroomt. Maar ik dwing mezelf ertoe. Ik moet mijn doel bereiken.

Als Millie binnenkomt, draai ik me om en kijk haar beschuldigend aan. 'Waar zijn ze?'

'Waar... waar zijn wát?'

'Mijn aantekeningen!' Ik leg mijn hand tegen mijn voorhoofd alsof ik bijna flauwval van afschuw. 'Ik heb al mijn aantekeningen voor de PTA-vergadering van vanavond op het aanrecht laten liggen, en nu zijn ze weg!' En dan beschuldigend: 'Wat heb je ermee gedaan?'

Ik heb inderdaad aantekeningen gemaakt voor de vergadering, maar die zijn veilig opgeslagen op mijn computer. Als ik maar één set kopieën had, waarom zou ik die dan op het aanrecht leggen? Dat slaat nergens op, maar ik hou vol dat ik ze hier heb neergelegd. Ze weet dat ik dat niet heb gedaan, maar ze weet niet dat ik dat ook weet.

Ik schreeuw zo hard dat Andy het wel moet horen. Hij heeft medelijden met haar. Zijn hart gaat naar haar uit omdat ik haar van iets beschuldig waarvan hij weet dat ze het niet gedaan heeft. Hij voelt zich tot haar aangetrokken omdat ik haar tot slachtoffer bombardeer.

Net zoals ikzelf al die jaren geleden het slachtoffer was, toen ik werd afgeblaft omdat mijn borsten lekten.

'H-het spijt me heel erg, Nina,' stamelt Millie. 'Als ik iets kan doen...'

Mijn blik schiet omlaag naar de ramp die ik heb aangericht op de keukenvloer. 'Je kunt de smerige troep opruimen die je in mijn keuken hebt gemaakt, terwijl ik dit probleem oplos.'

Op dat moment heb ik alle drie mijn doelen bereikt. Ten eerste: de wederzijdse aantrekkingskracht. Zij in haar skinny jeans en mooi zonder dat ze er moeite voor heeft hoeven doen. Ten tweede: Millie haat me. Ten derde: als ik de keuken uit storm, geef ik ze de gelegenheid om alleen te zijn met z'n tweeën.

Maar het is nog niet genoeg. Ik heb nog een troef achter de hand.

Andy wil een kind.

Met mij zal dat niet gebeuren. Niet zolang dat spiraaltje veilig in mijn baarmoeder zit. En Andy komt er binnenkort achter dat ik onvruchtbaar ben, want de privédetective die Enzo voor me heeft gevonden, heeft een paar geweldige foto's gemaakt van de vruchtbaarheidsspecialist. Daarop is hij te zien met een ander dan de vrouw die al vijfentwintig jaar zijn echtgenote is. Het enige wat die beste dokter hoeft te doen om die foto's te laten verdwijnen, is Andy vertellen dat er geen enkele kans bestaat dat ik ooit nog zwanger zal worden.

De dag voor onze afspraak met dokter Gelman, bel ik Evelyn in Florida. Zoals altijd is ze niet bepaald blij om van me te horen.

'Hallo, Nina,' zegt ze droogjes. *Wat wil je van me*, is de onuitgesproken vraag.

'Ik wil dat jij de eerste bent die weet dat ik overtijd ben,' zeg ik. 'Ik geloof dat ik zwanger ben!'

'O...' Ze zwijgt even, verscheurd tussen blijdschap om haar eerste biologische kleinkind en afschuw omdat ik de moeder zal zijn. 'Wat geweldig.'

Geweldig. Dat is waarschijnlijk het tegenovergestelde van wat ze denkt.

'Ik hoop dat je prenatale multivitaminen neemt,' zeg ze. 'En als je inderdaad zwanger bent, moet je je aan een streng dieet houden. Die calorierijke tussendoortjes die jij vaak neemt, zijn niet goed voor de baby. Andy zegt daar veel te weinig van, maar voor het welzijn van de baby is het belangrijk dat je je probeert te beheersen.'

'Ja, natuurlijk.' Ik glimlach flauwtjes, dolblij dat Evelyn nooit de grootmoeder van mijn kind zal zijn. 'Wat ik me afvroeg... Zou je zo lief willen zijn om ons wat van Andy's vroegere babyspulletjes te sturen? Hij had het er laatst over dat het leuk zou zijn om zijn eigen dekentjes en zo voor de nieuwe baby te gebruiken. Denk je dat dat lukt?'

'Ja, ik zal Roberto bellen en hem vragen die doos op te sturen.'

'Gewéldig!'

Andy is van streek door dokter Gelmans onthulling. Ik kijk naar zijn gezicht op het moment dat de bom barst: *ik ben bang dat Nina nooit meer een voldragen kind ter wereld zal kunnen brengen.* De tranen springen hem in de ogen. Als hij iemand anders was geweest, had ik misschien medelijden met hem gehad.

De nacht daarop zoek ik ruzie met hem. En niet zomaar ruzie. Ik wrijf hem onder zijn neus waarom hij nooit vader zal worden.

'Het is allemaal mijn schuld!' Ik forceer een huilbui door te denken aan de keer dat hij me had opgesloten op zolder en de verwarming net zolang op de hoogste stand liet staan tot ik mijn huid openkrabde. 'Als je een jongere vrouw had, zou je een kind kunnen krijgen. Het is míjn schuld!'

Een jongere vrouw zoals Millie. Ik zeg het niet, maar hij denkt het vast. Ik zie hoe hij naar haar kijkt.

'Nina.' Hij wil me vastpakken. Er staat nog steeds liefde in zijn ogen. Nog steeds. Ik haat hem uit de grond van mijn hart omdat hij van me houdt. Waarom heeft hij geen ander gekozen? 'Zeg dat nou niet. Het is niet jouw schuld.'

'Ja, dat is het wel!' De woede laait in me op als gloeiende lava. Voordat ik weet wat ik doe, ram ik mijn vuist tegen de spiegel van de kaptafel. De klap echoot door de kamer. Pas een seconde later voel ik de pijn in mijn hand en zie ik het bloed van mijn knokkels druppelen.

'O jezus.' Andy wordt lijkbleek. 'Ik haal wat tissues voor je.'

Hij komt terug uit de badkamer met tissues. Ik verzet me echter, en als hij ze eindelijk om mijn hand heeft gewikkeld, zitten zijn handen ook onder het bloed. Nadat hij de badkamer weer in is gegaan om het af te spoelen, hoor ik een geluid op de gang. Zou Cecelia ons hebben horen ruziemaken? Ik vind het een afschuwelijke gedachte dat ik haar misschien bang heb gemaakt met mijn woede-uitbarsting.

Ik trek de deur open, maar het is niet mijn dochter die daar staat. Het is Millie. Ik zie aan haar gezicht dat ze onze aanvaring woord voor woord heeft verstaan. Ze ziet het bloed op mijn handen en kijkt me verschrikt aan.

Ze denkt dat ik krankzinnig ben. Ik ben eraan gewend dat mensen dat denken.

Millie denkt dat ik gek ben. Andy vindt me te oud. Nu is het alleen nog een kwestie van gelegenheid. Andy zal kaartjes voor

Showdown voor me willen kopen. Ik heb het voortdurend over die musical gehad - hij vindt het heerlijk om me een plezier te doen, tussen de verschrikkingen waaraan hij me onderwerpt door. Maar Millie zal degene zijn die naar die musical gaat, niet ik. De musical en daarna de hotelovernachting. Het is haast té perfect. En het geeft me de kans omdat Cecelia dan weg is, naar zomerkamp, zodat Andy haar niet tegen me kan gebruiken.

Als de gps-tracker op Millies telefoon aangeeft dat ze die avond in Manhattan is, weet ik dat ik gewonnen heb. Ik zie hoe ze daarna naar elkaar kijken. Het is voorbij. Hij is verliefd op haar. Hij is nu haar probleem.

Ik ben vrij.

50

Het zal nooit meer gebeuren. Hij zal me nooit meer dwingen om naar de zolder te gaan. Hij zal nooit meer de buren waarschuwen dat ik gestoord ben en dat ze mijn doen en laten in de gaten moeten houden. Hij zal me nooit meer laten opnemen in die kliniek.

Ook al heeft hij me eruit geschopt, ik zal pas echt gerust zijn als de scheiding definitief is. Wat dat betreft moet ik voorzichtig zijn. Hij moet degene zijn die de aanvraag indient. Als hij zelfs maar vermoedt dat het mijn idee is, is mijn kans voorgoed verkeken.

Ik lig op het queensize bed in mijn hotelkamer en denk na over mijn volgende zet. Morgen ga ik naar het zomerkamp om Cecelia op te halen. En dan gaan we… ergens heen. Waarheen weet ik nog niet, maar ik snak naar een nieuw begin. Goddank dat Andy haar nooit heeft geadopteerd. Hij heeft geen enkel recht op haar. Ik kan haar meenemen waarheen ik wil. Ik hoef me niet eens meer druk te maken om valse identiteiten, maar ik neem in elk geval mijn meisjesnaam weer aan. Ik wil op geen enkele manier aan die man worden herinnerd.

Er wordt op de deur geklopt. Eén afschuwelijk moment denk ik dat het Andy is. Ik zie hem al in de deuropening staan. *Dacht je nou echt dat het zo gemakkelijk zou zijn, Nina? Kom op nou.*

Op naar de zolder met jou.

'Wie is daar?' vraag ik argwanend.

'Ik ben het, Enzo.'

Er gaat een golf van opluchting door me heen. Ik doe de deur een klein stukje open, en daar staat hij, in een T-shirt en een bemodderde spijkerbroek. Fronsend vraagt hij: 'En?'

'Het is voorbij. Hij heeft me eruit gegooid.'

Zijn ogen lichten op. 'Ja? Echt waar?'

Met de rug van mijn hand veeg ik over mijn vochtige ogen. 'Echt waar.'

'Dat is... ongelofelijk...'

Ik haal diep adem. 'Het is dankzij jou. Zonder jou zou ik nooit...'

Langzaam knikt hij. 'Ik heb je met plezier geholpen, Nina. Het was mijn plicht. Ik...'

Even staren we elkaar aan. Dan buigt hij zich naar voren, en een seconde later kust hij me.

Ik had dit niet verwacht. Ik bedoel, ja, ik vond Enzo aantrekkelijk. Ik ben niet blind. Maar we gingen altijd helemaal op in ons doel: mij weg zien te krijgen bij Andy. En eerlijk gezegd, na al die jaren te hebben samengeleefd met dat monster dacht ik dat ik dood was vanbinnen. Andy en ik hadden nog steeds seks omdat dat van me werd verwacht. Maar het was altijd heel mechanisch. Ik had net zo goed de afwas kunnen doen of de was. Ik voelde niets. Ik dacht niet dat ik ooit nog zulke gevoelens voor iemand zou kunnen hebben. Ik stond gewoonweg in de overlevingsstand.

Maar nu, nu ik het heb overleefd, blijkt dat ik uiteindelijk toch niet dood ben vanbinnen. Integendeel.

Ik ben degene die Enzo bij zijn T-shirt op het bed trekt. Maar hij knoopt mijn bloes open. Op het laatste knoopje na, dat rukt hij los. En nagenoeg alles wat daarna gebeurt, doen we met z'n tweeën.

Het is heel fijn. Fijner dan fijn. Fantastisch. Fantastisch om met een man te zijn die ik niet met heel mijn wezen verfoei. Een goede, vriendelijke man. Een man die me heeft geholpen mijn leven terug te krijgen. Al is het maar voor één nacht.

En o god, wat kan hij zoenen!

Als het voorbij is, zijn we allebei bezweet en verhit en gelukkig. Enzo slaat zijn arm om me heen en ik nestel me tegen hem aan. 'Lekker?' vraagt hij.

'Héél lekker.' Ik duw mijn wang tegen zijn blote borst. 'Ik wist niet dat je dit soort gevoelens voor me had.'

'Altijd al,' zegt hij. 'Vanaf de allereerste keer dat ik je zag. Maar ik probeer me, je weet wel, netjes te gedragen.'

'Ik dacht dat je me meer als een zus zag.'

'Zus!' Hij kijkt verbijsterd. 'Nee. Niet als een zus. Absoluut niet als een zus.'

Ik moet lachen om de uitdrukking op zijn gezicht. Maar net zo snel als hij is opgekomen, sterft mijn lach weer weg. 'Morgen ga ik hier weg. Dat weet je toch, hè?'

Een poosje is hij stil. Overweegt hij om te vragen of ik wil blijven? Ik geef veel om hem, maar ik kan niet blijven voor hem. Voor niemand. Dat weet hij als geen ander.

Misschien biedt hij aan om met me mee te gaan. Ik weet niet goed wat ik daarvan zou vinden. Ik mag hem echt heel graag. Maar na alles wat er is gebeurd, moet ik een tijdje alleen zijn. Het zal heel lang duren voordat ik een man weer volledig kan vertrouwen. Hoewel ik denk dat als er iemand is die ik zou kunnen vertrouwen, het Enzo is. Dat heeft hij zelf bewezen.

Maar hij vraagt me niet om te blijven. Hij biedt ook niet aan om met me mee te gaan. Hij zegt iets totaal anders.

'We kunnen haar niet in de steek laten, Nina.'

'Sorry?' zeg ik.

'Millie.' Hij kijkt op me neer met zijn donkere ogen. 'We kunnen haar niet bij hem achterlaten. Dat kan echt niet. Dat kan ik niet laten gebeuren.'

'Je kunt het niet laten gebeuren?' herhaal ik ongelovig, terwijl ik me van hem losmaak. Mijn postcoïtale euforie is in één klap vervlogen. 'Wat bedoel je daarmee?'

'Wat ik bedoel is...' Zijn kaken verstrakken. 'Millie verdient hem net zomin als jij.'

'Ze is een crimineel!'

'Hoor je wel wat je zegt? Ze is een mens.'

Ik ga rechtop zitten in bed, met de dekens tegen mijn naakte bovenlichaam gedrukt. Enzo ademt zwaar. De aderen in zijn hals zijn opgezet. Ik neem hem, geloof ik, niet kwalijk dat hij van streek is. Maar hij heeft geen idee.

'We moeten het haar vertellen,' dringt hij aan.

'Nee, dat moeten we niet.'

'Ik ga het haar vertellen.' In zijn kaak vertrekt een spiertje. 'Als jij het niet doet, doe ik het. Ik ga haar waarschuwen.'

De tranen springen me in de ogen. 'Als je het waagt...'

'Nina.' Hij schudt zijn hoofd. 'Het spijt me. Ik... ik wil je niet kwetsen, maar dit is niet goed. We kunnen haar dit niet aandoen.'

'Je begrijpt het niet,' zeg ik.

'Ik begrijp het wel.'

'Nee,' zeg ik, 'dat doe je niet.'

DEEL III

51

MILLIE

'Andrew?' roep ik. 'Andrew?'

Stilte.

Opnieuw grijp ik het koude metaal van de deurknop vast en probeer hem uit alle macht om te draaien, in de hoop dat hij gewoon bleef steken. Geen geluk. De deur zit op slot. Maar hoe kan dat?

Het enige wat ik kan bedenken, is dat Andrew de deur automatisch op slot heeft gedaan omdat hij dacht dat dit nog een kast was. Het zou kunnen als hij nog half in slaap was toen hij de kamer uit ging om in zijn eigen bed te gaan slapen. Dat laatste kan ik hem overigens niet kwalijk nemen. Dit kampeerbed is al niet comfortabel als je er alleen in ligt, laat staan met z'n tweeën.

Dat betekent dat ik hem zal moeten roepen zodat hij me eruit kan laten. Ik vind het niet leuk om hem wakker te maken, maar het is zijn eigen stomme schuld dat ik hier opgesloten zit. Ik blijf hier niet de hele nacht vastzitten. Dat kan ook niet, want ik moet plassen.

Ik knip het licht aan. En dan zie ik dat er midden in de kamer drie boeken op de vloer liggen. Heel vreemd. Ik zak op mijn hurken en lees de titels van de twee gebonden exemplaren. *Gevangenissen in de VS in Kaart gebracht*. *De Geschiedenis van Martelmethoden*. Het derde is een telefoonboek.

Die boeken lagen er niet toen ik gisteravond naar bed ging. Zou Andrew ze naar boven hebben gebracht en ze hier hebben neergelegd? Misschien omdat ik morgen toch naar beneden verhuis, en hij deze kamer weer als kast wil gebruiken. Dat is de enige logische verklaring.

Ik schop de zware boeken opzij en kijk of ik mijn telefoon zie liggen op het ladekastje. Die heb ik daar gisteren neergelegd en aangesloten op het stopcontact om op te laden. Tenminste, dat dacht ik. In elk geval ligt hij er niet meer.

Wat ís dit?

Ik pak de spijkerbroek die ik op de vloer heb laten liggen en doorzoek de zakken. Geen telefoon. Waar is dat ding gebleven? Ik haal het hele ladekastje overhoop, op zoek naar dat rechthoekige ding dat mijn houvast is geworden. Ik trek zelfs de lakens en dekens van het bed. Wie weet is hij zoekgeraakt tijdens onze 'recreatieve activiteiten' van gisteravond. Daarna ga ik op handen en knieën zitten om ónder het bed te kijken.

Niets.

Ik moet hem beneden hebben laten liggen, hoewel ik me meen te herinneren dat ik hem hierboven nog heb gebruikt gisteravond. Dat zal dan wel niet. Wat ontzettend balen dat ik mijn telefoon beneden ben vergeten, net nu ik hier opgesloten zit op die stomme zolder en nodig naar de wc moet.

Ik kruip weer in bed en probeer niet aan mijn volle blaas te denken. Maar ik zal met geen mogelijkheid nog kunnen slapen. Als Andrew straks naar boven komt om me te zoeken, krijgt hij de volle laag. Hij zal het weten dat hij me hier per ongeluk heeft opgesloten.

'Millie? Ben je wakker?'

Mijn ogen vliegen open. Ik weet niet hoe, maar het is me gelukt om weer in slaap te vallen. Het is wel nog heel vroeg in de ochtend, want het is schemerig in de kleine kamer. Er piepen nog maar een paar streepjes zonlicht door het raampje naar binnen.

'Andrew.' Ik ga rechtop in bed zitten. De druk op mijn blaas is een stuk erger geworden. Ik haast me van het bed af en strompel naar de deur toe. 'Je hebt me hier opgesloten vannacht!'

Het blijft lang stil aan de andere kant van de deur. Ik verwacht een verontschuldiging, gerinkel van sleutels als hij op zoek gaat naar die ene om me eruit te laten. Maar ik hoor niets van dat alles. Het blijft volkomen stil.

'Andrew,' zeg ik. 'Je hebt die sleutel toch, hè?'

'O, die sleutel heb ik zeker,' bevestigt hij.

Op dat moment komt er een misselijkmakende gedachte bij me op. Vannacht bleef ik mezelf maar voorhouden dat dit per ongeluk was gebeurd. Dat moest wel. Maar plotseling weet ik dat niet meer zo zeker. Want stel dat je je vriendin per ongeluk opsluit in een kamer, hoe bestaat het dan dat je daar pas uren later achter komt? 'Andrew, wil je alsjeblieft die deur openmaken?'

'Millie.' Zijn stem klinkt vreemd. Anders dan normaal. 'Weet je nog dat je gisteren een paar boeken van mij hebt bekeken?'

'Ja...'

'Nou, die heb je uit de boekenkast gehaald, en vervolgens heb je ze gewoon op de salontafel laten liggen. Dat waren mijn boeken, en je bent er niet erg netjes mee omgesprongen, of wel?'

Ik snap niet waar hij het over heeft. Ja, ik heb een paar boeken uit de boekenkast gehaald. Drie, hoogstens. En misschien ben ik vergeten ze terug te zetten. Maar is dat echt zo belangrijk? Waarom lijkt hij zo ontdaan?

'Het... het spijt me,' zeg ik.

'Hmm.' Zijn stem klinkt nog steeds vreemd. 'Je zegt wel dat het je spijt, maar dit is mijn huis. Je kunt niet zomaar alles doen wat je wil zonder dat dat consequenties heeft. Ik dacht dat jij wel beter zou weten, omdat je tenslotte de húlp bent.'

Ik krimp ineen bij de minachting in zijn stem als hij het over mijn functie heeft, maar ik wil wel alles zeggen om hem te kalmeren. 'Het spijt me. Het was niet mijn bedoeling om er een troep van te maken. Ik zal ze straks meteen opbergen.'

'Dat heb ik al gedaan. Je bent te laat.'

'Luister, kun je die deur openmaken zodat we hierover kunnen praten?'

'Ik zal de deur openmaken,' zegt hij, 'maar je moet eerst iets voor me doen.'

'Wat dan?'

'Zie je de drie boeken die ik voor je op de vloer heb achtergelaten?'

De boeken die hij midden in mijn kamer heeft gelegd en waarover ik bijna ben gestruikeld vannacht, liggen er nog steeds. 'Ja...'

'Ik wil dat je op de vloer gaat liggen en ze op je buik legt.'

'Sórry?'

'Je hebt me wel gehoord,' antwoordt hij. 'Ik wil dat je die boeken op je buik legt en ze daar drie uur laat liggen.'

Ik staar naar de deur en stel me de grimas op Andrews gezicht voor. 'Je maakt een grapje zeker?'

'Absoluut niet.'

Ik heb geen idee waarom hij dit doet. Dit is niet de Andrew op wie ik verliefd ben geworden. Kennelijk speelt hij een of ander bizar spelletje met me. Ik weet niet of hij beseft hoe erg ik van streek raak door zijn gedrag. 'Luister, Andrew, wat je ook wil doen, wat voor spelletje je ook mag spelen, laat me hier gewoon uit zodat ik in elk geval naar de wc kan.'

'Ben ik niet duidelijk genoeg geweest?' Hij klakt met zijn tong. 'Je hebt mijn boeken zomaar in de woonkamer laten slingeren. Ik heb ze zelf terug moeten zetten. Dus nu wil ik dat je die boeken pakt en het gewicht ervan draagt.'

'Dat ga ik niet doen.'

'Nou, dat is dan jammer. Want je komt die kamer niet uit voordat je doet wat ik zeg.'

'Best. Dan plas ik maar in mijn broek.'

'Er staat een emmer in de kast voor als je naar de wc moet.'

Toen ik hier introk, had ik die blauwe emmer in de hoek van de kast zien staan. Ik heb er verder nooit aandacht aan besteed. Ik kijk naar de kast, die ik open had gezet om mijn kleren te pakken, en zie dat hij daar nog steeds staat. Mijn blaas trekt samen, en ik sla mijn benen over elkaar.

'Andrew, ik meen het. Ik moet echt heel nodig naar de wc.'

'Ik heb je net gezegd wat je kunt doen.'

Hij geeft niet toe. Ik snap niet wat er aan de hand is. Nina was de gestoorde hier in huis. Andrew was altijd redelijk. Hij nam het voor me op toen Nina me ervan beschuldigde dat ik haar kleren had gestolen.

Zouden ze allebei gek zijn? Doen ze dit samen?

'Oké.' Dan heb ik het maar gehad. Ik ga op de grond zitten en pak een van de boeken op, op zo'n manier dat hij het kan horen. 'Goed, die boeken liggen op mijn buik. Wil je me er nu uit laten?'

'Die boeken liggen niet op je buik.'

'Jawel.'

'Lieg niet.'

Ik blaas geërgerd mijn adem uit. 'Hoe weet je of ik lieg of niet?'

'Ik kan je zien.'

Ik krijg het ijskoud. Hij kan me zien? Mijn blik schiet van muur naar muur, terwijl ik een camera probeer te ontdekken. Hoelang houdt hij me al in de gaten? Heeft hij me van het begin af aan zitten begluren?

'Je zult hem niet vinden,' zegt hij. 'Hij zit goed verstopt. En maak je geen zorgen, ik heb je niet de hele tijd in de gaten gehouden. Pas sinds een paar weken.'

Ik krabbel overeind. 'Wat is er verdomme mis met jou? Laat me hieruit, nu meteen.'

'Weet je,' zegt hij kalm, 'ik geloof niet dat jij in de positie bent om eisen te stellen.'

Ik storm op de deur af en beuk met mijn vuisten tegen het hout, zo hard dat mijn handen rood worden en pijn doen. 'Ik zweer het je, je kunt me hier maar beter uit laten! Dit is niet leuk meer!'

'Hé. *Hé.*' Andrews kalme stem onderbreekt mijn gebeuk. 'Rustig nou. Luister, ik laat je eruit. Dat beloof ik.'

Ik laat mijn armen langs mijn lichaam vallen. Mijn vuisten kloppen. 'Dánk je.'

‘Alleen nu nog niet.’

Het bloed stijgt naar mijn wangen. ‘Andrew...’

‘Ik heb je verteld wat je moet doen om eruit te komen,’ zegt hij. ‘Dit is een heel redelijke straf voor wat je hebt gedaan.’

Ik klem mijn lippen op elkaar, te kwaad om te reageren.

‘Weet je wat, Millie? Neem even de tijd om erover na te denken. Ik kom straks terug.’

Ik denk serieus nog steeds dat hij een grapje maakt, totdat zijn voetstappen verdwijnen door de gang.

52

MILLIE

Er is een uur voorbijgegaan sinds Andrew hier was.

Ik heb de emmer gebruikt. Ik wil het er niet over hebben, maar op een gegeven moment was de nood zo hoog dat de plas langs mijn benen zou zijn gelopen als ik die emmer niet had gebruikt. Het was een interessante ervaring, zacht uitgedrukt.

Nadat ik van die last af was, begon mijn maag te knorren. Ik keek in de minikoelkast, waarin ik meestal wat tussendoortjes als yoghurt en zo bewaar. Maar op een of andere manier was die de afgelopen paar dagen leeggehaald. Het enige wat er nog lag, waren drie van die kleine flesjes water. Ik klokte de inhoud van twee ervan naar binnen, maar daar had ik direct spijt van. Stel dat hij me hier nog uren zou laten zitten? Of dagen? Misschien zou ik dat water nog hard nodig hebben.

Ik trek mijn spijkerbroek aan en een schoon T-shirt. Dan kijk ik nog eens goed naar de boeken op de vloer. Andrew zei dat hij me er pas uit laat als ik die drie uur lang op mijn buik heb laten liggen. Ik begrijp niet wat het doel is van dit belachelijke spelletje, maar misschien moet ik het maar gewoon doen. Dan laat hij me eruit en kan ik maken dat ik hier wegkom. Voorgoed.

Ik ga languit op de kale vloer liggen. De zomer is al begonnen, waardoor het verschrikkelijk benauwd is hier op zolder. Maar de vloer is nog koel. Ik leg mijn hoofd op de grond en pak het boek over gevangenissen. Het is een dik boek. Het weegt zeker een paar kilo. Ik laat het op mijn buik zakken. Het drukt op me, maar niet al te erg. Als ik dit had gedaan voordat ik die emmer had gebruikt, had ik waarschijnlijk direct in mijn broek geplast. Maar dit valt mee. Dan pak ik het tweede boek op.

Het is dat werk over martelmethoden. Ik neem aan dat de titel niet helemaal toeval is. Of misschien ook wel. Wie zal het zeggen?

Ik laat het tweede boek ook op mijn buik zakken. Nu wordt de druk erger. Die boeken zijn zwaar. De punten van mijn schouderbladen en staartbeen worden tegen de harde, kale vloer geduwd. Dit is niet prettig, hoewel nog te verdragen.

Maar hij zei alle drie de boeken.

Ik pak het laatste op, het telefoonboek. Dit exemplaar is niet alleen zwaar, maar ook nog log. Het is alleen al lastig om het op te tillen met die twee andere boeken boven op me. Na een paar vergeefse pogingen lukt het me om ook het telefoonboek op mijn buik te leggen.

Het gewicht van alle boeken samen beneemt me haast de adem. Twee was te doen, maar drie is afschuwelijk. Dit is heel, héél onaangenaam. Het kost moeite om diep adem te halen, en de rand van het onderste boek snijdt in mijn ribbenkast.

Nee, het gaat niet. Het gaat echt niet.

Ik duw alle drie de boeken van me af. Mijn schouders gaan op en neer terwijl ik lucht naar binnen zuig. Hij kan niet van me verwachten dat ik urenlang blijf liggen met die boeken boven op me. Of wel?

Ik kom weer overeind en begin door de kamer te ijsberen. Ik weet niet wat voor spelletje Andrew speelt, maar ik doe er niet aan mee. Hij zal me hieruit laten. Anders kom ik er zelf wel uit. Er moet een manier zijn om deze kamer uit te komen. Dit is de gevangenis niet.

Misschien kan ik de scharnieren van de deur losschroeven. Of de schroeven van de deurknop. Andrew heeft een gereedschapskist beneden in de garage staan. Ik zou er ik weet niet wat voor overhebben om die in handen te krijgen. Maar in mijn ladekastje liggen ook een heleboel spullen. Misschien zit er iets tussen wat ik als schroevendraaier kan gebruiken.

'Millie?'

Dat is Andrew weer. Ik stop met zoeken naar gereedschap en haast me naar de deur. 'Ik heb die boeken boven op me gelegd. Laat me er alsjeblieft uit.'

'Drie uur heb ik gezegd. Je hebt het maar ongeveer een minuut volgehouden.'

Ik heb genoeg van deze flauwekul. 'Laat. Me. Eruit. Nu.'

'Of anders?' Hij lacht. 'Ik heb je verteld wat je moet doen.'

'Ik doe het niet.'

'Goed, dan blijf je hier opgesloten zitten.'

Ik schud mijn hoofd. 'Dus je laat me gewoon doodgaan hier?'

'Je gaat niet dood. Als het water op is, zul je beseffen wat je te doen staat.'

Ik schreeuw zo hard dat ik zijn voetstappen deze keer amper hoor wegsterven.

De drie boeken liggen nu twee uur en vijftig minuten op mijn buik.

Andrew had gelijk. Nadat ik het derde flesje water had leeggedronken, veranderde mijn verlangen om de kamer uit te komen in wanhoop. Toen er waanbeelden van watervallen voor mijn ogen begonnen te dansen, besefte ik dat ik moest doen wat hij wilde. Natuurlijk is er geen garantie dat hij me eruit zal laten als ik de opdracht heb uitgevoerd, maar ik hoop dat hij zijn belofte nakomt.

Die boeken op mijn buik, dat is ongelogen echt verschrikkelijk. Er zijn momenten dat ik denk dat ik het geen seconde langer uithou, dat het gewicht mijn bekken letterlijk zal verpulveren, maar dan haal ik diep adem – zo goed als dat gaat met die stomme boeken op me – en hou vol. Het is bijna voorbij.

En als ik hieruit kom...

Zodra de drie uur voorbij zijn, duw ik de boeken van me af. Het lucht enorm op, maar als ik probeer te gaan zitten doet mijn buik zo'n pijn dat ik er tranen van in mijn ogen krijg. Ik zal wel blauwe plekken hebben, dat kan niet anders. Ondanks de pijn werk ik mezelf omhoog en bonk op de deur. 'Ik heb het gedaan!' gil ik. 'Ik ben klaar! Laat me eruit!'

Maar natuurlijk komt hij niet. Hij mag mij dan kunnen zien, maar ik heb geen idee waar hij is. Is hij ergens in huis? Op zijn werk? Hij kan overal zijn. Hij weet waar ik ben, maar andersom heb ik dat voorrecht niet.

De klootzak.

Een uur later hoor ik voetstappen op de gang. Ik kan wel huilen van opluchting. Eerder had ik nooit last van claustrofobie, maar door deze ervaring ben ik veranderd. Ik weet niet of ik ooit nog in een lift durf te stappen.

'Millie?'

'Ik heb het gedaan, klootzak,' snauw ik richting de deur. 'Laat me eruit.'

'Hmm.' Zijn aanstellerige toontje maakt dat ik mijn vingers om zijn nek wil leggen om zijn strot dicht te knijpen. 'Ik vrees dat ik dat niet kan doen.'

'Maar je hebt het beloofd! Je zei dat je me eruit zou laten als ik die boeken drie uur op mijn buik liet liggen.'

'Juist. Maar het punt is dat je ze er een minuut te vroeg hebt af geduwd. Dus zul je opnieuw moeten beginnen.'

Mijn ogen vliegen open. Als ik ooit in de Hulk zou veranderen om de deur uit zijn scharnieren te rukken, zou dit het moment zijn. 'Dit kun je niet menen.'

'Het spijt me heel erg. Maar zo zijn de regels.'

'M-maar...' stamel ik. 'Ik heb geen water meer.'

'Dat is jammer,' verzucht hij. 'Volgende keer zul je moeten leren zuinig te zijn met het water.'

'Volgende keer?' Ik schop tegen de deur. 'Ben je gek geworden? Er komt geen volgende keer.'

'Eigenlijk denk ik van wel,' zegt hij bedachtzaam. 'Je bent voorwaardelijk vrij, toch? Als je iets zou meenemen uit ons huis, en ik weet zeker dat Nina me wat dat betreft zou steunen, waar kom je dan terecht, denk je? Eén vergrijp en je gaat direct de gevangenis weer in. Terwijl je alleen af en toe een dag of twee in deze kamer hoeft te blijven als je je misdraagt. Volgens mij is dat een veel betere optie, of niet?'

Oké, dít zou het goede moment zijn om in de Hulk te veranderen.

'Dus,' zegt hij, 'als ik jou was, zou ik maar beginnen. Want je zult algauw heel erge dorst krijgen.'

Deze keer wacht ik drie uur en tien minuten. Want ik wil in geen geval het risico lopen dat Andrew zegt dat ik het voor de derde keer moet doen. Dat overleef ik niet.

Ik heb een gevoel alsof iemand me een paar uur lang in mijn buik heeft staan stompen. De pijn is zo erg, dat ik niet normaal rechtop kan gaan zitten. Ik moet me op mijn zij rollen en me op mijn armen in zithouding duwen. Mijn hoofd doet zeer door het tekort aan water. Ik kruip naar het kampeerbed en hijs me erop. Daar blijf ik zitten wachten tot Andrew komt.

Het duurt nog een halfuur voordat ik zijn stem weer hoor aan de andere kant van de deur. 'Millie?'

'Ik heb het gedaan,' zeg ik, hoewel ik er amper meer geluid uit krijg dan een zwak gefluister. Ik kan niet eens gaan staan.

'Ik heb het gezien,' zegt hij minzaam. 'Uitstekend gedaan.'

Dan hoor ik het mooiste geluid ooit. Het geluid van de deur die van het slot gaat. Het klinkt haast nog beter dan toen ik de gevangenis uit mocht.

Andrew komt de kamer binnen met een glas water in zijn hand. Hij reikt het me aan, en even komt het bij me op dat hij er wel een verdovend middel in kan hebben gedaan. Maar het kan me niet schelen. Ik sla het achterover. In één teug.

Hij komt naast me zitten op het bed en legt zijn hand op mijn onderrug. Ik krimp in elkaar. 'Hoe gaat het?'

'Mijn buik doet zeer.'

Hij houdt zijn hoofd schuin. 'Het spijt me.'

'O ja?'

'Je moet je lesje leren als je iets verkeerd doet, anders word je nooit wijzer.' Zijn mond vertrekt. 'Als je het de eerste keer goed had gedaan, had ik je niet hoeven vragen om het opnieuw te doen.'

Ik kijk op en bestudeer zijn knappe gezicht. Hoe is het mogelijk dat ik verliefd ben geworden op deze man? Hij leek aardig en normaal en geweldig. Ik had totaal geen idee wat een monster hij is. Hij wil niet met me trouwen, hij wil een gevangene van me maken. Zíjn gevangene.

'Hoe wist je zo precies hoelang ik het had gedaan?' vraag ik. 'Zo goed kun je het toch niet hebben gezien.'

'Integendeel.' Hij haalt zijn telefoon uit zijn zak en opent een app. Op het scherm verschijnt mijn kamer, heel helder en in kleur. Ik zie ons naast elkaar op het bed zitten. Het beeld is ongelofelijk scherp. Ik ben bleek en zit in elkaar gedoken. Mijn haar is pluizig. 'Wat een fantastisch beeld, hè? Net een film.'

De klootzak. Hij heeft me hier een hele dag zien liggen lijden. En hij is van plan me opnieuw zoiets aan te doen. Alleen zal het de volgende keer langer duren. En God weet wat hij dan heeft verzonnen. Ik ben al eens een gevangene geweest, dat laat ik niet opnieuw gebeuren. Geen denken aan.

Ik steek mijn hand in de zak van mijn spijkerbroek.

En haal er het busje pepperspray uit dat ik in de emmer heb gevonden.

53

NINA

Nadat ik die privédetective had ingehuurd om in Wilhelmina Calloways verleden te graven, kwam ik achter een paar buitengewoon interessante feiten.

Ik was in de veronderstelling dat Millie de gevangenis in was gegaan voor een drugsdelict of misschien diefstal. Maar nee, Millie Calloway zat om een heel andere reden in de gevangenis. Ze zat daar voor moord.

Ze was pas zestien toen ze werd gearresteerd, en op haar zeventiende zat ze achter slot en grendel. Daardoor kostte het de detective nogal wat moeite om aan alle informatie te komen. Millie zat op kostschool. Nee, geen gewone kostschool. Een school voor probleemjongeren.

Op een avond was Millie samen met een vriendin stiekem naar een feestje op de verdieping van de jongens gegaan. Toen ze op een gegeven moment langs een slaapkamer liep, hoorde ze haar vriendin achter de gesloten deur om hulp roepen. Ze ging de kamer in en zag dat een van haar klasgenoten, een American footballspeler van honderd kilo, zich opdrong aan haar vriendin.

Millie pakte een presse-papier van een bureau en sloeg de jongen ermee tegen zijn hoofd. Verschillende keren. De jongen was al dood voordat hij in het ziekenhuis aankwam.

De detective had foto's. Millies advocaat redeneerde dat ze had geprobeerd haar vriendin, die werd aangevallen, te verdedigen. Maar als je die foto's bekijkt, is het moeilijk vol te houden dat ze niet van plan was geweest hem te doden. Zijn schedel was duidelijk ingeslagen. Uiteindelijk bekende ze schuld toen haar, gezien haar leeftijd en de omstandigheden, een minder zwaar misdrijf ten laste werd gelegd dan moord met voorbedachten rade. De familie van de jongen had daarmee ingestemd. Ze wilden genoegdoening voor de dood van hun zoon, maar ze wilden ook weer niet dat hij op internet bekend kwam te staan als verkrachter.

Millie ging akkoord met de deal, omdat er eerder incidenten waren geweest. Dingen die bekend zouden worden als het tot een rechtszaak kwam.

Ze was van de basisschool gestuurd, omdat ze had gevochten met een jongetje uit haar klas dat haar uitschold. Ze had hem van het klimrek geduwd, waarbij hij zijn arm had gebroken.

In de onderbouw van de middelbare school had ze de banden van de auto van haar wiskundeleraar doorgesneden, omdat hij haar een onvoldoende had gegeven. Kort daarna was ze naar kostschool gestuurd.

Zelfs na haar tijd in de gevangenis gingen de incidenten door. Millie was niet zelf gestopt met haar baantje als serveerster. Ze werd ontslagen nadat ze een collega met haar vuist in zijn gezicht had geslagen.

Millie lijkt een lief meisje. Dat is wat Andrew ziet als hij naar haar kijkt. Hij zal niet in haar verleden gaan graven zoals ik heb gedaan. Hij weet niet waartoe ze in staat is.

En nu komt de waarheid.

Eerst wilde ik een hulp aannemen, omdat ik hoopte dat ze mijn plaats zou innemen. Dat als Andrew verliefd werd op een ander, hij me uiteindelijk zou laten gaan. Maar dat is niet de reden waarom ik Millie heb aangenomen. Dat is niet waarom ik haar een reservesleutel van de zolderkamer heb gegeven. En het is ook niet waarom ik een busje pepperspray in de blauwe emmer in de kast heb achtergelaten.

Ik heb haar aangenomen om hem te vermoorden.

Alleen weet ze dat niet.

54

MILLIE

Andrew schreeuwt als de pepperspray in zijn ogen komt.

Ik hou de spuitmond nog geen tien centimeter van zijn gezicht vandaan, dus krijgt hij een flinke dosis van dat spul te verwerken. Daarna druk ik als extraatje de dop voor de tweede keer in. Terwijl ik dat doe, draai ik mijn gezicht de andere kant op en doe ik mijn ogen dicht. Ik wil zelf geen pepperspray in mijn ogen krijgen, hoewel het lastig is om de neerslag helemaal te ontwijken.

Als ik weer omkijk, grijpt hij naar zijn gezicht, dat vuurrood is geworden. Zijn telefoon is uit zijn handen op de vloer gevallen. Ik raap hem op, heel voorzichtig om niets anders aan te raken. De komende twintig seconden moet alles precies goed gaan. Ik heb er meer dan zes uur over gedaan om dit voor te bereiden, met drie boeken op mijn buik.

Mijn benen trillen als ik ga staan, maar ze houden me overeind. Andrew ligt nog te kronkelen op het bed, en voordat hij weer iets kan zien, glip ik de kamer uit en doe de deur achter me dicht. Dan haal ik de sleutel die Nina me gegeven heeft tevoorschijn en steek hem in het slot. Ik draai hem om, haal hem er weer uit en stop hem terug in mijn zak. Vervolgens zet ik een stap achteruit.

'Millie!' schreeuwt Andrew aan de andere kant van de deur. 'Wat doe je, verdomme?'

Ik kijk op het scherm van zijn telefoon. Mijn vingers trillen, maar het lukt me om de instellingen te openen. Voordat de telefoon zich automatisch vergrendelt, schakel ik de schermvergrendeling uit, zodat ik geen wachtwoord meer nodig heb om hem te kunnen gebruiken.

'Millie!'

Ik zet nog een stap achteruit, alsof hij me door de deur heen vast zou kunnen grijpen. Maar dat kan hij niet. Ik ben veilig hier.

'Millie,' gromt hij diep uit zijn keel, 'laat me er onmiddellijk uit.'

Mijn hart gaat als een bezetene tekeer. Ik voel me net zoals al die jaren geleden, toen ik die slaapkamer binnenliep en Kelsey hoorde schreeuwen tegen die eikel van een footballspeler. *Ga van me af!* En Duncan met zijn dronken kop bleef maar lachen. Een paar seconden bleef ik als verlamd staan, terwijl de woede in me oplaaide. Hij was veel groter dan wij. Het zou me nooit lukken hem van haar af te trekken. Het was donker in de kamer, en ik tastte in het rond op het bureaublad tot mijn handen iets zwaars vonden en...

Ik zal die dag nooit vergeten. Hoe goed het voelde om die presse-papier tegen de schedel van die klootzak te rammen tot hij niet meer bewoog. Het was die tien jaar in de gevangenis bijna waard. Wie weet hoeveel meisjes ik uit zijn klauwen heb gered?

'Ik laat je eruit,' zeg ik. 'Alleen nu nog niet.'

'Dit kun je niet menen.' De woede in zijn stem is haast voelbaar. 'Dit is míjn huis. Je kunt me hier niet gevangenhouden. Bovendien ben je een crimineel. Ik hoef de politie maar te bellen en je gaat de bak weer in.'

'Ja,' zeg ik, 'maar hoe denk je de politie te bellen als ik je telefoon heb?'

Ik kijk op het scherm van zijn telefoon. Ik zie hem staan, helder in kleur. Ik kan zelfs de tranen op zijn wangen zien en zijn door de pepperspray rood uitgeslagen gezicht. Hij zoekt in zijn zakken en speurt de vloer af met zijn gezwollen ogen.

'Millie,' zegt hij langzaam en beheerst. 'Ik wil mijn telefoon terug.'

Ik lach schor. 'Dat zal best.'

'Millie, geef me nu meteen mijn telefoon terug.'

'Hmm. Ik geloof niet dat jij in de positie bent om eisen te stellen.'

'Míllie.'

'Een ogenblik.' Ik laat de telefoon in mijn zak glijden. 'Ik ga eerst een hapje eten. Ben zó terug.'

'Millie!'

Op weg naar beneden hoor ik hem mijn naam roepen. Ik negeer hem. Zolang hij opgesloten zit in die kamer kan hij niets doen. En ik moet bedenken wat mijn volgende stap zal zijn.

Eerst doe ik precies wat ik had gezegd. Ik ga naar de keuken waar ik twee glazen water drink, waarna ik een broodje met boterhamworst voor mezelf klaarmaak. Nee, geen abalone. Boterhamworst. Met veel mayonaise en wit brood. Met iets in mijn maag voel ik me een stuk beter. Eindelijk kan ik weer helder denken.

Ik haal Andrews telefoon uit mijn zak. Hij loopt te ijsberen door de zolderkamer. Als een gekooid dier. Stel je voor wat hij met me zou doen als ik hem eruit zou laten. Bij de gedachte alleen al breekt het koude zweet me uit. Terwijl ik naar hem kijk, komt er een bericht binnen op zijn telefoon. Van *mam*.

Ga je echtscheiding aanvragen?

Ik scrol langs een paar eerdere berichten. Andrew heeft zijn moeder alles verteld over zijn ruzie met Nina. Ik moet haar een bericht terugsturen, want als ze niets van hem hoort, komt ze misschien hiernaartoe... Dan ben ik erbij. Niemand mag in de gaten krijgen dat er iets is gebeurd met Andrew.

Ja, ben op dit moment in gesprek met mijn advocaat.

Zijn moeder antwoordt vrijwel onmiddellijk:

Mooi. Ik heb Nina nooit gemogen. En ik heb altijd mijn best gedaan met Cecelia, maar Nina pakte haar lang niet streng genoeg aan. Geen wonder dat dat meisje zo'n verwend nest is geworden.

Ik krijg een steek in mijn borst van medelijden met Nina en Cecelia. Het is al erg genoeg dat Andrews moeder Nina nooit heeft gemogen, maar dat ze zo over haar kleinkind praat! En ik vraag me af wat haar idee is van *aanpakken*. Als het ook maar in de buurt komt van Andy's opvattingen over straffen, ben ik blij dat Nina daar nooit in mee is gegaan.

Met trillende handen typ ik mijn reactie:

Het ziet ernaar uit dat je gelijk had wat Nina betreft.

Nu moet ik me met die klootzak gaan bezighouden.

Ik stop zijn telefoon terug in mijn zak, ga de trap op naar de eerste verdieping en dan door naar de zolder. Als ik boven kom, valt het geluid van de voetstappen in de zolderkamer stil. Hij heeft me gehoord.

'Millie,' zegt hij.

'Ik ben hier,' zeg ik stijfjes.

Hij schraapt zijn keel. 'Je hebt je punt gemaakt wat deze kamer betreft. Ik heb spijt van wat ik heb gedaan.'

'Echt?'

'Ja. Ik besef nu dat ik verkeerd bezig was.'

'Juist. Dus je hebt er spijt van?'

Opnieuw schraapt hij zijn keel. 'Ja.'

'Zeg het.'

Een poosje blijft het stil. 'Wat moet ik zeggen?'

'Zeg dat je er spijt van hebt dat je me zoiets verschrikkelijks hebt aangedaan.'

Ik kijk naar zijn gezicht op het scherm. Hij wil dat niet zeggen, want hij heeft er helemaal geen spijt van. Het enige waar hij spijt van heeft, is dat hij me de kans heeft gegeven hem te slim af te zijn.

'Het spijt me heel erg,' zegt hij ten slotte. 'Ik zat helemaal fout. Ik heb je iets verschrikkelijks aangedaan, en dat zal ik nooit meer doen.' Hij zwijgt even. 'Wil je me er nu uit laten?'

'Ja.'

'Dank je.'

'Alleen nu nog niet.'

Hij ademt scherp in. 'Millie...'

'Ik zal je eruit laten.' Mijn kalme stem rijmt niet met het harde bonken in mijn borst. 'Maar voordat ik dat doe, moet je worden gestraft voor wat je met mij hebt gedaan.'

'Dat spelletje moet je niet spelen,' grauwt hij. 'Daar heb je de ballen niet voor.'

Zo zou hij niet tegen me praten als hij wist dat ik een kerel heb doodgeslagen met een presse-papier. Hij heeft geen idee. Maar Nina wel, durf ik te wedden. 'Ik wil dat je op de vloer gaat liggen en die drie boeken boven op je legt.'

'Kom op. Dit is belachelijk.'

'Ik laat je niet uit deze kamer voor je het hebt gedaan.'

Zijn blik gaat omhoog naar de camera. Ik dacht altijd dat hij vriendelijke ogen had, maar zoals hij me nu aankijkt, staan ze vol venijn. Hij kijkt niet naar mij, breng ik mezelf in herinnering. Hij kijkt naar de camera. 'Goed, jij je zin.'

Hij gaat op de vloer liggen. Een voor een pakt hij de boeken op en stapelt ze op elkaar op zijn buik, net als ik pas een paar uur geleden zelf heb gedaan. Maar hij is groter en sterker dan ik, en zo te zien heeft hij niet al te veel last van die boeken. Zelfs niet van alle drie boven op elkaar.

'Tevreden?' roept hij.

'Lager,' zeg ik.

'Wat?'

'Schuif die boeken verder omlaag.'

‘Ik weet niet wat je –’

‘Je weet precíés wat ik bedoel,’ zeg ik met mijn voorhoofd tegen de deur gedrukt.

Ik hoor hem door de deur heen zijn adem inhouden. ‘Millie, dat kan ik niet –’

‘Als je die kamer uit wil, zul je wel moeten.’

Ik volg zijn bewegingen op het scherm van zijn telefoon. Hij duwt de boeken omlaag tot ze boven op zijn geslachtsdelen liggen. Eerder leek hij het niet bijzonder moeilijk te hebben, maar dat is nu wel anders. Zijn gezicht is vertrokken tot een grimas.

‘Godallemachtig!’ brengt hij naar adem snakkend uit.

‘Goed,’ zeg ik. ‘Hou dat drie uur vol.’

55

MILLIE

Terwijl ik tv zit te kijken op de bank en wacht tot de drie uur voorbij zijn, denk ik aan Nina.

De hele tijd heb ik gedacht dat zij gek was. Nu weet ik niet meer wat ik moet denken. Zij moet die pepperspray voor me hebben achtergelaten in die kamer. Ze vermoedde wat hij met me zou doen. Daardoor denk ik dat hij hetzelfde met haar heeft gedaan. Misschien wel heel vaak.

Was Nina ooit echt jaloers, of was dat allemaal toneelspel? Ik weet het nog steeds niet helemaal zeker. Ik zou haar wel willen bellen om erachter te komen, maar ik ben bang dat dat geen goed idee is. Per slot van rekening heeft Kelsey nooit meer met me willen praten nadat ik Duncan had vermoord. Ik begrijp niet waarom, want ik heb het voor háár gedaan. Hij probeerde haar te verkrachten. Maar toen ik mijn vroegere beste vriendin daarna weer zag, keek ze me vol walging aan.

Niemand begreep het. Toen ik geduvel kreeg omdat ik Mr Cavanaughs banden had doorgesneden, heb ik mijn moeder verteld wat er was gebeurd. Hij had tegen me gezegd dat ik een onvoldoende voor wiskunde zou krijgen tenzij ik me door hem liet betasten. Ze geloofde me niet. Niemand geloofde me. Ze stuurde me naar kostschool omdat ik steeds in de problemen raakte. Dat pakte niet zo goed uit. Na het incident op kostschool hebben ze thuis voorgoed hun handen van me afgetrokken.

En toen ik, nadat ik uit de gevangenis was gekomen, eindelijk een fatsoenlijke baan kreeg, was daar die barman, Kyle, die me bij elke gelegenheid bij mijn kont greep. Dus op een dag draaide ik me om en stompte hem keihard in zijn gezicht. De enige reden waarom hij geen aangifte deed, was dat hij was neergeslagen door een meisje. Daar schaamde hij zich te erg voor. Maar ik hoefde niet meer terug te komen. En algauw daarna woonde ik in mijn auto.

De enige die ik kan vertrouwen, ben ik zelf.

Ik gaap en zet de tv uit. De drie uur zijn net voorbij, en Andrew ligt nog steeds op de vloer. Hij heeft zich aan alle regels gehouden, al heeft hij vast verschrikkelijk veel pijn. Op mijn gemak ga ik de trap op naar de bovenste verdieping. Precies op het moment dat ik daar aankom, duwt hij de boeken van zijn geslachtsdelen. Korte tijd ligt hij daar alleen maar, dubbelgevouwen.

'Andrew?' vraag ik.

'Wát?'

'Hoe voel je je?'

'Hoe dénk je dat ik me voel?' vraagt hij nijdig. 'Laat me hieruit, kutwijf.'

Hij is lang niet zo kalm en zelfingenomen als de vorige keer dat ik hier was. Mooi. Ik leun tegen de deur en kijk naar zijn gezicht op het telefoonscherm. 'Ik hou absoluut niet van schelden. Als je wil dat ik je help, mag je wel wat vriendelijker zijn.'

'Laat. Me. Eruit.' Hij gaat rechtop zitten op de vloer, met zijn hoofd in zijn handen. 'Ik zweer het, Millie. Als je me hier niet meteen uit laat, vermoord ik je.'

Hij zegt dat zo terloops. *Dan vermoord ik je.* Ik staar naar het scherm en vraag me af hoeveel vrouwen er in deze kamer hebben gezeten. Zouden er ook vrouwen zijn gestorven in deze kamer? Het lijkt me heel goed mogelijk.

'Rustig maar,' zeg ik. 'Ik laat je er wel uit.'

'Fijn.'

'Alleen nu nog niet.'

'Millie...' gromt hij. 'Ik heb precies gedaan wat je zei. Drie uur.'

'Drie uur?' Ik trek mijn wenkbrauwen op, al kan hij dat niet zien. 'Het spijt me als je drie uur hebt verstaan, maar ik zei víjf uur. Dus ik vrees dat je opnieuw moet beginnen.'

'Vijf...' Op het kleurenscherm zie ik hem tot mijn genoegen wit wegtrekken. 'Dat kan ik niet. Ik hou dat niet nog vijf uur vol. Kom op. Je moet me eruit laten. Dit spelletje is afgelopen.'

'Er valt niet over te onderhandelen, Andrew,' zeg ik geduldig. 'Als je die kamer uit wil, moet je die boeken nog vijf uur op je zaakje laten liggen. De keus is aan jou.'

'Millie. Míllie.' Hij ademt onregelmatig. 'Luister, er is altijd ruimte om te onderhandelen. Wat wil je? Ik geef je geld. Een miljoen dollar nu direct, als je me uit deze kamer laat. Wat zeg je daarvan?'

'Nee.'

'Twee miljoen.'

Hij kan me al het geld van de wereld aanbieden, want hij is toch niet van plan het me ooit te geven. 'Sorry, nee. Ik ga nu naar bed, maar misschien zie ik je morgenochtend weer.'

'Millie, wees nou redelijk!' Zijn stem breekt. 'Ik heb er in elk geval nog voor gezorgd dat je water had. Mag ik niet wat water?'

'Ik ben bang van niet,' zeg ik. 'Misschien moet je de volgende keer als je een vrouw in deze kamer opsluit, wat meer water klaarleggen. Wie weet blijft er dan wat voor jou over.'

Met die woorden loop ik de gang door, terwijl hij mijn naam schreeuwt. Zodra ik in de slaapkamer ben, googel ik: *hoelang kan een mens zonder water?*

56

NINA

Als ik Cecelia ga afhalen van zomerkamp, ziet ze er gelukkiger uit dan ik haar in lange tijd heb gezien. Ze is met een paar nieuwe vriendinnetjes, en haar ronde gezichtje straalt. Haar wangen en schouders zijn door de zon verbrand, en op haar elleboog zit een schram met een half losgelaten pleister erop. In plaats van een van die afschuwelijk stijve jurkjes die ze van Andy altijd moest dragen, heeft ze een gemakkelijke korte broek en een T-shirt aan. Voor mijn part trekt ze nooit meer een jurk aan.

'Hoi, mam!' Ze stuitert op me af, met haar paardenstaart vrolijk zwaaiend achter haar aan. Suzanne zei een keer dat ze een steek in haar hart kreeg toen haar jongste haar voor het eerst *mam* noemde in plaats van *mama.* Maar ik was altijd blij om te merken dat Cecelia groot werd, want dat betekende dat híj algauw geen macht meer over haar zou hebben. Over óns. 'Je bent vroeg!'

'Ja...'

Haar kruin komt nu tot aan mijn schouder. Zou ze gegroeid zijn in de tijd dat ze hier was? Ze slaat haar magere armpjes om me heen en legt haar hoofd tegen me aan. 'Waar gaan we heen?'

Ik glimlach. Toen Cece haar spullen voor het kamp aan het inpakken was, had ik tegen haar gezegd dat ze wat extra kleren mee moest nemen, omdat ik niet wist of we direct terug naar huis zouden gaan. Dat we na het kamp misschien nog ergens anders heen zouden rijden. Dus heb ik nog een paar tassen van haar in de kofferbak van mijn auto liggen.

Ik was er niet zeker van dat het zou gebeuren. Dat alles volgens plan zou verlopen. Elke keer als ik daaraan denk, krijg ik tranen in mijn ogen. We zijn vrij.

'Waar zou je graag heen gaan?' vraag ik.

Ze doet haar hoofd omhoog en kantelt het opzij. 'Disneyland!'

We zouden naar Californië kunnen gaan. Het lijkt me fantastisch om een afstand van 5000 kilometer te hebben tussen mij en Andrew Winchester. Gewoon voor het geval dat hij het in zijn hoofd zou halen dat we weer met z'n drieën bij elkaar moeten zijn.

Gewoon voor het geval dat Millie niet doet wat ik hoop dat ze zal doen.

'Goed plan!' zeg ik.

Cece's gezicht straalt en ze begint op en neer te springen. Ze heeft nog steeds die kinderlijke blijheid, het vermogen om in het moment te leven. Dat heeft hij haar niet helemaal af kunnen nemen. Nog niet in elk geval.

Dan houdt ze ineens op met springen en kijkt me ernstig aan. 'En papa?'

'Die gaat niet mee.'

De opluchting op haar gezicht weerspiegelt de mijne. Voor zover ik weet heeft hij haar nooit ook maar met een vinger aangeraakt, en reken maar dat ik daarop heb gelet. Als ik zelfs maar het allerkleinste verdachte blauwe plekje op mijn kind zou hebben ontdekt, zou ik tegen Enzo hebben gezegd dat hij hem wat mij betreft mocht vermoorden. Maar er is me nooit iets opgevallen. Toch wist ze dat als zij iets deed wat hem niet beviel, ik daar voor werd gestraft. Ze is een slim meisje.

Omdat ze zich altijd zo keurig moest gedragen bij haar vader in de buurt, ging ze vanzelfsprekend anders doen als hij er niet was. Behalve mij vertrouwt ze geen enkele volwassene, en ze kan soms moeilijk zijn. Het zou niet voor het eerst zijn dat iemand haar een verwend nest noemt. Maar daar kan zij niets aan doen. Mijn dochter heeft een goed hart.

Cece rent haar huisje in om haar tassen te halen. Ik wil haar achterna gaan, maar dan begint mijn telefoon te zoemen. Na even rommelen in mijn tas vind ik hem. Het is Enzo.

Ik twijfel of ik zal opnemen. Enzo heeft me geholpen mijn leven terug te krijgen, en ik kan niet ontkennen dat hij me een onvergetelijke nacht heeft bezorgd. Maar ik ben er klaar voor om dat deel van mijn leven achter me te laten. Ik weet niet waarover hij belt, en ik vraag me af of ik het wel wil weten.

Toch vind ik dat ik moet opnemen, dat ben ik hem op z'n minst verschuldigd.

'Hallo?' vraag ik heel zacht. 'Wat is er aan de hand?'

Enzo praat ook zacht. Hij klinkt ernstig. 'We moeten praten, Nina.'

Die woorden hebben nog nooit van mijn leven tot iets goeds geleid.

'Waarover?' vraag ik.

'Je moet terugkomen. Je moet Millie helpen.'

Ik snuif verachtelijk. 'Geen sprake van.'

'Geen sprake van?' Ik heb Enzo eerder woedend meegemaakt, maar die woede was nooit tegen mij gericht. Dit is nieuw voor me. 'Nina, ze zit in de problemen, door jou.'

'Ja, omdat ze met mijn man naar bed is gegaan. Moet ik nou medelijden met haar hebben?'

'Je hebt haar ertoe gedreven!'

'Ze had niet hoeven toehappen. Niemand heeft haar gedwongen. Er zal haar trouwens niets overkomen. Andy heeft me maandenlang niets gedaan. Het begon pas toen we een tijdje getrouwd waren.' Ik snuif. 'Zodra de scheiding erdoor is, schrijf ik haar een brief, oké? Ik zal haar voor hem waarschuwen. Voordat ze met hem trouwt.'

Een paar seconden blijft het stil aan de andere kant. 'Millie is al in geen drie dagen het huis uit geweest.'

Mijn ogen schieten naar Cecelia's huisje. Ze is nog aan het pakken binnen en waarschijnlijk aan het kletsen met haar nieuwe vriendinnetjes. Ik kijk om me heen naar de andere ouders die hun kinderen komen ophalen. Haastig ga ik een eindje verderop staan. Nog zachter dan eerst vraag ik: 'Wat bedoel je?'

'Ik maakte me zorgen om haar. Dus heb ik een rode vlek gemaakt op een van de banden van haar auto. Dat is nu drie dagen geleden, en die vlek zit nog steeds op precies dezelfde plek. Ze is drie dagen lang nergens heen geweest.'

Ik maak een geïrriteerd geluid. 'Luister, Enzo. Dat zegt niks. Misschien zijn ze samen op reis gegaan.'

'Nee. Ik heb zijn auto zien komen en gaan.'

Ik rol met mijn ogen. 'Misschien carpoolen ze. Het kan toch dat ze geen zin heeft om zelf te rijden?'

'Er brandt licht op zolder.'

'Er...' Ik schraap mijn keel en ga nog iets verder bij de andere ouders vandaan staan. 'Hoe weet je dat?'

'Ik ben de achtertuin in gegaan.'

'Terwijl Andy je de laan uit heeft gestuurd?'

'Ik moest het controleren, oké? Er is iemand daarboven.'

Ik omklem mijn telefoon zo stevig dat mijn vingers beginnen te tintelen. 'En wat dan nog? Ze sliep op zolder. Het is toch niet zo bijzonder dat ze daar is?'

'Ik weet het niet. Zeg jij het maar.'

Ik voel me duizelig worden. Toen ik dit alles aan het plannen was, eerst omdat ik wilde dat Millie mijn vervangster zou worden, en later dat ze die klootzak zou afmaken, heb ik het nooit helemaal uitgedacht. Ik heb die pepperspray voor haar achtergelaten en haar de sleutel van de kamer gegeven in de veronderstelling dat ze zich wel zou redden. Maar nu besef ik dat ik misschien een gigantische fout heb gemaakt. Ik zie haar voor me, in de val op die kamer, terwijl ze alle martelpraktijken moet ondergaan die Andy maar bedenkt. Bij de gedachte daaraan word ik misselijk.

'En jij?' vraag ik. 'Kun je niet naar binnen gaan en kijken hoe het met haar gaat?'

'Ik heb aangebeld. Er werd niet opengedaan.'

'En de sleutel onder de bloempot?'

'Die lag er niet.'

'En –'

'Nina,' bromt Enzo, 'wil je nou dat ik daar ga inbreken? Weet je wel wat er met me gebeurt als ik gesnapt word? Jij hebt een sleutel. Je hebt het recht om dat huis in te gaan. Ik ga met je mee, maar ik kan niet alleen naar binnen.'

'Maar –'

'Dit zijn allemaal maar smoesjes!' gooit hij eruit. 'Niet te geloven dat je haar hetzelfde wil laten doormaken als wat jij hebt doorgemaakt.'

Opnieuw kijk ik richting Cecelia's huisje. Ze komt net naar buiten, slepend met haar tassen.

'Goed,' zeg ik. 'Ik kom terug. Maar op één voorwaarde.'

57

MILLIE

Als ik de volgende morgen wakker word in de logeerkamer, pak ik direct Andrews telefoon.

Ik open de app van de camera op zolder. Meteen komt de kamer in beeld. Ik staar naar het scherm, en het bloed stolt in mijn aderen. Het is doodstil in de kamer. Andrew is weg.

Het is hem gelukt eruit te komen.

Met mijn linkerhand grijp ik de dekens vast. Mijn ogen schieten door de kamer om te zien of hij op de loer ligt in een donkere hoek. Voor het raam beweegt iets. Ik krijg bijna een hartaanval voordat ik besef dat het een vogel is.

Waar is hij? En hoe is hij eruit gekomen? Is er een veiligheidsknop of zoiets waar ik niets van weet? Een ontsnappingsmogelijkheid voor hem in geval hij zich ooit in een situatie als deze zou bevinden? Maar dat is moeilijk voor te stellen. Hij heeft die boeken urenlang op zijn kruis laten liggen. Waarom zou hij dat hebben gedaan als hij er al die tijd uit had gekund?

Hoe dan ook, als hij die kamer uit is, is hij laaiend en op zoek naar mij.

Ik moet dit huis uit. Nú.

Mijn blik valt weer op de telefoon. Dan beweegt er iets op het scherm. Langzaam adem ik uit. Andrew is toch in de kamer. Hij ligt onder de deken op het bed. Ik had hem alleen niet gezien, omdat hij zo stillag.

Ik spoel de video van de kamer terug en kijk naar Andrew, die op de vloer ligt en gezichten trekt naar het gewicht boven op hem. Vijf uur. Hij heeft het vijf uur volgehouden. Dus als ik me aan mijn kant van de afspraak wil houden, moet ik hem er nu uit laten.

Op mijn gemak maak ik me gereed. Eerst neem ik een lange, hete douche. De spanning in mijn nek trekt weg onder het stromende water. Ik weet wat me te doen staat. Ik ben er klaar voor.

Nadat ik een gemakkelijk zittend T-shirt en een spijkerbroek heb aangetrokken, doe ik mijn donkerblonde haar in een paardenstaart. Andrews telefoon stop ik in mijn zak. Dan pak ik iets wat ik gisteren uit de garage heb meegenomen en doe het in mijn andere zak.

Ik ga de krakende zoldertrap op. Die trap ben ik intussen zo vaak op gegaan dat ik weet dat niet alle treden kraken. Een paar maar. De tweede maakt bijvoorbeeld heel veel lawaai. En de bovenste ook.

Boven klop ik op de deur. Ik kijk op zijn telefoon naar het kleurenbeeld van de kamer. Hij komt niet van het bed af.

Mijn nek prikt van onrust. Hij heeft ongeveer twaalf uur lang niets te drinken gehad. Het kan niet anders of hij voelt zich intussen behoorlijk slap. Ik weet nog hoe ik me gisteren voelde toen ik nergens anders aan dacht dan aan water. Stel dat hij bewusteloos is? Wat dan?

Maar dan verroert hij zich op het matras. Ik kijk toe terwijl hij moeizaam gaat zitten en met de muis van zijn handen in zijn ogen wrijft.

'Andrew,' zeg ik. 'Ik ben er weer.'

Hij kijkt op, recht in de camera. Ik huiver bij de gedachte aan wat hij met me zou doen als ik die deur opendeed. Hij zou me bij mijn paardenstaart naar binnen sleuren. Hij zou me dwingen om verschrikkelijke dingen te doen voordat hij me eruit zou laten. Als hij me er ooit nog uit zou laten.

Wankel komt hij overeind. Hij loopt naar de deur en valt ertegenaan. 'Ik heb het gedaan. Laat me eruit.'

Ja, vast.

'Tja, het zit zo,' zeg ik, 'de video van vannacht is niet helemaal goed overgekomen. Vervelend, hè? Dus ik ben bang dat je –'

'Ik ga het níét opnieuw doen.' Zijn gezicht is felroze, en niet van de pepperspray. 'Je moet me er nú uit laten, Millie. Ik meen het.'

'Ik laat je eruit.' Ik zwijg even. 'Alleen nu nog niet.'

Andrew zet een stap achteruit, zijn ogen strak op de deur gericht. Dan gaat hij nog een stap achteruit. En nog een. Ten slotte zet hij af en rent.

Hij ramt zijn lichaam zo hard tegen het hout aan dat de deur staat te schudden in zijn sponningen. Maar hij geeft niet mee.

Dan gaat hij weer achteruit. Shit.

'Luister,' zeg ik. 'Ik laat je eruit. Je hoeft nog maar één ding te doen.'

'Fuck, mens. Ik geloof je niet.'

Hij gooit zich weer tegen de deur aan. Het hout schudt, maar versplintert niet. Het huis is betrekkelijk nieuw en degelijk gebouwd. Ik vraag me af of hij in staat is de deur eruit te rammen. Misschien als hij op zijn best is wel, maar niet nu hij zo lang geen water heeft gehad. Bovendien zou het moeilijk zijn om hem van binnenuit open te breken, want daar zitten de scharnieren.

Zwaar ademend leunt hij tegen de deur om bij te komen. Zijn gezicht is nog roder dan eerst. Ik denk niet dat hij die deur kan forceren. 'Wat wil je dat ik doe?' weet hij uit te brengen.

Ik haal het ding dat ik heb meegenomen uit de garage, uit mijn zak. Het lag in Andrews gereedschapskist. Het is een tang. Ik schuif hem onder de deur door.

Hij bukt en pakt hem op. Fronsend draait hij hem om en om in zijn handen. 'Ik begrijp het niet. Wat moet ik hiermee?'

'Nou,' zeg ik, 'het was heel lastig om precies te kunnen zien hoelang je die boeken op je hebt gehouden. Dit is gemakkelijker. Een eenmalige actie.'

'Ik snap er niks van.'

'Het is heel eenvoudig. Als je die kamer uit wil, hoef je alleen maar een tand uit je mond te trekken.'

Ik kijk naar zijn gezicht op het scherm. Zijn lippen vertrekken zich tot een grimas, en hij smijt de tang op de vloer. 'Dat meen je niet. Geen denken aan. Dat ga ik niet doen.'

'Volgens mij,' zeg ik, 'zou je daar na nog een paar uur zonder water weleens anders over kunnen denken.'

Opnieuw gaat hij een paar stappen achteruit. Hij verzamelt al zijn krachten, sprint naar de deur en gooit zich er zo hard als hij kan tegenaan. Opnieuw schudt de deur zonder mee te geven. Ik kijk toe, terwijl Andrew zijn vuist naar achteren brengt en ermee tegen het hout slaat.

Hij brult van de pijn. Echt, hij zou beter af zijn als hij gewoon een tand uittrok. In de bar waar ik werkte, sloeg een dronken kerel een keer met zijn vuist tegen de muur. Daarbij brak hij een botje in zijn hand. Het zou me niets verbazen als Andrew ook iets heeft gebroken.

'Laat me eruit!' schreeuwt hij naar me. 'Laat me uit deze verdomde kamer, nú.'

'Ik laat je eruit. Je weet wat je te doen staat.'

Hij ondersteunt zijn rechterhand met zijn linker. Hij valt op zijn knieën, zit bijna dubbelgevouwen. Met zijn linkerhand pakt hij de tang op. Ik hou mijn adem in als hij hem naar zijn mond brengt.

Gaat hij het doen? Dit kan ik niet verdragen. Ik doe mijn ogen dicht, niet in staat om te kijken. Hij gilt van de pijn. Het is hetzelfde geluid als Duncan maakte toen ik die presse-papier op zijn schedel liet neerkomen. Mijn ogen vliegen open, en ik zie Andrew op het scherm. Hij zit nog steeds op zijn knieën. Ik kijk toe terwijl hij zijn hoofd buigt en jankt als een klein kind.

Het duurt niet lang meer of hij stort in. Hij kan er niet meer tegen. Hij is bereid om zijn tanden uit zijn mond te rukken, alleen om die kamer uit te komen.

Hij heeft geen idee dat dit nog maar het begin is.

58

NINA

Er is iets misgegaan.

Ik weet het op het moment dat ik stop voor Andrews huis. Er is iets verschrikkelijks gebeurd daarbinnen. Ik voel het met elke vezel van mijn lichaam.

Ik ben ermee akkoord gegaan om hier weer naartoe te komen op één voorwaarde. Enzo moest bij Cece blijven en haar bewaken met zijn leven. Er is helemaal niemand anders aan wie ik mijn dochter zou durven toevertrouwen. Ik ken een heleboel vrouwen in deze stad, maar die heeft mijn echtgenoot een voor een ingepakt met zijn charme. Ik zou er nooit op kunnen vertrouwen dat geen van hen haar met hem mee zou geven.

Dat betekent wel dat ik er nu alleen voor sta.

Het is pas een week geleden dat ik hier voor het laatst was, maar het lijkt een eeuwigheid. Ik parkeer op straat voor het hek, achter Millies auto. Ik hurk neer achter haar Nissan en zie de rode vlek die Enzo op een van de banden heeft gemaakt. Hij zit er nog. Zit hij op dezelfde plek als gisteren en eergisteren? Ik heb geen idee.

'Nina? Ben jij dat?'

Het is Suzanne. Ik kom overeind en stap achteruit, bij Millies auto vandaan. Ze staat op de stoep en kijkt me met haar hoofd schuin, vragend aan. De vorige keer dat ik haar zag, vond ik haar ronduit skeletachtig, maar het lijkt wel of ze nog meer is afgevallen.

'Is alles goed, Nina?' vraagt ze.

Ik plak een glimlach op mijn gezicht. 'Ja hoor. Natuurlijk. Hoezo?'

'We zouden een paar dagen geleden samen lunchen, maar je kwam niet opdagen. Dus kwam ik even langs om te zien of er soms iets aan de hand is.'

Juist. Mijn wekelijkse lunch met Suzanne. Als er één ding is dat ik niet zal missen aan dit leven, is het dat wel. 'Sorry, helemaal vergeten.'

Suzanne tuit haar lippen. Ik weet nog goed hoe meelevend ze me toeknikte toen ik vertelde wat Andy me allemaal had aangedaan, om vervolgens de kamer uit te gaan en me te verlinken. Ze koos ervoor hem eerder te geloven dan mij. Dat soort verraad vergeet je nooit.

'Er gaat een afschuwelijk gerucht rond,' zei ze. 'Ik hoorde dat jij was vertrokken. Dat je bij Andy weg bent. Of dat hij...'

'Dat hij me heeft afgedankt voor de húlp?' Ik zie de uitdrukking op Suzannes gezicht en weet dat ik de spijker op z'n kop heb geslagen. Iedereen kletst over ons hier in de stad. 'Ik vrees dat dat niet klopt. De geruchtenmolen heeft het weer eens mis. Ik ben gewoon Cece gaan afhalen van zomerkamp, dat is alles.'

'O.' Teleurstelling flakkert op op Suzannes gezicht. Ze hoopte op een sappig nieuwtje. 'Nou, blij dat te horen. Ik maakte me zorgen over je.'

'Dat is nergens voor nodig.' Mijn kaken doen haast pijn van het glimlachen. 'Nou, ik heb een lange reis achter de rug, dus als je het niet erg vindt...'

Suzanne volgt me met haar ogen als ik over het pad naar de voordeur loop. Ik weet zeker dat er allerlei vragen door haar hoofd spoken. Bijvoorbeeld: als ik Cecelia ben gaan ophalen van zomerkamp, waar is ze dan? En waarom heb ik mijn auto niet in de garage gezet in plaats van op straat? Maar ik heb geen tijd om dat verschrikkelijke mens uitleg te geven.

Ik moet uitzoeken wat er is gebeurd met Millie en Andy.

Het is donker op de begane grond van het huis. Aangezien

Andy me de vorige keer dat ik hier was de deur heeft gewezen, druk ik op de bel in plaats van meteen binnen te vallen en wacht af of er iemand opendoet.

Twee minuten later sta ik er nog.

Ten slotte haal ik mijn sleutelbos uit mijn tas. Dit heb ik zo ontzettend vaak gedaan. De sleutels pakken, het koperen exemplaar met de letter A erin gegraveerd zoeken en hem in het slot steken. De deur van mijn vroegere thuis gaat open.

Ik had al gezien dat het donker was binnen. Er is ook geen enkel geluid te horen.

'Andy?' roep ik.

Geen reactie.

Ik loop naar de deur van de garage. Ik duw hem open en zie Andy's BMW staan. Natuurlijk sluit dat niet uit dat Andy en Millie samen op reis zijn gegaan. Ze kunnen een taxi hebben genomen naar LaGuardia. Dat doet Andy meestal. Ik neem aan dat ze spontaan hebben besloten om samen op vakantie te gaan.

Alleen weet ik diep vanbinnen dat dat niet zo is.

'Andy?' roep ik nog eens, harder dit keer. 'Millie?'

Niets.

Ik loop naar de trap en tuur omhoog naar de eerste verdieping. Misschien dat daar een beweging te bespeuren is. Ik zie helemaal niets. Toch heb ik het gevoel dat er iemand is.

Ik ga de trap op. Mijn benen trillen zo erg dat ik bang ben dat ze het zullen begeven, maar ik loop door. Tot op de eerste verdieping.

'Andy?' Ik slik een brok in mijn keel weg. 'Alsjeblieft... als er iemand is, geef dan antwoord...'

Als ik nog steeds geen reactie krijg, ga ik een voor een de kamers na. De grote slaapkamer... leeg. De logeerkamer... leeg. Cece's kamer... leeg. De thuisbioscoop... ook leeg.

Er is nog maar één plek over.

De deur naar de zoldertrap staat open. De verlichting is altijd slecht geweest hier. Ik grijp de trapleuning vast en kijk naar boven. Er is daar iemand. Ik weet het zeker.

Millie moet daar opgesloten zitten. Dat heeft Andy natuurlijk gedaan.

Maar waar is Andy dan? Waarom staat zijn auto hier, als hij er niet is?

Mijn benen kunnen me amper dragen, terwijl ik de veertien treden naar de zolder op ga. Aan het eind van het gangetje is de kamer waarin ik in de loop van mijn huwelijk zoveel afgrijselijke dagen heb doorgebracht. Er is licht aan binnen. Het schijnt onder de deur door.

'Maak je geen zorgen, Millie,' zeg ik zacht. 'Ik kom je helpen.'

Enzo had gelijk. Ik had haar hier nooit achter mogen laten. Ik dacht dat ze sterker was dan ik, maar ik had het mis. En als haar iets is overkomen, heb ik dat op mijn geweten. Hopelijk gaat het goed met haar. Ik ga haar hieruit halen.

Ik diep de sleutel van de zolderkamer op uit mijn tas, steek hem in het slot en laat de deur openzwaaien.

59

NINA

'O god,' fluister ik.

Zoals ik al dacht, is het licht aan in de kamer. De twee kale hanglampen flikkeren aan het plafond. Ze moeten vervangen worden, maar er is genoeg licht om Andy te kunnen zien.

Wat er van Andy over is, tenminste.

Een volle minuut kan ik alleen maar naar hem staren. Dan buig ik me voorover en kokhals. Gelukkig was ik vanochtend te zenuwachtig om te ontbijten.

'Hallo, Nina.'

Ik krijg bijna een hartaanval als ik de stem achter me hoor. Ik ben zo misselijk van het tafereel voor me, dat ik de voetstappen op de trap niet eens heb gehoord. Vliegensvlug draai ik me om, en daar staat ze. Millie. Ze heeft een busje pepperspray in haar hand en houdt het op mijn gezicht gericht.

'Millie,' zeg ik naar adem happend.

Haar handen trillen en haar gezicht is spierwit. Het is alsof ik in een spiegel kijk. Maar haar ogen schieten vuur.

'Doe die pepperspray omlaag,' zeg ik zo rustig als ik kan. Ze doet het niet. 'Ik zal je niets doen, dat beloof ik.' Ik werp een blik op het lichaam op de vloer en kijk dan weer naar Millie. 'Hoelang heeft hij hier gezeten?'

'Vijf dagen?' Haar stem klinkt toonloos. 'Zes? Ik ben de tel kwijt.'

'Hij is dood.' Ik zeg het alsof het een vaststaand feit is, maar het komt er eerder uit als een vraag. 'Hoelang is hij al dood?'

Millie houdt de pepperspray nog steeds op me gericht, en ik durf geen onverwachte bewegingen te maken. Ik weet waartoe dit meisje in staat is. 'Denk je dat hij echt dood is?' vraagt ze.

'Ik kan het controleren, als je wil?'

Ze aarzelt, maar knikt dan.

Ik beweeg me heel langzaam, want ik wil niet bespoten worden. Ik weet maar al te goed hoe het is om te worden bespoten met pepperspray. Ik hurk neer naast mijn mans lichaam op de vloer. Het ziet er niet naar uit dat hij nog leeft. Zijn ogen zijn een klein stukje open; zijn wangen zijn ingevallen, en zijn lippen zijn van elkaar. Zijn borst beweegt niet. Maar het ergst van alles is het opgedroogde bloed om zijn mond en op zijn witte overhemd. Doordat zijn mond openstaat, is te zien dat hij verschillende tanden mist. Ik onderdruk de neiging om te braken.

Desondanks verwacht ik dat hij me bij mijn pols zal grijpen als ik mijn vingers tegen zijn hals leg om zijn slagader te voelen. Maar dat doet hij niet. Hij ligt volkomen stil. Als ik op de slagader druk, voel ik niets.

'Hij is dood,' zeg ik.

Millie staart me even aan, dan laat ze de pepperspray zakken. Ze ploft neer op het bed en verbergt haar gezicht in haar handen. Het is net alsof het gruwelijke van wat er is gebeurd nu pas tot haar doordringt. Het gruwelijke van wat ze heeft gedaan. 'O god! O nee...'

'Millie...'

'Je weet wat dit betekent.' Ze slaat haar bloeddoorlopen ogen op en kijkt me aan. De woede heeft plaatsgemaakt voor angst. 'Dit is het einde. Ik ga de gevangenis weer in, voor de rest van mijn leven deze keer.'

De tranen lopen over haar wangen en haar schouders schudden terwijl ze geluidloos huilt. Zo huilt Cece ook als ze niet wil dat iemand het weet. Plotseling ziet Millie er aangrijpend jong uit. Ze is nog maar een meisje.

Op dat moment neem ik mijn beslissing.

Ik ga naast haar zitten op het bed en leg behoedzaam mijn arm om haar schouders. 'Nee, jij gaat niet naar de gevangenis.'

'Waar heb je het over, Nina?' Ze doet haar betraande gezicht omhoog. 'Ik heb hem vermoord! Ik heb hem een week in die kamer laten zitten, net zolang tot hij dood was! Hoezo ga ik de gevangenis niet in?'

'Omdat,' zeg ik, 'je hier helemaal niet was.'

Ze veegt haar ogen droog met de rug van haar hand. 'Wat bedoel je?'

Mijn lieve Cece, vergeef me alsjeblieft wat ik nu ga doen. 'Jij gaat hier weg. Ik zeg tegen de politie dat ik hier de hele week ben geweest en dat ik jou vrij heb gegeven.'

'Maar –'

'Er is geen andere manier,' zeg ik scherp. 'Ik heb een kans. Jij niet. Ik... ik ben opgenomen geweest wegens psychische problemen. In het ergste geval...' Ik haal diep adem. '...ga ik terug naar die psychiatrische inrichting.'

Millie fronst. Ze heeft een rode neus. 'Jij hebt die pepperspray voor me achtergelaten, hè?'

Ik knik.

'Je hoopte dat ik hem zou vermoorden.'

Ik knik opnieuw.

'Maar waarom heb je hem niet gewoon zelf vermoord?'

Ik wilde dat er een simpel antwoord was op die vraag. Ik was bang om betrapt te worden. Ik was bang om de gevangenis in te gaan. Ik maakte me zorgen om wat mijn dochter zonder mij zou moeten.

Maar waar het eigenlijk op neerkomt, is dat ik het gewoon niet kon. Ik had het niet in me om een eind aan zijn leven te maken. Toch heb ik iets verschrikkelijks gedaan: ik heb Millie in de val gelokt met de bedoeling dat zij hem zou vermoorden.

En dat heeft ze gedaan.

Als ik haar niet help, gaat ze waarschijnlijk voor de rest van haar leven de gevangenis in om ervoor te boeten.

‘Maak alsjeblieft dat je wegkomt nu het nog kan, Millie.’ De tranen branden achter mijn ogen. ‘Ga. Voordat ik van gedachten verander.’

Ik hoef het geen tweede keer te zeggen. Vlug staat ze op, en als een haas rent ze de kamer uit. Haar voetstappen verdwijnen langs de trap naar beneden. Dan slaat de voordeur dicht en ben ik alleen. Alleen met Andy, die met zijn dode ogen naar het plafond staart. Het is voorbij. Het is echt voorbij. Er staat me nog maar één ding te doen.

Ik pak mijn telefoon en bel de politie.

60

NINA

Als ik dit huis verlaat, heb ik handboeien om mijn polsen. Ik zie geen andere mogelijkheid.

Ik zit op de leren bank te wachten tot de rechercheur naar beneden komt. Met mijn handen om mijn knieën geklemd, vraag ik me af of dit de laatste keer is dat ik hier zit. Mijn handtas staat op de salontafel, en impulsief pak ik hem op. Waarschijnlijk zou ik hier gewoon stilletjes moeten blijven zitten, zoals het een goede moordverdachte betaamt, maar ik kan er niets aan doen. Ik haal mijn telefoon eruit en open de lijst met recente gesprekken. Ik selecteer het eerste nummer.

'Nina? Wat is er aan de hand?' vraagt Enzo ongerust. 'Wat gebeurt er allemaal daar?'

'De politie is nog steeds hier,' zeg ik verstikt. 'Ik... Het ziet er niet goed uit. Voor mij. Ze denken...'

Ik wil het niet hardop zeggen. Ze denken dat ik Andy heb vermoord. Ik heb hem niet rechtstreeks vermoord. Hij is gestorven aan uitdroging. Maar ze denken dat ik daar verantwoordelijk voor ben.

Ik zou hier een eind aan kunnen maken. Ik zou hun over Millie kunnen vertellen. Maar dat ga ik niet doen.

'Ik zal voor je getuigen,' zegt hij. 'Ik zal ze vertellen wat hij met je heeft gedaan. Ik heb gezien dat je opgesloten zat daarboven.'

Hij meent het. Hij zal al het mogelijke doen om me te helpen. Maar hoeveel betekenis heeft de getuigenis van een man die zo goed als zeker zal worden afgeschilderd als mijn geheime minnaar? Ik kan het niet eens ontkennen. Ik ben met Enzo naar bed geweest.

'Gaat het goed met Cece?' vraag ik.

'Ja hoor, met haar is alles oké.'

Ik doe mijn ogen dicht, in een poging mijn ademhaling onder controle te krijgen. 'Zit ze tv te kijken?'

'Tv? Nee, nee, nee. Ik ben haar Italiaans aan het leren. Ze is een natuurtalent.'

Ondanks alles moet ik lachen, hoewel het maar een zwak geluid is. 'Kan ik haar even spreken?'

Na een moment stilte komt Cece aan de lijn. *'Ciao, mama!'*

Ik slik. 'Hallo, liefje. Hoe gaat het met je?'

'*Bene*. Wanneer kom je me halen?'

'Gauw,' lieg ik. 'Werk maar hard aan je Italiaans. Ik kom zo vlug ik kan.' Ik haal diep adem. 'Ik... ik hou van je.'

'Ik hou ook van jou, mam!'

Rechercheur Connors komt de trap af. Zijn voetstappen klinken als geweerschoten. Ik stop mijn telefoon terug in mijn tas en zet die weer op de salontafel. Blijkbaar heeft hij Andy's lichaam nog eens beter bekeken. En ongetwijfeld heeft hij een hele serie nieuwe vragen. Ik zie het aan zijn gezicht als hij tegenover me komt zitten.

'En,' zegt hij, 'weet u iets van de kneuzingen op uw mans lichaam?'

'Kneuzingen?' vraag ik, oprecht in de war. Ik weet van de ontbrekende tanden, maar ik heb Millie niet naar verdere bijzonderheden gevraagd over wat er zich in die zolderkamer heeft afgespeeld.

'Overal op zijn onderbuik zitten donkerpaarse plekken,' zegt Connors. 'En op zijn... geslachtsdelen. Ze zijn haast zwart.'

'O...'

'Hoe zijn die daar gekomen, denkt u?'

Ik trek mijn wenkbrauwen op. 'Denkt u soms dat ik hem in elkaar heb geslagen?' Dat is een belachelijk idee. Andy was veel groter dan ik, en hij was een en al spieren. Ik ben dat niet.

'Ik heb geen idee wat er is gebeurd daarboven.' Hij kijkt me aan, en ik doe mijn best om mijn blik niet af te wenden. 'Volgens u moet uw man per ongeluk opgesloten zijn geraakt op zolder, en op de een of andere manier heeft u niet gemerkt dat hij weg was. Klopt dat?'

'Ik dacht dat hij op zakenreis was,' antwoord ik. 'Hij neemt meestal een taxi naar het vliegveld.'

'En u maakte zich geen zorgen over het feit dat hij u al die tijd niet belde en geen enkel bericht stuurde,' houdt hij me voor. 'Verder hebben we van zijn ouders begrepen dat hij u vorige week had gevraagd om te vertrekken.'

Dat kan ik niet ontkennen. 'Ja, dat is zo. Daarom hadden we geen contact.'

'En hoe zit het met Wilhelmina Calloway?' Hij haalt een notitieboekje uit zijn zak en raadpleegt zijn aantekeningen. 'Zij werkte toch voor u?'

Ik haal mijn schouders op. 'Ik heb haar een week vrijgegeven. Mijn dochter was op zomerkamp, dus hadden we haar niet nodig. Ik heb haar de hele week niet gezien.'

Ze gaan natuurlijk proberen Millie te spreken te krijgen, maar ik probeer haar uit alle macht van de verdachtenlijst af te krijgen. Dat is het minste wat ik kan doen na wat ik haar heb aangedaan.

Dus wat u beweert, is dat een volwassen man zichzelf heeft opgesloten in een zolderkamer, zonder zijn telefoon, hoewel die kamer alleen van de buitenkant afgesloten kan worden?' Connors trekt zijn wenkbrauwen tot aan zijn haargrens op. 'En terwijl hij daar was, heeft hij zomaar ineens besloten vier tanden uit zijn mond te trekken?'

Als hij het zo zegt...

'Mrs Winchester,' zegt de rechercheur. 'Gelooft u echt dat uw echtgenoot het soort man was dat zoiets zou doen?'

Ik leun naar achteren op de bank en probeer het hevige beven van mijn lichaam te verbergen. 'Misschien. U kende hem niet.'

'Eerlijk gezegd,' zegt hij, 'is dat niet helemaal waar.'

Ik kijk abrupt op. 'Pardon?'

O god. Het wordt steeds erger. Die rechercheur met zijn grijzende haar kan heel goed ook een golfmaatje van Andy's vader zijn, daar is hij oud genoeg voor. Of hij is een van degenen die baat hebben gehad bij de ongelofelijke vrijgevigheid van de familie. Mijn polsen beginnen te tintelen als ik denk aan het moment waarop de handboeien eromheen zullen worden geklikt.

'Ik heb hem niet persoonlijk gekend,' zegt Connors. 'Maar mijn dochter wel.'

'Uw... dochter?'

Hij knikt. 'Kathleen Connors. In feite, kleine wereld, is ze lang geleden verloofd geweest met uw man.'

Knipperend met mijn ogen kijk ik hem aan. Kathleen. De verloofde met wie Andy had gebroken voordat hij en ik een relatie kregen. De vrouw die ik zo vaak tevergeefs heb proberen te vinden. Kathleen is de dochter van deze man. Maar wat betekent dat?

Als hij verder praat, klinkt zijn stem zo zacht dat ik moeite moet doen om hem te verstaan. 'Zij heeft veel moeite gehad met het einde van de relatie. Ze wilde er niet over praten. Dat wil ze nog steeds niet. Daarna is ze naar een andere stad verhuisd, hier ver vandaan. Ze heeft zelfs haar naam veranderd. Sindsdien is ze nooit meer met een man uit geweest.'

Mijn hartslag versnelt. 'O. Ik...'

'Ik heb me altijd afgevraagd wat Andrew Winchester mijn dochter precies heeft aangedaan.' Hij perst zijn lippen samen tot een rechte lijn. 'Dus toen ik een jaar geleden hiernaartoe werd overgeplaatst en wat rond ging neuzen, ontdekte ik iets wat ik wel interessant vond. U beweerde dat hij u herhaaldelijk had opgesloten op zolder, terwijl niemand dat kon verifiëren. Eerlijk gezegd leek het er ook niet op dat wie dan ook daar erg veel moeite voor had gedaan. De Winchesters hadden veel invloed hier voordat ze naar Florida verhuisden, vooral op sommige politiefunctionarissen.' Hij laat een stilte vallen. 'Maar niet op mij.'

Mijn mond is te droog om ook maar een woord uit te kunnen brengen. Ik staar hem alleen maar verbijsterd aan.

'Als u het mij vraagt,' zegt hij, 'is die zolderkamer een gevaarlijke plek. Het lijkt erop dat het veel te gemakkelijk is om daar opgesloten te raken.' Hij leunt achterover en vervolgt veel minder zacht: 'Het is spijtig dat dat met uw man is gebeurd. Ik ben ervan overtuigd dat mijn vriend van de forensische dienst het daarmee eens zal zijn. Dit verhaal zal als waarschuwing moeten dienen, denkt u niet?'

'Ja,' slaag ik er ten slotte in te zeggen. 'Als waarschuwing.'

Rechercheur Connors kijkt me nog één keer lang aan. Dan gaat hij terug naar zijn collega's boven. En een ongelofelijk besef komt bij me op.

Ik zal dus toch geen handboeien om mijn polsen hebben wanneer ik hier de deur uit loop.

61

NINA

Ik had nooit gedacht dat ik op een dag naast Andy's kist zou staan om condoleances in ontvangst te nemen.

Hoe ik me ook heb voorgesteld dat alles zou aflopen, ik heb nooit echt geloofd dat het zou eindigen met Andy's dood. Diep vanbinnen wist ik dat ik de moed niet had om hem te vermoorden, en ook dat het me niet zou lukken als ik het zou proberen. Hij leek onsterfelijk. Hij leek iemand die simpelweg nooit dood zou gaan. Zelfs nu, terwijl ik neerkijk op zijn knappe gezicht in de open esdoornhouten kist, de lippen op elkaar om te verbergen dat hij vier tanden mist, weet ik zeker dat zijn ogen open zullen springen. Dat hij weer tot leven zal komen om me nog één keer schrik aan te jagen.

Dacht je nou echt dat ik dood was? Nou, verrassing! Dat ben ik niet. Op naar de zolder met jou, Nina.

Nee, ik ga niet. Nooit meer.

Nóóit meer.

'Nina.' Er landt een hand op mijn schouder. 'Hoe gaat het?'

Ik sla mijn ogen op. Het is Suzanne. Mijn vroegere beste vriendin. De vrouw die me regelrecht aan Andy uitleverde, nadat ik haar had verteld wat een monster hij was.

'Het gaat wel,' zeg ik. Met mijn rechterhand omklem ik de tissues die ik vooral voor de show bij me heb. Ik heb er de hele dag maar een enkele traan uit weten te persen, en dat was toen ik Cecelia zag in het eenvoudige zwarte jurkje dat ik voor haar heb gekocht voor de begrafenis. Nu zit ze naast me in die jurk, haar blonde haar in de war. Andy zou dat verschrikkelijk hebben gevonden.

'We zijn allemaal vreselijk geschrokken!' Suzanne neemt mijn hand in de hare. Het kost me al mijn zelfbeheersing om hem niet terug te trekken. 'Wat een afschuwelijk ongeluk!'

Er staat zowel medeleven als medelijden in haar ogen. Ze is blij dat het mijn man was en niet de hare. *Arme Nina, wat ontzettend erg voor haar.* Ze heeft geen idee.

'Afschuwelijk,' mompel ik.

Suzanne werpt nog een laatste blik op Andy en loopt dan door. Weg van de kist en terug naar haar leven. Ik vermoed dat ik haar na de begrafenis morgen nooit meer zal zien. En daar ben ik niet rouwig om, zelfs niet een klein beetje.

Ik staar naar mijn eenvoudige zwarte pumps en neem de stilte van de rouwkamer in me op. Ik haat het om met iedereen die komt condoleren te moeten praten, hun deelneming in ontvangst te nemen, te doen alsof ik er kapot van ben dat dit monster dood is. Ik kan niet wachten tot alles voorbij is zodat ik verder kan met mijn leven. Morgen zal het de laatste keer zijn dat ik de rol van treurende weduwe moet spelen.

Ik kijk op als ik iemand hoor aankomen. Enzo werpt een lange schaduw door de deuropening. Zijn voetstappen klinken hard in de stille rouwkamer. Hij draagt een donker pak, en hoe aantrekkelijk hij er ook uitzag toen hij bij ons in de tuin werkte, zo is hij nog veel knapper. Zijn glanzende donkere ogen ontmoeten de mijne.

'Het spijt me heel erg,' zegt hij zacht. 'Ik kan het niet.'

De moed zinkt me in de schoenen. Hij zegt niet dat het hem spijt van Andy. Dat spijt ons geen van beiden. Het spijt hem dat hij niet met me meegaat om aan de andere kant van het land te gaan wonen, aan de Westkust. Ver weg van hier. Ik heb gisteravond gevraagd of hij dat zou willen. Ik heb geen moment gedacht dat hij ja zou zeggen. Toch doet het me verdriet dat hij mijn voorstel afwijst. Deze man heeft me geholpen mijn leven terug te krijgen. Hij is mijn held. Hij en Millie zijn mijn helden.

'Je begint aan een nieuw leven.' Licht fronst hij zijn wenkbrauwen. 'Het is beter zo.'

'Ja,' zeg ik.

Hij heeft gelijk. Er staan te veel gruwelijke herinneringen tussen ons in. Het is beter om helemaal opnieuw te beginnen. Maar dat betekent niet dat ik hem niet zal missen. En ik zal nooit, nooit vergeten wat hij voor me heeft gedaan. 'Let een beetje op Millie, wil je?' vraag ik.

'Dat zal ik doen. Beloofd.'

Hij neemt mijn hand nog een laatste keer in de zijne. Net als Suzanne zal ik hem waarschijnlijk nooit meer zien. Ik heb het huis waar ik met Andy woonde al te koop gezet. Cece en ik logeren in een hotel, want ik kan het niet opbrengen om ons vroegere huis weer binnen te gaan. Ik weet zo goed als zeker dat het daar spookt.

Ik kijk naar Cecelia, die op een stoel vlak bij me zit te draaien. We slapen 's nachts samen in het queensize bed op de hotelkamer, haar magere lijfje dicht tegen me aan gedrukt. Ik had om een extra bed kunnen vragen, maar ze wil dicht bij me zijn. Ze begrijpt nog steeds niet precies wat er is gebeurd met de man die ze haar vader noemde. Ze heeft er ook niet naar gevraagd. Ze is alleen maar opgelucht dat hij er niet meer is.

'Enzo,' zeg ik, 'zou je Cece mee willen nemen? Ze zit hier al een hele tijd en waarschijnlijk heeft ze honger. Misschien kunnen jullie ergens iets te eten halen.'

Hij knikt en steekt zijn hand uit naar mijn dochter. 'Kom, Cece. Dan gaan we kipnuggets halen en milkshakes.'

Cecelia springt meteen van haar stoel af. Hij hoeft het geen twee keer te zeggen. Ze heeft netjes naast me gezeten de hele tijd, maar ze is nog maar een kind. De rest moet ik alleen afhandelen.

Een paar minuten nadat Enzo is vertrokken met Cece, gaan de deuren van de rouwkamer opnieuw open. Als ik zie wie er in de deuropening staan, zet ik instinctief een stap achteruit.

Het zijn de Winchesters.

Ik hou mijn adem in, terwijl Evelyn en Robert Winchester de

kamer binnenkomen. Het is de eerste keer dat ik hen zie sinds Andy's overlijden, maar ik wist dat dit moment zou komen. Ze waren al een paar weken terug uit Florida om de zomer hier door te brengen, maar Evelyn was me nog niet komen opzoeken. Ze heeft me alleen een keer gebeld om te vragen of ik hulp nodig had bij het regelen van de begrafenis. Ik heb gezegd dat ik het wel alleen afkon.

Maar de waarheid is dat ik er niet naar uitkeek om met haar te praten, omdat ik verantwoordelijk ben voor de dood van haar enige zoon.

Rechercheur Connors is al zijn beloften nagekomen. Andy's dood werd toegeschreven aan een ongeluk. Millie noch ikzelf werd als verdachte aangemerkt. Het verhaal was dat Andy per ongeluk opgesloten was geraakt op zolder, terwijl ik weg was, en was gestorven aan uitdroging. De blauwe plekken en de ontbrekende tanden zijn daarmee natuurlijk niet verklaard. Detective Connors heeft vrienden bij de forensische dienst, maar de Winchesters horen tot de machtigste en invloedrijkste families van de staat.

Weten ze het? Hebben ze enig idee dat ik verantwoordelijk ben voor zijn dood? Evelyn en Robert schrijden door de kamer naar de kist. Robert, die net zo knap is als zijn zoon en voor de gelegenheid een zwart pak draagt, ken ik amper. Evelyn is ook in het zwart, wat sterk contrasteert met haar witte haar en haar eveneens witte pumps. Roberts ogen zijn gezwollen, maar Evelyns gezicht is smetteloos, alsof ze zojuist een schoonheidsbehandeling heeft gehad.

Ik sla mijn ogen neer als ze naar me toe komen. Pas op het moment dat Robert zijn keel schraapt, kijk ik op. 'Nina,' zegt hij met zijn diepe, raspende stem.

Ik slik. 'Robert...'

'Nina.' Hij kucht. 'Ik wil dat je weet...'

We weten dat je onze zoon hebt vermoord. We weten wat je hebt gedaan, Nina. En we zullen niet rusten tot je voor de rest van je leven mag gaan wegrotten in de gevangenis.

'Ik wil dat je weet dat Evelyn en ik er altijd voor je zullen zijn,' zegt hij. 'We weten dat je er alleen voor staat, en als je wat dan ook nodig hebt – jij of Cecelia – hoef je het maar te vragen.'

'Dank je, Robert.' Mijn ogen worden een klein beetje vochtig. Robert is voor zover ik weet geen onaardige man, al is hij dan niet bepaald een ideale vader geweest. Van wat Andy me heeft verteld, heb ik begrepen dat hij er niet zo vaak was in Andy's jeugd. Hij was meestal aan het werk, waardoor Evelyn hem grotendeels alleen heeft opgevoed. 'Dat waardeer ik.'

Robert steekt zijn hand uit en raakt zachtjes de schouder van zijn zoon aan. Ik vraag me af of hij ooit heeft vermoed wat een monster Andy was. Hij moet toch enig idee hebben gehad? Of misschien wist Andy het gewoon heel goed verborgen te houden. Tenslotte had ik ook geen idee, tot ik met mijn nagels over het hout van de zolderkamerdeur stond te schrapen.

Robert slaat zijn hand voor zijn mond. Hij schudt zijn hoofd en bromt: 'Sorry,' tegen zijn vrouw, waarna hij zich de kamer uit haast en mij alleen achterlaat met Evelyn.

Van alle mensen met wie ik vandaag niet alleen wil zijn, staat zij bovenaan de lijst. Evelyn is niet dom. Ze moet hebben geweten van de problemen in mijn huwelijk. Net als Robert wist ze misschien niet wat Andy me aandeed, maar ze moet hebben aangevoeld dat het niet goed zat tussen ons.

Het kan niet anders of ze had een idee van mijn werkelijke gevoelens voor Andy.

'Nina,' zegt ze koel.

'Evelyn,' zeg ik terug.

Ze kijkt neer op Andy's gezicht. Ik probeer haar gedachten te lezen, maar dat is lastig. Ik weet niet of het door de botox komt of dat ze er altijd zo heeft uitgezien.

'Weet je,' zegt ze, 'ik heb met een oude vriend bij de politie over Andy gesproken.'

Mijn maag trekt samen. Volgens rechercheur Connors is de zaak gesloten. Andy heeft me steeds getreiterd met een brief die naar de politie zou worden gestuurd als hij zou overlijden. Maar er is nooit een brief boven water gekomen. Ik weet niet of dat komt doordat er simpelweg geen brief was of doordat de rechercheur hem heeft laten verdwijnen.

'O?' is alles wat ik weet uit te brengen.

'Ja,' prevelt ze. 'Hij heeft me verteld hoe hij eruitzag toen ze hem vonden.' Met een priemende blik in haar schrandere ogen kijkt ze me aan. 'Ook dat hij een paar tanden miste.'

O god, ze weet het.

Ze weet het echt. Iedereen die op de hoogte is van de toestand van Andy's mond op het moment dat de politie hem vond, moet beseffen dat zijn dood geen ongeluk was. Niemand rukt uit vrije wil zijn eigen tanden uit zijn mond.

Het is voorbij. Als ik straks het uitvaartcentrum uit loop, staat de politie me waarschijnlijk op te wachten. Ze zullen handboeien om mijn polsen klikken en me op mijn rechten wijzen. En dan ga ik voor de rest van mijn leven de gevangenis in.

Toch zal ik niemand iets over Millie vertellen. Ze verdient het niet om mee de ellende in getrokken te worden. Ze heeft me een kans gegeven om vrij te zijn. Ik laat haar erbuiten.

'Evelyn,' breng ik moeizaam uit. 'Ik... Ik weet niet...'

Haar ogen dwalen terug naar het gezicht van haar zoon, naar zijn lange wimpers, voor altijd gesloten. Ze tuit haar lippen. 'Ik heb hem altijd verteld,' zegt ze, 'hoe belangrijk mondhygiëne is. Ik zei dat hij elke avond zijn tanden moest poetsen, en dat hij, als hij dat niet deed, gestraft zou worden. Als je de regels overtreedt, word je gestraft. Altijd.'

Wat? Wat zegt ze nu?

'Evelyn...'

'Als je je tanden niet verzorgt,' vervolgt ze, 'verlies je het voorrecht om tanden te hébben.'

'Evelyn?'

'Andy wist dat. Hij wist dat dat een van mijn regels was.' Ze kijkt op. 'Toen ik er een melktand bij hem had uitgetrokken met een tang, dacht ik dat hij het had begrepen.'

Ik staar haar aan, te bang om iets te zeggen. Te bang voor wat er nog meer uit haar mond zal komen. En als de woorden ten slotte komen, benemen ze me de adem.

'Het is zo jammer,' zegt ze, 'dat hij het nooit echt heeft geleerd. Ik ben blij dat jij je ermee hebt bemoeid en hem een lesje hebt geleerd.'

Totaal verbluft kijk ik toe, terwijl Evelyn voor het laatst de boord van haar zoons witte overhemd rechttrekt. Dan loopt ze de rouwkamer uit en laat mij achter.

EPILOOG

MILLIE

'Vertel me eens iets over jezelf, Millie.'

Ik sta tegenover Lisa Killeffer en leun tegen haar marmeren aanrecht. Lisa ziet er om door een ringetje te halen uit vanmorgen. Haar zwarte haar glanst en is achter op haar hoofd opgestoken in een ingewikkelde Franse wrong. De knopen van haar crèmekleurige bloes met korte mouwen glimmen in het licht dat naar binnen valt via de dakramen van de kennelijk pas gerenoveerde keuken.

Als ik deze baan krijg, is het mijn eerste in bijna een jaar. Sinds de gebeurtenissen in het huis van de Winchesters heb ik hier en daar wat klusjes gedaan, maar ik heb geleefd van het bedrag dat Nina op mijn bankrekening heeft gestort, nadat was vastgesteld dat Andrews dood een ongeluk was. Het is bijna een jaarsalaris.

Ik begrijp nog steeds niet hoe ze dat voor elkaar heeft gekregen.

'Nou...' begin ik. 'Ik ben opgegroeid in Brooklyn. Ik heb bij nogal wat mensen in de huishouding gewerkt, zoals u op mijn cv kunt zien. En ik ben dol op kinderen.'

'Ideaal!'

Lisa plooit haar lippen tot een glimlach. Haar enthousiasme vanaf het moment dat ik hier binnenliep, verbaast me eerlijk gezegd. Ik vermoed dat er tientallen kandidaten hebben gesolliciteerd naar deze baan als huishoudster. Ik heb niet eens gesolliciteerd, niet hiernaar. Lisa nam zelf contact met me op via de website waarop ik mijn diensten had aangeboden als hulp in de huishouding en kinderoppas.

Het salaris is riant, wat niet zo verrassend is, want de rijkdom straalt ervan af in dit huis. De keuken is uitgerust met de allernieuwste apparatuur. Het zou me niets verbazen als het fornuis het eten van begin tot eind zelf kan klaarmaken. Ik wil deze baan echt graag hebben, daarom doe ik mijn best om zelfverzekerd over te komen. Ik probeer te denken aan het berichtje van Enzo dat ik vanochtend kreeg.

Veel succes, Millie. Denk eraan dat ze blij mogen zijn dat ze jou kunnen krijgen.

En dan:

Ik zie je vanavond, nadat je die baan hebt gekregen.

'Wat zoekt u precies?' vraag ik Lisa.

'O, het gebruikelijke.' Lisa komt naast me tegen het aanrecht staan en trekt aan de kraag van haar bloes. 'Iemand om het huis schoon te houden, die ook de was doet en eenvoudige maaltijden kan klaarmaken.'

'Dat kan ik wel,' zeg ik, hoewel mijn situatie niet veel is veranderd sinds een jaar geleden. Er is nog steeds die kwestie van dat achtergrondonderzoek. Ik ben en blijf een ex-gevangene.

Lisa laat haar handen afwezig naar het messenblok op het aanrecht gaan. Haar vingers spelen met het heft van een van de messen. Ze tilt het net hoog genoeg op om het lemmet te laten glanzen in het licht. Ik verplaats mijn gewicht van de ene voet naar de andere, plotseling niet op mijn gemak. Uiteindelijk zegt ze: 'Nina Winchester heeft je aanbevolen. Ze was heel lovend over je.'

Verbaasd kijk ik haar aan. Dat had ik totaal niet verwacht. Ik heb al lang niets meer van Nina gehoord. Kort nadat alles was afgewikkeld rondom Andrews dood is ze met Cecelia naar Californië verhuisd. Ze zit niet op social media, maar een paar maanden geleden stuurde ze me een selfie van Cecelia en haar op het strand. Ze waren gebruind door de zon en zagen er gelukkig uit. Onder de foto had ze een paar woorden gezet:

Dank je hiervoor.

Ik neem aan dat dit ook een manier van haar is om me te bedanken: me aanbevelen als huishoudelijke hulp. Ik voel me ineens veel optimistischer over mijn kans om aangenomen te worden.

'Dat vind ik heel fijn om te horen,' zeg ik. 'Nina was... fantastisch om voor te werken.'

Lisa knikt. Ze speelt nog steeds met dat mes. 'Dat kan ik me voorstellen. Nina is een fantastische vrouw.'

Ze glimlacht weer, maar er is iets vreemds aan haar gezicht. Met haar vrije hand trekt ze opnieuw aan haar kraag. Haar korte mouw kruipt omhoog, en dan zie ik het.

Een paar donkerpaarse plekken op haar bovenarm.

In de vorm van iemands vingers.

Ik kijk over haar schouder naar de koelkast. Aan de deur hangt een foto, op zijn plaats gehouden met een magneet. Lisa staat erop, naast haar een lange, stevig gebouwde man, die recht in de camera kijkt. Ik stel me voor dat die man zijn vingers om Lisa's magere arm vouwt, en zo hard knijpt dat er van die donkere plekken ontstaan.

Mijn hart gaat enorm tekeer; ik word er duizelig van. En eindelijk dringt het tot me door. Ik begrijp waarom Nina me zo van harte heeft aanbevolen bij deze vrouw. Ze kent me. Misschien zelfs beter dan ik mezelf ken.

'Dus...' Lisa laat het mes terug in het houten blok glijden en gaat recht staan. Haar blauwe ogen zijn wijd open. Gretig kijkt ze me aan. 'Kun je me helpen, Millie?'

'Ja,' zeg ik. 'Ik denk het wel.'

LEES OOK VAN FREIDA MCFADDEN:

De hulp *The Housemaid*
Millie heeft een nieuwe baan en hoopt op een frisse start, tot ze ontdekt dat niets in dit huis is wat het lijkt.

Wat de hulp weet *The Housemaid Is Watching*
Millie probeert haar donkerste geheim te bewaren, maar als ze op de deur van de logeerkamer klopt, verandert alles.

De hulp ziet alles *The Housemaid's Secret*
Bij dit gezin lijkt alles perfect... Millie weet wel beter.

De bruiloft van de hulp *The Housemaid's Wedding*
Millie heeft eindelijk geluk in de liefde, tot haar verleden opnieuw opduikt.

De perfecte zoon *The Perfect Son*
Erica's zoon wordt verdacht van moord: wat als hij het ondenkbare heeft gedaan?

De leraar *The Teacher*
Eve werkt op een middelbare school, en niemand is te vertrouwen.

Lieg nooit *Never Lie*
Tricia en Ethans zoektocht naar hun droomhuis eindigt in een geheime kamer vol cassettebandjes.

De vriend *The Boyfriend*
Sydneys nieuwe vriend is knap, charmant, maar misschien niet zo perfect als hij lijkt.

De vrouw op zolder *The Woman Upstairs*
Victoria lijkt hulpbehoevend, maar Sylvia ontdekt dat ze wanhopig probeert haar iets te vertellen.

De crash *The Crash*
Tegan zit vast in een sneeuwstorm en wordt gered door een echtpaar dat haar een warm toevluchtsoord aanbiedt – dat lijkt het tenminste.

De huurder *The Tenant*
Blakes nieuwe huurder Whitney lijkt dé oplossing te zijn voor zijn geldproblemen. Wat hij niet weet, is dat het gevaar nu in zijn huis schuilt.

Een voor een *One by One*
Een gezellig weekendje weg voor vrienden verandert in een nachtmerrie wanneer ze een voor een krijgen wat ze verdienen.

Lieve Debbie *Dear Debbie*
Debbie neemt het recht in eigen hand – met dodelijke gevolgen.

De indringer *The Intruder*
Casey ontdekt buiten haar afgelegen huisje in het bos een meisje. Ze is jong, zit onder het bloed, en draagt een duister geheim met zich mee.